Nicci French

Sous le pseudonyme de Nicci French se cache un couple de journalistes, Nicci Gerrard et Sean French. Tous deux ont étudié la littérature anglaise à Oxford à la fin des années 1970 sans jamais se rencontrer. Ensuite, chacun a mené sa carrière de son côté dans le journalisme. Nicci collabore à l'*Observer* pour lequel elle traite notamment des grands procès d'assises ; Sean est chroniqueur littéraire pour divers magazines. Ils se croisent enfin en 1989, et décident de partager leur vie et leur écriture. Maniant l'art de jouer avec les nerfs et le suspense cousu main, ils rencontrent le succès dès leur premier thriller psychologique, *Mémoire piégée* (1997). Depuis, ils ont écrit une dizaine de romans à quatre mains – dont *Sourire en coin* (Fleuve Noir, 2005) et *Charlie n'est pas rentrée* (Fleuve Noir, 2008) –, un travail singulier qu'ils définissent comme « une folie à deux ».

MÉMOIRE PIÉGÉE

DU MÊME AUTEUR
CHEZ POCKET

FEU DE GLACE
DANS LA PEAU
LA CHAMBRE ÉCARLATE
AU PAYS DES VIVANTS
SOURIRE EN COIN
JEUX DE DUPES
AIDE-MOI
MÉMOIRE PIEGÉE
LES MORSURES DU DOUTE *(À PARAÎTRE)*
CHARLIE N'EST PAS RENTRÉE *(À PARAÎTRE)*

NICCI FRENCH

MÉMOIRE PIÉGÉE

Traduit de l'anglais
par Marianne Véron

FLAMMARION

Titre original :
THE MEMORY GAME

Ouvrage précédemment paru
sous le titre : *Memory Game*

Éditeur original :
Heinemann, Londres

ISBN : 978-2-266-16663-8

Pour Edgar, Anna, Hadley et Molly

1

Je ferme les yeux. Tout est là. À l'intérieur de mon crâne. Une brume qui suit les contours de la pelouse. Un picotement de froid dans les narines. Je dois faire un réel effort si je veux me rappeler ce qui s'est passé d'autre le jour où nous avons retrouvé le corps, son corps. Une puanteur de feuilles mortes mouillées.

En sortant de la maison pour descendre le talus d'herbe boueuse, je vis que les terrassiers étaient déjà là, prêts à se mettre au travail. Ils fumaient, une grande tasse de thé à la main, et leurs haleines tièdes laissaient s'échapper des filets de vapeur qui s'élevaient au-dessus de leurs têtes. De loin, on aurait dit un vieux feu de bois sous la pluie. Il était tôt en cette matinée d'octobre, et le soleil n'était encore qu'une promesse, caché quelque part derrière les nuages, au-dessus du taillis sur la colline. Je portais ma salopette, un peu trop bien rentrée dans mes bottes en caoutchouc. Quant aux hommes, ils arboraient l'inévitable tenue de l'ouvrier à la campagne : jeans, gros pulls synthétiques et bottes de cuir sales. Ils tapaient des pieds pour se réchauffer, et riaient de choses que je n'entendais pas.

Ils se turent en m'apercevant. Nous nous connaissions depuis toujours, mais à présent que je donnais les ordres ils se demandaient comment réagir. Moi, cela ne me troublait pas. J'avais l'habitude des hommes sur les chantiers, même sur ce type de petit chantier familial, en l'occurrence ce petit lopin de terre détrempée dans le Shropshire, propriété de mon beau-père. Par dérision à l'égard de la petite noblesse de province, il l'avait baptisée du surnom absurde de Domaine, et la plaisanterie avait fini par se prendre au sérieux au fil des ans.

« Bonjour, Jim. » Je lui tendis la main. « Vous n'avez pas résisté à l'envie de venir en personne. J'en suis ravie. »

Jim Weston faisait partie du Domaine, au même titre que la cabane dans l'arbre ou comme la cave, avec son odeur douceâtre de pommes qui persistait même à Pâques. On lui devait pratiquement tous les travaux accomplis dans la propriété : il avait changé et repeint les montants de fenêtres, passé des journées torrides en août sur le toit, torse nu, à remettre en place les tuiles. Dès qu'il y avait un problème, une tache sur un mur, une panne d'électricité, une inondation, Alan appelait Jim à Westbury. Jim commençait par dire non, il disait qu'il était débordé. Et une heure plus tard sa vieille camionnette remontait l'allée en cahotant. Il contemplait les dégâts en tapotant sa pipe et en hochant tristement la tête, et il marmonnait quelque chose sur la camelote moderne. « Je vais voir ce que je peux faire, disait-il. Je vais essayer de vous bricoler ça. »

Jim était connu dans la région pour ne jamais rien acheter au prix indiqué ; il préférait obtenir ce qu'il voulait comme une faveur ou dans le cadre d'un troc, quand il n'employait pas des méthodes plus troubles, contribuant ainsi à l'économie parallèle du Shropshire.

Quand il avait vu mes plans pour la nouvelle maison, son visage s'était allongé encore plus que de coutume, comme si le projet d'un architecte ne pouvait être qu'une lubie tout juste bonne à distraire des imbéciles de Londoniens dans mon genre, qui ne s'étaient jamais sali les mains au travail. J'avais béni le ciel qu'il n'eût jamais vu mon plan original. Cette extension, conçue pour accueillir au Domaine les enfants, petits-enfants et ex-femmes qui s'accumulent aux réunions de famille des Martello, était le plus beau cadeau que je puisse faire à la famille, et j'avais donc imaginé pour eux la maison de mes rêves.

J'avais profité de la situation relativement protégée du site original pour élaborer une structure d'une clarté totale, rien que des poutres, des tuyaux, des solives et de grandes baies vitrées – un véritable rêve fonctionnaliste. C'était le plus bel objet que j'aie jamais dessiné. J'avais montré mon projet à Claude, mon bientôt-futur-ex-mari ; il avait froncé les sourcils en se passant la main dans les cheveux, en marmonnant que c'était vraiment très intéressant et très bien fait, ce qui ne signifiait rien parce qu'il réagissait presque toujours comme ça, même quand je lui avais annoncé mon intention de divorcer. J'avais pensé que son frère Theo, au moins, verrait où je voulais en venir. Il avait comparé mon plan à son vieux Meccano, et j'avais répondu : « Oui, tout juste, ce sera drôle, non ? » Sauf que, pour lui, ce n'était pas un compliment. Enfin, j'avais porté mon projet au Grand Homme en personne, Alan Martello, mon beau-père, le patriarche du Domaine, et ça avait été un désastre.

« Qu'est-ce que c'est que ça ? Une charpente en métal ? Et tout ce qui va être construit autour ? Tu ne pouvais pas le dessiner aussi ?

— Mais c'est *ça* la maison, Alan. »

Il avait ricané dans sa barbe grise. « Je ne veux pas d'un truc qui ferait se pâmer des architectes suédois. Je veux un endroit où vivre. Emporte-moi ce papier et va construire ça à Helsinki ou ailleurs, et je suis sûr qu'on te décernera un prix. Mais s'il faut absolument que nous ayons une foutue bicoque dans ce jardin – et je n'en suis pas entièrement convaincu – eh bien, nous aurons une maison de campagne anglaise, avec des murs en brique ou en pierre, en tout cas un bon vieux matériau du coin.

— Cela ne ressemble pas du tout au jeune Alan Martello en colère, avais-je insinué doucement. Des styles nouveaux en architecture, un coup de cœur, n'est-ce pas le genre de chose que tu as toujours aimé ?

— J'aime les styles *anciens*, en architecture. Je ne suis plus si jeune. Et je ne suis plus en colère, sauf contre toi. Remplace-moi cette monstruosité structuraliste par quelque chose qui ressemble à une maison. »

C'était Alan dans un de ses grommellements de charme, irrésistible, et j'étais heureuse qu'il ait pu m'engueuler à sa vieille manière affectueuse alors même que j'étais en train de divorcer de son fils. J'étais donc repartie avec mon plan sous le bras et j'en avais dessiné un autre, d'allure tout ce qu'il y a de plus rurale, jusqu'au toit en croupe, amusant. Je l'avais conçu comme on remplit son Caddie dans les allées du supermarché. La charpente préfabriquée de la maison était norvégienne, mais fabriquée en Malaisie. Alan serait sûrement ravi d'apprendre qu'en extrayant les matières premières on détruisait sans doute un petit coin de forêt vierge.

« C'est quoi ça, là, Mrs. Martello ? m'avait demandé Jim Weston en tapotant le plan avec sa pipe.

— Je vous en prie, Jim, appelez-moi Jane. Ce sont les tuiles faîtières prises dans le mortier.

— Hum. »

Il se cala la pipe dans la bouche.

« Pourquoi voulez-vous tout compliquer avec du mortier ?

— Jim, ce n'est plus le moment d'en discuter. Tout est décidé. C'est acheté et payé. Nous n'avons plus qu'à faire l'assemblage.

— Hum.

— On creuse ici, quelques dizaines de centimètres de profondeur, pas plus…

— Pas plus, avait marmonné Jim.

— Puis on met les embases, là et là, ensuite on fixe la couche isolante, la feuille hydrofuge, le ciment, et enfin le dallage par-dessus le tout. Le reste n'est qu'une question d'assemblage.

— La couche isolante ? s'étonna Jim, dubitatif.

— Oui, il existe malheureusement, depuis 1875, une loi de salubrité publique, et je crains que nous ne soyons obligés d'en passer par là. »

Maintenant, à l'aube du premier jour de travail, Jim ressemblait davantage à une plante qui aurait poussé dans le jardin qu'à un homme venu pour superviser, ou faire mine de superviser, le travail qui s'y ferait. Son visage, toujours dehors par tous les temps, avait pris la couleur d'un derrière de crapaud. Les poils lui jaillissaient du nez et des oreilles comme de la mousse sur une vieille pierre. Il était vraiment vieux, désormais, et son travail consistait à donner des directives à son fils et son neveu, qui, de leur côté, se contentaient de les ignorer. Je leur serrai la main à eux aussi.

« Qu'est-ce que j'ai entendu dire, demanda Jim soupçonneux, vous aussi vous allez creuser ?

— Rien qu'une pelletée. J'ai juste dit que j'aimerais creuser la première pelletée, si ça ne vous ennuie pas. C'est important pour moi. »

Je suis architecte depuis maintenant quinze ans, et chaque fois que je travaille sur un chantier, je me suis fixé une règle, c'est une superstition : je veux être là quand le premier coup de pelle est donné. C'est un moment de plaisir purement sensuel, et je regrette parfois de ne pouvoir le faire de mes propres mains. Après avoir passé des mois, parfois même des années, à tracer des plans, à établir des cahiers des charges, à soumettre des projets, à apaiser le client et à négocier avec les fonctionnaires du département d'urbanisme, après tous les compromis et les discussions sur le papier, je suis heureuse de sortir et de me rappeler qu'il s'agit de terre, de briques et de tuyauteries qui devront tenir bon par grand froid.

Le mieux, ce sont les excavations de dix ou quinze mètres qui précèdent les grandes constructions. On se tient au bord d'un site quelque part dans la Cité de Londres, et le regard plonge dans deux mille ans de fragments de vies. On aperçoit parfois un soupçon de construction antique, et j'ai entendu toutes les rumeurs au sujet de ces entrepreneurs qui coulent subrepticement du béton sur une mosaïque romaine pour éviter de perdre du temps à attendre le feu vert des archéologues. Nous construisons nos espaces de vie sur les débris écrasés de nos prédécesseurs et, dans quelque deux cents ans, ou peut-être deux mille, on construira par-dessus nos solives rouillées et notre béton effondré. Par-dessus nos morts.

Ce devait être un trou tout petit, une égratignure de surface. John, le fils de Jim, me tendit une pelle. La veille, j'avais mesuré la surface et j'avais tendu une corde pour la délimiter ; et maintenant, je me plaçai au centre de l'espace rectangulaire et j'enfonçai ma pelle, puis j'appuyai de toutes mes forces avec mon pied pour creuser.

« Attention à vos ongles, ma petite », dit Jim derrière moi.

J'abaissai le manche de la pelle vers moi. Le sol se fendit et s'ouvrit, révélant une saignée de terre tout à fait satisfaisante.

« De la belle terre meuble, dis-je.

— Bon, dit Jim. Et maintenant, si vous le voulez bien, les gars vont terminer. »

Une main sur mon épaule me fit sursauter. C'était Theo. Le Theo Martello que j'ai en tête a dix-sept ans et les cheveux lui tombent sur les épaules, séparés au milieu par une raie ; il a la peau blanche, translucide, des lèvres pleines légèrement proéminentes, au léger goût de tabac brûlé. Il est grand et mince, vêtu d'un long manteau des surplus militaires. J'ai du mal à réconcilier mon souvenir avec ce – oh, mon Dieu – ce quadragénaire maigre aux traits décharnés qui se tient devant moi, le poil hirsute, les cheveux gris taillés courts, et les yeux très cernés. Il a un certain âge. Non, nous avons tous les deux un certain âge.

« Nous ne t'avons pas vue, hier soir. Nous sommes arrivés tard.

— Je me suis couchée tôt. Que fais-tu donc, debout à cette heure ?

— Je voulais te voir. »

Il m'attira contre lui et m'étreignit longuement. Je serrais dans mes bras mon beau-frère préféré.

« Oh, Theo, dis-je quand il m'eut lâchée. Je suis désolée. Je suis vraiment désolée pour Claude. »

Il sourit.

« Il ne faut pas. Fais ce que tu dois faire. C'était courageux de ta part de revenir ici et d'affronter toute la famille au salon. À propos, qui est-ce qui doit venir ?

— Tout le monde, bien sûr. Tous les Martello. Et tous les Crane aussi, pour ce que nous valons. Papa, mon frère et sa tribu ne sont pas encore arrivés, mais quand ils seront là, je prévois que nous serons vingt-quatre. Il se peut que la famille royale s'effondre, et peut-être avons-nous perdu le sens de ce que Noël représente, mais la traditionnelle chasse aux champignons des Martello n'est pas près de s'arrêter. »

Theo haussa les sourcils. Les rides de ses yeux et de sa bouche s'élargirent dans un sourire.

« Tu te moques de nous.

— Non. Je suis nerveuse, sans doute. Mon Dieu, Theo, tu te souviens de cet accident, il y a des années ? Un ferry avait coulé et un bateau s'était porté au secours des passagers, mais les femmes et les enfants n'arrivaient pas à monter à son bord. Alors un homme s'était tendu entre les deux embarcations, pour faire le pont. »

Theo rit.

« Et tu étais cette passerelle, cet être exténué, tendu entre les deux, n'est-ce pas ?

— J'en avais parfois l'impression. Ou plutôt, c'étaient Claude et moi. Le fil ténu qui reliait les Martello et les Crane. »

Le visage de Theo se durcit.

« Tu te flattes, Jane. Nous sommes tous liés les uns aux autres. Nous ne sommes qu'une seule famille, en vérité. Et de toute façon, s'il existe un lien, c'est l'amitié entre nos deux pères qui l'a commencé, bien avant notre naissance. Reconnaissons-leur au moins ce mérite. »

Il sourit à nouveau.

« Au mieux, tu n'as été qu'un lien secondaire. Un contrefort, enfin, quelque chose dans le genre. »

Je ne pus m'empêcher de pouffer.

« Ai-je bien entendu un terme technique ? Et c'est quoi, je te prie, un contrefort ?

— Bon, d'accord, c'est toi l'expert. Je n'ai jamais étudié la menuiserie. Et je suis content que tu sois venue, même si c'est pour jeter le gant.

— Il fallait bien que je supervise tout ça, non ? Et maintenant, j'ai l'impression que je vais me mettre à pleurer sur mes plans et à les barbouiller de larmes. »

Nous allâmes chercher des tasses de café à la cuisine. Là-haut, on entendait des corps s'ébrouer, des tasses s'entrechoquer, des chasses d'eau s'activer. Nous ressortîmes.

« Fermez la porte derrière vous, bordel ! hurla quelqu'un. On gèle.

— Oui, oui, je sors. »

C'était Jonah, le frère de Theo.

« Salut, Fred », dit Theo.

Jonah hocha la tête pour montrer qu'il avait bien entendu la blague éculée des Martello. Enfants, Jonah et son jumeau Alfred étaient impossibles à distinguer l'un de l'autre. Theo m'avait dit un jour qu'ils avaient chacun couché avec les petites amies de l'autre – à l'insu des jeunes femmes. J'avais été trop scandalisée pour le croire, jusqu'au jour où j'avais pu observer comment, adultes, ils se débrouillaient en général.

« La seule façon de nous identifier, Theo, dit Jonah, c'est de savoir que le nez rouge et le teint blême, c'est Alfred.

— Oui, j'ai remarqué comme tu es bronzé. Tu étais où, cette fois ?

— À Tucson, dans l'Arizona. Une conférence sur les cosmétiques.

— Intéressant ?

— Quelques idées prometteuses ont circulé. »

Jonah remarqua le sourire de Theo.

« Maintenant que tout le monde a les dents parfaites, il faut bien trouver autre chose. »

Theo se pencha et renifla la vapeur qui s'élevait de la tasse de Jonah.

« Apparemment, une de ces idées consiste à présenter un dentifrice sous forme de boisson chaude.

— C'est du thé à la menthe, répondit Jonah. Je n'aime pas commencer la journée avec un stimulant artificiel. »

Puis il se tourna vers moi ; une sorte de sourire triste vint chasser sa morgue vertueuse. Seigneur, allaient-ils tous me sourire de cette façon-là pendant le week-end ?

« Jane, Jane, dit-il en me serrant sur son cœur, mais la chaleureuse spontanéité de son geste fut quelque peu tempérée par le fait qu'il doive garder sa tasse en équilibre. Si je peux faire quelque chose, n'hésite pas à me le dire. Voilà, ajouta-t-il en montrant du doigt l'activité qui se déroulait devant nous sur la pelouse, voilà ce que j'appellerais une démarche positive. C'est une excellente chose que tu aies fait cela pour nous, pour la famille. Et je suis sûr qu'en plus c'est thérapeutique.

— Oh, ça oui, Jonah, répondis-je. C'était très apaisant, quand j'en avais besoin, de pouvoir consulter Alan, et Claude, et Theo, et puis de tout refaire et de l'expliquer à Jim en langage des signes. Je regrette que nous ne nous en soyons pas tenus à mon projet originel.

— N'importe quelle bicoque fera l'affaire pourvu que je n'aie plus à revivre le genre de nuit que je viens de passer avec Meredith et les gosses, qui n'ont pas fermé l'œil plus de trois minutes d'affilée. Et Fred était dans la chambre à côté avec tous les résidus de sa famille qui ne sont pas en pension. Pour autant que je sache, les seuls couples à bénéficier d'une chambre séparée étaient Alan et Martha, et ton fils avec sa poule. »

Ça, c'était pour me faire réagir.

« C'est Alan qui a exigé que Jerome et Hana aient une chambre pour eux tout seuls, protestai-je. J'imagine que ça lui a permis de ressentir par procuration le plaisir du prédateur qui coince sa proie. Je ne sais même pas où mon deuxième a atterri.

— Ni avec qui, ajouta Jonah. Et loin de moi l'idée de briser l'inviolable tradition qui t'accorde la chambre de Natalie pour toi seule. Ça tient du vaudeville. »

Je suivis Jonah et Theo dans la cuisine, mais je n'avais aucune envie de manger, ni de me joindre à tous ces gens qui luttaient maintenant pour accéder au frigo et à la cuisinière. Je n'apercevais pas le moindre signe de mes deux fils. Alan et Martha allaient exercer leur droit d'aînesse et descendre tard, mais presque tous les autres semblaient présents. Claude, fripé et pitoyable après une nuit passée sur le canapé, remuait des œufs dans une grande poêle. Le petit déjeuner est le seul repas de la journée que je n'ai jamais eu plaisir à préparer, mais comme il s'agit d'une affaire d'organisation autant que de cuisine, Claude y a toujours excellé. Il me fit un signe de tête bienveillant tout en faisant glisser les œufs de Fred dans une grande assiette.

Il y avait exactement un an que je n'avais pas revu les quatre frères ensemble dans la même pièce. Dans leurs tenues de week-end – un vieux jean, un chandail ou une chemise écossaise – ils avaient à nouveau l'air d'étudiants, ou même de lycéens occupés à rire et à se bousculer. Tous sauf Claude, qui n'avait jamais été vraiment à l'aise en tenue décontractée. Il avait besoin d'un uniforme et de règles strictes. Les jumeaux, avec leur teint mat et leurs pommettes saillantes, auraient eu l'air plus débauchés et plus sexy après une nuit d'inconfort sur un canapé. Claude avait besoin de huit heures de sommeil et d'un costume bien coupé pour être en beauté, alors il était spectaculaire.

Je chipai une banane dans le compotier et m'esquivai dehors avec mon café. La brume s'effilochait dans les creux. Le ciel était bleu à présent, et il était à peine huit heures. La journée promettait d'être ensoleillée, mais très froide, et ma salopette n'était pas tout à fait assez chaude.

Je suppose que nous avons tous un paysage en tête, celui que nous voyons quand nous fermons les yeux, et pour moi c'étaient ces ondulations de champs et de bois. Chaque arbre, chaque chemin, chaque clôture évoquait des associations qui se mélangeaient à un terreau de souvenirs formés de longues semaines d'été, et de brefs week-ends de neige, d'arbres nus, ou de fleurs naissantes, mais où les différentes années, et même les décennies, ne se distinguaient désormais plus.

Le Domaine était loin d'être ancien – le linteau de la porte d'entrée portait l'inscription : « 1909 – P.R.F. de Beer », du nom de l'homme qui avait fait construire la maison – mais il nous avait toujours paru antique. La porte d'entrée, que nous n'avions jamais considérée comme telle, était située de l'autre côté de la maison, et l'allée principale menait à la départementale 8372, qui allait au pays de Galles si on la prenait à gauche, et à Birmingham si on tournait à droite. Mais de là où je me tenais à présent, devant Pullam Wood, j'apercevais, surplombant une petite dépression, la vraie façade de la maison, avec les portes du salon et de la cuisinc et, au-dessus, les fenêtres d'Alan et de Martha et des autres chambres et, encore au-dessus, à un étage séparé, le bureau d'Alan, son sanctuaire, coiffé de cet absurde petit clocher en bois. C'était une grande maison, et pourtant elle donnait une impression d'intimité ; elle était solide, malgré ses planchers disjoints et la minceur de ses murs.

J'atteignis l'orée du bois – où je ne pénètre jamais – et je bifurquai à droite, m'éloignant de Pullam Farm, pour rejoindre l'endroit où les hommes s'affairaient avec la pelleteuse. J'entendis arriver une voiture. La somptueuse Saab de Paul sans aucun doute possible, une voiture luxueuse mais sans excès, pas au point de trahir un principe politique. Papa en sortit avec circonspection, par la portière du fond, et se dirigea lourdement vers la maison sans me voir. Erica apparut à son tour, par la même portière. Elle avait dû faire le trajet sur la banquette arrière, car elle portait la petite Rosie dans ses bras, endormie dans une pose presque théâtrale. Elle se hâta d'entrer dans la maison. Puis Paul m'aperçut, et nous agitâmes tous deux la main. Il ne restait plus personne à attendre.

Vers dix heures, tout le monde se rassembla sur la pelouse pour la grande expédition des champignons, l'inviolable tradition automnale des Martello. La famille s'était tellement agrandie qu'avec quelques vestes rouges et une meute de chiens, on aurait pu nous prendre pour la chasse à courre locale. Tous ces frères et leurs familles, et même, dans le cas de mon frère Paul, l'ancienne famille et la nouvelle. Je songeai à l'un de ces chapitres illisibles de l'Ancien Testament. Alan engendra Claude et Theo et Jonah et Fred. Et Chris engendra Paul et Jane. Je dénombrai vingt personnes sans me compter, ni Jim et ses ouvriers, qui bavardaient et s'agitaient sans paraître aller nulle part. Le groupe était retardé par l'absence de la jeune génération, notamment les trois filles que Paul avait eues de Peggy, sa première femme. Vers dix heures et demie, elles finirent par émerger d'un pas nonchalant, toutes trois vêtues de noir et chaussées de grandes bottes, les cheveux flottant sur les épaules, avec la même expression sarcastique peinte sur leurs trois jolis visages. Comme je restais en arrière pour superviser les travaux de construction, je me trouvais suffisamment à l'écart pour pouvoir embrasser la scène dans son ensemble. Mon Dieu, quelle famille. Tout le monde était fagoté en jean et en vieux chandail, sauf Alan et Martha, qui s'étaient habillés convenablement. C'était leur grand jour. Alan arborait une longue veste ridicule de correction, qui l'aurait gardé au sec jusque sous les chutes du Niagara. Il avait toujours quelque chose d'un peu pompeux, comme si on l'avait envoyé au rayon des costumes avec l'instruction de se déguiser en écrivain vieillissant qui mène une vie de gentilhomme rural. Il avait même un bâton qui ressemblait tout à fait au genre d'instrument qu'Errol Flynn utilisait en duel sur des troncs d'arbres jetés en travers d'une rivière. Par contre, Martha était charmante : des cheveux d'une blancheur de neige, svelte comme ses petites-filles, elle portait tout à fait le même genre de vêtements noirs, mais sans les Doc Martens. Sa veste s'était culottée au cours de vraies promenades, et elle tenait un panier parfaitement de circonstance, fait pour conserver les champignons sans l'humus ni la mousse. Presque tous les autres étaient armés de sacs en plastique. Un jour, j'avais essayé d'expliquer à Martha que, contrairement à la légende, les sacs en plastique étaient une bonne idée si l'on comptait manger les champignons le jour même, comme nous le faisions toujours, car ils les ramollissaient et les faisandaient comme du gibier. Mais elle ne m'avait pas écoutée.

Alan frappa le sol de son bâton. Je m'attendis presque à entendre éclater le tonnerre.

« En avant », dit-il.

Dans la bouche de quelqu'un d'autre, cela aurait semblé ridicule.

Ensuite, tout se passa très vite. Je rentrai m'attabler dans la cuisine en attendant qu'on ait à nouveau besoin de moi dehors. Je parcourus vaguement le journal et trouvai quelques solutions aux mots croisés, puis on frappa à la porte et, relevant la tête, je vis le visage de Jim à travers la vitre. Comme j'allais lui crier d'entrer, je remarquai sa pâleur et son émotion. D'un simple geste, il m'invita à le rejoindre, et j'éprouvai un instant de réticence, l'envie de ne pas y aller.

À peine avais-je franchi la porte que Jim reprit la direction du trou, et je vis que c'était presque terminé ; je me demandai si c'était juste une manière pédante de m'en informer. Les hommes étaient groupés autour de la pelleteuse, et ils s'écartèrent à mon approche.

« Nous avons trouvé quelque chose », déclara l'un d'eux, le neveu de Jim. Il était presque fuyant.

Je regardai à leurs pieds. À première vue, il ne semblait pas y avoir grand-chose. De la terre grasse, quelques débris de tuiles. Qu'est-ce que c'était ? Ah oui, c'est là qu'avait dû se trouver l'ancien barbecue. Cela paraissait bien loin. Et puis, étonnamment blancs par rapport au sol qu'ils transperçaient, quelques ossements. Je regardai les hommes. Attendaient-ils de moi que je prenne la suite en main ?

« C'est peut-être un animal ? hasardai-je, piteusement. Un animal familier qui serait enterré là ? »

Jim hocha lentement la tête et s'agenouilla. Je ne voulais pas être obligée de regarder.

« Il y a des bouts de vêtements, là, dit-il. Des petits bouts. Et une boucle de ceinture. C'est elle, non ? Leur fille, Natalie. »

Il fallait que je regarde. Une fois dans ma vie, j'avais déjà vu un cadavre. J'avais tenu la main de ma mère dans les derniers instants de ses années de souffrance. J'avais vu la mort effacer l'expression de son visage et son corps tourmenté se détendre dans le lit. J'avais pressé mes lèvres sur son visage encore tiède. Le lendemain, je l'avais touchée à nouveau dans la salle mortuaire, cireuse, froide, dure, les cheveux brossés et revêtue de ses plus beaux habits, avec un petit sac pathétique accroché à sa main gauche. Et voilà maintenant le corps de Natalie, mon amie si chère, après un quart de siècle, âgée de seize ans pour l'éternité. Je m'agenouillai et me forçai à regarder les os. Ce devaient être ceux des jambes, gros et longs. Il y avait des traces de vêtements mêlés à la terre. Je me sentis soudain détachée, curieuse. Pas de chair, bien sûr. Pas de tendons. Les os qui émergeaient du sol étaient entièrement séparés. La terre où ils reposaient était plus sombre que le reste. Les cheveux s'étaient-ils décomposés ? Le crâne était encore enseveli. Je me souvins de son corps élancé. Bronzé cet été-là. Je me souvins du grain de beauté sur son épaule droite, et de ses longs orteils simiens. Comment avais-je pu l'oublier si longtemps ?

« Il faudrait que quelqu'un appelle la police.

— Oui, Jim, oui. J'y vais. Sans doute vaudrait-il mieux ne plus creuser. Y a-t-il un poste de police à Westbury ? »

Il n'y en avait pas. En cherchant dans l'annuaire, je n'en trouvai pas avant Kirklow. Et je me sentis passablement idiote d'expliquer à un inconnu que nous avions trouvé un cadavre et qu'il était ancien, environ vingt-cinq ans, et qu'à mon avis ce devait être celui de Natalie Martello, disparue au cours de l'été 1969. Mais ils prirent la chose très au sérieux et, peu de temps après, deux véhicules de police arrivèrent, puis une voiture civile, et ensuite une sorte d'ambulance qui ressemblait à un break familial. Cela faisait un drôle d'effet, de faire emporter par une ambulance des ossements tellement anciens qu'ils auraient pu tenir dans une petite boîte en carton. L'un des policiers me posa quelques questions hésitantes sur lesquelles j'eus du mal à me concentrer. L'ambulance n'emporta pas les ossements tout de suite. Une sorte de minuscule tente provisoire fut dressée au-dessus du trou. Il tombait une pluie fine.

Je n'avais aucune envie d'aller voir ce qu'ils faisaient, mais je n'arrivais pas à m'éloigner des lieux ; je restai donc assise sur un banc près de la porte de la cuisine, le regard rivé sur la tente et sur les bois qui s'étendaient au-delà. Je me demandais si les autres reviendraient bientôt. J'avais ma montre au poignet, mais je ne me rappelais plus à quelle heure ils étaient partis, ni même combien de temps durait habituellement une chasse aux champignons, alors que j'y étais allée si souvent. Je ne bougeais pas, et je finis par voir un petit groupe émerger des arbres. Nous nous séparions toujours au cours de ces excursions, pour revenir chacun à son rythme. Ils devaient distinguer les voitures de police et la tente incongrue, mais il m'était impossible de voir s'ils étaient surpris. Je me levai pour aller à leur rencontre leur expliquer ce qui s'était passé, mais mes yeux se remplirent soudain de larmes, et je fus incapable de voir de qui il s'agissait. Ça aurait pu être n'importe qui.

2

Le couteau s'enfonça entre les couches spongieuses de chair beige. J'épluchai un peu de peau gluante, et jetai un beau morceau de cèpe dans une grande jatte. Peggy entra avec un nouveau seau plein de champignons ; il émanait d'elle une odeur de bois et d'humus. Son pantalon kaki était taché ; elle avait ôté ses bottes dans l'entrée, et déambulait maintenant en grosses chaussettes grises.

« Et voilà », dit-elle.

Du bout des doigts, je soulevai délicatement les chanterelles jaunes à lamelles qui reposaient comme des fleurs cireuses sur le dessus, avec leurs formes de trompettes recourbées, et les humai. Une odeur d'abricots.

« Qui les a trouvées ?

— Theo, bien sûr. Comment te sens-tu, Jane ?

— À propos de Claude ?

— Non, d'aujourd'hui.

— Je ne sais pas. »

Dans le seau, il y avait des vesses-de-loup bulbeuses, de gros champignons à la vague senteur d'anis, avec des chapeaux blancs délicats aux bords un peu défraîchis. Il flottait dans la cuisine des effluves d'humidité fongoïde ; des coulemelles véreuses encombraient l'évier, et des débris de pieds ligneux jonchaient les surfaces de travail. J'essuyai mes mains encore tremblantes sur mon tablier, et repoussai mes cheveux en arrière. La cuisine était brillamment éclairée, mais rien ne me paraissait plus réel – ni l'horreur du jardin, ni cette parodie de soirée normale dans le tohu-bohu de la cuisine des Martello, qui était le cœur de leur grande maison. Étions-nous donc tous fous, toute une maisonnée de gens en état de choc, pris au piège du rituel ? Je me perdais dans une activité mécanique.

« Vous avez bien travaillé, lançai-je à Paul qui traversait la cuisine en serrant sur sa poitrine des bouteilles de bordeaux poussiéreuses.

— Si tu avais vu tout ce qu'il y avait : nous aurions pu en ramasser deux fois plus. Mais ils ne sont pas tous utilisables. »

En sortant, il lança un regard furtif en direction de Peggy. Il paraissait épuisé. Chacun d'entre nous restait seul avec ses pensées et ses angoisses intimes. Il avait le fardeau supplémentaire d'être coincé dans une maison avec son ex-femme, sa femme actuelle et une sœur qui divorçait de son meilleur ami. Il était obligé de ne pas trop réfléchir.

J'entrepris de couper les champignons en fines tranches ; la chair visqueuse résistait. Je les retournai et les tranchai dans le sens du grain. Des marmites mijotaient doucement. L'effort de coordination m'apaisait. J'ouvris la porte du four et tâtai avec une fourchette les poivrons rouges huileux ; leur peau se cloquait. Je pris une profonde inspiration.

« Jane ? Claude m'a dit de te donner ça. »

Mon père me tendait trois grosses têtes d'ail. Comme il s'apprêtait à sortir – pour retourner à ses mots croisés au coin du feu, vraisemblablement – il déclara brusquement :

« Tout va bien se passer, non ? »

Et je vis qu'il avait les yeux bouffis, comme s'il avait pleuré. Je lui pressai l'épaule d'une main rassurante.

« Tout se passera très bien », répondis-je, sans y croire.

J'épluchai six gousses d'ail et les écrasai dans une grande poêle, au-dessus de la cuisinière. Peggy, penchée sur l'évier pour nettoyer patiemment les derniers cèpes, fredonnait une ritournelle à mi-voix. Soudain, sans crier garde, elle déclara :

« Je suis désolée pour toi. Cela a dû être horrible, de... de la trouver.

— Oui. Sans doute. Mais pas pire que pour les autres. »

Je n'avais pas envie de parler. Je préservais mes émotions. Je ne voulais pas les étaler ici, en préparant le dîner. Pas avec Peggy. Mais elle était intarissable.

« Vous avez tous été très courageux. C'est drôle, tout de même : pour la première fois, je me sens exclue de la famille. Vous savez tous comment vous comporter entre vous. »

Je me tournai vers elle et lui pris la main.

« Ce n'est pas vrai, Peggy, répondis-je avec lassitude. Tu sais bien que nous n'excluons jamais personne. Nous sommes une grande famille élargie qui commence avec Alan et Martha et ne s'arrête plus.

— Je sais, c'est vrai, mais c'est peut-être parce que je n'ai pas connu Natalie.

— Ça remonte à très loin.

— Oui, dit Peggy. Ça fait partie de cette grande légende idyllique, l'enfance Martello. Vous avez tous cela en commun, n'est-ce pas ? Cela me rappelle toujours... »

Elle s'interrompit en apercevant quelque chose par la fenêtre.

« Regarde-les ! Je finirai par les tuer ! Mais pourquoi Paul ne s'en occupe-t-il pas ? Il est tout de même leur père, non ! »

Elle s'élança dehors. Par la fenêtre, je voyais leurs filles prendre des airs de conspiratrices pour fumer derrière un buisson. Elles devaient se croire invisibles. Peggy courait vers elles, sans bruit, toujours en chaussettes. Naguère, Jerome et Robert fumaient dans leur chambre, les fenêtres grandes ouvertes, et puis ils descendaient, empestant le dentifrice, et je ne disais rien. Moi aussi, j'avais fumé subrepticement dans le jardin, la nuit, quand mes méditations sur le sens de ma vie m'empêchaient de dormir. Plus tard, ils avaient appris à fumer devant moi, et même à m'offrir une cigarette. Toute la journée j'avais eu envie de fumer ; énervée, j'avais erré entre le trou et le reste du jardin, en attendant que tout le monde soit rentré et apprenne ce que j'étais encore seule à savoir. Je remuai l'ail jaunissant dans la poêle. Une petite parenthèse à moi, histoire de préparer la soirée qui s'annonçait.

« Comment ça va, M'man ? Ça ne t'ennuie pas qu'on te laisse faire toute la cuisine ? »

Robert, mon grand et beau garçon, était près de moi. Ses cheveux blonds teints retombaient mollement sur l'un de ses yeux pâles. Il était en jean déchiré et nu-pieds, avec un vieux sweat-shirt bleu que l'usure faisait virer au gris, par-dessus lequel il avait hâtivement enfilé une chemise à carreaux entièrement déboutonnée, même aux poignets. Il était superbe.

« Oh, non. Ça m'aide même, en fait. Tu pourrais laver la salade ?

— Je ne crois pas, répondit-il en ouvrant le frigo pour y jeter un coup d'œil. Je peux manger quelque chose ?

— Non. Que font les autres ?

— Oh là, par où commencer ? »

Sarcastique, il se mit à compter théâtralement sur ses doigts.

« Theo joue aux échecs avec grand-père Chris ; papa s'occupe de coordonner le plan de table et délègue à d'autres le soin de la mettre ; Jonah, Alfred et Meredith sont sortis faire un tour, sans doute pour essayer d'apercevoir quelque chose sous l'espèce de tente, là-bas ; Hana et Jerry prennent un bain – le même. Et encore, j'en passe. Je n'ai pas vu Granny et grand-père. Ils ont dû monter dans leur chambre. »

Il y eut une pause. Robert semblait dans l'expectative. Je versai les champignons dans l'huile chaude. Il attendait quelque chose.

« Oui ? » dis-je.

J'avais les genoux en coton et mon estomac se contracta soudain. Il mit ses mains en porte-voix, et sa voix éclata dans la cuisine, amère, furieuse.

« Allô, allô, il y a quelqu'un ? Ici Rob Martello, un visiteur venu du monde réel. J'aimerais annoncer qu'un cadavre a été trouvé dans le jardin. L'unique fille de Mr. et Mrs. Alan Martello est restée enterrée dehors, à un mètre environ de la porte de la cuisine et à cinq centimètres de profondeur, pendant les vingt-cinq dernières années. La direction a le regret de vous annoncer que, suite à cette découverte, le dîner sera peut-être servi avec une ou deux minutes de retard. Nous espérons que votre soirée n'en sera pas troublée pour autant. »

Je ne pus retenir un petit rire fatigué.

« Robert ! »

C'était Claude, surgissant derrière Robert ; mais il souriait lui aussi.

« Je sais que c'est bizarre..., commença Claude, mais Robert l'interrompit aussitôt.

— Quoi, bizarre ? Le cadavre de ta sœur déterré dans le jardin ? Pourquoi veux-tu que ce soit bizarre ? Cela fait déjà plusieurs heures, non ? D'ailleurs, la police a emporté les os. Alan aurait peut-être dû leur demander de reboucher le trou avant de partir, pendant qu'ils y étaient. Parce que là, quelqu'un risque de tomber dedans demain matin, en allant à une autre saloperie de chasse aux champignons, et donc d'y repenser. »

Claude essaya de prendre un air grave, sans succès. Il eut un sourire résigné.

« Tu as raison, Rob, nous ne faisons peut-être pas très bien face, mais...

— Mais il faut maintenir les apparences. Il ne s'agirait pas qu'un truc comme un cadavre vienne perturber un grand week-end Martello. Sinon, il pourrait se passer quelque chose de grave. Comme de se tromper de vin pour accompagner les champignons. »

Claude redevint sérieux.

« Ça suffit, Robert. La disparition de Natalie a eu lieu avant ta naissance, et tu as du mal à comprendre. Nous avons tous peu à peu compris qu'elle était morte. Sauf ta grand-mère – ma mère – qui ne s'y est jamais vraiment résignée. Elle a toujours voulu croire que Natalie avait fait une fugue et qu'elle reviendrait un jour. »

Claude entoura Robert de son bras. Il était assez grand pour y parvenir.

« Aujourd'hui, c'est un coup terrible pour elle. C'en est un pour nous tous, mais surtout pour elle – et il faut que nous soyons forts pour la soutenir. Au moins, c'est une bonne chose que nous soyons tous réunis au moment où ça arrive. Nous pouvons nous soutenir les uns les autres. Et surtout soutenir Martha. Il y aurait beaucoup de choses à dire, Robert. Et pas seulement au sujet de Natalie. Et nous en discuterons, je te le promets. Mais aujourd'hui, c'est peut-être le moment d'être simplement tous réunis. Souviens-toi qu'elle n'a pas encore été identifiée officiellement.

— Et n'est-ce pas une bonne chose que nous dînions tous ensemble ? ajoutai-je. Viens ici, mon chéri. »

J'attirai Robert contre moi et l'étreignis de toutes mes forces.

« Je me sens bête, de ne t'arriver qu'au menton.

— Alors ? Tu veux bien m'aider, Rob ? demanda Claude.

— Mouais, p'pa. D'accord. Soyons adultes et raisonnables. Peut-être que nous devrions faire de ce trou un lieu historique. M'man, tu pourrais pas redessiner ta maison autour du trou, comme tu avais fait avec l'arbre, un jour ?

— C'est oui ou c'est non ? » réclama Claude, de cette voix d'acier qu'il savait soudain prendre.

Robert leva les bras comme pour se rendre, moqueur.

« C'est oui. Je serai sage », dit-il, et il sortit à reculons de la cuisine.

J'échangeai avec Claude un haussement d'épaule impuissant. Nous nous entendions mieux que lorsque nous vivions ensemble. Je me rendis compte que j'allais devoir lutter contre une nostalgie trompeuse.

« Merci, dis-je. C'était bien. »

Claude se pencha au-dessus d'une marmite fumante.

« Ça sent bien bon, dit-il. Comme tu le disais, nous restons amis, non ?

— Ne commence pas.

— Je ne sous-entendais rien. »

Il se tut un instant.

« Je me suis dit que nous pourrions dîner vers neuf heures. Ça te convient ? »

Il m'examina brièvement. Je portais un pantalon de survêtement et une chemise d'homme qui avait appartenu à Jerome. J'avais enfilé les premiers vêtements qui m'étaient tombés sous la main après une douche presque bouillante. J'avais voulu tout faire disparaître : la sueur du travail de force, les larmes, la terre boueuse qui avait enveloppé le corps.

« Ce sera parfait, si je mets la viande à cuire maintenant. »

J'émiettai quelques brins de romarin au-dessus du gigot et le glissai dans le four. Puis je haussai la flamme sous les haricots et versai le riz sur les champignons, en remuant vigoureusement. Claude avait beaucoup à faire, mais il ne paraissait guère disposé à s'en aller. Il s'adossa à la surface de travail, en tripotant un morceau de coulemelle que j'avais écarté.

« Ils nous croient fous, tu sais.

— Qui ?

— Les gens de la région. Les seuls qu'ils mangent, ce sont ceux qui ressemblent exactement aux champignons qu'on trouve en boîte au supermarché. Mais tu peux voir ce qui rebute les gens, non ? On dirait de la chair, tu ne trouves pas ? Pas très ragoûtant. »

Claude ramassa un champignon et le caressa du doigt.

« Ils n'ont pas de chlorophylle, vois-tu. Ils ne peuvent pas produire leur propre carbone. Ils sont réduits à se nourrir d'autres matières organiques.

— Ce n'est pas ce que font toutes les plantes ?

— Ça m'inquiète parfois, que tu puisses dire ce genre de choses, observa-t-il, de ce ton affligé dont il m'apparut soudain que je n'avais plus à me préoccuper.

— Comment va Martha ? Tu l'as vue ?

— Maman réagit admirablement », dit Claude.

Il y avait dans sa voix un ton d'exclusion qui me glaça, et j'allais répliquer quelque chose de cinglant quand Peggy s'engouffra dans la cuisine, les joues empourprées et les chaussettes couvertes de terre. Elle s'empara d'un grand verre et d'une bouteille de whisky, et ressortit.

« Peggy ! appela Claude dans son sillage, rappelle-toi que nous dînons dans une heure et que le vin coulera à flots.

— Claude ! » protestai-je avec indignation, mais Peggy était assez grande pour se défendre.

J'entendis un ricanement rageur qui pouvait être sa réponse, tandis qu'elle montait bruyamment l'escalier. Claude se retourna vers moi et me demanda avec beaucoup de douceur :

« Ça va, Jane ? Je peux te donner un coup de main ? »

Erica entra en coup de vent, dans un tourbillon de parfum, de boucles rousses et d'ongles rouges.

« Ah, Claude, te voilà ! Theo veut que tu l'aides à déplacer des lits, là-haut. Jane, cher ange, que puis-je faire pour t'aider ? »

Elle s'était déjà changée pour le dîner. Sa longue jupe fendue traînait par terre, son chemisier de soie aubergine s'enflait sur sa forte poitrine (enfin, comparée à la mienne), des bracelets s'entrechoquaient à ses poignets, et de longues boucles lui pendaient aux oreilles. Elle gloussa, et je me rappelai combien je l'aimais, malgré tout, cette jeune épouse de Paul, dont l'épanouissement si exotique contrastait tellement avec la dégaine fatiguée et délibérément miteuse de cette pauvre Peggy.

« Je viens de voir les petites filles de Peggy qui se faufilaient dans l'appentis. Ah ! Avoir encore quinze ans et aller fumer dans la grange ! Bon Dieu, quelle sale journée ! Pauvre Natalie. Enfin, je présume que c'est bien Natalie, et non pas une relique archéologique. Ça doit être elle, et c'est normal que vous ayez tous le bourdon. Mon point de vue sur les enfants qui meurent a complètement changé depuis que j'ai eu Rosie, figure-toi. Je n'ai jamais été pour, bien sûr. Mais je crois que je me tuerais. Frances disait qu'à leur avis, à elle et Theo, c'est sans doute un soulagement pour Martha, mais je me demande si c'est vrai. »

Elle plongea ses doigts aux ongles longs dans un ravier d'olives et, d'un air absent, en fourra quelques-unes dans sa bouche rouge pulpeuse.

Claude entreprit méthodiquement de déboucher des bouteilles, jusqu'à ce qu'il y en ait une rangée de huit ouvertes. Je râpai du parmesan au-dessus du risotto aux champignons et j'y ajoutai une noix de beurre doux, pris dans le garde-manger et non dans le réfrigérateur, où l'on ne devrait jamais mettre le beurre. J'avais toujours eu envie d'un garde-manger. Theo et Frances, sa femme, passèrent devant la fenêtre, grands et élégants. Elle parlait avec animation, le regard dur, mais je ne pouvais pas entendre ses paroles, ni voir le visage de Theo. Puis mon beau-frère tourna la tête et me regarda droit dans les yeux. Les années basculèrent soudain. Il eut un demi-sourire embarrassé, mais Frances se remit à parler, et il se retourna vers elle. Ils poursuivirent leur chemin.

Quand je suis au Domaine, j'occupe la chambre que j'ai toujours eue depuis mon enfance. Plus comme des sœurs que des meilleures amies, Natalie et moi discutions toujours pour savoir qui prendrait le lit le plus proche de la fenêtre, et c'était généralement elle qui gagnait. Après sa disparition, il me fut impossible de dormir là où elle avait toujours dormi. Je me couchais à l'autre bout de la chambre, sous le toit mansardé, et j'entendais la vieille horloge sonner au fond du couloir, ainsi que le hululement des hiboux qui nichaient dans les bois. Je m'éveillais parfois au milieu de la nuit et, l'espace de quelques secondes, le temps de tout me remémorer, je devinais sa forme sous les couvertures. Martha avait laissé toutes ses affaires ; elle avait toujours attendu son retour. Du coup chaque année, quand nous venions pour les vacances, je devais ranger mes vêtements avec ceux de Natalie, qui, momifiés dans la naphtaline, me devenaient de moins en moins familiers, jusqu'au jour où je me rendis compte que c'étaient les vêtements d'une gamine dont je m'étais éloignée sans m'en apercevoir en devenant adulte. Et puis un jour, ils disparurent.

À présent, j'ouvris les rideaux et regardai par la fenêtre le jardin qui s'évanouissait dans la nuit. Une brume vespérale s'élevait comme une fumée de l'herbe humide. Le ciel était presque sombre, mais encore rose à l'horizon. Il fera beau demain, songeai-je, le regard figé. Les tas de feuilles mortes qui attendaient d'être brûlés dessinaient d'étranges formes sur la pelouse. Plus loin sur la droite, je distinguais une autre silhouette, plus basse, celle de l'abri mis en place par la police. Existe-t-il quelque part une société qui fabrique des tentes spécialement prévues pour couvrir les endroits où l'on a découvert des cadavres ? Sans doute. Il régnait un grand calme. À la lisière du bois, les filles de Paul formaient un triangle de conspiratrices dont on ne voyait plus guère qu'une ombre à trois têtes dans l'obscurité. Des voix me parvenaient d'en bas, sans que je puisse saisir ce qu'elles disaient. Un tuyau gargouilla et j'entendis des éclaboussures dehors, puis des pas devant ma porte, et j'imaginai Jerome avec la belle Hana, roses comme des crevettes, qui se hâtaient nu-pieds dans le couloir, drapés dans des serviettes. Je crus entendre un sanglot étouffé.

J'ouvris ma valise et en sortis une veste à col montant, très victorienne, avec les poignets resserrés – sexy dans le genre sévère. Quand je la portais, j'avais l'impression de mieux contrôler la situation. Je me passai un peu de parfum derrière les oreilles avant de mettre mes boucles d'oreilles. Je revoyais Natalie, le dernier été, qui essayait un rouge à lèvres foncé devant le miroir, tel un chat, avec ses yeux bleus si semblables aux miens. Puis je songeai aux pathétiques ossements que j'avais vus dans la terre ce matin. Que faisais-je dans cette maison, avec Claude dont je divorçais, ses parents que je blessais, et son frère Theo avec qui j'échangeais des regards complices par la fenêtre de la cuisine, comme une adolescente ?

« Jane, Hana, Martha et Alan ! »

C'était Claude qui appelait dans l'escalier.

« Venez tous. Je vais déboucher le champagne. »

3

Martha et Alan firent leur entrée comme des hôtes de marque. Alan était en pleine conversation ; il agitait ses larges mains, son ventre débordant généreusement par-dessus sa ceinture. Sa barbe n'était pas taillée et ses cheveux gris effleuraient un col usagé. Mais il avait mis une cravate voyante dans le goût du jour, et une veste en tweed irréprochable. Toujours bohème et désinvolte dans sa tenue, mais d'une négligence argentée. Il serra contre lui Frances, qui se trouvait près de la porte, et donna à Jerome une claque cordiale dans le dos. Jerome, le cheveu taillé très court à la Keanu Reeves, vêtu d'un jean et d'un T-shirt noir, paraissait mal à l'aise et déprimé. Il ne parlait qu'avec Hana. Elle aussi était tout en noir, ce qui soulignait le caractère slave de ses traits. Jerome foudroya Alan du regard, qui ne s'en aperçut pas.

« Eh bien, nous voilà tous rassemblés, proclama Alan. Je meurs d'envie de boire quelque chose. »

À côté de lui, Martha paraissait pâle, plus mince que je ne m'en souvenais, et la peau affinée par l'âge. À son air transparent et fragile, je vis qu'elle avait beaucoup pleuré. Jonah alla l'embrasser sur la joue : c'était un très bel homme, avec ses yeux bleus et sa chevelure sombre. Pourquoi ne l'avais-je jamais trouvé séduisant, ni Fred non plus, pendant ce long été si chaud où Theo m'avait semblé irrésistible ? Ce fameux été. Peut-être me faisaient-ils chacun l'effet d'une moitié d'homme. Maintenant encore, je pensais à eux en un seul mot, Jonah-Fred, les jumeaux. Et je continuais de trouver leur ressemblance un peu comique, ou absurde. Leurs cheveux commençaient à se clairsemer et leur beauté à se flétrir. Ils ne vieilliraient pas bien, songeai-je. Mais même leurs femmes, leurs professions, leurs maisons séparées n'étaient pas parvenues à faire surgir en eux deux identités distinctes. Je me demandai s'ils jouaient encore des tours aux gens.

Claude commença à déboucher la première bouteille de champagne, et tout le monde attendait, le verre tendu. On me murmura quelque chose à l'oreille. Peggy se tenait à mon côté.

« Je ne suis pas certaine que le champagne soit vraiment de circonstance », souffla-t-elle.

Je répondis par un haussement d'épaules qui pouvait signifier n'importe quoi. Un tintement sec se fit entendre. Toutes les têtes se tournèrent. Alan tapotait son briquet contre sa coupe. Lorsque notre attention lui fut acquise, il s'avança au centre de la pièce. Il y eut un long silence, pendant lequel il parut réfléchir. Si je n'avais pas connu Alan, ce silence excessif aurait pu m'alarmer ou m'embarrasser. Mais il me rappela une émission de télévision que j'avais vue sur un autre exhibitionniste mégalomane, Adolf Hitler, qui commençait toujours ses grands discours par de longues pauses méfiantes afin d'accaparer toute l'attention de son auditoire. Lorsqu'il parla enfin, ce fut d'une voix si basse que nous dûmes tous nous pencher en avant pour entendre ce qu'il disait.

« Vous savez le plaisir que j'éprouve toujours à vous accueillir tous ici par une ou deux plaisanteries, mais aujourd'hui les choses sont différentes. Cela vous intéressera tous de savoir que je viens de parler au téléphone avec le commissaire Clive Wilks, qui dirige la police judiciaire de Kirklow. Il s'est montré circonspect, bien naturellement, mais quand je lui ai demandé si le corps pouvait correspondre à celui d'une jeune fille de seize ans, il m'a répondu oui. Ce qui n'est bien sûr pas une surprise. »

Il ébaucha un sourire sans joie.

« Et je crains que la splendide maison de Jane ne doive attendre quelque temps. Ce dîner de champignons est notre tradition. Elle m'est très précieuse, cette réunion de nos deux familles, avec tous leurs enfants et leurs êtres chers. »

À ces mots, le groupe s'agita un peu, mal à l'aise. Qu'allait-il ajouter ?

« Mais le souvenir du dîner de ce soir restera à jamais gravé dans ma mémoire. Il y a vingt-cinq ans, notre fille Natalie a disparu. Pendant quelque temps, nous avons cru ou tenté de croire – coup d'œil en direction de Martha, qui tremblait, au bord des larmes – qu'elle avait fait une fugue et qu'elle nous reviendrait. Cet espoir s'était affaibli, mais il n'était pas mort. Attendre quelqu'un qui ne vient pas est une chose terrible, vraiment terrible. Aujourd'hui, nous l'avons retrouvée, et nous pouvons enfin pleurer sa mort comme il convient, et célébrer sa vie. Nous pourrons l'ensevelir en paix. Il me semble que je devrais parler d'elle. La décrire. Ma fille unique. Je ne sais trop que dire. »

Il n'était plus, soudain, qu'un vieil homme désorienté. Je sentis un chuchotement aviné à mon oreille.

« Quel foutu exhibitionniste. Il adore ça, non ? »

C'était Fred. Déjà très ivre. Je lui dis de se taire.

« Elle était intelligente, belle, jeune ; sa vie ne faisait que commencer. » J'entendis un sanglot retenu, sans déceler d'où il venait. « Elle était volontaire et têtue. » Des larmes ruisselaient sur les joues d'Alan, à présent ; sans prendre la peine de les essuyer, il poursuivit : « Elle n'a jamais aimé les adieux. Même quand elle était toute petite, elle me repoussait si j'essayais de l'embrasser devant l'école. Dans le bus, jamais elle n'agitait la main pour dire bonjour ; elle fixait ses yeux droit devant elle. C'était bien ma fille : jamais un regard en arrière. Mais maintenant, nous pouvons lui dire adieu. »

Alan baissa les yeux vers le verre qu'il tenait à la main puis, se ressaisissant, il reprit.

« Maintenant s'ouvre une nouvelle ère de notre vie. » Il entoura de son bras les épaules frêles de Martha, raidie contre le chagrin. « Peut-être pourrai-je même enfin écrire un nouveau livre, ajouta-t-il avec un sourire triste. En tout cas, je voulais vous dire que je suis heureux que nous soyons tous ici aujourd'hui. Vous aimiez tous Natalie, et Natalie vous aimait. »

Il leva sa coupe, où les bulles scintillaient à la lueur du feu.

« Je voudrais proposer un toast. À Natalie. »

Tout le monde échangea des regards. Était-ce de bon goût ?

« À Natalie. »

Avant que j'aie pu porter mon verre à mes lèvres, Fred en avait renversé la moitié en m'étreignant avec émotion.

« Je suis désolé pour ton mariage, Jane, dit-il d'une voix pâteuse, et je suis désolé pour ton projet. Je n'ai jamais rien vu de ce que tu as construit, et je me réjouissais à l'idée de dormir dans cette maison. Mais maintenant, il y aura toujours un fantôme dedans, non ?

— Je ne dirais pas cela, non.

— Moi, si. Je le dis, rétorqua Fred. Mais la vraie question est celle-ci. »

Là, il s'interrompit si longuement que je crus qu'il avait terminé. Et je me serais éloignée s'il ne s'était pas cramponné à ma manche.

« La question est celle-ci : s'agit-il d'un fantôme heureux, ou d'un fantôme triste ?

— Je n'en sais rien, répondis-je, en quête d'une échappatoire.

— Et quels secrets a-t-il à révéler ?

— D'accord, mais le moment est venu de passer à table, dis-je. Et j'élevai la voix : Tout le monde à table. »

C'était terminé. Riz charnu et champignons mous, moelleux ; agneau rosé aux herbes ; soufflés au chocolat enflés sur les bords. La lueur des bougies adoucissait les visages ; les voix montaient et descendaient comme une litanie. Les plus jeunes, qui jouaient au Boggie près du feu, parlaient doucement. Et Alan lui-même, qui pérorait sur l'état du roman contemporain (exécrable, bien entendu, en son absence) en tripotant le pied de son verre, s'abstenait d'élever la voix. Fred me coinça une nouvelle fois pour me dire que Claude et moi devrions faire appel aux services de sa femme, Lynn, pour régler notre divorce, mais sa harangue fut écourtée par Lynn elle-même qui, s'apercevant de ce qui se passait, l'emmena se coucher.

« Il faut me pousser avant que je tombe », déclara-t-il tandis que Lynn, sévère, l'entraînait dans l'escalier.

« Quelque chose ne va pas ? » demandai-je à Lynn quand elle redescendit, seule.

Lynn était une belle femme sûre d'elle, impeccable en jupe et veste de velours sombre.

« Il est chargé de restructurer la société, répondit-elle. C'est très lourd.

— Des licenciements ?

— Un plan social », corrigea-t-elle.

J'espérais qu'elle m'en dirait plus, mais elle commença à s'apitoyer sur mon sort et mon attention s'éparpilla. Dès que je le pus, je quittai Lynn pour rejoindre Jerome, qui continuait à faire la tête, en compagnie d'Hana. Il répondit à mes questions par des monosyllabes. Je me rapprochai de Theo, qui contemplait le feu. Je lui touchai l'épaule, et il sursauta.

« Excuse-moi. »

Il se retourna, mais parut à peine me voir.

« Je pense à des trucs très bêtes, dit-il. Quand elle était plus jeune, vers onze ou douze ans, nous faisions la roue, en été, quand l'herbe était sèche. La seule façon dont j'y arrivais, c'était à toute vitesse. Et elle se moquait de moi, en disant que mes jambes ne montaient pas assez haut. Quand c'était à elle de le faire, sa jupe ou sa robe retombait, quelquefois même par-dessus sa tête, et nous, je veux dire les garçons, on se moquait d'elle. Mais elle arrivait à le faire au ralenti, à la perfection. Les mains par terre, une jambe qui monte lentement, l'autre qui suit, comme deux rayons d'une roue. Et puis on redescend lentement. Elle le faisait parfaitement, mais nous étions trop fiers pour le lui dire.

— Je ne pense pas qu'elle en ait souffert, dis-je. Elle connaissait déjà ses points forts.

— Et je me rappelle quand elle lisait, nichée dans l'embrasure de la fenêtre. Elle avait toujours l'air renfrogné. C'était son expression quand elle se concentrait. Renfrognée. C'était drôle. »

J'acquiesçai, la gorge serrée. Je n'étais pas prête pour ce type d'évocations.

« Tu connais ce vieux cliché qui veut qu'un jour, en rentrant de classe, on découvre que sa petite sœur est devenue une femme ? C'est un peu ce qui s'est passé quand elle avait quatorze, quinze, seize ans. Je revenais de pension pour les vacances, et elle sortait avec des gens avec qui je l'avais vue jouer. Et puis Luke, tu te souviens ? » Je fis oui de la tête. « Ça me fait bizarre. C'était comme un truc pas normal, en quelque sorte. Pour la première fois de ma vie, je me rendais compte que nous grandirions tous. Et que je verrais Natalie devenir adulte, mère, et ainsi de suite. Mais ça ne s'est pas passé comme ça. »

Il tourna vers moi ses yeux pleins de larmes. Je lui pris la main.

« Je me rappelle cet air fâché, dis-je doucement. Cet horrible été où il pleuvait tout le temps, quand elle nous a annoncé qu'elle allait apprendre à jongler. Et elle a passé toutes ses journées à s'exercer avec ces trois maudits sachets remplis de haricots ou de je ne sais quoi. Elle avait cet air renfrogné, avec la langue qui pointait au coin des lèvres, et elle s'exerçait sans arrêt, jour après jour. Et elle a réussi. »

Je n'étais plus qu'à quelques centimètres de Theo, à présent. Nous murmurions comme des amants.

« Je me souviens quand elle s'étendait devant le feu. Les flammes dans ses yeux. J'étais à côté d'elle, tout près. Et nous gloussions si jamais quelqu'un nous disait quelque chose. Mon Dieu, que nous devions être agaçantes. »

Theo sourit, pour la première fois.

« Oh ça, oui. »

L'enchantement se rompit. Quelque part derrière nous, Claude ouvrait une bouteille de porto. L'épais liquide grenat coulait en gargouillant doucement dans les verres disposés sur un plateau. Il leva une main, et le murmure des voix se tut dans la pièce.

« À la cuisinière », lança-t-il, et il me sourit tristement par-dessus les reliefs du repas.

Ce dîner ressemblait soudain à un adieu. Je me demandai ce qui allait se produire maintenant, et l'avenir m'effraya.

« À Jane, répétèrent-ils tous.

— À Alan et Martha », ajouta mon père. À entendre sa voix déraper légèrement, cette voix d'habitude si précise, je sus qu'il était un peu ivre.

« Et à Claude qui a tout organisé, cria Jonah par-dessus le brouhaha.

— À Theo qui a trouvé les coulemelles », lança quelqu'un, du fond de la pièce.

La douceur mélancolique de l'atmosphère était dissipée. « À nous tous, dit Alan.

— À nous tous. »

4

Ma voiture ne démarra pas tout de suite. Il faisait froid ce matin, et le moteur cala à plusieurs reprises en gémissant avant de tousser et de se mettre à tourner. J'abaissai la vitre. Mes fils étaient là, l'air morne. Robert rentrait avec moi.

« Au revoir, Jerome. Au revoir, Hana. Appelez-moi quand vous serez rentrés à Londres. Soyez prudents sur la route. »

Hana s'approcha et m'embrassa par la fenêtre. J'envoyai un baiser à Rosie, qui tendit un doigt vers moi puis le mit dans son nez. Paul enfournait une incroyable quantité de bagages dans leur voiture. Je l'appelai. Il agita la main. Alan et Martha se tenaient côte à côte, pour me regarder partir. Je me penchai, pris la main d'Alan et la serrai.

« Alan, dis-je, nous reverrons-nous la prochaine fois que tu viendras à Londres ? »

Je me sentais bête, comme si j'avais demandé la permission de garder le contact. Il m'ébouriffa doucement les cheveux, comme à une adolescente.

« Jane, dit-il, tu seras toujours notre belle-fille. N'est-ce pas, Martha ?

— Bien sûr », dit-elle en se penchant pour m'embrasser.

Son odeur m'était si familière : un mélange de poudre, de levure et de feu de bois. Martha avait toujours su rester à la fois terriblement séduisante et d'une simplicité rassurante. Elle avait les larmes aux yeux en m'embrassant, et l'espace d'un instant je souhaitai ardemment pouvoir défaire tout ce que j'avais déclenché : la séparation d'avec son fils, les maudits plans de la nouvelle maison qui avaient révélé la dépouille de sa fille. Puis elle me serra la main.

« En vérité, Jane, tu es plus une fille qu'une belle-fille. » Elle hésita, puis ajouta : « Ne me déçois pas, ma chérie. »

Que voulait-elle dire ? Comment pouvais-je la décevoir ?

Claude sortit de la maison avec une valise impeccable. Il se dirigea vers nous, puis s'arrêta. Il allait garder sa dignité dans cette histoire. Mais il ne renoncera pas, songeai-je en le regardant : je le connaissais si bien. Je savais où il avait acheté son jean, et dans quel ordre il avait rempli sa valise. Je savais quelle musique il écouterait en voiture, et comment il maintiendrait l'aiguille juste au-dessous du quatre-vingt-dix, et je devinais qu'en arrivant dans son nouveau studio de Primrose Hill, il commencerait par m'appeler pour s'assurer que j'étais bien rentrée, puis se verserait un whisky et se préparerait une omelette. Silencieux à côté de moi, Robert était crispé. Son visage lisse et pâle n'exprimait aucune émotion. Je posai un moment ma main sur la sienne, puis la levai pour adresser un petit signe à Claude. Il hocha la tête.

« Au revoir, Jane », cria-t-il, et il monta dans sa petite voiture.

Nous quittâmes le Domaine ensemble et, pendant des kilomètres, en traversant la campagne du Shropshire, je vis la petite voiture bleue de Claude et sa tête brune dans mon rétroviseur. En arrivant sur l'autoroute, Robert mit une cassette, monta le volume ; j'enfonçai l'accélérateur, et nous laissâmes Claude loin derrière.

Les cigarettes sont merveilleuses. Tous les matins je prenais ma douche et je descendais en robe de chambre, pour moudre du café, me presser un jus d'orange frais, et allumer une cigarette. J'étudiais les plans de mon prochain projet, une cigarette à la main. Je fumais chaque fois que je décrochais le téléphone. Je fumais dans la voiture – mon Dieu, comme Claude aurait détesté ces habitudes. Je fumais souvent dans le noir, à la fin de la journée, en regardant l'extrémité rougeoyante dessiner des traits dans l'air. Je mesurais mes journées à coup de petits tubes de nicotine. Je fumais chaque matin en parcourant les journaux pour voir si l'on y parlait encore de la découverte du corps de Natalie, maintenant qu'elle avait été identifiée grâce à l'examen de ses dents. « Fin tragique pour la fille d'un jeune homme en colère[1] », annonçait le *Guardian*. « L'Affaire Martello », titrait le *Mail*. Alan donnait des interviews, généralement accompagnées de photos d'archives qui le montraient plus jeune et plus ardent.

Je rentrai à Londres le dimanche. À la fin de la semaine, je reçus un coup de fil d'un officier de la police judiciaire de Kirklow, qui souhaitait me poser quelques questions de routine. Non, je n'aurais pas besoin de me rendre à Kirklow, car deux inspecteurs

1. Les jeunes hommes en colère : nom donné à un groupe de jeunes dramaturges et romanciers anglais dans les années cinquante, que liait un rejet de la société britannique, considérée comme hypocrite, bigote, rigide et inégalitaire. *(N.d.T.)*

prévoyaient de se rendre à Londres la semaine prochaine. Je pris donc rendez-vous et, le mardi suivant à onze heures et demie tapantes, les deux inspecteurs étaient assis dans mon salon. Le sergent Helen Auster menait l'entretien, et l'agent Turnbull, un homme massif aux cheveux roux soigneusement aplatis, avait un carnet ouvert sur les genoux mais ne prenait pas de notes. Je fis du café et je fumai, ainsi que l'agent Turnbull.

Helen Auster était vêtue d'un tailleur de flanelle grise très sérieux. Elle avait les cheveux châtain clair et de surprenants yeux dorés, qui semblaient fixés sur quelque chose derrière ma tête. Elle portait une alliance et elle était très jeune, sans doute une dizaine d'années de moins que moi. Tout en buvant notre café, nous échangions des banalités sur l'immensité de Londres. Ils ne semblaient guère pressés d'en venir au fait, et ce fut moi qui abordai la question en premier.

« Vous faites le tour de la famille ? »

Helen Auster sourit et consulta un carnet.

« Nous venons de rendre visite à Mr. Crane, votre père. » Elle parlait avec un léger accent de Birmingham. « Après le déjeuner, nous avons rendez-vous avec Theodore Martello à son bureau de l'île aux Chiens, et puis nous irons voir votre frère Paul aux studios de télévision de la BBC.

— Vous allez passer la majeure partie de la journée dans la circulation, observai-je avec compassion. Espérez-vous que les gens se rappelleront quelque chose, si longtemps après ?

— Nous avons quelques questions à poser.

— Considérez-vous le décès de Natalie comme un meurtre ?

— C'est une possibilité.

— Parce qu'elle était enterrée, j'imagine.

— Non. Certains indices indiquent qu'il y a peut-être eu strangulation.

— Comment peut-on savoir ça en n'ayant que les os ? »

Helen Auster et Turnbull échangèrent un regard.

« C'est juste un détail technique, répondit-elle. Mais la strangulation fracture presque toujours un os, l'hyoïde, qui se trouve à la base de la langue. Or l'os hyoïde de la défunte est fracturé. Mais il est vrai que le corps est resté longtemps dans la terre.

— Il a bien fallu que quelqu'un l'enterre, dis-je.

— C'est juste.

— Et cette personne l'avait vraisemblablement tuée ?

— Peut-être. Pour le moment, nous nous efforçons juste de collecter des renseignements. Comme vous le savez probablement, on a cru pendant très longtemps que Natalie Martello avait fait une fugue. La dernière fois que quelqu'un dit l'avoir vue, c'était au matin du 27 juillet 1969.

— Le lendemain de la grande fête, oui, interrompis-je.

— Plusieurs mois se sont écoulés avant qu'on ne relève des dépositions, et l'enquête n'a pas été bien loin. Natalie Martello est restée enregistrée comme personne disparue. »

Il y eut un silence, et comme toujours je me hâtai de le combler.

« Je crains bien que la piste ne soit terriblement refroidie, maintenant. Comment allez-vous pouvoir trouver quelque chose ?

— Ce que nous essayons de dire aux gens, c'est que, si vous vous rappelez quelque chose, même quelque chose d'insignifiant, il faut nous le dire.

— Oui, bien sûr. »

Helen Auster jeta à nouveau les yeux sur son carnet. « La dernière personne qui ait vu Natalie vivante était un homme du pays, Gerald Francis Docherty. Il l'a aperçue au bord de la rivière qui longe au nord la propriété de vos beaux-parents. Nous souhaiterions évidemment savoir si elle a été vue après cela.

— Je crois qu'on nous l'avait demandé, à l'époque. Je ne l'ai pas revue après la fête.

— Parlez-moi de cette fête.

— Vous avez déjà dû en entendre parler par mon père. C'étaient les vingt ans de mariage d'Alan et Martha. Ils étaient partis en croisière je ne sais où, et mon père était allé les chercher à la descente du bateau à Southampton, le jour même de la fête, pour les ramener directement dans le Shropshire, où la famille avait organisé une grande réception. Il y avait des quantités d'invités, et plusieurs dizaines d'entre eux étaient restés passer la nuit, dans la maison ou chez des voisins. Beaucoup de gens avaient dormi par terre, je crois, dans des sacs de couchage. Je me rappelle surtout les préparatifs. Claude et moi avions fait des courses, je m'en souviens – il fallait rapporter des tas de choses, de la nourriture, des verres. Natalie aussi en avait fait, je crois. La fête même s'était déroulée le soir, par un temps de rêve, très chaud, qui vous donnait cette impression d'être cuit qu'on a parfois à la fin d'une journée d'été. Il y avait un barbecue. C'était Claude qui s'en occupait, avec l'aide de Paul. Pourquoi ce sont toujours les hommes qui font le barbecue, qui manient toute cette viande morte ? Natalie portait une robe noire sans manches, je crois. Elle était toujours en noir, cet été-là ; je l'imitais, et Luke aussi. C'était son petit ami, mais j'imagine que vous êtes au courant. Ils étaient très branchés ; le genre maigre et renfrogné ; ils me donnaient l'impression d'être gauche, campagnarde, alors que c'était moi qui vivais à Londres. Mais je suis là à bavarder. Que voulez-vous que je vous dise ? »

Helen Auster parut un peu déconcertée. Je ne pense pas qu'elle ait vraiment su ce qu'elle voulait que je lui dise.

« Vous rappelez-vous comment était Natalie pendant la fête ?

— Comment cela ?

— Paraissait-elle déprimée ? Fâchée ? Énervée ? »

Je sentis mes joues s'empourprer. Quand je songeais à cette fête, ce n'était pas de Natalie, mais de Theo, que je me souvenais.

« Je ne me rappelle pas l'avoir tellement vue. C'était une très grande fête, vous savez. Il devait y avoir une centaine de personnes.

— Je croyais que vous étiez sa meilleure amie.

— Je sais, mais c'est dur de se rappeler les fêtes, non ?

— C'est vrai, dit Helen Auster. Que s'est-il passé le lendemain ?

— La fête a plus ou moins continué, je crois. Beaucoup d'invités se sont attardés, ou sont revenus. Les gens sont allés se promener et ainsi de suite, et puis vers midi tout le monde s'est mis à boire du champagne.

— Est-ce que toute la famille était là, pour la fête ?

— Pour la fête elle-même, oui. Mais, comme à son habitude après avoir tout organisé, Claude est parti pour Londres le dimanche avant l'aube, pour prendre l'avion à destination de Bombay avec Alec, son meilleur ami. Et là, ils ont passé deux mois à parcourir l'Inde, avec une vingtaine de livres sterling en poche. Claude et moi nous sommes toujours promis d'y aller un jour ensemble. Mais cela paraît peu probable, à présent. Je dois vous préciser que nous sommes en train de divorcer.

— Désolée.

— Ce n'est pas grave. C'est moi qui ai abordé le sujet. Toute la journée, les gens n'ont pas cessé de se disperser dans tous les sens. J'imagine qu'il serait complètement impossible de reconstituer qui était où à tel ou tel moment donné de la journée.

— Sauf Natalie, au bord de la rivière, peu avant treize heures. Y avait-il une raison particulière pour qu'elle y soit ?

— Pas que je sache. Je veux dire, pas de raison particulière, mais il n'y a rien d'étrange à ce qu'elle y ait été. Je suis désolée, je n'ai pas l'impression d'être très utile.

— Ce n'est pas grave. En tout cas, j'ai cru comprendre que vous étiez indirectement responsable de la découverte du corps. Pourquoi construisiez-vous le cottage juste à cet endroit-là ? »

J'expliquai qu'à l'origine, j'avais souhaité le construire – sauf qu'à l'époque il ne s'agissait pas d'un cottage mais d'une structure – plus bas sur la colline, mais que j'avais modifié mon plan en découvrant qu'un petit affluent de la rivière coulait juste au-dessous. Le drainage aurait été difficile et coûteux. Je lui racontai comment on avait découvert les ossements de Natalie en creusant les fondations.

« Qu'est-ce qui vous a fait penser que c'était Natalie ?

— Je ne sais pas, répondis-je, légèrement décontenancée. C'est sans doute que Natalie avait disparu, et que j'avais toujours pensé qu'elle devait être morte, même si Martha n'a jamais voulu le croire. Alors, quand on a trouvé un corps près de la maison, eh bien… » Je m'interrompis, puis tentai de poursuivre. « J'ai toujours pensé qu'un jour, nous retrouverions le corps de Natalie. D'une certaine façon, je m'y étais toujours attendue, et peut-être que nous nous y attendions tous. Mais je n'ai jamais pensé que, enfin, qu'elle avait été tuée. Je supposais qu'elle avait eu un accident ou quelque chose dans ce genre. Alors la retrouver, c'était affreux, pas seulement parce que c'était elle, mais parce que quelqu'un avait dû l'enterrer. En fait, c'est là-dessus que je voulais vous interroger. Ne pensez-vous pas que c'était un drôle d'endroit pour enterrer Natalie ? Dans le jardin, à un jet de pierre de l'endroit où elle habitait ? »

Le sergent Auster adressa un sourire à son collègue.

« Nous en parlions justement, n'est-ce pas, Stuart ? C'est un emplacement très astucieux pour cacher un corps. La plupart des meurtriers ne sont pas très bons en la matière. On peut penser que des endroits éloignés comme des broussailles ou des landes sont une bonne idée, mais ce sont des endroits sans activité, et on y repère facilement les traces de travaux. Tandis que dans un jardin, on creuse constamment.

— Mais il y a beaucoup de gens, dans un jardin, protestai-je.

— Oui », répondit-elle avec un désintérêt visible.

Elle n'avait manifestement aucune envie de rester là à débattre des théories avec moi.

« Comme je vous l'ai dit, si vous vous rappelez quoi que ce soit qui puisse avoir le moindre intérêt, n'hésitez pas à m'appeler. »

Elle regarda l'heure et me demanda s'il y avait un pub dans le quartier. Je répondis qu'il y en avait un au bout de la rue, et elle me proposa de me joindre à eux pour manger un morceau. Je déteste les pubs et je n'avais pas faim, mais je déclarai que je prendrais un verre. Turnbull annonça qu'il voulait passer par Oxford Street en allant à l'île aux Chiens, de sorte que j'accompagnai seule Helen Auster jusqu'au Globe Arms, où elle commanda une pinte de bitter et des lasagnes, tandis que je sirotais un jus de tomate en fumant. Je commençais à m'attacher à Helen, comme je l'appelais à présent. Elle me parla de sa vie de femme officier de police, de la culture dans les cantines, et de son mari qui coordonnait les livraisons de Sainsbury's dans le Shropshire. Elle me questionna sur mon divorce, et je lui confiai quelques banalités. Quand l'heure de partir approcha, je revins à l'affaire :

« C'est beaucoup trop tard, non ? Vous n'allez rien pouvoir découvrir.

— Il y a une ou deux pistes à envisager, mais ce sera difficile.

— On dirait que vous avez tiré le mauvais numéro.

— C'est ce que je me suis dit. Mais je commence à penser que les Martello sont une famille bien intéressante. »

Helen me donna sa carte, après y avoir noté sa ligne directe. Comme nous nous séparions sur le trottoir de Highgate Road, je lui recommandai de m'appeler la prochaine fois qu'elle viendrait à Londres, et elle promit de le faire. Se pourrait-il que je me lie d'amitié avec une femme policier ?

« Tu ne crois pas qu'il serait temps que tu t'arrêtes de fumer ? »

Kim était assise en face de moi. Une bougie posée sur la nappe en papier projetait des ombres sur le triangle pâle de son visage. Elle piqua un morceau d'espadon avec sa fourchette, et le fit descendre avec une gorgée de vin.

« Tu en es à combien, maintenant ? Trente par jour ? »

J'avais terminé mon repas, ou, plus exactement, je l'avais à peine touché avant de le repousser, et, l'esprit léger, je projetai des nuages bleus par-dessus les reliefs du dîner. Je fis un signe au serveur italien, en lui montrant la bouteille de vin vide.

« Une autre, s'il vous plaît. »

Je tapotai ma longue colonne de cendre au-dessus du cendrier.

« Plus de trente, j'espère. Je vais bientôt arrêter. Si, je t'assure. Le problème c'est que j'y prends trop de plaisir. Cela ne me rend pas malade ni rien. »

Le garçon apporta une bouteille de vin couleur d'ambre, la déboucha, et me le fit goûter.

« J'ai déjà arrêté sans aucun problème. Je recommencerai.

— Hier, j'ai vu les poumons d'une femme à qui j'avais fait passer une radio. Elle avait une toux persistante et des douleurs modérées dans la poitrine. Elle sera morte avant un an. Elle a quarante-quatre ans, et trois enfants adolescents.

— N'insiste pas !

— Et comment avance ton centre d'accueil ?

— N'insiste pas. »

Il n'avançait pas du tout. C'était un site sur un bout de papier, un sujet de conversation au bureau, un prétexte à des réunions dans diverses administrations, l'objet d'un permis d'urbanisme. Au bureau, j'avais des douzaines de grandes feuilles de papier millimétré sur lesquelles j'avais élaboré mes propositions : des plans géométriques, carré par carré, tracés avec des crayons bien taillés. J'attendais seulement que quelqu'un me donne le feu vert. En attendant, il était question de consulter les habitants du quartier. Ce qui ne me disait rien de bon.

« D'accord, ne parlons pas du centre d'accueil, dit Kim. Parlons de toi. Qu'est-ce que tu fais de beau, maintenant que tu es seule ? »

J'allumai une nouvelle cigarette, et me versai un nouveau verre de vin.

« Je suis devenue une femme disponible. Je commence à me retrouver placée à côté du monsieur divorcé dans les dîners en ville. Est-ce que cela t'arrive souvent aussi ? »

Kim haussa les épaules.

« Plus maintenant.

— Nous n'avons généralement pas grand-chose à nous dire, repris-je. Et puis il y a les amis que je n'ai pas vus depuis une éternité, et qui me téléphonent brusquement, l'air désolé que Claude et moi soyons séparés. Et je ne peux pas m'empêcher de penser qu'ils sont ravis de se désoler pour moi. Mais en fait j'apprécie beaucoup de vivre seule. »

J'étais surprise de la fermeté de ma propre voix.

« Je regarde des films à la télé au milieu de la journée, je vais voir des expositions, et je reprends contact avec des gens que j'avais un peu perdus de vue. Je peux laisser la maison en désordre. Mais elle me paraît si grande. Pendant des années nous y avons vécu à quatre, et il n'y reste plus que moi. Il y a des pièces où je n'entre jamais. Je finirai sans doute par la vendre un jour. »

Ce n'était pas seulement que la maison paraissait grande ; elle paraissait vide. J'y passais le moins de temps possible, désormais, alors que je l'avais tant aimée autrefois quand Claude et les garçons s'en allaient et qu'ils m'y laissaient seule. Pendant près de vingt ans j'étais partie travailler tous les jours de la semaine, et je m'étais dépêchée de rentrer dans notre grande maison pleine de bruit et de fouillis et de garçons qui criaient pour se faire entendre. J'avais manié l'aspirateur et le fer à repasser, fait la cuisine et la lessive, et à mesure que les garçons grandissaient je les avais conduits vers des activités sociales de plus en plus angoissantes. J'avais invité des collègues à dîner – les miens ou ceux de Claude. J'étais allée à des spectacles de Noël et des matchs sportifs d'été, et j'avais bricolé des repas à emporter en fouillant les recoins d'un frigo pratiquement vide. J'avais joué au Monopoly, jeu que je déteste, et aux échecs, où je perds toujours, tout en rêvant d'un bon livre au coin d'un bon feu. J'avais fait des gâteaux pour la kermesse de l'école. Je les faisais tard dans la nuit, pour me donner le sentiment d'être une bonne mère, surtout après la mort de ma propre mère. J'avais subi la musique assourdissante des groupes les plus récents, qui me donnaient l'impression d'être une dame d'âge mûr quand je n'avais que la trentaine. Je m'étais occupé des problèmes d'acné, des bouderies, des devoirs à faire. J'étais restée dans notre chambre quand les garçons recevaient leurs copains. Soir après soir, j'avais siroté des gin tonics avec Claude avant le dîner. Je m'étais réveillée la nuit avec des listes plein la tête, levée le matin avec une migraine de fatigue, endormie le soir en sachant que mes journées étaient trop pleines et ne me laissaient pas la moindre place pour moi.

Il n'y avait désormais plus de musique tonitruante, plus de bouderies, plus d'appels d'une cabine à une heure du matin : « M'man, tu pourrais venir me chercher ? »

Ils étaient tous partis, et je pouvais faire ce que je voulais : mon temps m'appartenait enfin, après m'avoir tant manqué. Mais comme je ne savais pas quoi faire de ce temps, je le remplissais. Je restais très tard au bureau, souvent jusqu'à huit heures du soir. Et puis, le plus souvent, je sortais. Il est vrai que je recevais beaucoup d'invitations de gens qui pensaient que j'avais besoin de réconfort, ou de gens qui avaient besoin d'une femme supplémentaire à table. J'allais au cinéma, parfois même en cachette, au milieu de la journée.

En rentrant chez moi, je buvais un verre de vin, je fumais une ou deux cigarettes, et j'allais me coucher avec un roman policier. Les longs romans victoriens que je m'étais promis avec gourmandise allaient devoir attendre encore. Les week-ends, j'allais au cinéma en matinée puis je me promenais dans le parc. L'automne était-il toujours aussi humide ?

Un dimanche, j'étais allée faire le déjeuner chez papa puis, après le repas, je lui avais dit que je souhaitais feuilleter ses vieux albums. J'avais espéré y trouver des photos de Natalie, car je n'en avais pas une seule. Sans nous en rendre compte, Claude et moi l'avions rayée de notre vie. Et maintenant, je voulais la retrouver. Je parcourus les vieux albums, à la recherche de son visage. Souvent, elle n'était qu'une silhouette floue en bordure d'une photo ; ou un visage à peine reconnaissable sur les photos de groupe pour lesquelles nous posions chaque été ; onze visages fixant l'objectif qui les visait ; il y avait Alan et Martha, jeunes et exubérants, maman, inévitablement de profil et le regard détourné – elle avait toujours détesté qu'on la photographie. Après sa mort, papa avait cherché une photo parfaitement ressemblante parmi toutes ces années de mise en mémoire – mais elle était toujours tournée vers autre chose. Il y en avait des tas de Paul et de moi – tout petits avec le ventre rond et les jambes nues, solennels à six ou sept ans, gauches à treize ans – saisis par l'objectif et collés dans l'album de papa, avec une légende tracée de son écriture pleine de boucles. J'en trouvai une de Natalie et moi à huit ans, posant la main dans la main devant le Domaine, les yeux fixés sur l'appareil de photo. Nous nous ressemblions beaucoup en ce temps-là, même si je souriais d'un air anxieux alors que Natalie avait l'air batailleur sous ses gros sourcils. Natalie souriait rarement, et jamais pour faire plaisir. J'avais emporté cette photo, ainsi qu'une autre prise quelques jours avant sa mort. En T-shirt sans manches et en jean coupé, elle lisait un livre sur la pelouse. Ses longues jambes maigres étaient repliées sous elle, et une mèche de cheveux noirs retombait sur sa figure pâle ; elle était totalement absorbée. Nos dernières paroles avaient-elles été affectueuses, ou nous étions-nous querellées ? Je ne m'en souvenais plus.

Que pouvais-je me rappeler ? Je me souviens d'être allée à une fête avec elle à Forston, près de Kirklow, quand nous avions à peu près quatorze ans. Je lui avais parlé d'un garçon que j'étais impatiente de revoir. Comment s'appelait-il ? Il avait des cheveux blonds, séparés au milieu par une raie. Au bout d'un moment, Natalie avait disparu. Plus tard, en flânant, je lui étais quasiment tombée dessus : allongée par terre, elle était dans les bras du garçon blond. Ils avaient passé toute la soirée ensemble. Et cela m'avait paru durer une éternité. Alan était venu nous chercher à onze heures du soir, dans sa Rover. Je m'étais installée sur la banquette arrière, accablée, et Natalie s'était glissée près de moi. Sans un mot, elle m'avait entourée de ses bras et m'avait serrée contre elle. Était-ce moi qui lui pardonnais, ou elle qui me pardonnait ?

À un vernissage, environ un mois après la découverte du corps, je rencontrai William, que j'avais connu marié à une femme que je ne voyais plus depuis longtemps. C'était un grand blond, d'une beauté lisse et floue. Je me le rappelais mince, mais il avait maintenant une petite bedaine bien visible. Nous fîmes le tour de la galerie ensemble, une flûte de mousseux à la main, en regardant de grandes peintures dénuées d'originalité. Le mousseux me détendait. J'évoquai la fin de mon mariage, et il me demanda ce qui m'avait amenée à quitter Claude. Je n'avais pas du tout envie d'en parler.

« Je suppose, répondis-je lentement, que je ne supportais pas l'idée que ce soit là ma vie. C'est difficile à exprimer. »

Il me confia qu'il était séparé de Lucy, sa femme, depuis sept ans, et qu'il voyait sa fille un week-end sur deux. Elle l'avait quitté parce qu'il avait une liaison avec une autre femme, à son bureau.

« Je ne sais pas pourquoi je faisais ça, dit-il. C'était comme une crise de folie, comme un glissement de terrain auquel je ne savais pas résister. »

Je lui dis que j'avais déjà entendu cette excuse-là, et il eut un sourire douloureux.

« Mon Dieu, Jane, je le sais. Quand Lucy est partie, j'ai regardé l'autre femme et, bien entendu, je n'ai plus éprouvé la moindre étincelle de désir pour elle. Rien. J'ai détruit mon mariage et perdu mon unique enfant. »

Il avait les yeux fixés sur une éclaboussure orange (sept cent cinquante livres sterling, d'après le catalogue).

« Je m'en veux terriblement », ajouta-t-il.

En vérité ça ne semblait pas si terrible que ça. Il m'emmena dans un bar à vins et commanda une bouteille de blanc sec et des sandwichs au poulet. Il affirma qu'il m'avait reconnue dès qu'il m'avait vue au vernissage, et qu'il m'avait toujours trouvée séduisante. J'étais légèrement ivre à présent mais, en même temps, curieusement lucide. Je songeai, je peux bien m'offrir ce caprice. William n'était pas homme à laisser des traces. Mais j'étais tout de même un peu nerveuse. Je fumais, j'enroulais mes cheveux autour de mes doigts, je mâchonnais des morceaux de poulet trop salé, je me resservis à boire. Lorsque nous eûmes terminé la bouteille de vin et qu'il proposa d'en commander une autre, je m'entendis déclarer : « Pourquoi ne viens-tu pas plutôt prendre un verre chez moi ? C'est à dix minutes en taxi. »

À la maison, je tirai les rideaux, mis de la musique et réglai même la lumière au plus bas. Je servis deux verres de vin, et m'assis à côté de William sur le canapé. J'avais la bouche sèche, et le sang me battait aux oreilles. William posa la main sur mon genou, et je contemplai ces larges doigts inconnus ; du coin de l'œil, j'aperçus le répondeur qui clignotait, plein de messages à mon intention. J'avais oublié d'appeler mon père. Je me tournai vers William, et nous nous embrassâmes. Il avait l'haleine un peu aigre. Je sentis sa main sous ma jupe et le long de mon collant, et me demandai s'il faisait souvent ce genre de choses. Je m'écartai en disant :

« Je n'ai plus l'habitude ; j'ai oublié comment on fait. » Il secoua la tête et m'embrassa encore.

« Où est la chambre ? » murmura-t-il.

Il retira ses chaussures et replia soigneusement ses chaussettes à l'intérieur. J'ôtai ma veste et commençai à déboutonner mon chemisier. Il défit sa ceinture et quitta son pantalon, qu'il plia avec soin sur une chaise. J'éprouvai un élan d'antipathie pour lui, en même temps qu'un désir sourd. Je frissonnai en ôtant mon chemisier ; mon corps avait quelque chose d'inutilisé, de gauche. Je me vis dans la glace alors que je dégrafais mon soutien-gorge : j'avais de légères vergetures sur les seins, et la cicatrice de la césarienne qu'on m'avait faite pour la naissance de Jerome me fronçait le ventre. J'avais perdu du poids depuis le mois d'octobre ; mes bras paraissaient maigres et mes poignets osseux. Je me retournai vers William, qui était maintenant en caleçon.

« Qu'est-ce que je fais, maintenant ? demandai-je.

— Allonge-toi sur le lit et laisse-moi te regarder. Tu es très belle, tu sais. »

Je retirai ma culotte et m'étendis sur le grand lit, les yeux fermés. Un mélange d'excitation et de gêne m'envahit lorsque les mains de William entamèrent leur lent voyage sur mon corps. J'entendis le téléphone sonner, puis le répondeur se mit en marche. La voix me parvint très distinctement à l'étage au-dessus :

« Maman, salut, c'est moi, Robert, jeudi soir. Je voulais juste m'assurer que tout va bien. Dis-moi un peu ce que tu fabriques. »

Qu'est-ce que je fabriquais donc ?

Je ne parlai pas beaucoup de William à Kim, ce soir-là ; je marmonnai juste que j'avais fait l'amour avec quelqu'un d'autre que Claude pour la première fois depuis vingt ans et que ça s'était bien passé, même si ç'avait été un peu stressant.

« Je m'attendais toujours à entendre la porte s'ouvrir et à voir Claude entrer.

— Est-ce que ça t'a plu ? demanda Kim.

— En un sens, oui. C'est-à-dire, il était gentil, j'ai eu du plaisir. Plus ou moins. Mais, bon, je suppose que le lendemain je me suis quand même sentie un peu bizarre. Je me sens encore un peu bizarre, comme si c'était arrivé à quelqu'un d'autre.

— Viens, Jane, dit Kim en se levant. Je te ramène. »

Je fis du café, et Kim alluma un feu. Elle avait toujours aimé faire du feu, même quand nous étions étudiantes. Nous avions partagé un appartement pendant ma deuxième année d'université, et Kim avait souvent passé des heures à regarder les flammes et à renouveler les bûches, parfois même à y jeter de vieux devoirs. *La bohème*, version provinciale. Comme si elle avait lu dans mes pensées, Kim déclara :

« Te rends-tu compte, Jane, que ça fait plus de la moitié de notre vie que nous nous connaissons ? »

J'essayai de dire quelque chose, puis renonçai. Kim s'accroupit près de mon siège, me prit les deux mains, et me regarda dans les yeux.

« Regarde-moi, Jane. »

Je plongeai mon regard dans ses yeux gris et intelligents. Elle tira un mouchoir de sa poche et essuya les larmes qui ruisselaient sur mes joues.

« Ton mascara a coulé partout. Ce n'est pas comme ça que tu vas attirer les hommes, à moins que tu ne veuilles sortir avec un zèbre.

— Je ne sais pas pourquoi je pleure », sanglotai-je. J'avais une boule de chagrin dans la gorge, et le nez qui coulait. « C'est la fatigue, voilà tout. Je suis juste fatiguée, Kim. Je viens d'avoir pas mal d'émotions, ces dernières semaines.

— Maintenant, ma petite chérie, tu vas m'écouter. Tu ne manges plus. Tu fumes comme une cheminée. Tu bois plus que d'habitude. Tu travailles dix ou douze heures par jour. Tu ne dors plus assez. Tu sors tous les soirs comme si tu étais en fuite. Regarde-toi dans un miroir : tu n'es pas fatiguée, tu es complètement crevée. Tu as quitté Claude, tes garçons t'ont quittée, et tu as trouvé le corps de Natalie caché dans un trou. En l'espace de quelques semaines, ta vie entière a basculé, et c'est plus que tu ne peux supporter. Alors ne te donne pas tant de mal pour le supporter. Ne sois pas si brave. Si tu étais une de mes patientes, je te conseillerais de faire une thérapie.

— Comment cela ?

— Je pense qu'une psychothérapie pourrait t'être utile, reprit Kim. Tu es en état de choc. Cela t'aiderait sans doute de parler à quelqu'un. »

Je me mouchai et m'essuyai la figure, puis nous nous attablâmes devant une théière et une boîte de sablés, et nous jouâmes aux échecs ; je perdis, naturellement. Puis je pleurai encore à gros sanglots malheureux, gémissant que Claude me manquait, que mes garçons me manquaient, que je ne savais plus quoi faire de ma vie, et Kim finit par me mettre au lit comme un enfant, et me veilla jusqu'à ce que je m'endorme.

5

C'était une femme. Et plus jeune que je ne m'y étais attendue. Cela dut se voir sur mon visage.

« Quelque chose ne va pas ? demanda-t-elle.

— Excusez-moi. Je m'attendais sans doute à un vieillard à la barbe blanche, avec l'accent viennois.

— Vous voulez dire un juif ?

— Non, ce n'est pas ce que je voulais dire.

— Vous sentez-vous mal à l'aise avec une femme ?

— Eh bien, je n'ai même pas encore pu m'asseoir, Dr Prescott. »

Le Dr Prescott avait un physique très étonnant, ce que ses quelque un mètre quatre-vingts ne faisaient qu'accentuer. Elle était pâle, la peau presque transparente, avec un long nez mince, très artistique. Ses cheveux bruns étaient adroitement coiffés, avec quelques mèches seulement qui voletaient autour de son cou, ce qui lui donnait l'allure d'une sœur Brontë. Une sœur Brontë robuste et saine. Une sœur Brontë robuste et saine qui se serait habillée en femme d'affaires. Je m'étais arrêtée en chemin, entre le supermarché Waitrose et le site prévu pour mon centre d'accueil, et son tailleur impeccable me fit vaguement honte. Est-ce que je m'attendais à voir les femmes thérapeutes vêtues de gaze et brûlant de l'encens ?

« Dois-je remplir une fiche ou quelque chose ?

— Jane… vous permettez que je vous appelle Jane ? »

Le Dr Prescott me serra la main, mais la garda ensuite comme pour la soupeser.

« Est-ce important pour vous, d'officialiser cette démarche ?

— Cela fait-il partie de la thérapie ?

— Que voulez-vous dire ? »

Je marquai une longue pause et pris mon souffle avec une lenteur délibérée. J'étais toujours debout, et ma nouvelle analyste tenait toujours ma main serrée dans la sienne.

« Excusez-moi, Dr Prescott, commençai-je avec un calme solennel. Mais je mène une vie assez chaotique en ce moment. Et une de mes amies, qui est médecin et en qui j'ai confiance plus qu'en personne d'autre au monde, pense que je traverse une période de crise. Et j'ai eu une journée assez bousculée elle aussi. J'étais au supermarché dès l'ouverture, et j'ai couru tout déballer et tout ranger chez moi, bien que, ça me revient maintenant, j'aie oublié de mettre la glace au congélateur. Ensuite je me suis précipitée chez vous. Quand j'aurai terminé ici, je dois aller en voiture sur le site d'une construction dont je suis responsable, pour y rencontrer une fonctionnaire du service de l'urbanisme, qui va me dire que des changements sont à prévoir sur mon projet initial, financés par un budget qui n'a aucune chance d'être alloué. Et ce n'est là que le début d'un projet qui me tient à cœur et qui va me rendre très malheureuse.

« Pour le moment, je suis dans votre bureau et je nourrissais le vague espoir que ce serait une sorte de refuge contre ce qui m'apparaît comme l'ensemble de mes problèmes. Sans doute pensais-je que nous pourrions commencer par parler de ce qu'une thérapie pourrait m'apporter de positif. Que nous pourrions discuter des règles de base, établir le genre de choses dont nous aurions parlé, enfin, vous voyez ce que je veux dire. Mais pour le moment, je voudrais surtout m'asseoir et démarrer d'une manière un peu logique et cohérente.

— Eh bien, asseyez-vous, Jane. »

Le Dr Prescott me désigna un divan délabré, drapé dans un tapis de style oriental. Je parcourus vivement la pièce du regard. Il était manifeste que chaque détail avait été étudié. Il y avait un fauteuil à la tête du divan, et au mur une affiche de Mark Rothko qui devait être invisible pour le patient étendu. Sur le rebord de la fenêtre, derrière le fauteuil, trônait une petite sculpture abstraite creusée d'un trou au milieu. Une pierre crayeuse. Les murs et le plafond étaient d'un blanc qu'on avait voulu neutre. Il n'y avait rien d'autre.

« Dois-je m'asseoir ou m'étendre ?

— Comme vous voulez.

— C'est un divan.

— Comme vous préférez. »

Je m'étendis en soupirant, et contemplai le papier en copeaux de bois, souvenir d'une réfection à la va-vite effectuée dans les années quatre-vingt. Dieu sait ce qu'il y avait dessous. Si elle avait acheté après 1987, le Dr Prescott devait être coincée avec un lourd emprunt. Elle s'installa derrière moi, non loin de mon épaule gauche.

« Pouvons-nous avoir un échange clair sur un sujet quelconque ?

— Pourquoi choisissez-vous le terme "échange" ?

— Non, non, non et non. Je ne veux pas discuter le choix du terme "échange". Dr Prescott, je sens que nous avons commencé du mauvais pied. À ce rythme, nous allons passer une heure entière sans arriver à nous dire “bonjour”.

— Que voulez-vous faire ? »

Je sentis un picotement au coin de mon œil comme si j'allais pleurer. « J'aimerais fumer une cigarette. Je peux ?

— J'ai bien peur que non.

— Pourquoi avez-vous peur ?

— C'est juste une expression. »

Je me tordis le cou pour tenter de croiser le regard du Dr Prescott. « Juste une expression ? »

Elle ne fut point amusée.

« Jane, que voulez-vous ?

— Je m'attendais sans doute à ce que vous me demandiez quel était mon problème, et je vous aurais parlé de ce qui me préoccupait, des tensions que j'ai affrontées, et nous serions parties de là.

— Eh bien, parlez.

— Dr Prescott, puis-je vous demander quelque chose ?

— Vous pouvez dire – ou demander – tout ce que vous voulez.

— Avez-vous de l'expérience en la matière ? Je suis dans un état d'épuisement et de vulnérabilité extrêmes. Peut-être devrions-nous parler de manière à me mettre en confiance avant que je me mette entre vos mains.

— Pourquoi avez-vous besoin de vous sentir en confiance ?

— Si je confiais ma voiture à un garage pour qu'on me la répare, je voudrais savoir si les mécaniciens sont compétents. Je me renseignerais pour savoir si c'est un bon garage. Avant de m'abandonner à ce processus thérapeutique, j'ai besoin de comprendre ce que cela va m'apporter.

— Mais, Jane, c'est ça, le processus thérapeutique. Dans cette pièce, il n'y a rien d'autre que le processus. La manière d'avoir confiance, c'est de vous ouvrir, de vous laisser aller. »

Tout le monde riait autour dc la table. Cela avait ressemblé à un cauchemar sur le moment mais, en le décrivant, plus tard dans la soirée, cela finit par se mélanger avec le vin et le fromage, et maintenant avec la crème brûlée, pour devenir une histoire drôle.

« J'avais l'impression de ne rien pouvoir faire, continuai-je. J'avais désespérément besoin d'être rassurée, et je suis tombée sur cette classe de rattrapage pour déconstructionnistes pressés. Il n'y avait pas moyen de la coincer. À chacune de mes questions, elle réagissait comme Macavity le chat. Elle n'était pas là. Elle esquivait, et elle me disait que la vraie question, c'était de savoir pourquoi j'avais besoin de poser cette question. Il m'aurait fallu un Magnum 45 pour lui faire avouer l'heure. »

C'était le genre de thérapie dont j'avais besoin. Cela se passait dans l'opulente maison de Paul et d'Erica à Westbourne Grove, ce quartier exotique de Londres où je ne me sentais jamais vraiment à l'aise. Autour de la table il y avait Crispin, l'un des responsables de *Valeur ajoutée*, le jeu télévisé de Paul, et sa petite amie, Claire. Il y avait aussi Gus, l'inévitable célibataire séduisant vers lequel on me poussait. Il était très bien, mais j'étais beaucoup plus attirée par les deux entrepreneurs australiens, Philip et Colin, qui m'auraient, l'un comme l'autre, fourni une bien meilleure épaule pour une aventure éplorée d'une nuit que celle de l'autre zouave ; malheureusement, non seulement ils étaient homosexuels, mais en plus ils vivaient ensemble. Je ne m'intéressais pas particulièrement à leurs compétences techniques, mais à les voir, il était évident qu'ils avaient gagné – et pas seulement sur un plan financier – à transporter des objets lourds sous un soleil ardent.

« Alors tu n'as jamais pu communiquer avec elle ? demanda Paul.

— Si. À la fin. Il ne me restait plus qu'une seule chose à faire. Je me suis levée, et j'ai dit : "Je m'en vais. Ça veut dire que je vais sortir d'ici, et ne jamais y remettre les pieds."

« À quoi elle a rétorqué : "À quoi tentez-vous donc de résister ?" Je me suis brusquement vue prise au piège de cette conversation pour le reste de ma vie, comme quelqu'un attiré dans un tourbillon. Alors, j'avoue à ma grande honte que je lui ai crié d'aller se faire foutre et que je suis sortie en claquant la porte. »

Je bus une gorgée de vin et tirai la plus merveilleuse bouffée de cigarette.

« Et la première chose que je me rappelle ensuite, c'est d'être arrivée ici pour vous raconter l'histoire.

— Tu aurais dû lui lancer un seau d'eau, dit Paul. Elle se serait sûrement évaporée. En tout cas, bravo.

— Mais pourquoi avoir montré une telle résistance ? »

Le silence se fit autour de la table. C'était Gus, le professeur qui avait jusqu'alors gardé le silence.

« Quoi ? balbutiai-je.

— Vous ne lui avez donné aucune chance, reprit-il. Votre jeune thérapeute n'avait pas tort. Si un de mes élèves commence à me demander pourquoi nous avons besoin d'étudier l'histoire, je lui dis tout simplement de la boucler. Le fait même qu'il soit si jeune et qu'il ne connaisse pas l'histoire signifie qu'il ne comprendrait rien à ma réponse. Il ne peut répondre à la question qu'en étudiant l'histoire.

— Eh bien, allez donc vous faire foutre vous aussi », rétorquai-je.

Un silence horrible s'installa, mais Gus sourit puis se mit à rire, comme si j'avais lancé un mot d'esprit au lieu d'une grossièreté d'hystérique, et il s'ensuivit une discussion assez détendue sur la thérapie. Erica et Gus se prononcèrent plutôt pour, tandis que Paul proclamait qu'il était prouvé que les gens guérissaient plus vite de leurs symptômes névrotiques quand ils ne suivaient pas de thérapie. De l'autre côté de la table, Crispin et sa compagne chuchotaient entre eux. Comme je commençais à prendre les assiettes pour les emporter, Paul, qui était assis à ma gauche, me fit signe de rester assise et me parla à mi-voix.

« Tu te sens bien ?

— Je me sens très bien, répondis-je avec méfiance. Tu as vu Claude ?

— Oui. J'ai joué au squash avec lui ce matin.

— Et alors ?

— Il m'a battu par trois contre un.

— Ce n'est pas ce que je veux dire.

— Que veux-tu que je te dise ? C'est dur pour lui. »

Il réfléchit un moment puis, visiblement, prit le parti de plonger.

« Jane, ma chérie, je vais te dire ça une fois pour toutes. Ou plutôt, je vais te dire deux ou trois choses, et je ne veux pas que tu me répondes. D'abord, tu es ma sœur et je t'aime, et j'aurai toujours confiance en tout ce que tu feras. Mais Claude est mon meilleur ami. Il l'a toujours été, il le sera toujours. Alors c'est un peu compliqué pour moi, mais il s'agit là d'un problème mineur. Deuxièmement, je ne dirais pas que Claude est un homme brisé, mais il est tout de même atterré, franchement, par le tour qu'a pris sa vie. Il n'en revient pas, que tu aies brusquement brisé ce mariage de rêve, au bout de vingt et un ans. »

Paul leva la main pour me faire taire.

« Je t'en prie, ne dis rien. Je ne t'accuse ni ne te critique en aucune manière. Ni en paroles ni en pensées. Tu n'as pas à te justifier. Troisièmement… »

Il se tut et me prit la main. Je crus qu'il allait pleurer mais, quand il reprit le fil de sa phrase, ce fut d'une voix calme.

« La famille – nos deux familles, Natalie, et tous ces étés – tout cela est si important pour moi que je ne peux pas l'exprimer. Quel était ce poème, celui que Dennis Potter a repris pour ce téléfilm où des adultes jouent des rôles d'enfants, *Les collines bleues du souvenir* ? Comment c'est, déjà ? Attends. »

Paul se leva de table et dévala l'escalier en faisant trembler le plancher. J'étais un peu désemparée, et isolée de la conversation qui se déroulait autour de moi. Gus s'apprêtait à partir. Je me sentais un peu odieuse. Nous n'allions pas partir ensemble. Nous n'allions même pas échanger nos numéros de téléphone. Il se pencha par-dessus la table et me tendit la main.

« J'ai été ravi de vous rencontrer, Jane.

— Écoutez, je suis désolée de vous avoir dit d'aller vous faire foutre. Ce n'est pas le genre de choses que je dis dans les dîners, d'habitude.

— Vous aggravez encore votre cas », dit-il, mais d'une voix plutôt enjouée. Il était sans doute très sympathique. Paul remonta, salua Gus qui descendait, et passa un trop long moment à fouiller dans un livre.

« Voilà, dit-il enfin. “C'est ici le pays de la joie perdue / Et je vois scintiller / La route heureuse où j'allais / Mais ne puis retourner.” C'est ça que je ressens.

— Mais rien ne t'empêche d'y retourner. Tu y vas presque chaque été. Nous en revenons à peine.

— Oui, mais je veux parler de l'enfance et de ces choses-là. Y retourner, c'est tout ça que ça remue. Et puis aussi le fait d'avoir retrouvé Natalie, bien sûr. »

Il garda ma main dans la sienne et je ne répondis rien. Ce fut lui qui rompit le silence.

« Oh, autre chose encore. » Soudain, il me parut retors. Sa nonchalance semblait étudiée. « Ce week-end m'a beaucoup impressionné. On aurait dit un de ces moments qui transforment ta vie. J'ai pensé que je pourrais faire un film sur la famille.

— Tu n'es pas sérieux ?

— Mais si. L'idée m'en est venue quand Alan a fait son discours. C'est la meilleure chose à faire, maintenant. Je crois que le moment est venu de m'y attaquer.

— Pour toi, peut-être – mais pourquoi faut-il que nous aussi nous nous y attaquions ?

— Mais non, tout se passera très bien. Et ce sera un bon film. Je veux repasser derrière la caméra, me remettre à faire des documentaires. Je crois qu'il serait temps.

— Fatigué de gagner de l'argent, c'est ça ? lui demandai-je, taquine. Mais ce sujet ne l'amusait jamais.

— Écoute, *Valeur ajoutée* roule tout seul maintenant. Demande à Crispin. C'est du sans faute assuré. Il faut juste un petit coup d'aiguillon de temps en temps. J'ai besoin d'un défi. »

Il remplit son verre. Il avait trop bu, ce soir. Il se remit à parler, d'une voix réduite à un chuchotement.

« C'est de retrouver Natalie qui a déclenché tout ça. Elle signifiait tellement pour moi. Et maintenant encore. Pour moi, elle représente une innocence perdue, tout ce qui te glisse entre les doigts quand tu grandis, tout ce que tu croyais devoir être et que tu n'as pas su devenir.

— Ça fait beaucoup », observai-je prudemment.

La dernière chose que je souhaitais, c'était une discussion pour savoir ce que Natalie signifiait pour chacun de nous, mais Paul se contentait de fixer le fond de son verre. Les gens commençaient à se déplacer autour de la table, et Claire, la compagne de Crispin, s'assit à ma droite. Elle avait des cheveux bruns coupés au carré, à mi-chemin entre Louise Brooks et les Beatles, et un visage rond d'ours en peluche, rendu encore plus rond par ses lunettes de grand-mère.

« C'est pour quand ? demandai-je.

— Mon Dieu, cela se voit donc tant ?

— Non, pas vraiment. Je n'ai rien osé dire, au début. Une des pires expériences de ma vie a été de féliciter une femme que je croyais enceinte, et d'apprendre qu'elle était simplement rondouillarde. Mais si la femme qui a l'air un peu enceinte porte une salopette très ample, et qu'elle ne boit ni ne fume rien de la soirée, et qu'en plus elle ne touche pas au fromage, là, je peux prendre le risque de la féliciter.

— Bon Dieu, je ne savais pas que j'avais passé toute la soirée en face de Sherlock Holmes. Que savez-vous d'autre à mon sujet ?

— Rien. Si ce n'est que vous avez l'air en très bonne santé.

— Là, je crains que vous ne perdiez un point. Je vomis tous les jours. Je croyais que cela devait cesser au bout du premier trimestre.

— Ce n'est pas garanti, dis-je avec un grand sourire. Une de mes amies avait encore des nausées pendant l'accouchement.

— Merci, dit Claire. Grâce à vous, je me sens encore plus mal ! » Elle se rapprocha un peu. « Écoutez, je suis vraiment navrée pour cette histoire avec votre belle-sœur, et tous les autres trucs qui vous sont arrivés. Ça doit être épouvantable.

— Oh, ça va, mais je vous remercie.

— Et puis vous étiez très drôle quand vous parliez de la bonne femme que vous avez vue, mais j'ai trouvé qu'elle avait l'air vraiment atroce.

— Je ne sais pas, mais en tout cas je n'ai vraiment pas besoin d'elle en ce moment. Je pense qu'il faut avoir une excellente santé psychologique pour affronter le Dr Prescott.

— Vous me paraissez très robuste, Jane. Vous avez juste besoin de quelqu'un avec qui parler de tout ça. Écoutez, vous ne me connaissez pas vraiment, et n'en tenez aucun compte si cela vous agace, mais nous connaissons un thérapeute qui est un homme merveilleux. Il est peut-être exactement la personne dont vous avez besoin. »

Je dus paraître peu convaincue, car Claire s'alarma.

« Alex n'est pas un gourou ni un marginal, Jane. Il ne va pas faire des trucs avec du cristal. C'est un vrai médecin, avec des diplômes et tout. Mais le principal, c'est que c'est un type vraiment formidable. Je vais vous donner son numéro. Ah, mais je ne l'ai pas, bien sûr. Crisp, mon amour, tu as le numéro d'Alex Dermot-Brown ? »

Crisp était en pleine conversation avec Paul sur une affaire technique, et il n'entendit la question que la deuxième fois.

« Pour quoi faire ?

— Tu ne penses pas que ce serait une bonne idée, si Jane parlait avec lui ? »

Crispin réfléchit un moment, puis sourit.

« Oui, en effet. Mais soyez gentille avec lui. C'est un vieil ami. » Son Filofax était ouvert sur la table. Il le feuilleta et trouva le numéro.

« Voilà, fit-il en me tendant un bout de papier. Si votre mission échoue, Jane, nous nierons évidemment toute relation avec vous. »

6

Le lendemain matin, j'envoyai un mot à Rebecca Prescott avec un chèque pour la séance, en lui disant que j'avais décidé de m'en tenir là. Puis, avec le sentiment d'être idiote, j'appelai le numéro que m'avait donné Crispin. Quelqu'un décrocha, et répondit quelque chose d'inintelligible.

« Allô, puis-je parler au Dr Alexander Dermot-Brown, s'il vous plaît ? »

Nouvelle réponse inintelligible.

« Allô, est-ce que ton papa ou ta maman est là ? »

Là, au moins, j'obtins un « Pa-pa, Pa-pa » très compréhensible. Puis l'appareil fut apparemment ôté des mains de mon premier correspondant, qui poussa un hurlement aigu.

« Tais-toi, Jack. Allô, il y a quelqu'un ?

— Allô, je voudrais parler au Dr Alexander Dermot-Brown.

— C'est moi.

— Vous êtes thérapeute.

— Oui, je sais. » Je perçus un fracas à l'arrière-plan, et Dermot-Brown cria quelque chose. « Je suis navré, vous nous avez surpris au milieu du petit déjeuner.

— Excusez-moi. Je vais être brève. J'ai eu votre numéro par Crispin Pitt et Claire euh…

— Claire Swenson, oui.

— Pourrais-je venir m'entretenir avec vous ?

— Bien sûr. » Une pause. « Que diriez-vous de midi ?

— Vous voulez dire aujourd'hui ?

— Oui, quelqu'un est parti en vacances. Si l'heure ne vous convient pas, il faudra trouver un moment la semaine prochaine. Ou bien la semaine suivante.

— Non, midi sera parfait. »

Il me donna son adresse à Camden Town, près du marché. Mon Dieu, encore un chambardement au boulot. Non pas que cela eût beaucoup d'importance. Le « boulot », pour moi, c'était le bureau de CFM au dernier étage d'un vieil entrepôt de mollasse, surplombant le canal et le bassin d'Islington. Le C – Lewis Carew – était mort du sida en 1989. Il ne restait désormais plus que moi et le F, Duncan Fowler, et, après les années de récession, nous approchions tout juste du moment où il y aurait assez de travail pour nous deux. Tant que j'assistais à toutes les réunions concernant mon centre d'accueil, que je gardais la paperasserie à jour et que je passais régulièrement au bureau, il ne pouvait rien arriver de bien grave.

Je pris quand même mon vélo pour y passer. Je parcourus le courrier, bavardai avec Gina, notre assistante (en vérité, elle est notre secrétaire, mais nous l'appelons notre assistante pour compenser son maigre salaire). Duncan arriva à onze heures, l'air plus détendu que jamais. Duncan est petit mais corpulent ; il est presque chauve, le crâne entouré d'une couronne de frisottis roussâtres, mais il porte une barbe presque trop fournie. Je lui fis part des nouvelles complications pour le centre d'accueil, il me parla d'un projet d'immeuble d'habitation en copropriété qui nous rapporterait encore moins d'argent. Mais ce n'était pas très préoccupant.

Je n'ai pas de crédit à rembourser, les enfants sont partis, et c'est Claude qui se charge de les entretenir. Quant à Duncan, il n'a pas non plus de crédit sur les épaules, et il est divorcé sans enfants à charge ni pension alimentaire à verser. Nous sommes propriétaires de notre bail. Comme le disait Duncan aux jours sombres du début des années quatre-vingt-dix, avant de pouvoir faire faillite, il aurait d'abord fallu qu'on nous donne du travail.

J'expliquai à Duncan que j'allais voir mon second thérapeute en deux jours. Il se mit à rire, m'embrassa affectueusement, et j'enfourchai mon vélo. Je me sentais prédisposée à apprécier Alexander Dermot-Brown, car je pouvais longer le canal pratiquement depuis mon bureau jusqu'à chez lui. J'avais juste à traverser Upper Street, et puis je traversais une zone de gazomètres et de voies ferrées, je passais devant le dépôt postal, après quoi je quittais le chemin de halage en arrivant à l'écluse de Camden Lock. Une centaine de mètres plus loin, j'enchaînai ma bicyclette à la grille d'une maison analogue à celles où vivent beaucoup d'entre nous, dans le nord de Londres.

Alexander Dermot-Brown était en jean et en tennis, avec un mince chandail usagé dont les trous aux coudes laissaient voir une chemise écossaise. Il avait une mâchoire anguleuse, presque comme celle de Clark Kent dans les vieilles bandes dessinées de *Superman*, des cheveux châtains souples où apparaissaient les premiers filaments gris, et des yeux très noirs.

« Dr Dermot-Brown, je suppose ? »

Il sourit et me tendit la main.

« Jane Martello ?

Nous échangeâmes une poignée de main, et il me fit signe de le suivre au sous-sol, dans la cuisine.

« Voulez-vous du café ?

— Parfait, mais est-ce que je ne suis pas plutôt censée aller dans un bureau m'étendre sur un divan ?

— Eh bien, si vous y tenez absolument, nous trouverons sans doute bien un divan quelque part dans la maison. Mais je pensais que nous devrions plutôt commencer par bavarder un peu pour voir ce que nous avons en tête. »

Avec son sol carrelé, ses lambris et son mobilier en bois teinté, la cuisine aurait sans doute paru élégante si elle avait été vide. Mais il y avait des jouets par terre, et les murs, couverts d'affiches, de cartes postales et de dessins d'enfants fixés au hasard par des épingles, des punaises et du papier collant, étaient à peine moins encombrés que le grand panneau d'affichage en liège qui surplombait l'une des surfaces de travail, sur lequel s'accumulaient plusieurs couches de documents : prospectus de livraison de plats tout préparés, invitations, circulaires de l'école, photos. Dermot-Brown me vit regarder autour de moi avec stupéfaction.

« Désolé. J'aurais dû ranger.

— C'est très bien ainsi. Mais je croyais que les analystes étaient censés travailler dans un environnement neutre.

— C'est tout ce qu'il y a de plus neutre, comparé à mon bureau. »

Il prit du café en grains dans le réfrigérateur, le moulut, le versa dans une grande cafetière et ajouta de l'eau bouillante. Puis il fouilla dans un placard.

« Je devrais vous offrir des biscuits, mais tout ce que je trouve, ce sont ces brioches. Si j'en garde une pour chaque enfant, cela nous en laisse une. Ça vous dit ?

— Non merci. Je prendrai juste un café. Noir, s'il vous plaît. »

Il versa le café dans deux grandes tasses et nous nous assîmes face à face, de part et d'autre de la table en pin. Un sourire errait sur son visage, comme s'il avait jugé cette rencontre plutôt comique, et qu'il eût seulement fait semblant d'être un adulte.

« Et maintenant, Jane… vous permettez que je vous appelle Jane ? Et il faut que vous m'appeliez Alex… pourquoi pensez-vous avoir besoin d'une thérapie ? »

Je bus une gorgée de café, et je sentis l'habituelle envie m'envahir.

« Je peux fumer ? »

Alex sourit à nouveau.

« Voyez-vous, Jane, une de mes idées sur la thérapie, c'est qu'il s'agit d'une sorte de jeu et, pour que cela marche, il faut que nous nous entendions sur quelques règles de base. L'une d'elles, c'est que vous ne fumez pas. J'ai des petits enfants dans cette maison. Ça veut dire que vous ne toucherez pas une cigarette pendant une heure, ça sera au moins ça de gagné, même si vous n'arrivez à rien d'autre. L'autre avantage de cette règle, c'est que je n'ai aucune difficulté à m'y plier, car je ne fume pas. Il y a donc de bonnes chances que je sois détendu et en situation de contrôle, tandis que vous souffrirez nerveusement de la privation de nicotine, et c'est excellent aussi, tout au moins pour moi.

— Très bien, je m'en passerai.

— Parfait. Et maintenant, parlez-moi de vous. »

J'inspirai profondément et lui exposai ma situation, là, en buvant mon café – il m'en resservit une tasse – dans cette cuisine, les coudes posés sur cette table poisseuse. Je lui racontai ma séparation et la découverte du cadavre de Natalie. Je parlai un peu de la famille Martello, ce merveilleux groupe très fermé auquel nous devions tous nous sentir privilégiés d'appartenir. Je décrivis ma vie de célibataire à Londres et ses déceptions, sans toutefois évoquer mon escapade sexuelle. Cela me prit un long moment et, lorsque j'eus terminé, Alex attendit un moment avant de répondre. Ses premiers mots furent pour m'offrir encore du café. Je me sentis un peu déçue.

« Non merci. Si j'en prends trop, j'ai la tremblote. »

Il caressait du doigt le bord de sa tasse d'une manière un peu nerveuse.

« Jane, vous n'avez pas répondu à ma question.

— Mais si. Je vous ai dit que je n'en voulais plus. »

Alex rit.

« Non, je veux dire, pourquoi estimez-vous avoir besoin d'une thérapie ?

— C'est évident, non ?

— Pas pour moi. Écoutez, vous devez apprendre à vivre seule après, combien ? vingt et un ans de mariage. Aviez-vous déjà vécu seule ? »

Je secouai la tête.

« Bienvenue dans le monde des célibataires, déclara Alex d'une voix ironique. Figurez-vous que je rêve parfois de ce que serait ma vie, si je n'étais pas marié et si je n'avais pas eu d'enfants. Je pourrais brusquement décider, le soir, d'aller voir un film ou de prendre un verre dans un bar. Il m'arrive peut-être de temps en temps de rencontrer une femme dans une soirée et je me dis que, si j'étais seul, je pourrais avoir une aventure avec elle et ce serait très agréable. Mais si je me trouvais soudain seul, ce ne serait pas du tout comme ça. Je serais peut-être un peu euphorique au début. J'aurais peut-être même une ou deux expériences sexuelles. Mais toutes les choses auxquelles j'aurais été habitué, le réconfort de retrouver les gens que je connais en rentrant chez moi, tout cela aurait disparu. Ce serait très dur.

— Je croyais que c'était moi qui devais parler. »

Alex se remit à rire.

« Qui vous l'a dit ? Vous avez sans doute trop lu Freud. À votre place, je ne me fierais pas trop à un homme qui s'est psychanalysé en même temps que sa propre fille. Quoi qu'il en soit, non seulement vous avez à affronter tout cela, mais en plus vous avez là une tragédie familiale très nette. Vous avez parfaitement le droit d'être malheureuse pendant un certain temps. Souhaitez-vous que je vous en délivre d'un coup de baguette magique ?

— Ce serait tentant.

— Permettez-moi de vous proposer un diagnostic très général, Jane, et qui est offert par la maison. Je pense que vous êtes une femme solide et que vous n'aimez pas vous sentir impuissante, vous ne voulez pas que les gens aient pitié de vous. Voilà le problème. Et voici mon commentaire : la vie est dure. Autorisez-vous à accepter cela. Vous pourriez venir parler avec moi, bien sûr, mais vous pourriez aussi dépenser votre argent autrement. Vous pourriez vous faire masser une fois par semaine, aller vous régaler dans des petits bistrots, partir en vacances quelque part où il ferait chaud. »

Ce fut à mon tour de rire.

« Eh, voilà qui est vraiment tentant. »

Nous souriions tous deux, et un silence un peu embarrassant s'installa entre nous. C'était le genre de temps mort que, en d'autres circonstances, j'aurais envisagé de combler en embrassant Alex.

« Alex, je déteste dire "mais sérieusement"... Mais sérieusement, hier soir j'ai bavardé avec mon frère, qui, incidemment, s'est mis dans la tête l'idée délirante de faire un film sur la famille, de sorte que vous pourrez bientôt tout savoir de mes problèmes en regardant

BBC2. Et Paul – c'est le nom de mon frère – parlait de notre enfance dorée. J'ai toujours eu, moi aussi, cette image de notre enfance dorée, mais, pendant qu'il en parlait avec nostalgie, quelque chose en moi disait non, non, non. Ces derniers jours, j'ai été préoccupée par une image. Sans doute est-ce parce qu'on a retrouvé Natalie. Mais je songeais à mon enfance dorée, dorée avec un trou noir au milieu, et je n'arrive pas à mettre le doigt dessus, je ne sais pas ce que c'est. C'est là, en quelque sorte, à la limite de mon champ de vision mais quand je me tourne pour regarder, ça s'en va, ça retourne se loger à l'extrême limite. Je suis désolée, c'est sans doute incohérent. Cela n'a même pas de sens pour moi. En un sens, je m'écoute parler dans l'espoir de comprendre. Ce que je vous demande, c'est peut-être de me faire confiance quand j'ai l'impression qu'il y a quelque chose qui mérite d'être creusé derrière tout cela. »

Pendant ce long discours incohérent, je gardai les yeux fixés sur la table et, à la fin, je les relevai, presque effrayée d'avoir à affronter le regard d'Alex. Il avait les sourcils froncés, avec une expression de concentration aiguë que je ne lui avais pas vue jusque-là.

« Vous avez peut-être raison », dit-il, presque dans un murmure.

Il prit ma tasse et la posa dans l'évier, avec la sienne. Au lieu de se rasseoir, il se mit à faire les cent pas. Je ne savais pas s'il fallait que je dise quelque chose, mais je m'abstins. Il finit par se rasseoir.

« Vous avez probablement des idées fausses sur la cure psychanalytique. Peut-être avez-vous vu des films où le problème psychologique de quelqu'un se trouve résolu d'une façon spectaculaire. Peut-être avez-vous des amis drogués à l'analyse, qui vous parlent du bonheur merveilleux qu'ils ont ressenti à mieux comprendre leurs problèmes. Ce n'est pas impossible, mais si vous y avez consacré trois heures par semaine pendant cinq ans et vingt mille livres sterling, c'est un gros investissement.

— Alors, pourquoi… ? »

Alex leva la main pour me faire taire.

« Votre cas m'intéresse, sérieusement. Je pense que nous pourrions parvenir à quelque chose. Mais je pense qu'il va falloir commencer par préciser certains points. La cure, ce n'est pas comme aller consulter un médecin à propos d'une infection ou d'une jambe cassée. Vous pourriez me demander si je vais vous apporter une amélioration, et nous pourrions soutenir une discussion philosophique très ennuyeuse pour déterminer si je vais vous être d'une aide quelconque, ou ce que nous entendons par amélioration.

— Je ne cherche pas de réponse facile.

— Je ne le pense pas, en effet. Aussi – et je vais être aussi clair que possible – laissez-moi vous expliquer ce qui peut se produire ou non. Et permettez-moi, à ce sujet, de vous mettre en garde. Peut-être avez-vous l'impression, comme beaucoup de gens, qu'il ne peut rien exister de plus agréable que de passer deux ou trois heures par semaine à parler de vos problèmes pour vous soulager. D'après mon expérience, ce n'est pratiquement jamais le cas. Une thérapie peut se révéler désagréable. Comment pourrais-je vous décrire ça ? »

Alex parcourut la cuisine des yeux et sourit.

« Le désordre de cette cuisine vous horrifie probablement. Moi, il me déprime, et il met ma femme hors d'elle. Alors pourquoi ne rangeons-nous pas ? Eh bien, il a beau être affreux, nous y sommes habitués, en vérité, et nous retrouvons très rapidement ce que nous cherchons. Si je commençais à ranger, cela reviendrait à aggraver encore le chantier pendant un certain temps, puisqu'il faudrait commencer par vider tous les placards. Il y aurait un moment où tout serait pire, avec le risque supplémentaire de perdre courage et de tout laisser dans cet état désastreux. Et cela continuerait à paraître pire jusqu'à l'ultime instant précédant la fin du rangement. Et même à ce moment-là, ce ne serait peut-être pas aussi confortable qu'avant. Même si en théorie le nouveau rangement devrait être plus fonctionnel, nous serions sans doute incapables dans la pratique de nous y retrouver mieux, car nous serions encore accoutumés à l'ancien désordre. Alors, vous voyez, je suis une publicité vivante pour ce qui est de laisser les choses en l'état.

« Il se peut même que vous n'arriviez à rien. Je ne prétends absolument pas qu'après, disons, six mois ou un an, vous soyez plus heureuse ou plus apte à affronter les problèmes pratiques de votre vie. Vous vivrez toujours dans un monde où les gens meurent et vivent des conflits insolubles. Mais je vous garantis au moins une chose. Votre vie en ce moment ressemble sans doute à un carnet rempli d'impressions et de notes décousues. Peut-être pourrai-je vous aider à en faire un récit que vous comprendrez. Cela peut vous aider à prendre votre vie en main et même, peut-être, à mieux la contrôler.

« C'est tout de même quelque chose, et c'est le moins que nous puissions espérer. Il y a aussi d'autres possibilités. Laissez-moi vous donner un exemple hypothétique. Je suis intrigué par la manière dont vous racontez que votre belle-sœur a été enterrée là, au cœur du paysage de votre enfance. C'est une image révélatrice. Certains d'entre nous ont des cadavres dans la tête, cachés, qui attendent d'être découverts.

— Comment cela ?

— Ne vous inquiétez pas, c'est juste une idée, une image.

— Et pour l'aspect pratique ? Comment procédons-nous ?

— Bien. Maintenant, c'est direct. Je veux vous voir deux fois par semaine pendant une heure, qui dure en vérité cinquante minutes. Mes honoraires s'élèvent à trente-huit livres par séance, payables d'avance au début de chaque semaine. Comme je vous l'ai dit, je comprendrais parfaitement que vous ne fassiez pas de thérapie du tout. Je peux vous assurer pratiquement à cent pour cent que, d'ici environ un an, vous vous sentirez beaucoup mieux, avec ou sans thérapie. La souffrance causée par la réapparition de votre belle-sœur se sera atténuée, et vous vous serez habituée à votre nouvelle vie. Mais si vous décidez de poursuivre, et j'espère que vous le ferez, il faut que vous preniez un engagement. J'entends par là que les séances sont sacrées, qu'il ne faut les manquer sous aucun prétexte : travail, maladie, circonstances sentimentales ou sexuelles, découragement, lassitude ou autre. Si vous vous cassez la jambe, profitez d'un déplacement pour venir. Naturellement, vous êtes parfaitement libre d'interrompre la thérapie quand vous le voulez, mais je pense que vous devriez personnellement prendre l'engagement de tenir un certain temps, au moins quatre ou cinq mois. Et aussi celui de donner une chance à la cure. En termes émotionnels et intellectuels. Je sais que vous êtes intelligente et que vous avez sans doute lu Freud plus récemment que moi. Si vous venez ici et que vous commencez à vouloir parler de transfert, auquel je ne crois pas du tout, nous perdrons tous les deux notre temps, et vous votre argent. Voilà. Est-ce que j'ai tout dit ?

— Ce sera comme maintenant ? demandai-je. Assis dans votre cuisine, à boire du café en bavardant ?

— Non. Comme vous le disiez, ceci est juste un entretien détendu, où nous fixons les règles. Quand nous commencerons, il va falloir aller sur le terrain et nous mettre à jouer sérieusement. À mon avis, pour que cela marche, il faut suivre un rituel, il faut que ce soit distinct de votre vie sociale habituelle. Et donc, si vous décidez de continuer, la prochaine fois que vous viendrez ce sera différent. Cela se déroulera dans la pièce réservée à la thérapie. »

Il employait ce mot « thérapie » comme s'il s'était agi d'un terme encombrant qu'on lui aurait imposé.

« Ce ne sera pas un rendez-vous mondain. Nous ne boirons pas de café, et nous ne bavarderons pas vraiment. Vous vous allongerez sur le divan, non pas parce qu'il s'agit d'un accessoire psychanalytique, mais précisément pour que ce ne soit pas comme aujourd'hui, confortable, sympathique, face à face. Maintenant, je vais vous demander de bien réfléchir à ce que vous voulez faire, et puis de me téléphoner.

— Je sais déjà ce que je veux faire. Je veux me lancer. Et si je ne suis pas contente de ce qui se passe, je vous promets que j'arrêterai. »

Alex sourit et me tendit la main.

« Je suppose que c'est l'engagement le plus net que je puisse obtenir de vous. Très bien, c'est entendu. »

7

Après avoir signé les papiers du divorce en triple exemplaire chez mon avocat et rejeté l'idée de consulter un conseiller en affaires matrimoniales, je traversai le nord de Londres à vélo par une belle journée glaciale jusqu'au site de mon centre d'accueil. Rien que d'y penser, je souffrais déjà. L'idée initiale avait été de construire un bâtiment entièrement nouveau pour accueillir quinze malades mentaux relevant de la section 117, c'est-à-dire des gens qui étaient sortis de l'hôpital mais qu'il fallait encore surveiller, ne fût-ce que pour s'assurer qu'ils prenaient leurs médicaments. J'avais proposé une construction élégante, fonctionnelle et économique, qui avait aussitôt été rejetée, ce qui ne me surprit guère. Si ma carrière se poursuivait de la sorte, j'aurais bientôt conçu autant de projets abandonnés que Piranèse, ou Hitler. Le plan de rechange consistait à transformer un ancien squat, qui n'avait plus de toit depuis déjà deux ans.

Quand j'arrivai, deux hommes et une femme en tenue de bureau classique attendaient déjà dehors. Mon amie Jenny, des services sociaux, paraissait tourmentée, comme toujours. Elle me présenta Mr. Whittaker de la Santé et Mr. Brady du Logement.

« Combien de temps avez-vous ? demandai-je.

— Un peu moins de dix minutes, répondit Jenny.

— Bon, alors vous aurez la visite accélérée. Les choses seraient plus simples, à propos, si je ne voyais pas des visages nouveaux chaque fois. »

Je les emmenai là-haut, où il n'y avait pas de toit, et nous redescendîmes, depuis les hypothétiques poutrelles renforcées jusqu'au sous-sol réaménagé, en esquissant la reconstruction de base, les réparations de première urgence, la sortie de secours sur le talus arrière et les aménagements astucieux que j'avais prévus pour les espaces collectifs et les couloirs, afin de donner à la maison ce qui revenait à un étage supplémentaire.

« Et voilà, conclus-je comme nous nous tenions sur les marches du devant, non seulement c'est une œuvre de génie et de sens pratique, mais c'est en plus une œuvre de génie et de sens pratique qui devrait presque se rentabiliser. »

Mr. Brady eut un sourire gêné.

« Vous avez sans doute raison sur ce point, et je regrette seulement que les calculs des experts comptables ne prennent pas votre argument en considération.

— Ne vous inquiétez pas, Mr. Brady, dis-je. Nous serons tous récompensés au jour du Jugement dernier. »

Mr. Brady et Mr. Whittaker échangèrent un regard. C'est assez déconcertant, quand les fonctionnaires de l'urbanisme commencent à être plus jeunes et mieux habillés que vous.

« C'est une conception ingénieuse, Jane. Nous sommes très contents. Mais il y a un problème, c'est que nous sommes touchés par une réduction de quinze pour cent du budget global, et nous sommes contraints de la répercuter uniformément sur tous nos projets. Nous espérons que vous pourrez l'incorporer. À part ça, c'est absolument parfait.

— Qu'entendez-vous par “à part ça” ? Vous avez déjà un projet à prix bradé. Vous avez accepté notre proposition.

— Sous réserve, etc., vous connaissez la formule. »

Je pris mon ton officiel.

« Mr. Whittaker, vous conviendrez sûrement que ce centre d'accueil permettra d'effectuer des économies d'argent substantielles dans la mesure où quinze personnes n'auront plus à être logées dans des pensions ou à occuper des lits de longue durée.

— Vous savez aussi bien que nous, Jane, que c'est théoriquement vrai, mais que ça n'entre pas en ligne de compte dans notre comptabilité.

— Dois-je simplement attendre la prochaine année fiscale pour remettre un toit ? Après tout, le printemps n'est pas si loin. D'ailleurs, pourquoi même se compliquer la vie à construire ? Je pourrais peut-être faire déposer une benne dans la rue, dehors. S'il reste un peu d'argent, vous pourrez faire peindre votre nouveau logo administratif sur le côté, et les dingues viendront y habiter. Vous pourriez leur envoyer leurs médicaments par la poste. Qu'en dites-vous, Jenny ? »

Jenny paraissait consternée. Je me rendis compte que je me comportais comme un de ses clients.

« Jane, nous perdons notre temps, dit Mr. Brady. Ce n'est pas la peine d'essayer de marquer des points contre nous. Nous sommes tous du même côté. La vérité, c'est que le choix ne se situe plus entre un compromis de votre projet et l'original. Il se situe entre le compromis et rien du tout, et même là rien n'est gagné. Vous devriez voir ce qui se passe dans les autres services. L'école primaire Tressell, plus loin dans la rue, risque de ne plus ouvrir que quatre jours par semaine au trimestre prochain.

— D'accord, je procéderai aux coupes nécessaires, et je m'arrangerai aussi, si j'ai une crise de schizophrénie pendant ce temps-là, pour l'avoir en dehors de la circonscription. Alors, quand nous reverrons-nous, soit tous les quatre, soit par personne interposée ?

— J'appellerai votre secrétaire, Jane, dit Mr. Brady. Merci d'avoir été aussi raisonnable, enfin, presque. »

Je remontai sur mon vélo et pédalai de toutes mes forces jusqu'à ce que les muscles de mes cuisses me brûlent, tout en rayant mentalement certains petits détails et quelques astuces sur mon projet.

La tâche ingrate qui m'attendait ensuite, dans cette journée de tâches ingrates, consistait à aller voir mon père, qui voulait me montrer des plans. Je n'allais pas le voir seule, car j'avais mentionné cette visite à Paul, au téléphone, et il avait insisté pour venir aussi, soi-disant pour voir comment allait papa, mais je soupçonnais que cela avait quelque chose à voir avec son film. Bon, au moins, il m'emmènerait en voiture. Je déposai mon vélo à la maison et attendis Paul, ce qui me donna une excuse pour fumer deux cigarettes. Puis nous roulâmes jusqu'à Stockwell sans que Paul cesse une minute de geindre que c'était le pire moment pour aller au sud, et que nous aurions plus vite fait de prendre le métro, à quoi je répliquai que le métro, ça se traîne, de sorte que nous gardâmes un silence fâché jusqu'à Blackfriars Bridge.

Mon père est né en 1925. Il a soixante-neuf ans. C'est un vieil homme. Je le sais, en théorie, mais je ne le ressens pas réellement. Après tout, il était à peine plus âgé que je ne le suis aujourd'hui quand *Sergeant Pepper* est sorti, et cela ne me paraît pas si lointain. J'avais quinze ans. Je n'étais déjà presque plus vierge.

Il avait toujours semblé avoir le même âge. Mais quand papa nous ouvrit la porte, à Paul et moi, j'eus vraiment le sentiment qu'un fossé se creusait entre nous. Il paraissait plus frêle, plus gris, plus raide aux épaules, avec des taches brunes plus marquées sur les mains. Mais en l'étreignant et en le regardant de plus près, je vis qu'il était toujours aussi beau. Il avait plus de cheveux que son fils, et ils lui recouvraient mieux la tête ; je l'ébouriffai un peu, d'une main que je voulais affectueuse.

« Du thé pour tous les deux ? offrit-il.

— Va t'asseoir, je m'en occupe, répondis-je. J'ai apporté de la marmelade de citron et, si tu as du pain, nous pourrons en faire des toasts. »

Papa et Paul passèrent dans le salon, une pièce encombrée de livres et de papiers entre quatre murs rouge sombre. Mais la cuisine ressemblait davantage à une salle de réunion quaker, avec ses murs blancs crépis et ses bancs de bois inconfortables. Les faibles spots au plafond faisaient fausse note : c'était le genre d'éclairage qu'on trouve dans les magasins, et ça n'a rien à faire dans une cuisine, surtout avec une installation électrique si pauvre. Aussi loin que je me souvienne, bien avant la mort de maman, papa était toujours censé s'en occuper bientôt, mais les implications de ce qu'il risquait de découvrir étaient trop effrayantes. Et au lieu d'agir, il se contentait d'ajouter des ramifications. Où que l'on regarde, on voit des spaghettis électriques agrafés le long du mur.

Quand j'apportai dans le salon le thé et le pain grillé, mon père était assis dans son fauteuil et Paul, sur un tabouret bas, se penchait vers lui avec des airs de conspirateur. La pénombre dans laquelle ils étaient plongés résultait également de la stratégie adoptée par papa dans les années soixante-dix, selon laquelle on n'éclaire pas des pièces mais des « espaces ». Les plafonds avaient donc tous été débarrassés de leurs fils électriques, et d'horribles appliques chromées étaient fixées dans les angles. La maison se divisait désormais en espaces de lumière et en espaces de pénombre. Papa et Paul étaient actuellement assis dans un espace de pénombre. Quand je fus suffisamment près pour voir, je reconnus la lueur déterminée du regard de Paul : il enquêtait. Je vis même un carnet qui dépassait de sa poche.

« Paul t'a dit qu'il va faire un documentaire sur la famille, Papa ? » demandai-je d'une voix joviale en posant bruyamment le plateau.

Paul se redressa et me rabroua. « J'allais en parler, Jane. Ne me bouscule pas. »

Une coulée jaunâtre descendait le long du menton de mon père.

« Pourquoi ? demanda-t-il. Qu'avons-nous de si intéressant ? »

Paul prit une profonde inspiration, et posa son pain grillé.

« C'est une très bonne question, dit-il, et papa parut vaguement surpris. Quand je parle de ma famille – qui est intéressante pour moi, bien sûr – j'ouvre parallèlement, pour le spectateur, une nouvelle façon de considérer sa propre famille, sa propre enfance. Toutes les familles sont différentes, et pourtant toutes les familles sont pareilles.

— Est-ce une citation ? m'enquis-je.

— Quand je vais parler de notre famille – toi, maman, Jane et moi – et quand je vais parler des Martello, car, bien entendu, je ne peux pas les laisser en dehors, quels sont les sujets que je vais aborder ? »

Comme il n'attendait pas de réponse, je m'emparai de sa tartine et mordis dedans avec avidité. Je n'avais pas eu le temps de déjeuner.

« La nostalgie. L'intimité et l'éloignement. La possessivité et la jalousie. L'idylle de l'enfance. La souffrance de grandir. Les espoirs que nourrissent les parents pour leurs enfants. La rancœur qu'éprouvent les enfants envers leurs parents. Tout cela, et bien davantage, peut être exploré à travers une famille. J'espère que tu accepteras de m'aider ?

— J'en ai assez entendu, dit papa. Bois ton thé, Paul, je veux montrer quelque chose à Jane. Viens par là, toi. »

Il m'entraîna vers son bureau, dans l'angle de la pièce. Des papiers et des vieux livres de grand format y étaient empilés. « Comment avance ton projet ?

— Lequel ?

— Je ne parle pas du Domaine. Le centre d'accueil.

— Ça tourne au cauchemar.

— Je suis désolé, Jane. Je peux faire quelque chose pour t'aider ?

— Oui. Anéantir le service du Logement.

— Ce serait déjà la moitié du travail, observa papa distraitement. Je t'ai fait venir pour une raison bien précise. J'ai pensé que tu pourrais jeter un coup d'œil là-dessus.

— Qu'est-ce que c'est ?

— Ce sera le grand projet de ma vieillesse. Je vais restaurer l'intérieur de cette maison.

— Pour revenir à quoi ?

— Au style et à la décoration intérieure originels, ceux du milieu des années 1880. Tu peux voir que j'ai fait quelques croquis préliminaires. De toute façon, le matériau de base est d'origine. Le plus gros du travail consistera à rétablir la cloison intérieure de cette pièce, de même qu'au premier étage. »

Derrière nous, Paul regardait par-dessus mon épaule.

« Tu veux dire que tu vas reconstruire tout ce que tu as démoli dans les années soixante », dit-il.

Je lui donnai un coup de pied, mais mon père poursuivit comme s'il n'avait pas entendu.

« Il faudra remettre des frises et des roses aux plafonds, mais heureusement on pourra reproduire les moulures à partir de celles qui ont survécu.

— Je suis stupéfaite, articulai-je. Mais est-ce que ça ne va pas te coûter une fortune ?

— Je vais le faire moi-même.

— Pas question.

— Si. Pat Wheeler m'a dit qu'il m'aiderait. »

Je ne savais pas quoi dire, mais de toute façon mon père poursuivait avec animation. Il nous montra ses croquis préliminaires et ses spécifications. Il nous parla de poulies, de scellements et de plaques de cheminée, de finitions de plâtre, d'arêtes et de ferrures de portes. Le Corbusier se changeait en William Morris. Paul lui demanda, pour le taquiner, s'il allait s'éclairer au gaz et faire démonter le chauffage central. Quant à moi, j'éprouvais des sentiments contradictoires, non seulement à cause de l'extravagance du projet, mais aussi parce que, dans son programme, mon père semblait s'exclure systématiquement de sa propre maison. À la fin des travaux, s'il y parvenait jamais, l'intérieur serait dépouillé de toutes les innovations et de tous les idéaux qui l'avaient fait vibrer. Je marmonnai quelques mots sur le respect du passé, que mon père ponctua d'un rire sarcastique appuyé.

« Nous avons chacun notre manière à l'égard du passé. Je veux le restaurer et le préserver. Cela vaut-il mieux que d'en faire un documentaire télévisé ? »

Il lança un regard perçant en direction de Paul, dont le visage s'empourprait.

« Je m'étonne de te voir un tel enthousiasme pour la restauration, rétorqua Paul, quand tu as tant écrit sur l'architecture et son contexte social ! Quel est l'intérêt de recréer dans les années quatre-vingt-dix une maison familiale de l'époque victorienne ? Est-ce que tu comptes aussi te déplacer à cheval, désormais ? Mon attitude à l'égard du passé consiste à le réexaminer à la lumière du présent.

— Natalie, trancha mon père.

— Quoi ?

— Tu comprends très bien. Natalie a été déterrée, et tu en fais un documentaire pour la télévision. Tu vas vouloir nous faire raconter l'effet que cela nous fait, n'est-ce pas ? Tu voudras sans doute aussi que j'évoque la mort de ta mère. Qui d'autre y participera ? Tes deux femmes ? Ce pauvre vieux Claude abandonné ? »

C'était à mon tour, maintenant, de rougir de colère, blessée.

« Et pourquoi pas Alan et Martha ? Martha ne dira pas grand-chose, elle a toujours gardé ses chagrins pour elle. Mais Alan, je le vois d'ici, le vieil homme en colère se retourne sur sa vie et l'examine. Voilà une valeur sûre. C'est ça que tu veux, Paul, une famille de personnalités médiatiques ? »

Paul paraissait choqué, mais également passionné. Il avait saisi un avant-goût de ce que son film pourrait être. Il adopta le ton du professionnel devant une commission de programmation :

« Ce film sera réalisé dans le plus grand respect de la famille et la plus totale intégrité. »

Mon père lui tourna le dos et commença à parler d'une cheminée qu'il allait rouvrir en rétablissant un conduit carré en brique crépie. Je demandais si un revêtement d'argile ne vaudrait pas mieux, mais d'un geste il écarta l'objection.

« Je ne vais pas renoncer simplement parce qu'un vieillard éprouve le besoin de se donner des airs. As-tu jamais rien entendu de plus ridicule que cette connerie de restauration ? Est-ce que papa est devenu sénile ? »

Au pub, Paul semblait très remonté, attablé devant son demi, mais je savais qu'il avait honte.

« Ne le prends pas de haut avec moi, Jane. J'ai parfaitement le droit de puiser dans ma propre expérience pour mon travail, et il se trouve que ma propre expérience se compose de nos deux familles. Ce n'est pas parce que *Valeur ajoutée* remporte un succès énorme que je ne peux rien faire d'autre que des jeux télévisés. »

Je restai muette.

« J'ai raison ou pas ? »

Je haussai les épaules.

« Peu importe ce que je pense. Ce n'est pas moi qui vais financer le film.

— C'est important pour moi. Depuis ce fameux week-end, je ne pense plus qu'à Natalie. Un film sur elle et sur nous ne peut que nous être salutaire. Une façon d'accepter ce qui s'est passé.

— Thérapie télévisuelle.

— Bah, ce n'est sans doute pas pire que ce que tu fabriques en ce moment. Nous cherchons tous les deux à nous en sortir. Qu'y a-t-il de mal à ça ? »

Je posai la main sur sa manche, et il se dégagea avec humeur.

« Paul, tu veux que les gens te racontent leur vie, mais, pour la plupart, nous ne connaissons pas notre vie. Ce que tu fais est dangereux. Tu risques de piétiner les souvenirs et les rêves des gens au moment où ils sont le plus fragiles. Et il s'agit des gens avec qui tu devras continuer à vivre. Je n'ai pas envie que Claude raconte à la terre entière ce qu'il pense de moi. La télévision est tellement séduisante : les gens confient à la caméra des choses qu'ils n'auraient jamais imaginé dire à leurs meilleurs amis. »

J'écrasai ma cigarette et pris mon manteau.

« Ce sera juste un documentaire honnête. Je peux te promettre que je ne ferai rien qui soit indigne de la mémoire de Natalie.

— Garde ça pour *Radio Times.* »

Mon ton cinglant me fit honte, l'espace d'un instant, et puis ce me fut bien égal. Nous nous séparâmes sans nous dire au revoir.

8

Ma première séance – ma première vraie séance – avec Alex me fit le même effet que la rentrée dans une nouvelle école. J'étais nerveuse. Je choisis mes vêtements avec un soin inaccoutumé, puis je me sentis mal à l'aise dedans. La maison d'Alex me parut différente, mais c'est aussi parce que, au lieu de me faire descendre dans la cuisine sombre et chaude, avec son fouillis rassurant, il me conduisit dans une pièce au premier étage, qui donnait sur l'arrière. J'y entrai la première, tandis qu'Alex montait chercher un carnet à l'étage au-dessus. Je m'approchai de la fenêtre et posai les deux mains sur la vitre froide. On dominait un long jardin étroit, qui menait à un autre long jardin étroit, puis à la maison d'en face, image en miroir de celle dans laquelle je me trouvais. Tout dans le jardin était taillé très court en prévision du printemps, et j'y perçus comme un reproche à l'encontre de mon jardin à l'abandon. Je sursautai en entendant la porte se fermer derrière moi et, me retournant, je vis Alex.

« Je vous en prie, dit-il. Allongez-vous. »

Je n'avais pas bien regardé la pièce. Je ne fis pas attention à ce qu'elle contenait, à sa décoration, ni au tapis. Je ne vis que le fauteuil et le divan. Je m'allongeai sur le divan, et j'entendis grincer des ressorts tandis qu'Alex s'asseyait derrière moi, hors de mon champ de vision.

« Je ne sais pas par où commencer », dis-je avec anxiété.

« Pourquoi êtes-vous ici ? Commencez par là et ensuite vous irez où vous voudrez.

— Très bien. Au début de septembre, j'ai dit à mon mari, Claude, que j'avais décidé de le quitter et de divorcer. Ce fut très soudain. Claude et toute la famille ont été terriblement bouleversés.

— Qu'entendez-vous par toute la famille ?

— Je veux dire toute la famille au sens large. Quand je parle de "ma" famille, je ne parle pas uniquement de la petite famille Crane mais de cette grande et merveilleuse famille Martello qu'on nous envie.

— Vous me semblez un peu ironique.

— Un peu seulement. Sans doute aurais-je des réserves à faire, mais je sais que c'est vraiment une famille merveilleuse. Nous avons tous une chance extraordinaire. C'est l'expression que mon père utilisait toujours. Juste après la guerre, il a quitté l'armée pour aller à Oxford, et c'est là qu'il a rencontré Alan, le jour de son arrivée. Bien entendu, tout le monde a lu *Le drain express*, à présent, et nous savons à quoi nous attendre. Il est donc difficile d'imaginer ce que ça a dû être pour quelqu'un comme mon père – un garçon qui avait toujours été boursier, très intelligent, très timide – d'arriver à Oxford, effaré et tourneboulé, et puis d'y rencontrer le modèle de Billy Belton. Et si vous considérez l'effet qu'il a exercé sur les gens simplement comme héros du livre, imaginez-le en personne, incroyablement drôle, et dédaignant totalement ce que vous étiez censé respecter. Je pense qu'ils étaient pratiquement épris l'un de l'autre, en ce temps-là.

« Dans les deux ans qui ont suivi, Alan et mon père se sont tous deux mariés, et les deux familles n'en faisaient pour ainsi dire qu'une seule. Alan est devenu très riche quand *Le drain express* a connu cet immense succès et qu'on en a fait un film et ainsi de suite ; il a acheté la maison et le domaine du Shropshire. C'est là que nous passions toutes nos vacances. C'était le lieu idyllique par excellence, et, quand on amenait des gens, ils étaient éblouis par cette famille étonnante et ces quatre beaux garçons – et aussi la très jolie fille, bien sûr. C'était le centre de ma vie. Natalie était ma sœur et ma meilleure amie. Theo a été mon premier amour. Et il a paru tout naturel, dynastique en quelque sorte, que j'épouse Claude.

— Theo était-il l'aîné ?

— C'est Claude l'aîné, puis viennent Theo, Natalie, et Alfred et Jonah, les plus jeunes. Ils sont jumeaux.

— Comment ont-ils réagi quand vous vous êtes séparée de Claude ?

— C'est difficile à dire. L'un des objectifs du week-end où le corps de Natalie a été retrouvé était de montrer que je faisais toujours partie de la famille.

— C'était important pour vous, d'obtenir leur approbation ?

— Pas exactement leur "approbation". Je ne voulais pas qu'on me perçoive comme celle qui fait éclater la famille.

— Vous a-t-on demandé pourquoi vous faisiez cela ?

— Pas vraiment.

— Eh bien, pourquoi l'avez-vous fait ?

— Figurez-vous que j'y réfléchissais tout en pédalant pour venir ici. Je savais que j'allais devoir produire une explication, et je n'y arrive pas. C'est curieux, non ? Me voilà, à quarante et un ans. Quand j'ai épousé Claude, j'avais vingt ans et j'étais encore étudiante. Et j'ai jeté tout ça à la poubelle. On m'a demandé pourquoi, bien sûr. Claude était effondré, mes fils bouleversés et furieux, et ils m'ont réclamé une explication claire et nette – pour pouvoir se raccrocher à quelque chose, je suppose – mais je n'ai pas pu leur en donner. Et ce n'est pas que j'aie eu quelque chose à cacher. Tout ce que j'aurais pu leur dire, c'est que je pense avoir agi à l'aveuglette et que, me réveillant d'un long sommeil, j'ai regardé autour de moi : Jerome et Robert sont grands, ils ont quitté la maison, et j'ai décidé qu'il fallait que je m'en aille. Je suis navrée que ce soit aussi long, et sans doute pas très compréhensible. »

Il y eut un long silence, et je me mis à pleurer. Je m'en voulais terriblement, mais je ne pouvais pas m'arrêter, et les larmes ruisselaient sur mes joues. Je fus surprise de sentir la main d'Alex sur mon épaule.

« Excusez-moi, balbutiai-je en reniflant pitoyablement. C'est juste que j'ai honte de ce que j'ai fait, et que maintenant je me sens faible et idiote. Pardonnez-moi. »

Alex traversa la pièce, et revint avec une poignée de mouchoirs en papier.

« Tenez », dit-il.

Je me mouchai et m'essuyai la figure. Alex me surprit en s'accroupissant devant moi au lieu de regagner son fauteuil. Maintenant que le rideau de larmes s'estompait devant mes yeux, j'observai qu'il me scrutait avec une extrême concentration.

« Je vais vous dire deux ou trois choses, dit-il. Vous savez déjà qu'il n'y a pas de mal à pleurer dans cette pièce. En fait, vous pouvez faire tout ce que vous voulez pourvu que ça ne tache pas le divan. Mais il y a quelque chose de plus important. Pendant tout le temps où vous viendrez parler avec moi, je m'efforcerai d'être aussi franc et aussi ouvert que possible avec vous. Je veux commencer par vous dire qu'à mon avis vous n'êtes pas faible du tout, et que vous ne devriez pas éprouver de remords sous prétexte que vous ne pouvez pas expliquer facilement pourquoi vous avez quitté votre mari. Ça demande du courage. En vérité, si vous me donniez une raison, notre premier objectif serait de nous en débarrasser pour voir ce qu'il y a derrière. Vous ne cherchez pas à esquiver, et c'est un signe positif. Alors, vous vous sentez mieux, maintenant ? »

Je m'assis pour me moucher, froissai le mouchoir en papier avec embarras et l'enfouis dans ma poche. J'acquiesçai. Alex me donna une petite tape rassurante sur l'épaule, et se mit à aller et venir dans la pièce, comme il avait l'habitude de le faire quand il réfléchissait intensément, je le comprenais maintenant. Ayant apparemment pris une décision, il se rassit dans son fauteuil.

« Je ne vais certainement pas commencer à vous fournir des réponses. Ça, c'est votre travail. Mon rôle, c'est de maintenir la direction générale dans laquelle nous devrions avancer. Si vous êtes mécontente des chemins dans lesquels je vous entraîne, ma foi, il faut le dire, mais j'aimerais que vous me fassiez confiance, si vous le pouvez. Ma première pensée, c'est que vous me dites que non seulement vous avez mis fin à votre mariage, mais que vous vous êtes coupée d'une partie importante de votre passé et de votre enfance. L'impulsion de bien des gens, dans une situation comme la vôtre, aurait été de fuir leur famille, et cela m'intéresse que votre instinct vous ait poussée à retourner chercher leur assentiment. J'ai l'impression que ce qu'il faut faire, ce n'est pas tant parler des détails de votre divorce mais presque nous en éloigner, pour revenir à cette famille. Êtes-vous d'accord ? »

Je reniflai une dernière fois. Je m'étais ressaisie et me sentais à nouveau capable de parler.

« Si c'est ce que vous pensez.

— Parce que, une des choses que je veux faire pour vous, Jane, c'est prendre les différentes forces qui vous accablent et vous en restituer le contrôle. Une façon d'y parvenir, c'est de chercher les motifs qui sont cachés en vous et voir si nous pouvons les reconnaître. Vous êtes venue me voir en disant que vous vouliez parler de votre divorce. C'est important, et nous en parlerons. Mais un problème fondamental consistera à déterminer ce que vous voulez vraiment, et j'aimerais vous suggérer quelque chose. Si votre meilleure amie, presque votre jumelle, a été découverte enterrée dans le sol, puis exhumée, et que vous, pour la première fois de votre vie, vous avez décidé de chercher de l'aide, de creuser votre propre passé, d'exhumer votre propre secret, ce n'est sans doute pas une coïncidence. Est-ce que cela vous paraît clair, Jane ? »

Au premier abord, j'étais surprise et un peu déconcertée.

« Je ne sais pas. Ce fut évidemment un choc terrible pour nous tous. Mais c'est juste un événement tragique extérieur. Je ne vois pas ce qu'on peut en dire de plus. »

Alex se montra calme et inflexible.

« Je m'intéresse aux mots que vous employez. Ce fut un choc pour "*nous* tous". Et pourtant, c'était un événement "extérieur". Était-ce vraiment extérieur ? Vous savez, je me dis parfois que les choses dont les gens ont le moins envie de parler constituent souvent les meilleurs points de départ. Votre divorce est une affaire d'opinion, d'émotion, d'attitude. La mort de Natalie est un fait. Sa découverte et son exhumation sont des faits. Je pense que c'est là que nous devrions commencer. »

J'avais toujours été réticente à l'égard du discours thérapeutique sur l'émotion et de sa méfiance envers la réalité des événements, mais le sens pratique d'Alex me plut beaucoup. J'étais conquise.

« Oui, je suis d'accord. Je pense que vous avez raison.

— Bien, Jane. Parlez-moi de la disparition de Natalie. »

Je me recouchai sur le divan. Je me demandais par où commencer.

« C'est affreux… ç'a été une tragédie horrible et le moindre détail devrait rester gravé dans ma mémoire, et pourtant ça me paraît très vague et très lointain. Il y a de cela un quart de siècle, après tout, pendant l'été 1969. Natalie a disparu juste après une grande fête au Domaine – chez les Martello, dans le Shropshire. Les vingt ans de mariage d'Alan et de Martha. Peut-être est-ce parce qu'il n'y a pas eu d'événement brutal, comme la découverte d'un corps ou un choc quelconque, pour en cristalliser le souvenir dans mon esprit. Ce que je me rappelle très vivement, c'est que la dernière fois que Natalie a été vue vivante, c'était par un homme du village, le lendemain de la fête. Je marquai une pause. Le plus étrange, c'est que j'étais là.

— Comment cela ?

— Eh bien, je n'étais pas exactement sur les lieux mêmes, bien sûr, mais j'étais tout près. Je devais être la personne la plus proche d'elle, à part l'homme qui l'a vue, et puis peut-être aussi la personne qui… enfin, vous savez.

— La personne qui a tué Natalie.

— Oui. Peut-être devrais-je vous décrire l'endroit. Je peux ?

— Bien sûr.

— Natalie a été vue pour la dernière fois près de la Col. C'est une sorte de petite rivière, ou de gros ruisseau, qui borde la propriété des Martello sur un côté. Il y a un sentier qui part du village de Westbury, franchit la Col, traverse la propriété d'Alan et Martha, et longe la maison. L'homme parcourait ce sentier pour livrer quelque chose au Domaine, ou pour y chercher quelque chose, au contraire, je ne me rappelle plus ; et il a vu Natalie sur le chemin, au pied de Cree's Top. Il a même agité la main, mais elle ne l'a pas vu. C'est la dernière fois que quelqu'un a vu Natalie vivante.

— Et vous ? Où étiez-vous ?

— De l'autre côté de Cree's Top. Vous allez croire que c'est le sommet d'une montagne ou quelque chose dans ce genre, mais en vérité c'est juste une petite butte que la rivière contourne. »

Je fermai les yeux.

« Je n'y suis pas retournée depuis ce jour-là, je n'ai jamais pu supporter l'idée, et je ne vais jamais dans cette partie-là de la propriété, mais je pourrais la représenter en grand détail. Si Natalie s'était éloignée du pont, sur ce sentier qui longe la rive sud de la Col, du côté d'Alan et Martha, elle aurait grimpé un chemin caillouteux et bordé d'arbres au sommet, et elle aurait pu me voir en contrebas, sur l'autre versant. Nous n'étions qu'à deux ou trois minutes de marche l'une de l'autre.

— Que faisiez-vous là ?

— C'est la seule chose dont j'ai un souvenir précis. Dans le moindre détail. J'étais une fille de seize ans à l'humeur changeante. Je ne pense pas que vous m'auriez trouvée très sympathique. J'étais un peu amoureuse et un peu solitaire, et cet été-là j'étais soit avec Natalie, mais pas autant qu'avant, soit avec Theo, soit toute seule. Ce jour-là, c'était le début de l'après-midi, et je me sentais d'humeur particulièrement sombre. J'ai donc emporté l'unique exemplaire des poèmes d'amour que j'avais écrits pendant l'été, et je suis descendue m'étendre au bord de la Col, contre un rocher du bord de l'eau, au pied de Cree's Top. Je suis peut-être restée là deux heures, à relire mes poèmes et en écrire un autre. Et puis, sur un coup de tête, j'ai déchiré tous les poèmes du cahier, en les tordant l'un après l'autre pour les faire ressembler à de petits œillets blancs que j'ai lancés dans l'eau. Je les ai regardés s'éloigner et disparaître l'un après l'autre. Écoutez, je ne pense pas que ces évocations présentent le moindre intérêt.

— Je vous en prie, Jane. Faites-moi plaisir.

— Puisque vous y tenez. Le problème que j'ai avec cette façon de faire, ce qui me gêne, c'est que je me sens encouragée à donner libre cours à des émotions qui ne sont pas particulièrement valables ou positives, voire à les accentuer.

— Quelles émotions ?

— Je ne parle pas d'émotions en particulier. Mais prenons par exemple la situation que je viens de décrire. Pendant des années je me suis sentie terriblement coupable parce que j'aurais dû pouvoir empêcher ce qui s'est produit. J'étais si près que, si les choses avaient été un tout petit peu différentes, si j'avais décidé de monter au sommet de Cree's Top, ce ne serait peut-être jamais arrivé, j'aurais peut-être pu sauver Natalie. En même temps, j'ai toujours su que c'était ridicule et qu'on pouvait raisonner ainsi pour à peu près n'importe quoi.

— Vous vous sentiez terriblement coupable.

— Oui.

— Bien, je pense que nous arrêterons ici. »

Alex m'aida à me relever.

« Je trouve que vous vous êtes très bien débrouillée », dit-il.

Je me sentis rougir, comme quand on me félicitait à l'école, et cette susceptibilité me contraria un peu.

9

On avait trouvé d'autres os au milieu des ossements. Natalie était enceinte quand on l'avait étranglée. La police en informa Alan et Martha, Alan appela ses fils, et Claude me téléphona la veille des obsèques. Tout d'abord, je n'arrivai pas à comprendre ce que sa voix apaisante m'annonçait. Comme toujours quand Claude prenait son air calme et professionnel, je commençais à parler à tort et à travers. Ma pensée s'échappait en questions décousues.

« Comment aurait-elle pu être enceinte ?

— C'est difficile pour nous tous, Jane.

— Qui aurait pu être le père ? »

L'impatience et la lassitude de Claude commencèrent à percer.

« Jane, je viens de l'apprendre, je n'en sais pas plus que toi.

— Les obsèques ne vont donc pas avoir lieu ?

— Si. La police nous a restitué la dépouille.

— Mais est-ce qu'il n'y a pas des examens qu'ils puissent faire ? Est-ce qu'ils ne peuvent pas identifier le père grâce à des tests d'ADN, enfin, tu vois ce que je veux dire ? Toi qui es médecin, tu dois bien savoir. »

Claude se décida pour une intonation pédagogique.

« Je suis sûr que les experts légistes ont prélevé des échantillons, Jane. Mais, d'après ce que je crois comprendre, l'identification par l'ADN ne sera pas possible. Je crois qu'il faut des échantillons de sang ou de fluides corporels.

— On ne peut pas prélever d'ADN dans les os ?

— Est-ce bien le moment, Jane ? Les cellules osseuses ont des noyaux, et contiennent donc de l'ADN, mais pour autant que je sache il se dégrade dans les squelettes et, si le corps a été enseveli dans la terre, les éléments d'ADN ne se contentent pas de s'émietter, ils deviennent aussi contaminés. Mais ce n'est pas mon domaine. Il faudra adresser tes questions aux autorités compétentes, comme on dit.

— Cela paraît désespéré, dis-je.

— La situation n'est pas fameuse. »

Enceinte. Une nausée m'envahit, et le pressentiment qui m'avait envahi petit à petit me serrait à présent le cœur comme un étau.

« Oh, mon Dieu. Claude, Claude. Qu'est-ce que nous allons faire ? » J'étais lourdement affalée dans le vieux fauteuil vert près du téléphone, et je me balançais légèrement d'avant en arrière.

« Qu'est-ce que nous allons faire ? rétorqua-t-il. Mais nous allons nous serrer les coudes en famille comme nous l'avons toujours fait, et nous allons passer le cap tous ensemble. Je sais que c'est dur pour nous tous, mais il faut que nous nous entraidions. Et ce sont Alan et Martha qui en souffrent le plus. C'est très important pour eux que tu sois aux obsèques demain. » Sa voix s'adoucit. « Ne nous laisse pas tomber, Janie. Nous sommes tous concernés par ce drame. Tu seras là demain, n'est-ce pas ?

— Oui. »

J'appelai Helen Auster sur sa ligne directe à Kirklow, mais elle était trop occupée pour me dire grand-chose. Elle m'annonça qu'elle viendrait à Londres dans quelques jours et que nous pourrions nous voir. De toute façon, qu'est-ce que j'aurais pu lui demander ?

Le cercueil était menu, et le ciel tout gris. Il n'y avait plus de feuilles aux arbres, mais des fleurs de couleurs vives ornaient les pierres tombales récentes, avec leur gravier vert synthétique et leurs inscriptions de cartes postales. Les belles vieilles plaques des tombes anciennes étaient nues. Je levai les yeux vers l'église. Roman nordique, me chuchota une voix à l'oreille. Claude, bien sûr. Si j'avais le temps après, me dit-il, il fallait que j'aille voir les fonts baptismaux normands. Heureusement, sa voix fut enfin noyée par les cloches.

Sa tombe était une plaie ouverte dans le sol. Bientôt, le coffret d'ossements y serait enfoui, puis on le recouvrirait de terre. Dans un an, l'herbe aurait poussé sur la cicatrice. Ce serait un endroit à visiter de temps en temps, pour y déposer des fleurs. Du houx à Noël, et des jonquilles et des branches fleuries au printemps. Par la suite, la tombe perdrait cet air neuf et livide. Elle se fondrait dans la mélancolie du paysage et les enfants joueraient à proximité. Le petit groupe des fidèles du dimanche passerait sans la remarquer. Un jour, il ne resterait plus personne pour venir se recueillir là où reposait Natalie. Des inconnus s'arrêteraient près de la pierre tombale et parcourraient du doigt les dates gravées, en disant : elle est morte jeune.

En voyant Martha, je crus que mon cœur allait éclater. Elle avait vieilli de dix ans en l'espace de quelques semaines. Son visage s'était recroquevillé de chagrin, et ses cheveux s'étaient décolorés au-delà du blanc. Très droite dans le vent glacé, elle ne pleurait pas. Je me demandai s'il lui restait encore des larmes. Elle ne croyait pas en Dieu, mais je savais qu'elle viendrait chaque semaine s'asseoir près du tombeau de son enfant. Pour la première fois, je m'interrogeai sur le nombre d'années qu'il lui restait à vivre. Elle m'avait toujours paru immortelle, et maintenant je la voyais frêle et usée. Alan aussi avait l'air ravagé. Il me semblait soudain plus petit, voûté dans son manteau, cramponné à sa canne. Les quatre fils se tenaient immobiles et droits, magnifiques dans leurs costumes sombres. Quant à nous – femmes et ex-femmes, petits-enfants et amis – nous nous tenions en retrait. Jerome (« J'ai un cours ») et Robert (« Nan, j'aime pas les enterrements ») n'étaient pas venus, mais Hana s'était présentée à l'improviste devant ma porte à sept heures du matin, vêtue d'une longue robe mauve. Elle tenait à la main un sandwich au jambon, une Thermos et un bouquet d'anémones qui semblaient des joyaux.

« Dites-le, si vous préférez que je ne vienne pas », annonça-t-elle d'emblée, mais c'était tout le contraire. J'étais contente de l'avoir près de moi, à me tenir la main, tandis que le froid lui rougissait le nez et que ses vêtements absurdes claquaient au vent. À quelques pas de nous, un homme d'une quarantaine d'années dont le visage m'était confusément familier – avec un long nez et un regard intense – se moucha bruyamment dans un grand mouchoir. Ce fut le seul bruit. Les oiseaux chantaient.

Dans l'air glacé, le vicaire prononça gauchement ses paroles de mort et de résurrection. Le cercueil, avec son double fardeau pitoyable, s'enfonça dans la fosse. Martha s'avança très lentement et laissa tomber une rose jaune. J'entendis un sanglot sourd derrière moi.

Personne d'autre n'émit le moindre son. Martha recula, et prit la main d'Alan ; sans un regard l'un vers l'autre, ils gardèrent les yeux fixés sur ce trou que l'on comblait en ce moment même. Claude s'avança avec un bouquet de fleurs, et l'un après l'autre nous le suivîmes. Bientôt la terre brute disparut sous un tas de couleurs vives. Une cicatrice voyante recouvrait la blessure de la famille.

À mes yeux douloureux, brûlants, le Domaine paraissait différent. Lorsque j'étais enfant, je pensais que c'était la maison la plus accueillante du monde. Je m'en souvenais comme d'un endroit où l'on rentrait après de longues promenades dans le crépuscule, pour découvrir la pierre éclatante, la lueur des fenêtres, la fumée de la cheminée, toute la promesse d'un intérieur chaleureux. Maintenant, je lui trouvais l'air abandonné. Les fenêtres étaient sombres, et la porte d'entrée cernée par les mauvaises herbes. Le saule pleureur du bord de l'allée paraissait froid, en broussaille.

Jane Martello, la cuisinière volante, avait apporté des meringues, des *scones* rebondis à manger avec du beurre et de la confiture de l'année précédente, et une génoise. La veille de l'enterrement, j'avais cuisiné jusqu'à une heure très avancée ; la cuisine embaumait l'extrait de vanille et le zeste de citron. Pendant que le gâteau gonflait dans le four, j'avais rappelé Claude.

« Qui sera là ?

— Je ne suis pas sûr, dit-il, et il cita quelques noms.

— Luke ! *Luke* sera là ?

— Voyons, Jane, pourquoi pas ? avait répliqué Claude avec un peu de mauvaise humeur et, en regardant la pendule de la cuisine, je m'étais rendu compte qu'il était minuit largement passé ; j'avais dû le réveiller.

— Mais c'était son petit ami. Natalie était enceinte, et Luke était son petit ami.

— Bonne nuit, Sherlock. À demain. »

En disposant mon repas froid sur la longue table en chêne de la cuisine du Domaine, je me rendis compte que l'homme qui s'était mouché au cimetière n'était autre que Luke. Il allait arriver dans quelques minutes avec les autres, et nous bavarderions poliment. Le chagrin aigu du bord de la tombe s'estomperait dans l'ennui d'une conversation morne autour de sandwichs. Nous aurions tous dû partir séparément, emporter notre douleur et notre effroi pour nous recueillir chacun seul. Je glissai les *scones* dans le four pour les réchauffer, et Hana arriva avec les meringues. Nous n'échangeâmes pas un mot : elle avait toujours su se taire.

« Jane, ma chérie. Hana. »

C'était Alan, mais un Alan sans emphase. Sa barbe semblait mal taillée, ou peut-être simplement hérissée. Je n'avais jamais permis à Claude de se laisser pousser la barbe.

« Martha est montée, mais elle va redescendre dans une minute. Que puis-je faire ?

— Rien, Alan. Rien.

— Dans ce cas, je… » Il ébaucha un vague geste, et sortit d'un pas lourd.

Je laissai Hana se débrouiller avec les assiettes, et sortis dans le jardin. Avant même que j'aie allumé une cigarette, mon haleine s'enroula dans l'air. Je voyais des groupes dispersés remonter l'allée. Je n'étais pas encore prête à les affronter, et je passai par l'autre barrière pour contourner la maison et les esquiver. Ma nourriture pouvait bien me remplacer pendant un petit moment.

« Alors, que fais-tu maintenant ? »

C'était précisément ce que j'avais craint. Je contemplais un homme respectable en costume sombre, mal repassé et pas très propre. Il le portait sans doute de temps en temps pour aller travailler. Mais ce que je voyais vraiment, c'était un garçon mince avec des lunettes rondes en métal et de longs cheveux bruns, qui embrassait Natalie, la dévorait, en lui caressant la nuque de ses deux mains tendres. Le petit copain de Natalie. Il parut déconcerté par la question.

« Je suis enseignant, dit-il. À Sparkhill. Au collège. »

Luke était grand et maigre. Il se penchait vers moi en parlant, et son long nez lui donnait l'air d'un oiseau triste. Mais l'œil était vif. Machinalement, je lui débitai ce que je débitais toujours aux enseignants, comme quoi ils exercent un métier extraordinaire, tellement enrichissant, etc. Du baratin.

« Je te donnerai notre adresse, dit-il. Et tu pourras écrire pour demander notre brochure. » Un pâle écho de sa causticité d'antan, mais le cœur n'y était pas. « Écoute, Jane, pouvons-nous parler ? »

Il m'empoigna par le coude et me guida parmi les groupes jusqu'à la porte.

« Voilà qui est mieux », chuchota-t-il hâtivement, comme s'il était pressé et qu'on eût risqué de nous entendre. Tout en parlant il regardait par-dessus mon épaule, comme font les gens dans les soirées quand ils cherchent quelqu'un de plus intéressant.

« J'ai appris – c'est Theo qui me l'a dit – que Natalie avait été assassinée. Tu parles d'une surprise ! Mais ensuite il m'a dit qu'elle était enceinte. Et là, je me suis rendu compte que je n'étais pas précisément bienvenu dans le cercle, après tant d'années. Martha n'a même pas pu me dire bonjour. Theo, les autres, ils pensent tous que c'était moi.

— Comment ça, *ils pensent* que c'était toi ? »

Je me sentis dure, impitoyable. Tous les angles de son visage s'affaissèrent, et il tira à nouveau son mouchoir. Il me revint un souvenir bref et abrupt – je le revis, tout jeune, secoué de sanglots – mais cela disparut aussitôt. Je songeai que, de tous les hommes dans la vie de Natalie, il était le seul que j'aie vu pleurer vraiment pour elle.

« Je l'aimais. Je sais que j'étais juste un adolescent idiot, mais je l'aimais. Elle était tellement adorable et tellement… tellement… brutale.

— Comment sais-tu que ce n'est pas de toi qu'elle était enceinte ? » demandai-je, retenant pour plus tard les adjectifs qu'il venait d'employer.

Il ne pleurait plus, à présent. Il me foudroyait du regard. « Nous n'avons rien fait, dit-il. Elle ne voulait pas. Il devait y avoir quelqu'un d'autre.

— Qui ? Quand ?

— Comment veux-tu que je le sache ? Je te promets que j'ai essayé de tout envisager, absolument tout. Un jour, Dieu sait où, nous nous embrassions, ou plutôt, j'embrassais Natalie. Elle avait ce merveilleux duvet doré sur les joues, même dans le noir. Mes lèvres s'en souviennent encore. Et j'ai commencé à la toucher, à la caresser, mais elle m'a simplement repoussé en disant : "Tu n'es qu'un gamin, tu sais." J'avais toute une année de plus qu'elle. Je n'en croyais pas mes oreilles, mais c'est le genre de choses qu'elle faisait. Tu le sais bien. Tu la connaissais mieux que personne. »

Je n'avais vraiment aucune envie de poursuivre cette conversation.

« Bon, alors pourquoi m'en parler ?

— Mais tu me crois, au moins ?

— Qui se soucie de ce que je crois ?

— Moi », dit Luke, puis il murmura quelque chose que je ne compris pas. Au prix d'un visible effort, il se ressaisit. « C'est donc ça ? Vous resserrez les rangs. Je vois bien que c'est plus simple, pour vous. »

Je me détournai et le plantai là.

« Vous cherchez à vous faciliter les choses », insista-t-il.

Je l'ignorai.

10

« Tiens, tous ceux-là sont à toi. »

Je commençai à empiler des disques dans des boîtes en carton. Quand nous nous étions connus, Claude possédait une collection de disques extraordinaire ; ils étaient classés par ordre alphabétique et par catégorie. Moi, j'en avais cinq : deux de Miles Davis, trois de Neil Young, et tous trop rayés pour passer sur la platine de Claude. De toute façon, il les avait déjà. Il avait continué à acheter des disques pendant nos vingt et un ans de mariage : du classique, du jazz, de la soul, du punk. Tout l'enthousiasmait, il n'avait pas d'*a priori*. Quand Jerome ou Robert avaient voulu se révolter, ils avaient rapporté à la maison le tintamarre le plus récent : de la house, de la techno, de la grunge – je n'ai jamais su lesquels étaient quoi. Mes cris d'horreur et mon ignorance les avaient ravis. Mais Claude avait appris à aimer tout ça. Il était allé jusqu'à passer du rap qui parlait de flics assassinés, et même Robert avait été choqué. Il avait fait de grands discours pour dire combien il était important d'étendre la liberté de parole à quelqu'un comme « Iced Tea », ou un nom dans le genre.

Claude s'était plu à me faire écouter Guns'n' Roses, tandis que ses fils le regardaient, boudeurs, et j'avais examiné la couverture du disque, qui représentait apparemment une femme violée par un robot. Chaque fois que ses frères venaient, ils se plongeaient dans sa collection et en exhumaient tel ou tel souvenir, comme cet épouvantable solo de batterie qui durait quinze minutes et qui semblait avoir la vertu proustienne de leur rappeler une ancienne soirée ou une pauvre fille trompée.

« Et ceux-là. »

J'empilai des CD en tas bien nets à côté des cartons. Claude me dévisageait, l'œil humide. Je fis mine de ne pas m'en apercevoir. « J'ai passé en revue la plupart des livres, mais tu devrais aussi y jeter un coup d'œil, on ne sait jamais. Il y en a pour lesquels ce n'est pas évident. Je les ai rassemblés sur cette étagère.

« *Venise* de James Morris. » La voix de Claude était pensive. « Tu te rappelles notre voyage là-bas ? »

Je m'en souvenais parfaitement. C'était en février. Une cité humide, brumeuse, et presque vide. Nous avions arpenté des kilomètres de ruelles grisâtres, ignorant la puanteur douceâtre des eaux, nous exclamant devant les façades écaillées d'antiques palais, flânant dans des églises où s'épanouissait un art opulent. Nous avions fait l'amour sur des lits en bois durs équipés de traversins, à la seule lueur des persiennes entrebâillées.

« *Les champignons d'Europe, Le déclin et la chute de l'Empire romain*, Auden, les poèmes de Hardy, *Les oiseaux de Grande-Bretagne.* » Claude parcourait l'étagère du doigt. « *Le joyeux célibataire*, tiens, je devrais prendre ça. Celui-ci doit être à moi. »

Il prit un mince guide Michelin des églises de campagne anglaises, et l'ajouta à son lot.

« Nous n'avons qu'à donner nos livres communs aux garçons. Ça me semble logique, non ? Et maintenant, tu me donnes quelque chose à boire ?

— Ils ne lisent pas. Il reste encore les photos, et la vaisselle ; et une grande partie du mobilier t'appartient.

— Jane, est-ce que je peux boire quelque chose ? Ne sois pas si pressée de débarrasser la maison de toute trace de ma présence. »

Nous nous attablâmes dans la cuisine, et je nous servis deux verres d'un truc rouge et vraiment pas cher. J'allumai une cigarette, en inhalant la fumée à une profondeur tout ce qu'il y a de plus cancéreuse. Pour commencer, nous parlâmes des garçons, de Natalie – le tout, curieusement, sur un ton détendu, songeur. J'avais entendu trop de gens exprimer leur affection nostalgique. Claude parla de ses bêtises, de ses taquineries, de son talent pour découvrir nos secrets, pour forger des alliances. C'était ça la vraie Natalie, pas cette fille morte et sagement idéalisée. Cette Natalie-là, je l'avais oubliée. Cela raviva le souvenir que j'avais d'elle. Nous évoquâmes des moments anciens, en remplissant à nouveau nos verres. Il était malaisé de reconstruire le déroulement des événements, mais elle n'avait pas tellement vu Luke, ces dernières semaines. Elle s'ennuyait avec lui et le tenait à distance, et lui, furieux, ne comprenait pas pourquoi. Il téléphonait, il venait, et il se retrouvait à parler avec Martha ou moi.

Nous parlâmes de la fameuse fête et de mes souvenirs si flous du lendemain ; du départ pour Bombay avec son ami Alec, si précis dans le souvenir de Claude, et de ces deux mois vécus sans rien en poche – étaient-ils vraiment partis avec seulement vingt livres sterling en poche ? Poussière, drogue et dysenterie. J'avais toujours eu l'intention d'y aller. Tandis que nous parlions, je me souvins que Claude et moi avions prévu de refaire ce voyage un jour (dans des conditions plus salubres), et j'espérai qu'il n'y ferait pas allusion. Je tripotais un petit plat ancien sur la table, un bibelot hors de prix. C'était l'œuvre de quelqu'un de connu, et l'un de nous deux l'avait offert à l'autre, mais je ne me rappelais plus lequel.

Ce n'était pas une bonne idée. Claude leva son verre en me souriant tristement, et j'éprouvai malgré moi une réminiscence de désir pour cet homme. Avant de nous séparer, nous ne nous entendions jamais aussi bien qu'en compagnie d'autres gens. Je l'observais, à l'autre extrémité d'un salon : il bavardait, galant, ou alors une femme séduisante le prenait par le bras, à moins qu'il ne rie de quelque chose qu'il disait et que je ne pouvais pas entendre, et je me rendais compte de la chance que j'avais. La plupart de mes amies l'adoraient, et m'enviaient sa beauté, sa prévenance à mon égard, sa fidélité. Il ne remarquait jamais quand les femmes lui faisaient du charme, ou même carrément du rentre-dedans, ce qui le rendait encore plus désarmant. Je m'aperçus que nous étions englués dans un silence incertain. Je devinais ce qui allait se passer.

« Je sais que je ferais mieux de me taire », commença Claude. Et je compris qu'il récitait un discours préparé.

« Mais ça, tout ça (il désigna le chaos autour de nous), ça ressemble à une terrible erreur. Un jour, tu parlais de nos problèmes, et voilà que le lendemain je me suis brutalement retrouvé dans un studio quelque part. Mais je pense que nous devrions nous accorder une deuxième chance. » Sa voix s'anima soudain, redoutable. « Je n'aime pas ce que je vais dire, mais nous devrions peut-être consulter un conseiller matrimonial. »

Je ne pus m'empêcher d'être touchée : Claude n'avait jamais eu que mépris pour toutes les formes de psychothérapie.

« Non, Claude. » Je me forçai à ne rien ajouter, à ne pas lui offrir d'arguments qu'il puisse réfuter.

« Mais tu n'es pas heureuse, insista-t-il. Regarde-toi : tu fumes comme un pompier, tu es pâle et tu as maigri. Tu sais que tu as fait une erreur.

— Je n'ai jamais dit que je me rendais heureuse, dis-je. Mais il faut que j'apprenne à vivre avec ce que j'ai choisi.

— Qu'est-ce que j'ai fait de mal ? Mais qu'est-ce que j'ai bien pu faire pour que tu choisisses *ça ?* »

Encore des gestes. Désignant la pièce. Moi.

« Rien. Je ne veux pas en parler. Cela ne servira à rien.

— C'est autre chose, quelque chose que tu ne dis pas ? demanda-t-il en désespoir de cause. C'est Theo ? Voilà, je l'ai dit. Je n'ai pas été à la hauteur de la vision de rêve que tu avais de lui ?

— Arrête, Claude, c'est ridicule.

— Il y a des choses que je pourrais te dire, au sujet de Theo, des choses qu'il a faites…

— Je n'en crois rien, Claude, et de toute façon, cela n'a rien à voir avec nous. »

Soudain, il parut s'affaisser.

« Excuse-moi, dit-il. Je suis désolé, mais tu me manques terriblement. » Il posa la tête dans ses mains, et laissa son regard errer à travers la cage de ses doigts.

Attablée dans la cuisine avec Claude, comme nous l'avions fait pendant tant d'années, à regarder les larmes lui couler sur les mains sans aller le consoler, je ne pouvais plus me rappeler pourquoi j'avais brisé notre mariage. Je n'éprouvais aucun lien avec cette colère, cette frustration déchaînée, cette panique, ce sentiment du temps qui s'enfuyait. Tout ce que je voulais, c'était la paix – de l'amitié, des habitudes, une maison à moi. J'avais construit ma vie brique par brique, et puis un jour du mois de septembre j'avais tout démoli. Je me sentais vieille, fatiguée, vaincue. Je songeai un moment que j'allais m'agenouiller près de la chaise de Claude et l'enlacer jusqu'à ce qu'il cesse de pleurer ainsi en silence, enfouir ma tête contre ses genoux, sentir ses mains me caresser les cheveux, et savoir que j'étais pardonnée. Mais je n'en fis rien, et le moment passa. Au bout d'une minute ou deux, il se leva.

« Je reviendrai une autre fois chercher tout ça. »

J'avais toujours le plat entre les mains.

« Et celui-ci ? » Je le tendis à Claude.

« Celui-ci ? Il est à nous deux. »

Il le prit des deux mains et, sans émotion apparente ni même un changement d'expression, il le cassa en deux et me tendit l'un des morceaux. J'étais trop secouée pour bouger ou même parler, mais je vis qu'il s'était fait une vilaine entaille à la main.

« Je vais juste prendre ces cartons. »

Il y rangea le morceau de porcelaine. Je lui ouvris la porte, et une rafale de pluie s'engouffra dans la maison.

« Tu me déçois, Jane », dit-il.

Je ne pus que hausser les épaules.

Dans la chambre, j'ôtai mon jean et mon cardigan gris, j'enlevai mes boucles d'oreilles et je me brossai les cheveux, puis j'enfilai une robe de chambre. J'eus soudain une idée. J'allai dans la salle de bains et me frottai le doigt avec du savon. Je tirai bien fort, et la bague finit par glisser par-dessus la jointure. Je la rinçai et l'emportai dans mon bureau, l'ancienne chambre de Jerome, maintenant encombrée de chevalets, de papier millimétré et de correspondance en attente. J'ouvris un petit tiroir de ma table de travail, dans lequel je conservais les petits bracelets qu'on avait attachés aux poignets des garçons à la maternité, le bouchon de champagne avec le mot « examen » écrit au stylo-bille, la dernière lettre de ma mère, tremblante de douleur, et les photos de Natalie récemment acquises. J'y glissai mon alliance, et refermai le tiroir. Puis j'allai me coucher et restai longtemps à attendre l'oubli.

11

« Cela vous choque ?

— Terriblement, dis-je. Je crois même que je ne pourrai jamais vous dire à quel point.

— Essayez », répondit Alex.

Je laissai échapper un petit rire nerveux.

« Oui, c'est pour ça que je suis ici, non ? Je suis désolée, je vous ai sorti des clichés. Je me suis contentée de dire machinalement le genre de choses qu'on est censé dire quand on parle d'émotions fortes. Qu'elles sont impossibles à exprimer. Alors que c'est tout le contraire. J'imagine que je me sens flouée – sauf que "flouée" est trop faible – parce que ça révèle un autre côté de Natalie, que je ne connaissais pas. Je peux le dire de façon encore plus claire. Nous étions liées par une amitié enfantine, Natalie et moi, c'était presque un jeu. Nous nous racontions que nous étions chacune la meilleure amie de l'autre, que nous étions sœurs. Il y avait beaucoup de garçons autour de nous, et nous étions les deux seules filles. Nous parlions de tout, surtout la nuit, dans sa chambre. Mais cet été-là, en 1969, les choses ont commencé à changer. Nous avions déjà eu des histoires avec des garçons, mais sa relation avec Luke était d'une nature différente ; c'était quelque chose que je ne pouvais pas partager. Et en même temps, j'étais éperdument amoureuse de Theo.

— Parlez-moi de Theo.

— Comment ça ? À l'époque, ou maintenant ?

— Comme vous voulez.

— Theo est encore un type formidable. Je l'adore. Si vous le rencontriez aujourd'hui, je peux vous garantir qu'il vous plairait beaucoup. Il est grand, il a un physique très frappant et il se déplume un peu, mais à la manière des artistes, pas comme un directeur de banque, avec des mèches ramenées au-dessus du crâne.

— Ça, c'est intéressant, dit Alex en riant. Il faudra que nous explorions cette aversion que vous ressentez pour les directeurs de banques.

— Mais j'aime beaucoup le directeur de ma banque, protestai-je. Il est très gentil avec moi, malgré tout ce que je lui fais voir. »

En dépit des sinistres nouvelles, cette séance avec Alex s'avérait plus détendue. Je sentais de l'amitié dans l'air, voire un soupçon de flirt. Je me sentais libérée. Je savais que j'avais le droit de dire tout ce que je voulais.

« Bon. Theo n'est pas directeur de banque, et il n'est pas artiste non plus. Il est dans une espèce de zone intermédiaire et c'est très difficile de lui faire dire exactement ce qu'il fabrique. Il est consultant en gestion d'information. Oui, vous pouvez toujours demander ! Il travaille pour je ne sais quelle compagnie installée à Zurich, et il est également dans l'enseignement, il organise des séminaires aux quatre coins de la planète. Des trucs très modernes, très postmanagement et très bien payés, avec un côté très abstrait, philosophique, et il est toujours en vadrouille ; un jour c'est pour donner une conférence à Toronto, un autre pour superviser une fusion de sociétés dans un château en Bavière. Les gens comme moi, qui vivent à un endroit et travaillent à proximité, font très vieillots à côté. Il est éblouissant, et il l'a toujours été.

« Quand arriva l'été 69, ça faisait presque deux ans que je n'avais pas vu Theo. Il était en pension, et je sortais avec un garçon qui possédait une moto. Non seulement ça, mais il était capable de la démonter et de la remonter entièrement sans rien oublier, et c'était très impressionnant dans son genre. Mais nous avons fini par nous retrouver tous au Domaine à la fin du mois de juillet pour l'anniversaire de mariage d'Alan et de Martha. Et je suis tombée à la renverse en voyant Theo. Il faisait un mètre quatre-vingt-cinq, il avait les cheveux longs et il était en terminale, avec des tas d'options scientifiques, mais ça ne l'empêchait pas de lire Baudelaire et Rimbaud en français. Et il jouait de la guitare, je veux dire vraiment, pas juste quelques accords mais des vraies notes qu'il faisait sonner, distinctes, en interprétant des morceaux tristes à la Leonard Cohen. J'étais entièrement à lui. Dans un sens essentiellement spirituel, s'entend.

« Désolée, je me suis laissé emporter. Ce que je voulais dire, c'est que, cet été-là, Natalie et moi avons grandi, en quelque sorte. L'éloignement, dans la mesure où éloignement il y eut, était dû au fait que nous devenions deux personnes distinctes, que chacune s'est mise à mener sa vie propre, indépendante. Comment dire ? Je me souviens d'un incident, environ une semaine avant sa disparition. J'étais à Kirklow, la ville voisine, sans doute pour acheter quelque chose en rapport avec la fête. J'ai vu un groupe de gens assis devant un pub, sur la place, qui buvaient et fumaient. Natalie était parmi eux. Elle avait les cheveux rejetés en arrière, et elle riait en écoutant quelqu'un dire quelque chose ; et pendant qu'elle riait, elle a regardé autour d'elle et croisé mon regard. Elle m'a adressé un demi-sourire puis s'est détournée, et je me suis rendu compte qu'elle m'interdisait de venir me mêler au groupe. Quand je revois ce fameux été, je pense que la souffrance liée à la terrible tragédie de la mort de Natalie a été d'autant plus forte que ça a coïncidé avec le moment où j'ai été obligée de quitter l'enfance pour entrer dans l'univers confus de la vie adulte. »

Quand j'eus terminé, il se fit un grand silence que je n'éprouvais aucune envie de rompre. Je n'avais plus peur de ces situations, à présent.

« Bon, eh bien voilà », dit Alex, et je fus choquée par son intonation sarcastique et insolente.

« Comment ça, “eh bien voilà” ?

— C'est très simple, Jane. Vous avez tout assemblé, tout cousu. Vous avez réussi à surmonter la mort de Natalie et à l'associer à un développement positif dans votre vie. Elle est morte, vous avez grandi et vous êtes devenue architecte. Et voilà. Analyse terminée. Félicitations. »

Je me sentis accablée.

« Pourquoi un tel sarcasme, Alex ? C'est horrible.

— Vous aimez la lecture, Jane ?

— Que voulez-vous dire ?

— Je parie que vous aimez les romans. Je parie que, quand vous partez en vacances, vous lisez un roman par jour.

— Justement, non. Je lis très lentement.

— Et vous n'avez jamais été tentée d'*écrire* un roman ?

— Vous vous moquez de moi, Alex ? Dites-moi ce que vous avez à dire et arrêtez de tourner autour du pot.

— Non, sérieusement, Jane, je pense que c'est une chose à envisager. Je parie que vous vous en tireriez très bien. Mais ne faites pas cela ici, pas avec moi. Vous êtes une femme intelligente, et vous venez pour moi d'organiser votre expérience en un scénario tout à fait plausible. C'est une chose pour laquelle vous êtes douée. Je suis sûr que si vous veniez demain à mon bureau vous pourriez me fournir une version différente de votre vie et l'interpréter d'une autre façon, et que ce serait tout aussi convaincant. Si vous étiez parfaitement heureuse dans votre vie et que tout allait bien, vous pourriez vous en contenter. C'est le genre de chose que nous faisons presque tous, même si nous ne sommes pas tous aussi doués que vous. Vous inventez des interprétations cohérentes de votre vie comme une pieuvre lance un jet d'encre et profite du nuage pour se carapater. Vous me trouvez injuste ? »

Je me sentais terriblement désorientée, comme si j'étais partie à la dérive.

« Je ne sais pas. Je ne sais pas quoi dire. »

Alex apparut dans mon champ de vision et s'accroupit près de moi. Il paraissait plus amusé que fâché.

« Vous savez quoi, Jane ? Je vous soupçonne d'avoir votre petit Freud de poche chez vous et de ne pas l'avoir lu en entier malgré tout ce que vous vous étiez promis, mais d'y avoir jeté un coup d'œil ici et là. Et vous avez aussi lu un ou deux livres sur l'analyse. Et vous avez appris que, dans une analyse, on est censé parler et interpréter. Mais qu'on se préoccupe moins des faits que de la valeur que nous leur accordons. Je me trompe ?

— Je n'en sais rien », protestai-je.

Je ne voulais pas céder. Il était si sûr de lui.

« Je veux que vous oubliiez tout ça, reprit-il. Je veux vous guérir – au moins pour un moment – de votre grand talent pour réorganiser votre vie en un schéma arrêté. Je veux que vous vous colletiez avec les choses de votre vie, les choses qui sont réellement arrivées. Nous en laisserons l'interprétation pour plus tard. D'accord ?

— Je m'étonne que vous sépariez les faits des interprétations, docteur.

— Et je sais que vous n'y croyez pas vraiment. Pour ce qui est des conneries bien ronflantes, je peux rivaliser avec les meilleurs, et si c'est ce que vous souhaitez, nous pouvons jouer à ce petit jeu pendant deux heures chaque semaine, et couper des cheveux en quatre à n'en plus finir. C'est ça que vous voulez ?

— Non.

— Pour le moment, ce que vous m'avez raconté, c'est une histoire classique d'adolescente qui découvre l'amour et qui mûrit pendant les vacances. » Il se leva et retourna s'asseoir. « Parlez-moi des choses désagréables et embarrassantes qui se déroulaient à la même époque.

— Ça ne vous suffit pas, que Natalie ait été enceinte et qu'on l'ait assassinée ? Qu'est-ce que vous voulez de plus ?

— Mais, Jane, vous me racontez un été idyllique dans une famille que tout le monde adorait. Où est le contexte du meurtre ?

— Qui vous parle de contexte ? Elle peut très bien avoir été tuée par quelqu'un qui n'avait rien à voir avec la famille, quelqu'un dont nous n'aurions jamais entendu parler.

— Que pensez-vous de tout ça, Jane ?

— Vous voulez savoir ce que je ressens, connaître mes émotions ?

— Non, vos pensées. Vos idées sur la question. »

Je restai longtemps sans rien dire.

« Je n'en ai qu'une, en vérité. Je suis peut-être idiote – c'est sans doute ce qu'a pensé la femme policier à qui j'ai parlé –, mais je butte sans cesse sur ce qui paraît le plus flagrant, le problème de l'endroit où Natalie a été trouvée. Comme son corps y est resté caché vingt-cinq ans et n'a été découvert que par accident, il faut croire que c'était un endroit quasiment parfait, mais c'est très bizarre. Je ne connais rien aux meurtriers ni à ce qu'ils font de leurs victimes, mais j'imagine qu'ils les enterrent dans des forêts éloignées ou qu'ils les abandonnent dans les landes ou des fossés. La dernière fois qu'elle a été vue, Natalie était au bord de l'eau. Elle aurait pu y être jetée. Mais elle a été enterrée sous notre nez, le lendemain d'une grande fête. S'il y a une chose dont je suis certaine, c'est qu'il ne s'agissait pas d'un vagabond de passage, qui l'aurait agressée puis enterrée pratiquement sur le seuil de la maison.

— Et alors ? Qu'avez-vous d'autre à me dire ? Il doit bien y avoir quelque chose ?

— Oh, je ne sais pas. C'est si vieux. J'ai même l'impression qu'en parlant de certaines choses, on leur donne plus d'importance qu'elles n'en méritent réellement.

— Essayez. »

Je m'agrippai au divan, les doigts comme des serres.

« Il y avait des problèmes, comme dans toutes les familles. En un sens, c'était peut-être d'autant plus accentué chez nous que nous étions si proches et que nous nous voyions tant.

— Épargnez-moi les justifications, et continuez.

— Il y avait des trucs idiots. N'oubliez pas que nous étions jeunes, assez jeunes pour que les petites différences d'âge comptent beaucoup. Natalie venait d'avoir seize ans, et Paul en avait dix-huit. Il allait partir pour Cambridge, et était complètement obsédé par elle.

— Ont-ils eu une relation ?

— Natalie le repoussait absolument. C'est difficile à imaginer aujourd'hui, mais Paul était un adolescent très timide, presque au point d'être agressif même, et il n'avait jamais eu de petite amie. Je le voyais littéralement rassembler tout son courage pour tenter un geste en direction de Natalie et, une fois ou deux, tard dans la soirée, il a essayé des choses comme de passer son bras autour d'elle. Et elle a réagi très brutalement.

— Trop ?

— C'est difficile à dire. Comment peut-on juger ces choses-là ? Si vous me permettez une petite interprétation, je me souviens que, parfois, j'ai eu l'impression que Luke était attiré par Natalie pour faire souffrir Paul. Et quand elle s'écartait de Luke, elle taquinait Paul de manière à tourmenter Luke.

— Quels sentiments cela éveillait-il en vous ?

— Vous voulez dire, de voir mon grand frère se faire humilier par ma meilleure amie ? J'étais troublée, mais peut-être moins que je n'aurais dû. Embarrassée, surtout. Et peut-être aussi un peu jalouse. Tout le monde, enfin, surtout les garçons, remarquaient toujours Natalie. Ça semblait la laisser tellement indifférente, même si ce n'était pas le cas, bien sûr, et puis elle ne se maquillait pas comme nous le faisions toutes, elle ne riait pas de leurs plaisanteries, et elle ne flirtait pas, sauf de manière ironique. Elle prenait souvent un air méprisant, en fait, mais ce n'était jamais grave. Paul était fou amoureux d'elle. Mais l'adolescence, c'est toutes dents et toutes griffes dehors, non ? Et voilà que j'en fais déjà une affaire plus grave que ce n'était en réalité.

— Quels étaient les sentiments de Paul ?

— Il n'en a jamais parlé, sauf à vouloir l'intégrer dans cette enfance de rêve dont il va faire un documentaire pour la télévision.

— Pensez-vous que c'est vraiment comme ça qu'il voit les choses ?

— Peut-être aujourd'hui. Mais je ne crois pas que ç'ait été très drôle pour lui à l'époque, et en tout cas pas cet été-là.

— C'est tout ?

— Oui. »

J'entendis un soupir impatient derrière moi.

« Jane, vous m'avez lancé un os à ronger. Mais ce n'est pas ce que vous vouliez me dire. »

Il me ramenait à mon enfance, à ce plongeoir très élevé d'où je n'osais plonger qu'en sautant sans réfléchir ni me préparer.

« Le plus difficile, cet été-là – c'était souvent difficile, mais surtout à cette époque-là –, c'était l'infidélité d'Alan.

— Oui ? »

Bah, qu'est-ce que cela pouvait faire ?

« Ce n'est pas exactement le secret le mieux gardé de la terre qu'Alan trompait Martha d'une manière constante. Le vieux cliché atroce. Alan adore Martha et dépend entièrement d'elle. Mais il a eu des tas d'aventures tout au long de leur vie ensemble, pour autant que je sache. Je suppose qu'il se serait conduit ainsi de toute façon, mais quand *Le drain express* est paru et qu'Alan est devenu célèbre, il aurait pratiquement fallu des bâtons pour repousser les jeunes femmes libres des cercles littéraires qui l'assaillaient.

— Martha était-elle au courant de ces aventures ?

— Je crois que oui, elle avait deviné. C'était discret. Simplement, ça n'arrêtait pas. Personne n'en parlait.

Ce n'était pas important, c'était ce qu'on se disait, je pense.

— Elle en souffrait ?

— On en souffre toujours, non ? Martha est une femme sage, et elle a dû comprendre dès le début comment était Alan, et se rendre compte que rien ne pourrait y changer quoi que ce soit. Mais peut-être était-elle trop sage et pas assez combative. Je suis sûre qu'elle a toujours beaucoup souffert.

— Tout le monde était au courant ?

— Je ne suis pas sûre. Avec le recul, certaines choses ne sont devenues claires qu'après que j'y ai beaucoup réfléchi. Ce n'est peut-être pas évident pour vous, mais il y a des cas où l'on peut savoir et ne pas savoir les choses en même temps. Vous voyez ce que je veux dire ?

— Tout à fait.

— Quoi qu'il en soit, la vérité sur le comportement d'Alan est devenue criante. Pour abréger cette histoire sordide, nous avons découvert que, l'été d'avant, Alan avait couché avec une fille qui était notre amie, à Natalie et moi. Elle avait le même âge que nous. Elle s'appelait Chrissie Pilkington ; c'était la fille de gens de la région, très liés avec les Martello. Elle allait en classe avec Natalie. C'était affreux.

— Comment l'avez-vous appris ?

— Elle l'a dit à Natalie, et Natalie me l'a répété. Curieusement, nous en avons discuté tout un après-midi. Je crois que j'étais plus choquée que Natalie – elle ne paraissait pas surprise mais plutôt… enfin… dégoûtée, je suppose. Elle a parlé de lui en termes très cruels, de son haleine qui sentait la bière et de son gros ventre. Je me rappelle comme elle imitait son père ivre. Mais, ensuite, elle n'a plus jamais abordé le sujet, ni moi non plus d'ailleurs. Je devais comprendre que c'était interdit.

— En avez-vous parlé à Alan ? Ou à Martha ?

— Non, ce n'était jamais le bon moment. Mais je l'ai dit à Theo. Je pense que la plupart d'entre nous, les jeunes, le savions.

— Que s'est-il passé ? Que ressentiez-vous ?

— Ce qui s'est passé ? Je ne sais pas, en fait, ça s'est perdu dans le chaos de la disparition de Natalie. Les aventures d'Alan ne duraient jamais très longtemps, et il a dû profiter de l'horreur de la disparition pour rompre.

— Et qu'avez-vous éprouvé ?

— Différentes choses. J'ai toujours éprouvé des sentiments contradictoires envers Alan. Tantôt je le considère comme un ignoble exploiteur capable de n'importe quoi pour obtenir ce qu'il veut à un moment donné. Tantôt je le trouve pathétique et faible, et je me dis qu'il faut le protéger et faire avec son caractère. Et puis, quelquefois, il m'arrive de le voir comme le voient les gens qui le connaissent peu : ce bon vieil Alan, un homme incorrigible, un peu excessif et flamboyant, mais qui n'a pas son pareil et qu'on nous envie. Quand je me sens proche de Martha, j'éprouve surtout de l'hostilité, mais elle est sans doute très stoïque sur ces questions. »

Je me tus. Mon esprit s'était vidé. J'étais exténuée. Alex réfléchissait aussi.

« Désolé d'avoir été désagréable, Jane.

— Vous l'avez été, oui. »

Il se leva et tira son fauteuil pour que je puisse le voir. Il était sur des roulettes. Je vis les marques sur le tapis, là où il se trouvait habituellement. Était-ce la première fois qu'il le déplaçait ?

« Nous avons presque terminé, Jane, et je sais que vous devez être épuisée, mais j'aimerais tenter quelque chose. Je gardais ça pour des séances ultérieures, mais ça vaudrait peut-être la peine de commencer un petit peu maintenant.

— Quoi ?

— Accordez-moi encore un peu de patience, Jane. Je veux que ce soit vous qui dirigiez la chose. Je veux suivre les indices que vous me laisserez. Nous allons parler de beaucoup de choses, j'espère, mais j'ai l'impression que le trou noir est cette journée où Natalie a disparu, cet endroit particulier, cet embranchement presque, où vous avez failli la retrouver.

— Oui. Et alors ?

— Je voudrais que nous retournions là-bas.

— Je ne suis pas certaine qu'il y ait grand-chose à y retrouver. Ça s'est passé il y a très longtemps.

— Je comprends bien. Mais j'aimerais essayer quelque chose. Ça vous fera de toute façon du bien. Je vous propose un exercice. Vous allez vous allonger, bien au fond du divan, vous allez fermer les yeux, et je voudrais que vous relaxiez chaque partie de votre corps. D'abord vos pieds, puis vos jambes, votre ventre, vos bras, et maintenant votre visage et votre tête. Vous vous sentez bien ?

— Mmm. »

La voix d'Alex me semblait loin à présent, un simple murmure, comme le bourdonnement d'une guêpe derrière une vitre.

« À présent, Jane, sans ouvrir les yeux, je voudrais que vous imaginiez cette scène, près de la rivière, le jour où Natalie a disparu. Je ne veux pas que vous me la décriviez, je ne veux pas que vous l'examiniez. Je voudrais que vous vous imaginiez là-bas à nouveau, assise au bord de l'eau. Retournez-y. Pouvez-vous faire cela ?

— Oui.

— Vous êtes assise, n'est-ce pas, avec le tertre derrière vous ?

— Oui.

— Décrivez-le-moi.

— Je sens la roche de Cree's Top contre mon dos. À ma droite, il y a le bois. Le bois qui s'étend entre la rivière et le Domaine. La Col est sur ma gauche. Je la vois couler en s'éloignant de moi. Je le vois à cause des feuillets que je froisse et que je jette dans l'eau. Ils s'éloignent de moi et, après le coude, ils commencent à s'agiter en franchissant les petits rapides, enfin, c'est juste de l'eau sans profondeur qui coule sur des galets, en vérité, et puis ils disparaissent.

— Quel temps fait-il ?

— Chaud, très chaud. C'est le milieu de l'après-midi. Je suis à l'ombre d'une rangée d'ormes qui marquent l'orée du bois, à ma droite.

— Vous faites quelque chose ? »

Mon esprit se vida, et je balbutiai quelque chose.

« Cela ira, Jane. Ouvrez les yeux. Nous en resterons là. »

Je commençai à me redresser.

« À propos, me dit-il, suis-je censé savoir pourquoi le roman d'Alan Martello s'intitule *Le drain express* ? C'est une citation ou quoi ?

— Vous ne l'avez pas lu ?

— C'est sur ma liste.

— Je croyais que tout le monde l'avait lu. Le titre vient d'une phrase que le Révérend Spooner[1] est censé avoir dit à l'un de ses élèves. C'était quelque chose

1. Le Révérend Spooner (1844-1930). Professeur à l'université d'Oxford, célèbre pour ses bons mots et ses contrepèteries. *(N.d.T.)*

comme : “Vous avez manqué mes conférences sur l’histoire et gaspillé tout un semestre. Vous prenez le drain express !” À cause du train express, vous comprenez, qui reliait Oxford à Londres.

— Je suppose que l’astuce est amusante quand on a lu le livre.

— Ce n’est pas vraiment une astuce, c’est plutôt l’expression d’une sorte de désenchantement, un *anti-Retour à Brideshead* – Evelyn Waugh, vous connaissez.

— Eh bien, merci pour cette petite leçon, Jane. Peut-être est-ce moi qui vous dois quelque chose. »

Je haussai un sourcil.

« Non, c’est juste une plaisanterie », se hâta-t-il d’ajouter.

12

Quand nous étions petites – vers huit ou neuf ans – Natalie et moi passions des nuits à discuter, au lit, de ce que nous ferions quand nous serions grandes. Je la revois, serrant contre elle ses longues jambes repliées sous sa chemise de nuit. Nous allions toutes deux être belles et adulées, et avoir beaucoup d'enfants. Nous serions toujours amies, et nous nous rendrions visite dans nos grandes maisons de campagne. Tout était possible. Il ne m'effleurait jamais, quand je disais que je serais chanteuse, que ma voix ressemblait à un croassement de crapaud. Un crapaud qui aurait chanté faux. Maman me jouait des notes sur le piano droit éraflé que mon père a vendu après sa mort, et j'essayais de les restituer. Tant que l'expression d'encouragement sur son frêle visage ne variait pas, mais restait là comme un drapeau en signe de patience, je savais que je n'avais pas réussi. J'abandonnai l'idée de devenir chanteuse, et commençai à établir la liste des domaines où j'étais forte : le dessin, l'écriture, le calcul. Que pouvait-on faire avec le calcul ? Avant d'avoir dix ans, je savais déjà que je voulais devenir architecte, comme mon papa. Avec des vieilles boîtes je faisais des maquettes, et je traçais des plans impossibles sur du papier millimétré chipé dans le bureau de mon père. Je construisais des immeubles futuristes avec des boîtes d'allumettes vides. L'architecture devint mon territoire, le lieu que personne ne pouvait envahir.

Natalie commença par déclarer qu'elle voulait être danseuse ; puis actrice ; puis animatrice de télévision. Elle voulait être vue, admirée. En grandissant, elle passait des heures devant le miroir, à examiner son pâle visage, à être son propre public. C'était moins de la vanité qu'une évaluation froide, qui pouvait exaspérer quelqu'un comme moi, pour qui les miroirs étaient des sources de rejet ou de réconfort très occasionnel.

Je songeai à Natalie en choisissant mes vêtements pour la journée. Le sergent-détective Auster venait me voir à mon bureau. Puis je déjeunais avec Paul. Est-ce que ça m'ennuierait, me demanda-t-il d'une voix désinvolte, si une assistante se joignait à nous ? Son projet avait été accepté, le documentaire télévisé était en route, le responsable de la programmation était derrière lui et avait déjà retenu un créneau horaire au printemps. J'enfilai un gilet noir sur une chemise en soie bordeaux, un caleçon noir, et je fouillai un peu partout pour retrouver mes bottes noires. Si, justement, ça m'ennuyait. La panique m'avait envahie, depuis que j'avais appris la grossesse de Natalie. Il m'arrivait d'avoir du mal à respirer. Je pédalai à travers Londres en songeant : « Personne n'imaginerait, en me voyant, que je vis emprisonnée dans un étau d'effroi. » J'avançais masquée.

Lorsque, debout dans son couloir, j'avais parlé à Kim de cette grossesse, ses yeux s'étaient remplis de larmes.

« Pauvre gosse », avait-elle dit, et cette compassion avait éveillé en moi de l'étonnement et de la honte. Je m'étais efforcée de résoudre un problème technique. Avais-je réellement pensé à mon amie d'enfance ? Avais-je tenté d'imaginer ce qu'elle avait dû subir ? Kim interrompit ma rêverie.

« À une époque, j'ai essayé d'être enceinte, tu sais. Quand j'étais avec Francis.

— Je n'étais pas au courant.

— Ça semblait être une bonne idée. Rien ne s'est produit. Nous avons essayé plusieurs choses, nous avons tous deux fait des examens qui n'ont rien donné. Bah, maintenant il est marié et il a deux filles. Mieux vaut en rire, non ?

— Pourquoi tu ne m'en as jamais parlé, Kim ?

— Je t'en parle aujourd'hui. C'était important pour moi de le faire. Je veux que tu saches que tu peux toujours te confier à moi, car je me confierai toujours à toi.

— Mais c'est précisément ce que tu n'as pas fait.

— Ne dis pas de bêtises, Jane, j'ai toujours compté sur toi. »

Nous nous embrassâmes et je la quittai, postée dans l'encadrement de la porte, avec ce drôle de sourire embarrassé sur les lèvres. Mais j'étais troublée par notre conversation. Je passai en revue notre amitié faite de week-ends à la campagne, de déjeuners, de tasses de thé bues à la petite cuillère, de longues promenades. Kim avait-elle raison ? Je me demandai si notre amitié ne tenait que de la rencontre entre mon besoin de soutien, et son aptitude à me le procurer. Et même cette révélation, lâchée si longtemps après les faits, ressemblait à une concession visant à m'encourager à m'appuyer sur elle. Tout en pédalant sur le chemin de halage, je construisis une version de notre relation dans laquelle j'étais toujours affamée et faillible, alors que Kim figurait l'esprit libre et résistant.

Est-ce que même les amitiés les plus intimes étaient ainsi faites ? L'une qui donnait, et l'autre qui recevait ?

Helen Auster vint seule, cette fois. Elle gravit l'escalier jusqu'à notre bureau avec une gêne touchante, en haletant d'avoir à monter si haut avec un si gros sac. Je lui serrai la main, puis l'entraînai vers ma table de travail. La vue lui plut aussitôt, et je lui montrai l'embarcadère juste au-dessous, sur le canal, la route que je suivais à vélo, puis je l'emmenai de l'autre côté pour lui faire voir la tour, sur l'île aux Chiens, qui, lui racontai-je, était à elle seule parvenue à donner une note frivole au ciel londonien.

« Ça me plaît beaucoup », dit-elle.

Je nous versai à chacune une tasse de café, puis nous nous assîmes à mon bureau.

« De quoi voulez-vous que nous parlions ? demandai-je. Je me sens toujours coupable quand je parle avec la police.

— Je ne pense pas que cet entretien soit de ce genre-là, dit-elle.

— Ce doit être difficile de commencer une enquête sur un meurtre après un trou de vingt-cinq ans.

— Entre nous, me confia Helen, nous partons de zéro. La police judiciaire, à l'époque, s'était entêtée à envisager la fugue. Du coup, conclut-elle en tapotant sa grosse serviette, c'est maintenant que nous faisons tout le travail. »

Elle ouvrit sa serviette et en tira un mince dossier. Elle me tendit deux liasses de feuilles, chacune fixée par une agrafe.

« Ce sont deux listes de noms, dit-elle. La première contient toutes les personnes présentes à la fête donnée en l'honneur d'Alan et Martha Martello, le 26 juillet

1969. La seconde énumère toutes les personnes présentes – c'est-à-dire séjournant à la maison ou dans le voisinage, ou juste en visite pour la journée – le lendemain dimanche, jour où Natalie a été vue pour la dernière fois. »

Je parcourus les noms des yeux. Il y en avait plusieurs pages.

« C'est extraordinaire. Comment avez-vous trouvé tous ces noms ? Y avait-il une liste des invités ?

— Non, nous avons parlé à divers membres de la famille. L'aide la plus précieuse a été celle de Theodore Martello. Je l'ai déjà rencontré plusieurs fois. Il a une mémoire effarante. » Rougissait-elle ?

« Ça, ça ne fait pas de doute. Il y a là des noms que j'avais complètement oubliés. Je ne pense pas avoir revu William Fagles depuis cette fameuse fête. Je vois là que les Courtney vivent maintenant à Toronto. C'étaient les parents d'une des meilleures amies de Natalie. Puis-je avoir un exemplaire de ces listes ?

— Cet exemplaire est pour vous. Si vous pouviez juste y jeter un coup d'œil, cela vous rafraîchirait la mémoire. Vous verrez que certains invités ne sont identifiés que par leur prénom, et vous pourrez peut-être compléter l'information. Et peut-être aussi pourrez-vous en ajouter d'autres.

— Bon, pour commencer, ce Gordon, là, doit être Gordon Brooks. C'était un ami des jumeaux.

— Je n'ai pas encore étudié la liste avec eux. Mais écrivez-le toujours.

— Tout cela ne me semble pas très folichon.

— C'est autrement plus intéressant que ce que font certains autres policiers, croyez-moi.

— Avez-vous déjà parlé avec Alan ?

— Oui, bien sûr. Regardez ce que je lis en ce moment. »

Elle fouilla dans sa serviette et en sortit *Le drain express*.

« Ça vous plaît ?

— C'est formidable. Je ne m'y connais pas tellement en littérature… mais je trouve ça très drôle. Alan Martello est quelqu'un de si impressionnant aujourd'hui, qu'on a du mal à l'imaginer en train d'écrire quelque chose d'aussi… comment dire… irrespectueux.

— Je ne le trouve pas si impressionnant que ça.

— Il s'est montré très sec quand je lui ai demandé ce qu'il écrivait en ce moment. Vous êtes une famille vraiment spéciale, hein ?

— Les gens ont toujours paru le croire. Si vous commencez à lire tout ce qui a été publié par des membres de la famille, il vous faudra une année sabbatique. D'abord, il y a tous les livres d'enfants que Martha a illustrés. Il y en a de vraiment merveilleux. Pendant tout le temps où Alan faisait tout ce foin parce qu'il n'arrivait plus à écrire, son fameux blocage, Martha poursuivait tranquillement son œuvre, sans discontinuité.

— Je crois que je m'en tiendrai à Alan. Ses autres livres sont bons ?

— Il n'y a qu'un autre roman, et deux volumes de nouvelles. Rien de comparable avec *Le drain express*. Mais ne vous hasardez surtout pas à lui répéter que je l'ai dit. »

Nous bavardâmes quelques minutes encore de choses et d'autres. Helen me posa des questions sur l'architecture, et je lui demandai pourquoi elle était entrée dans la police. Elle m'expliqua qu'elle avait étudié la physique à l'université, puis elle avait eu la vision d'une vie entière passée dans un laboratoire de recherche et s'était soudain révoltée. Cela me plut. Elle termina son café.

« Cela ne contrarie pas votre mari ?

— Il travaille encore plus que moi. »

J'accompagnai Helen au sommet de l'escalier. Il y avait une chose que je voulais lui dire.

« C'est très long, Helen, vingt-cinq ans. Est-ce que ça en vaut la peine ?

— Bien sûr.

— Je pensais que vous pourriez faire un test d'ADN sur le… vous savez, le bébé, mais Claude dit qu'on ne peut plus, après tout ce temps. »

Helen sourit.

« Il a raison.

— Alors il n'y a pas de preuve scientifique.

— Il existe une ou deux autres possibilités. Mais rien ne remplace le bon vieux travail de la police. C'est ce que notre chef nous répète sans arrêt. Au revoir, Jane, à bientôt. »

Mon père refusait d'avoir quoi que ce soit à voir avec le documentaire. Paul avait supplié et tempêté, et même envoyé Erica – sous le prétexte d'apporter des bulbes pour son jardin – pour l'amadouer. Et pourtant, il ne me vint jamais à l'esprit d'envoyer promener Paul.

Je pédalais de toutes mes forces dans l'air humide qui se muait en crachin, en direction du restaurant que Paul avait sélectionné dans Soho. Son assistante était une jeune femme répondant au nom de Bella – grande et maigre, avec une auréole de cheveux roux et de grands yeux cernés de khôl qu'elle gardait fixés sur Paul avec adoration. Elle fumait des cigarettes âcres qu'elle allumait chacune au mégot de la précédente, buvait de l'eau minérale et pignochait dans une petite salade.

En mangeant mes œufs pochés, je demandai à Paul qui il voyait d'autre.

« Tu sais que Papa refuse de me parler ? » J'opinai. « Mais Alan est merveilleux. J'ai déjà fait deux séances avec lui. Bon Dieu, en voilà un qui sait parler. Figure-toi qu'il s'est laissé pousser la barbe et les cheveux, et ça lui donne un air sauvage et inspiré. Il m'a cité des poèmes et m'a beaucoup parlé des faibles qui seraient les plus forts, ou quelque chose dans ce goût-là. Et quand il m'a décrit nos étés ensemble, c'était comme s'il lisait un roman. »

Je fis une grimace.

« Il a passé les vingt dernières années dans des pubs et des restaurants comme celui-ci à déclamer le roman qu'il n'écrivait pas. »

Occupé à tremper des mouillettes de pain complet dans son jaune d'œuf et à boire du vin rouge, Paul ne releva pas mes propos.

« Il ne souhaitait pas trop parler de Natalie, mais il m'a donné des photos. Martha n'a pas vraiment dit qu'elle ne me parlerait pas, mais, quand j'ai mis le magnétophone en marche et que je lui ai posé des questions, elle s'est contentée de me sourire – ce petit bout de sourire triste, tu sais – en secouant la tête. Elle n'a vraiment pas l'air heureuse, Jane.

— Elle est malade. Et les autres ?

— Ils parleront tous. Tout le monde veut passer à la télévision. Theo se considère comme un véritable gourou télévisuel. Alfred et Jonah semblent prêts. Claude m'est d'un grand secours. »

Il me lança un coup d'œil oblique, et Bella regarda aussi avec intérêt dans ma direction.

« Ce sera fascinant, Jane. Et important. Nous serons comme les Walton.

— Je crois que je vais prendre un peu de ce vin, dis-je. Alors, qu'est-ce que tu vas me demander ? »

Bella se pencha en avant et mit le magnétophone en marche.

« Vous voulez bien ? » s'enquit-elle, mais c'était une question de pure rhétorique. C'était la télé. Que pouvais-je avoir à redire ?

C'est étrange, et même alarmant, de voir comme nous sommes disposés à parler devant un magnétophone et des millions de spectateurs potentiels, anonymes et inoffensifs, comme nous ne parlons pas – comme ne *pouvons* pas parler – à un ami, ou à un amant. Ou à un frère. Paul me questionna sur mes souvenirs du Domaine (« Raconte au hasard, comme ça te vient »), et tandis que les bobines du magnétophone tournoyaient et que le stylo de Bella crissait activement sur son cahier, j'exhumais des souvenirs dont j'ignorais l'existence. Le croquet sur la pelouse, les grandes parties de gendarmes et de voleurs, les expéditions dans les bois sous la conduite de Claude, les festins secrets de minuit avec les provisions chapardées dans le généreux garde-manger du Domaine, le chien des Martello (Candy ?) avec sa lippe molle à laquelle pendait toujours un filet de bave, et qui sautait maladroitement dans la rivière pour aller chercher des bâtons, les framboises que nous allions cueillir sous un filet vert, certains après-midi de grosse chaleur, les jours de confiture (groseilles à maquereaux, mûres, fraises, prunes, framboises sauvages, prunelles), les coups de soleil qui brûlaient quand nous nous tartinions les uns les autres de lotion, les déjeuners bruyants où nous voulions tous briller, devant Alan qui nous titillait. Je me rappelais la rosée du petit matin sur la pelouse, et les longues soirées, quand les adultes dînaient et que nous entendions cliqueter les couteaux sur les assiettes, le murmure de la conversation, et que nous enfilions nos bottes en caoutchouc sur nos jambes nues pour courir à la balançoire qui était accrochée à une branche du grand hêtre roux. Dans ces souvenirs, les enfants s'animaient en tant que groupe, les adultes restaient à l'arrière-plan et le soleil brillait toujours. Ce n'était pas vraiment ce que Paul cherchait.

« C'est intéressant, observa-t-il, que tu te rappelles seulement l'époque où tu étais petite. Et plus tard, quand tu étais adolescente ? »

Soudain, le vin tourna à l'aigre dans ma bouche. Pourquoi jouais-je le jeu ? J'eus envie que tout s'arrête.

« Tu veux parler de l'été où Natalie a disparu ? C'est ça qui t'intéresse ?

— Parles-en si tu veux.

— Je me souviens de ta souffrance, Paul, je me souviens d'avoir observé comme Natalie t'humiliait, en me demandant quoi faire et…

— Qu'est-ce que tu racontes ? » s'exclama Paul d'une voix cinglante. Bella arrêta le magnétophone et posa son stylo. « Qu'est-ce que tu cherches à faire, Jane ?

— Comment cela ?

— Ne fais pas l'innocente avec moi. Tu sais très bien ce que je veux dire. Tu détruis délibérément nos souvenirs, n'est-ce pas ? Non, ce n'est pas ça ?

— Non. »

Je repoussai mon assiette, bus une gorgée de vin et allumai une cigarette. J'avais l'impression de tenir un peu mieux la situation en main, de ne plus me laisser séduire par la douce lueur dorée de mon passé imaginaire.

« Est-ce que tu comptes laisser de côté ta passion pour Natalie et sa cruauté à ton égard ? C'était compliqué, hein ? Il y avait toi et Natalie, et puis Natalie et Luke, et moi et Theo, et puis moi et Claude, et puis il y avait les jumeaux, qui étaient vraiment bizarres, avec leurs blagues idiotes, et puis il y avait Alan qui sautait les filles pendant que Martha faisait la cuisine pour nous tous et pansait les genoux écorchés, et puis il y avait maman qui était malheureuse, et qui sait ce que papa pensait de tout ça ?

« Et puis je me rappelle – je ne pouvais plus m'arrêter, à présent, les mots coulaient tout seuls –, je me rappelle, quand j'avais seize ans et que tu en avais dix-huit, Natalie a disparu. Tu vois cela comme la fin de notre innocence. C'est peut-être très bien à la télévision. Mais le crois-tu réellement ? »

À un moment, Paul remit le magnétophone en marche. Je voyais bien qu'il était déchiré entre sa confusion personnelle et son intérêt professionnel. Je lui en donnais pour son argent. Et puis je dis quelque chose de terrible. Les mots m'étaient sortis de la bouche et gisaient entre nous comme une épée avant même que je les aie pensés :

« Et toi, Paul ? Quand as-tu vu Natalie pour la dernière fois ? »

À ma surprise, Paul réagit sans hostilité. Il me regarda un moment, m'évaluant, puis il roula une boulette de pain entre ses doigts, avant de se pencher vers l'appareil et de parler directement dedans :

« Je ne me souviens plus. Il y a trop longtemps. »

Nous prîmes le café. Je fumai encore une cigarette, ainsi que Bella. Paul était assis entre deux nuages bleuâtres et me posait encore des questions, mais l'interview en elle-même était terminée. Je ne tardai pas à enfiler ma veste en cuir, j'embrassai Paul sur la joue, je saluai Bella d'un signe de tête, et j'étais partie. Londres était gris et lamentable sous le vent mouillé ; des vieux papiers traînaient sur la chaussée. Une femme et son enfant me demandèrent de l'argent ; je leur donnai cinq livres, et elle m'en réclama dix. Quel monde !

13

« Il y a une petite parcelle d'Alan qui se régale de tout ça. »

Je préparais un dîner pour Kim, qui arrivait épuisée du bloc opératoire, avec deux bouteilles de vin et des fromages bien faits. La purée était prête, la salade assaisonnée, et j'avais mis des fleurs fraîches sur la table : j'avais quelqu'un pour qui cuisiner. Kim avait ôté ses chaussures et elle allait et venait dans la cuisine d'un air stupéfait, soulevant des couvercles, ouvrant le réfrigérateur. J'étais passée au supermarché en rentrant du bureau, et le frigo plein était assez prometteur : tomates d'un rouge hélas un peu passé, bulbes de fenouil, salades au nom bizarre, une tranche de parmesan, des yaourts, des pâtes fraîches, du saumon fumé. J'avais résolu d'être sage. Fini les dîners qu'il suffisait de réchauffer et d'inhaler. Presque chaque matin, je passais par la piscine en allant au bureau ; et presque chaque soir, je me préparais un vrai dîner.

Elle déboucha une bouteille et nous servit à boire. Je bus une gorgée, puis jetai des oignons hachés dans une poêle et commençai à enlever les parties visqueuses d'un calamar avec mon doigt.

« Bon, je suppose qu'il est effondré. Mais tu as lu cette interview dans le *Guardian* ? Franchement ! Et Paul vient de m'appeler pour me dire qu'il s'était fait photographier pour un magazine féminin. Ils enquêtent sur les gens célèbres qui ont perdu un enfant.

— Les problèmes n'existent pas, lança Kim, sardonique. Il n'y a que des occasions.

— C'est ce que tu racontes à tes patients, hein ? Dans ce cas la plus belle occasion de toutes c'est ce truc, demain soir, à l'ICA, dans le cadre de la série "Les Vieux en Colère" : Alan Martello contre Lizzie Judd. Tu sais, la prof qui s'est fait un nom en publiant *Une place inconfortable*, ce livre qui attaque C.S. Lewis, Roald Dahl et d'autres auteurs pour enfants qui ont fait parler d'eux. Elle a les dents longues.

— Tu y vas ?

— Bien sûr. C'est comme un combat de taureaux, non ? On dit qu'il faut en avoir vu au moins un dans sa vie. J'ignore si Alan jouera son personnage de gentilhomme chevaleresque ou s'il nous assènera des vérités choquantes, mais l'un comme l'autre seront désastreux.

— Ne t'inquiète pas, Jane, ça va plaire. Ce sera une sorte de version moderne du combat de l'ours, exactement le genre de chose qu'Alan adore.

— Ce ne sera pas très drôle pour la belle-fille de l'ours. »

Pendant que nous nous régalions de calamars, Kim m'apprit qu'elle avait rencontré un homme. Il était musicien et s'appelait Andreas. Il avait six ans de moins qu'elle, était petit, beau, sentimental, et leur premier rendez-vous avait duré tout le week-end, uniquement interrompu par les appels qui avaient tiré Kim du lit pour des visites à domicile. J'avais toujours envié la vie sexuelle de Kim, la variété de ses amants, son excitation, leur nombre même. L'une de ses qualités les plus intéressantes, en tant qu'amie, était son aptitude et sa bonne volonté à évoquer ce qu'elle faisait au lit avec ces messieurs. J'avais toujours eu si peu à lui offrir en contrepartie. J'osai à peine lui demander si l'aventure pouvait éventuellement devenir sérieuse, mais elle écarta la question d'une main, comme toujours.

« Claude ne te manque pas ? » me demanda-t-elle au fromage.

Que pouvais-je dire ? Je savais que Kim ne retiendrait pas ma confusion contre moi.

« Certaines choses de ma vie d'avant me manquent un peu, mais là encore, je voulais me libérer de cette vieille intimité. Je suis peut-être un peu effrayée en ce moment par ce que j'ai fait, mais j'en retire aussi une certaine exaltation. » Je marquai une pause, le temps de rassembler mes réflexions. « Je sens qu'il se passe quelque chose d'immense dans ma vie, mais que je ne suis pas au bon endroit pour l'instant. Je regrette presque de ne pas pouvoir travailler avec la police. J'ai le sentiment qu'il faudrait que je fasse quelque chose pour découvrir comment est morte Natalie. J'ai besoin de savoir ce qui s'est passé.

— Mais c'était sûrement son ancien petit copain, non ?

— Tu veux dire Luke ?

— Oui, et la police le tient.

— Ils l'interrogent.

— Eh bien, tu vois ! Luke lui a fait un enfant, ils se sont querellés, et il l'a tuée, peut-être involontairement. Et puis il l'a enterrée.

— Dans le jardin d'Alan et Martha. Juste devant la maison.

— Les gens n'agissent pas logiquement, quand ils ont tué quelqu'un. Je t'ai déjà parlé de mon patient qui a tué sa femme ? Il a dépecé le corps et expédié les morceaux à des succursales de la Banque Barclays à travers le monde.

— Ça n'est pas bête.

— Sauf qu'il a écrit son adresse sur les formulaires des douanes.

— Pourquoi ?

— Son psychiatre affirme qu'il souhaitait se faire prendre.

— C'est une histoire vraie ?

— Bien sûr. Je ne vois pas en quoi l'improbabilité de l'acte bénéficierait plus à Luke qu'à n'importe qui. Il y a quelqu'un qui l'a enterrée là.

— Oui, admis-je. Ça rend tous les autres moins suspects. »

On dit toujours que, si les pendaisons publiques recommençaient, elles attireraient des hordes. L'ICA était bondé – un public jeune dans l'ensemble. On installait des caméras de télévision près du podium, et un gros type avec des lunettes rondes comme celles de Bertolt Brecht allait et venait avec un clipboard. Je me faufilai dans la rangée jusqu'aux deux sièges libres du milieu. Theo n'était pas encore arrivé. L'homme assis à côté de moi disparaissait presque dans son énorme pardessus en tweed. Je lui marchai sur le pied, et trébuchai sur un sac en plastique posé par terre.

« Désolée », marmonnai-je avec mauvaise humeur, et il me fit un bref signe de tête avant de se replonger dans la contemplation du plafond.

Theo arriva. Avec son costume noir et son attaché-case, il paraissait solennel, pas à sa place. Il m'embrassa sur la joue et chuchota :

« Je quitte Alan à l'instant. Il est ivre.

— Ivre ? couinai-je.

— Comme un cul de bouteille.

— Comment ça, ivre ? Mais on l'attend sur scène d'une minute à l'autre.

— Il peut encore parler, me rassura Theo. Mrs. Judd aura même bien du mal à l'arrêter. »

Je poussai un gémissement. Pourquoi étais-je venue ?

Une ou deux minutes après huit heures, Lizzie Judd, d'une beauté sévère dans son tailleur gris, entra en scène d'un pas décidé. Ses cheveux blonds étaient coiffés en arrière, elle ne portait ni bijoux ni maquillage, et elle n'avait pas de notes. Elle prit place sur l'un des deux sièges et se versa un verre d'eau. Puis Alan apparut d'un bond, comme pour une émission de variétés.

« Mais qu'est-ce qu'il a sur le dos ? » chuchotai-je.

Je connaissais la réponse. Une veste de smoking en velours uni qu'il enfilait volontiers le soir chez lui. Et un feutre sur ses cheveux gris. Il me rappela l'affiche de Toulouse-Lautrec qui avait orné le mur d'une de mes chambres d'étudiante. J'éprouvai un élan d'affection pour ce vieil homme truculent et sans apprêt. Il y eut peu de gens pour applaudir, mais mon voisin était l'un d'eux. Alan s'assit lourdement sur l'autre chaise, à côté de Lizzie Judd. Il tenait à la main un grand verre aux trois quarts plein d'un liquide couleur de whisky. Il en but une longue goulée et balaya la salle du regard.

Lizzie Judd exprima ses condoléances (« et certainement celles de l'assistance ») pour la découverte du corps de Natalie. Elle fit un bref résumé du *Drain express* (« antiromantique... tradition de réalisme comique... essentiellement masculin »). Elle évoqua ses ouvrages suivants, beaucoup moins connus, en une seule phrase, et conclut que ce long silence serait sans aucun doute abordé un peu plus tard.

« Mr. Martello, commença Lizzie Judd.

— Appelez-moi Alan, interrompit-il.

— Très bien, Alan. John Updike a dit qu'il était superflu d'écrire des romans drôles. Qu'en dites-vous ?

— Qui est John Updike ? »

Lizzie Judd parut un peu déconcertée.

« Pardon ?

— Il est américain ?

— Oui.

— Eh bien, voilà.

— Est-ce votre réponse ? »

Alan était vautré sur son siège (je remarquai que ses chaussettes étaient de couleurs différentes). Il se redressa lentement, but une gorgée de whisky et se pencha vers la journaliste qui l'interviewait.

« Écoutez, Lizzie, j'ai écrit un putain de bon roman. Un *putain* de bon bouquin. Vous en avez un exemplaire ici ? Non ? »

Il se tourna vers le public.

« Quelqu'un en a un ? »

Pas de réponse.

« Vous tous, là, ouvrez vos exemplaires du *Drain express* à la page du copyright, et vous verrez qu'on le réimprime tous les ans sans exception. Ça a l'air de faire rire les gens. Qu'est-ce que j'ai à foutre de ce que peut dire un connard d'Américain ? »

Lizzie Judd restait d'un calme glacial.

« Peut-être devrions-nous poursuivre. Vos romans ont récemment fait l'objet de critiques de la part des féministes. »

Alan ricana.

« Pardon ? dit-elle.

— Non, rien, continuez.

— On a dit que, dans votre œuvre, les femmes sont soit des mégères, soit des objets dont la poitrine éveille l'attirance sexuelle de vos héros. Vos admirateurs eux-mêmes reconnaissent que, quarante-cinq ans plus tard, le sexisme de vos romans reste un problème. »

Alan but une autre longue gorgée de whisky, ce qui l'empêcha de parler pendant un temps étonnamment long.

« Et pourquoi ce serait un problème ? articula-t-il après une dernière déglutition. Ça me plaît à moi qu'on les trouve encore sexy. Qu'y a-t-il de mal à trouver sexy les femmes dotées d'une poitrine opulente ? C'est une très bonne chose. »

Je me mis la tête dans les mains. J'entendis un rire retenu à côté de moi. Ce n'était pas Theo, mais mon autre voisin.

Alan s'était interrompu, prenant apparemment plaisir à ce silence embarrassé. Judd attendait, muette.

« Je plaisantais, Lizzie. Je ne suis pas censé parler de choses comme les seins, n'est-ce pas ? Ce n'est pas permis. Cherchez-vous à dire que je déteste les femmes, Lizzie de mon cœur ?

— Qu'est-ce qui pourrait vous le donner à croire ?

— C'est ce que disent les gens dans votre genre. Est-ce que nous parlons de moi, ou de mes livres, Lizzie ? J'adore les femmes. J'adore baiser. Ou plutôt, j'adorais ça quand je pouvais le faire. C'est ça que vous voulez entendre ? Bon, alors maintenant on peut parler de mes livres ? »

J'avais la tête entre les genoux et je commençais à envisager de me boucher les oreilles. J'entendis un remue-ménage. Se levait-il ?

« J'ai écrit ce roman avec mon cœur. »

Son poing résonna contre sa poitrine, énormément amplifié par le micro qu'il portait : on aurait dit un bélier défonçant la porte d'un château fort.

« Je l'ai écrit quand j'étais très jeune, et je me fous des gens qui s'en servent pour en déduire ce qu'Alan Martello pense des femmes. Je m'en fous et je m'en contrefous, de toutes vos discussions pour savoir si tel roman est meilleur que tel autre parce qu'il est plus propre. »

Un murmure agité parcourut l'assistance. Levant les yeux, je me trouvai dans une forêt de bras levés. Lizzie Judd désigna une jeune femme assise sur le côté.

« Pensez-vous donc que la morale n'ait rien à voir avec la valeur littéraire ?

— Allez vous faire foutre, répondit Alan. On n'est pas à Oxford, non ? Je croyais qu'on était là pour parler de mes livres. Ou bien alors on parle de sexe ? Lizzie, voulez-vous nous raconter ce que vous faites au lit et avec qui, s'il y a quelqu'un ? »

Des cris s'élevèrent de part et d'autre. Lizzie Judd garda son calme et réclama le silence à la manière d'un arbitre de tennis.

« Mr. Martello, souhaitez-vous poursuivre ce débat ? »

Alan leva son verre, comme pour porter un toast bizarrement déplacé.

« De mon côté, tout baigne », dit-il.

Des mains s'agitèrent en l'air. Un jeune homme pâle et mince se leva, l'écharpe tellement entortillée autour du cou que je voyais à peine son visage.

« Je suis un homme moi aussi, Mr. Martello, dit-il.

— Ah oui ? riposta Alan d'un air de doute.

— Mais je ne suis pas de votre génération, poursuivit le jeune homme d'une voix frémissante. Je pense que les femmes ont souvent pâti de cette affection que vous prétendez leur porter, et de cette sexualité prédatrice que vous présentez sous un jour favorable. Le monde pourra-t-il changer un jour, si des gens comme vous, que d'autres écoutent, s'obstinent à déguiser leur machisme en liberté de l'écrivain ? »

Des murmures d'approbation parcoururent l'assistance. L'éclat des projecteurs de télévision était brûlant ; Alan transpirait ; Lizzie Judd paraissait d'une fraîcheur immaculée.

« Espèce de petit con prétentieux, articula Alan avec difficulté. Si les femmes comptent sur vous pour les défendre, elles vont avoir des problèmes. Vous les encouragez à être des victimes. À crier au viol et au harcèlement sexuel pour un oui ou pour un non. Bordel de merde. »

Du fond de la salle, une voix de femme cria : « Salaud ! » Lizzie Judd gardait un calme effrayant.

« C'est votre position sur la question du viol, n'est-ce pas, Mr. Martello ? »

Alan lampa la fin de son whisky et manqua de peu la table en voulant poser son verre, qui tomba par terre et se brisa.

« Bah, qu'est-ce que ça peu foutre. Merde quoi ! Les femmes aiment les hommes forts, et un peu de violence ne leur déplaît pas. Elles s'en plaignent qu'après. Ça leur donne bonne conscience, de se plaindre. Elles osent pas avouer qu'elles aiment le rut comme des truies en chaleur. Moi, j'ai jamais entendu une femme se plaindre. On n'est pas censé dire ça, hein ? C'est pas "politiquement correct", hein ?

— Est-ce là votre position de romancier respecté ? demanda Lizzie Judd, laissant paraître un peu d'anxiété à la perspective de ce qu'elle entrouvrait.

— Je ne suis pas un romancier respecté, bordel de Dieu, brailla Alan d'une voix épaisse. J'ai pas terminé un seul putain de roman en trente ans. Mais on est pas des travailleurs sociaux ! On vit dans un monde où les femmes veulent être baisées – ou violées, elles font pas la différence. C'est le monde de l'imagination, bordel.

— On pourrait dire qu'il existe une continuité entre les fantasmes dégradants qui sont mis en scène dans des romans comme les vôtres et la réalité de la violence subie par les femmes ? »

Alan se leva en chancelant.

« Vous voulez voir une continuité ? Je vais vous en montrer, bordel, de la continuité. »

Tel un arbre coupé, il s'abattit sur Lizzie Judd, posa une main sur son sein et un baiser bruyant sur sa bouche stupéfaite. Son micro devait être tout près du visage de Lizzie, car le baiser retentit dans toute la salle. J'enregistrai simultanément plusieurs impressions. Le mitraillage des caméras. Les cris de la foule. Des gens qui bondissaient et se précipitaient. Alan qu'on arrachait de Lizzie Judd. Il bouscula quelqu'un et se mit à crier :

« Vous croyez que je ne sais pas ce que c'est, le viol ? Ma fille a été violée et assassinée, et le coupable a été relâché. Il a fait valoir son putain de droit au silence, il n'a répondu à aucune question et la police a laissé partir le violeur assassin. Et maintenant vous pouvez bien me crucifier, bordel. »

Alan continua à vociférer de manière inintelligible tout en se débattant violemment, jusqu'à ce que plusieurs membres de l'assistance qui avait maintenant envahi le podium parviennent à le maîtriser. Theo se précipita et se força un chemin dans la foule pour rejoindre son père, tandis qu'on aidait Lizzie Judd à se relever, hagarde et le cheveu en bataille. Elle se couvrait un œil de la main. J'étais seule à rester immobile sur mon siège. Je me sentais incapable de bouger.

« Mon Dieu, articulai-je à voix haute. Quel bordel de merde.

— Ça ne s'est pas si mal passé. »

Je me retournai, surprise. C'était l'homme assis à côté de moi.

« Eh, vous voulez rire. Je viens de voir mon beau-père défendre le viol et agresser une féministe célèbre devant un public qui a payé. Pour moi, ça suffit comme ça.

— Je voulais juste dire…

— Allez-vous-en. »

Il s'en alla et je restai seule.

14

Le lycée Neville Chamberlain à Sparkhill. Une catastrophe en béton gris. Sans doute pas plus de vingt ans d'âge, mais déjà taché de moisissure, avec des auréoles qui ressemblent à de la sueur sous les bras. Un centre d'interrogatoires policiers d'Allemagne de l'Est tombé dans un monde de grands ensembles, de pavillons en brique et d'un lacis de routes de contournement. J'étais partie de chez moi alors qu'il faisait encore noir et, maintenant que je me garais, il n'était pas encore huit heures. On ne voyait personne alentour.

L'intérieur embué de la voiture, qui se refroidissait très rapidement, me parut déprimant. Comme je n'avais rien d'autre à lire qu'un *A à Z*, je traversai la rue et me réfugiai dans un petit café, en face de l'entrée principale du lycée. Je commandai une tasse de thé couleur acajou, un œuf au bacon et une tomate grillée. Presque toutes les tables étaient occupées par des hommes en tenue de travail, et l'air était enfumé. Je regardai la première page du *Sun* que lisait le type assis en face de moi. Je me demandais si le fiasco d'Alan y serait évoqué.

À huit heures vingt, j'étais ressortie, et je faisais les cent pas sur le trottoir pour me réchauffer. Dix minutes plus tard, je le vis arriver à vélo. Il était emmitouflé dans un gros manteau, des gants épais et un casque, mais le visage fin et pâle de Luke se reconnaissait facilement. En approchant de la grille il balança sa jambe droite par-dessus la selle et parcourut les derniers mètres debout sur la pédale de gauche, en esquivant adroitement les groupes d'élèves qui se formaient. Je dus traverser en courant pour l'intercepter. Je criai son nom, et il tourna la tête. Il se contenta d'ébaucher un petit sourire sarcastique, sans paraître autrement surpris. Il ôta son casque et passa une main gantée dans ses longs cheveux striés de gris.

« Tu n'as rien de mieux à faire ? »

Pendant le trajet, j'avais eu la tête bourrée de choses que je voulais demander à Luke. Maintenant que j'étais là, je ne trouvais plus rien à dire.

« Pouvons-nous parler ?

— Qu'est-ce que tu fais ici ? Qu'est-ce que tu veux ?

— Pouvons-nous parler *en privé* ? »

Une veine palpitait sur sa tempe. Il s'empourpra et je crus qu'il allait se mettre à m'engueuler, mais il jeta un coup d'œil à la ronde et fit un effort visible pour se maîtriser.

« Viens, dit-il. Je peux te donner cinq minutes. »

Luke enchaîna son vélo à un poteau et m'entraîna derrière une lourde porte battante. Nous suivîmes un couloir que nos pas firent résonner. La froideur en était atténuée par des peintures et des collages sur les murs.

« Tu as lu les journaux, ce matin ? me demanda-t-il sans se retourner.

— Non.

— Je pourrais poursuivre Alan, tu sais.

— Tu risquerais de perdre. »

Luke émit un petit rire bref pour toute réponse, et me fit entrer dans une pièce si petite que, une fois assis, nous nous touchions presque. Nous étions entourés de rayonnages couverts de cahiers neufs multicolores et de liasses de papier à dessin.

« Eh bien ?

— Est-ce que tu t'es montré coopératif avec la police ? »

Luke se remit à rire, apparemment soulagé.

« C'est donc cela ? Vous n'avez toujours rien ?

— Alors ? Oui ou non ?

— J'ai été interrogé par la police, mon nom a paru dans la presse. Je ne vois pas bien l'intérêt d'en parler avec toi. Écoute, je ne sais pas ce que tu cherches, mais si tu essaies de prouver je ne sais quelle fantaisie de gamine à propos de Nat, tu ferais mieux d'y renoncer.

— Mais si l'enfant n'était pas de toi, de qui aurait-il pu être ? »

Luke ne semblait pas m'écouter.

« Je t'ai toujours bien aimée, Jane. Les autres, les frères de Nat, ils me méprisaient. J'avais l'impression, dans mon innocence, que tu étais différente.

— Tu me faisais peur. Tu avais l'air tellement compliqué.

— J'avais un an de plus.

— Luke, donne-moi une raison de croire que ce n'était pas toi.

— Pourquoi ? » Il regarda sa montre. « Tes cinq minutes sont terminées. J'espère que je ne t'ai été d'aucune aide. Je te laisse retrouver la sortie toute seule. »

Je restai quelques minutes immobile dans ma voiture, puis je repris lentement le chemin de l'autoroute, jusqu'à ce que je trouve une cabine téléphonique. J'appelai Helen Auster à Kirklow et lui proposai de passer la voir maintenant, juste le temps d'arriver. Elle parut surprise mais elle accepta. La journée s'éclaircissait à mesure que je m'éloignais de Birmingham et, à l'approche du Shropshire, en longeant la ligne de crête des collines, je retrouvai un peu le moral. Le commissariat de police de Kirklow était une grande bâtisse moderne, à quelques pas de la place du marché. Helen m'accueillit dans le hall d'entrée, vêtue d'un long manteau, et suggéra que nous allions nous promener. Tout en parlant, nous déambulâmes parmi les superbes maisons en pierre qui composaient le centre-ville. Il faisait très froid, et je ne savais pas trop pourquoi j'étais venue.

« Vous vous sentez bien ? s'inquiéta Helen.

— Je viens de voir Luke McCann.

— Où ?

— À l'école où il enseigne, à Sparkhill.

— Pourquoi avez-vous fait cela ?

— Vous avez lu les journaux ? Vous avez vu ce qui s'est passé avec Alan à l'ICA ? »

Helen eut un petit sourire. Son visage pâle rougissait sous l'effet du froid, et ses joues s'empourprèrent.

« Oui.

— C'était affreux, mais je pense qu'Alan a raison et je suis absolument atterrée.

— Vous voulez dire à propos de Luke ?

— Oui. C'est pourquoi je suis allée le voir. Je ne savais pas vraiment ce que j'allais lui dire, mais il a eu l'air secoué.

— N'est-ce pas bien compréhensible ?

— Écoutez, Helen, je sais qu'on ne peut pas prouver scientifiquement que Luke était le père de l'enfant de Natalie, mais je me suis creusé les méninges pour trouver ce que vous pourriez faire pour établir le lien. J'ai pensé que je pourrais parcourir la liste des invités avec vous et identifier tous les gens qui pouvaient connaître Luke. Il aurait pu leur avoir dit des choses. Avez-vous parlé à ses parents ? Ils savent peut-être quelque chose. »

Helen jeta un coup d'œil alentour.

« Venez », dit-elle, et elle me conduisit jusqu'à un salon de thé désert dans lequel nous commandâmes toutes deux du café. Quand il arriva, nous bûmes d'abord en silence, en réchauffant nos mains glacées autour des tasses. Helen m'observa d'un air intrigué.

« Qui vous a dit qu'on ne pouvait pas établir de lien entre le fœtus et Luke ?

— Claude. Il m'a dit qu'on ne pourrait pas procéder à l'identification génétique parce que l'ADN avait dû pourrir et se contaminer. »

Helen sourit à nouveau, avec réticence.

« Oui, il a raison. L'une des bases de l'ADN s'oxyde, et les brins se rompent. L'ADN prélevé sur les ossements était effectivement contaminé à quatre-vingt-dix-neuf pour cent.

— Je ne connais rien à tout ça.

— Peu importe. Cette forme d'identification génétique est irréalisable dans le cas présent, mais il existe une autre technique, qui est le test par PCR.

— C'est quoi, en langue de tous les jours ?

— C'est une façon d'amplifier de très petites quantités de matière humaine. Bien sûr, les brins d'ADN restent brisés, mais on trouve de très nombreuses répétitions dans la séquence d'ADN. Ces petites séquences répétées sont caractéristiques, et elles se transmettent de façon héréditaire.

— Ce qui signifie ?

— Cela signifie que Luke McCann n'était pas le père du bébé de Natalie. »

Je sentis mes joues s'enflammer.

« J'ai terriblement honte, Helen. J'ai été idiote.

— Non, Jane, c'était tout à fait compréhensible. Mr. McCann n'a jamais été arrêté ni même interrogé avec les mises en garde d'usage. Il n'a donc pas été officiellement relâché, ce qui veut dire que nous n'avons pas non plus annoncé les résultats du test. Mais au vu des événements nous avons décidé de publier un communiqué cet après-midi.

— Ce test est-il sûr ?

— Oui.

— Mon Dieu, Luke aurait dû me le dire. Mais c'était ma faute. »

Nous terminâmes notre café. Helen insista pour payer sa part. Puis nous traversâmes à nouveau la place en direction du commissariat. Nous nous arrêtâmes devant la porte, et je m'apprêtai à lui dire au revoir. Helen hésita, puis elle lâcha d'une voix précipitée :

« Vous et Theo Martello, vous sortiez ensemble, non, cet été-là ?

— On peut le dire comme ça.

— Pourquoi, enfin, comment cela s'est-il terminé ?

— Tristement.

— Il parle beaucoup de vous, Jane.

— Comment le savez-vous ?

— Oh, eh bien, lors de nos entretiens. Comme je vous l'avais dit, nous avons pas mal discuté. De temps en temps. »

Elle paraissait gênée mais pleine d'ardeur, et une pensée – une pensée terrible – m'effleura un instant l'esprit. Je la dévisageai, et son visage vira au rouge vif. Mais elle ne détourna pas les yeux. Je savais, et elle savait que je savais ; j'aurais voulu lui dire quelque chose, la mettre en garde ou lui dire de ne pas perdre la tête. Mais, avec une grimace, elle se détourna gauchement et me quitta. Il me restait une demi-heure de stationnement, et j'en profitai pour déambuler dans le centre de Kirklow, totalement aveugle à ce qui m'entourait.

15

Je voyais ma vie glisser – presque agréablement – vers une routine. Les séances avec Alex Dermot-Brown, qui m'étaient devenues aussi régulières et naturelles que dormir et manger, constituaient les berges solides entre lesquelles coulaient les rendez-vous, les obligations et les habitudes. Les trajets matinaux à vélo le long du canal, les zigzags au milieu du marché jusqu'à sa maison, étaient désormais automatiques. Les visites s'accumulaient dans ma mémoire et s'y mélangeaient agréablement.

Séance après séance, je me frayais un chemin dans tout ce qui, à mes yeux, composait ma vie. Je parlais de mon adolescence, de Paul et de mes parents, mais le récit, bien sûr, revenait sans cesse aux Martello, presque comme si les Martello avaient constitué toute mon histoire. Ils paraissaient toujours figurer au cœur de tout ce que j'avais vécu de plus beau. Je décrivis à Alex les jeux d'été de mon enfance. D'autres gens gardent une vision nostalgique, mythifiée même, de leurs premières années : mais notre enfance commune avait réellement été enchantée. Je parlai de mon intimité avec Natalie et Theo, et beaucoup de Claude aussi, comme pour reconstruire notre relation dans mon esprit, peut-être pour pouvoir justifier ma décision de l'avoir quitté.

C'était difficile à raconter comme une histoire, car notre mariage ne s'était pas tant brisé qu'évanoui. Je ne parvenais pas à mettre le doigt sur une raison indéniable qui pourrait expliquer cette dissolution. Il n'y avait pas eu d'infidélité, ni certainement aucune violence, ni même la moindre négligence visible. Ce n'était pas le style de Claude. Et d'ailleurs je l'admirais plus que jamais. À mesure que je le transformais en mots dans le bureau d'Alex, je me sentais en danger de le faire paraître presque irrésistible, et de me convaincre de défaire ce que j'avais accompli.

Claude avait environ trente-cinq ans lorsqu'on l'avait nommé médecin consultant à St David's, et il s'était révélé merveilleux dans ses nouvelles responsabilités, en particulier dans l'approche collective du travail. Vraiment merveilleux. Exception faite de la chirurgie, la gynécologie est historiquement le secteur médical le plus dominé par les hommes, et Claude et moi avions toujours eu des conflits étouffés à ce propos. Mais, et il le savait même s'il ne le dit jamais, il n'aurait rien pu entreprendre en tant que chef de service, sinon des gestes futiles. Il y aurait sabordé sa carrière. Les médecins qui soulèvent des lièvres quand ils sont jeunes sont ceux qui ratent les promotions. Pourtant, lorsqu'il devint médecin consultant, tout cela changea. Bien entendu, s'agissant de Claude, tout se déroula de manière austère et peu spectaculaire, et il fallut très longtemps, en particulier, avant que ses adversaires comprennent ce qui se passait. Car Claude avait entrepris d'instituer une commission sur le rôle des femmes gynécologues dans la profession. Lorsque les gens comprirent de quoi il s'agissait, ce fut une véritable tempête. Il y eut un procès, un éditorial incendiaire dans le *Daily Telegraph* ou je ne sais plus où, mais Claude était parfaitement de taille à vaincre.

Lorsque nous étions enfants, c'était toujours Claude qui savait quel fil était relié à quelle prise, à quelle heure partait le dernier train, et toutes les choses dont personne ne prenait la peine de s'informer. À l'hôpital, il manifestait la même attention aux détails. Les autres faisaient du raffut tandis que Claude parlait peu, mais au moment crucial on découvrait toujours qu'il avait déjà parlé aux principaux membres de la commission, ou qu'il avait fait établir un ordre du jour irrévocable suivant quelque règle obscure que personne ne connaissait. Le résultat est que, au cours des sept dernières années, tous les rendez-vous gynécologiques de St David's sans exception ont été affectés à des femmes. C'était un héros, et un héros qui voyait loin en plus, parce qu'il avait saisi une tendance à ses tout débuts. Il avait mis le wagon en marche avant de sauter dans le train de la réussite.

Le plus curieux, c'est que jamais Claude n'est venu claironner : « Je te l'avais dit. » Il ne m'a jamais expliqué qu'il avait gardé sa poudre au sec pendant toutes ces années afin de pouvoir s'en servir le moment venu. J'aurais préféré qu'il le fasse, mais il a toujours procédé avec rationalité et modestie quand il s'agissait de ses exploits. Il affirmait que la gynécologie avait gaspillé ses ressources et qu'il n'avait en tête que l'efficacité. D'ailleurs, ajoutait-il, aux termes du nouveau système contractuel, les femmes gynécologues étaient plus coopératives et plus souples. Peut-être Claude est-il de ces gens qui accomplissent de grandes réformes, un conservateur instinctif qui accepte le changement afin de préserver l'ancien système au maximum. Mais, le soir, il y avait très peu de différence à l'œil nu entre le Claude qui avait, contre toute probabilité, fait basculer un service entier dans son sens, et un Claude qui aurait échoué. Ce détachement lui servit admirablement au fil des ans, mais j'en étais arrivée à le détester.

Les triomphes de Claude comptaient pour beaucoup dans la façon dont j'analysais mes sentiments à son égard. Si je n'éprouvais rien pour lui après tout ce qu'il avait accompli, raisonnais-je, c'est que notre mariage devait être sérieusement en difficulté. Comment un mariage tourne-t-il mal ? J'aurais presque souhaité pouvoir dire que je l'avais surpris au lit avec sa secrétaire ou une des collaboratrices qui l'idolâtraient. Mais Claude n'aurait jamais pu me tromper et je savais qu'il me resterait fidèle jusqu'à ce que la mort nous sépare, ne fût-ce que parce qu'il avait signé devant témoins un document à cet effet, le 28 mai 1973. C'était juste une accumulation de petites choses, et une absence d'autres détails.

Et puis le sexe aussi, bien sûr. Voir à : « absence de ». Au début de notre mariage, nous avions eu une vie sexuelle passionnée, et Claude n'y manquait ni de talent ni d'élégance. Je ne parle pas juste de manipulation tactile. Il semblait avoir parfaitement compris le pourquoi du comment. Plus qu'aucun autre homme avec qui j'aie jamais couché (un nombre assez limité, qu'on pourrait compter sur les doigts des deux mains), Claude voyait le sexe non comme une impulsion mais comme quelque chose qui avait à voir avec l'affection, l'amitié, l'humour, la tendresse, la considération. J'adorais ça, et je l'adorais lui.

Pendant la majeure partie de mon adolescence, Claude avait été ce que Jerome et Robert appelaient une tête de nœud. Il avait commencé à porter des lunettes vers l'âge de trois ans et il faisait toujours très sérieux, sans rien de ce charisme que Theo puis les jumeaux possédaient tout naturellement. Il était travailleur et obstiné, mais jamais brillant. Puis, pendant l'horrible année qui avait suivi la disparition de Natalie, quand il semblait que la famille Martello se décomposait dans le chagrin, nous nous étions rapprochés. C'était encore de sa part le fruit d'une détermination farouche. Claude avait décidé de me charmer et ses efforts étaient bien visibles, mais il y parvint. Aimer quelqu'un peut être l'un des meilleurs moyens de s'en faire aimer, mais cela peut tout aussi bien produire l'effet inverse. Claude s'y prit juste comme il fallait. Pendant longtemps cela n'eut rien de sexuel. Je sortais avec des garçons, et Claude devint un bon copain. Lorsqu'il partit étudier la médecine, nous prîmes l'habitude de nous écrire, de longues lettres riches, et je fus bien surprise de m'apercevoir que je lui disais des choses que je cachais aux autres. Nous n'exigions rien l'un de l'autre, nous ne cherchions pas à nous épater, et c'est au cours de ma première année d'université que je compris avec effarement qu'il était mon meilleur ami. Il commençait à sortir avec une fille qui s'appelait Carol Arnott – sa première vraie petite amie, me confia-t-il, mais sans le révéler à personne d'autre – et je fus tout étonnée de me découvrir un peu jalouse.

C'était en 1971, et je m'en souviens surtout à cause des vêtements : pantalons de velours froissés, amples blouses campagnardes aux poignets resserrés comme au temps des ménestrels, nuances de violet que je n'allais ensuite plus oser porter jusqu'aux années quatre-vingt-dix. J'avais dix-huit ans, Claude vingt. Et je décidai froidement de le voler à la pauvre Carol, ce que je parvins à accomplir sans la moindre difficulté. Notre première nuit ensemble se déroula dans le lit le plus étroit qu'on puisse imaginer, dans un studio de Finsbury Park que Claude partageait avec deux autres étudiants en médecine. Tout sembla par la suite se dérouler le plus naturellement du monde, et nous décidâmes de nous marier, ce que nous fîmes à la fin de ma deuxième année. Je me demande si nous avions l'impression de guérir la cassure de la famille. En 1975, Jerome et Robert étaient déjà nés et, bien qu'encore enfants nous-mêmes, il nous fallut être assez adultes pour jongler entre les enfants, nos études et notre carrière. Avec le recul, je revois vingt ans de frénésie et de panique. Le point culminant en fut un après-midi d'automne où nous accompagnâmes Robert faire son entrée dans la vie universitaire. J'eus alors enfin un moment pour réfléchir, et la première chose qui me vint à l'esprit fut l'absolue conviction qu'il fallait que je quitte Claude. Sans discussion, sans consulter de conseiller matrimonial, sans séparation d'essai, juste une ligne tracée sous ma vie.

Et voilà. Voilà ce que je présentai à Alex. Telle était la situation dans laquelle je me trouvais, stupéfaite, en larmes, dépassée. Qu'allait-il en penser ? Même si je voulais m'en empêcher, je me surprenais déjà à me préoccuper de ce qu'il pensait de mes paroles. Peut-être essayais-je même de lui faire de l'effet. Je commençais à m'intéresser à sa vie. Je remarquais ses vêtements, les différences d'un jour à l'autre. J'aimais les lunettes à monture métallique qu'il portait quelquefois, toujours d'un air décontracté, comme s'il les avait attrapées à la va-vite, et les longs cheveux qu'il repoussait constamment avec ses mains. Il lui arrivait d'être sévère avec moi. Et il me surprit en désapprouvant mon travail de détective.

« Je croyais que vous vouliez me voir affronter les faits, protestai-je, un peu offensée.

— C'est vrai, mais les faits qui nous intéressent en ce moment sont ceux qui se trouvent dans votre tête. Et il y a là bien assez de travail, du travail difficile. Il nous faut distinguer entre les choses que vous me dites et qui sont vraies, et celles qui ne le sont pas. Et puis il y a les choses qui sont à la fois vraies et fausses et que vous me cachez. Là, ce sera plus difficile.

— Il n'y a rien dans ce que je vous dis qui ne soit pas vrai. De quoi parlez-vous ?

— Je parle de toutes ces histoires d'enfance enchantée. Écoutez, Jane, je vous ai dit au début que je m'efforcerais de vous dire franchement ce que je pense, alors je devrais peut-être vous expliquer un peu ce que je ressens en ce moment. »

Alex se tut pour réfléchir. Il donnait toujours l'impression de méditer très longtemps avant de parler, au contraire de moi qui bavardais éperdument. Avec lui, penser ressemblait presque à une affaire d'ingénierie, de compétence pratique.

« Vous me racontez deux choses contradictoires, Jane. Vous vous accrochez à l'enfance heureuse comme si c'était un talisman contre quelque chose. Et en même temps vous parlez de ce corps qui a été enterré au beau milieu de tout ça. Bien sûr, je pourrais tout simplement affirmer que les deux choses sont indépendantes. Quelqu'un peut venir de l'extérieur pour assassiner un membre de la plus heureuse des familles. Mais ce n'est pas ce que vous me dites. C'est *vous* qui insistez sur l'idée que la chose est impossible.

— Où voulez-vous en venir, Alex ? Que voulez-vous que je fasse ?

— Vous essayez de soulever deux poids énormes, et vous ne pourrez pas y arriver. Il faut que vous en lâchiez un des deux, Jane, et que vous en affrontiez les conséquences. Il faut que vous réfléchissiez à votre famille. »

C'était l'un de ces moments, au cours des séances, où je me sentais comme une bête traquée. J'allais me trouver un semblant de couverture quelque part et me croire en sécurité, et puis Alex me débusquait et m'acculait à nouveau en terrain découvert. Je décrivis l'image à Alex, et cela le fit beaucoup rire.

« Je ne suis pas sûr d'aimer l'idée que vous êtes un superbe renard, et moi un châtelain cruel et rougeaud sur son cheval. Mais si c'est le prix à payer pour vous empêcher de vous réfugier dans un faux paradis, je crois que je pourrai le supporter. Et maintenant, à vous. Même si ce n'est qu'une expérience, Jane, je veux que vous vous débarrassiez de tous ces fantasmes concernant votre famille. Commencez à la considérer comme une famille où un meurtre pourrait avoir lieu, et voyons où cela nous mène.

— De quoi parlez-vous ? Qu'entendez-vous par “une famille où un meurtre pourrait avoir lieu” ? »

Quand il me répondit, je décelai un ton plus dur, que je ne lui avais jamais entendu.

« Je vous ai écoutée, Jane. Vous devez assumer la responsabilité de ce que vous me dites.

— Je n'ai jamais parlé de meurtre dans la famille. » Un goût âcre, ignoble, m'envahit le fond de la bouche.

Alex resta ferme.

« C'est vous, pas moi, qui avez parlé de l'étrangeté du lieu où le corps de Natalie a été découvert.

— Oui, eh bien, c'était un lieu étrange, non ?

— Et ça voulait dire quoi, si vous n'impliquiez pas votre famille d'une manière ou d'une autre ?

— Mais je n'impliquais personne.

— Bon, calmez-vous.

— Je suis parfaitement calme.

— Non, ce que je veux dire, c'est que même si l'idée vous cause un choc, vous devriez la traiter comme une expérience.

— Comment ça, une expérience ?

— C'est simple, Jane. Parfois, en thérapie, les idées peuvent être traitées comme des hypothèses. Imaginez, si vous le pouvez, que vous n'êtes pas issue de cette famille extraordinairement parfaite, admirée et enviée de tous. Imaginez que ce soit une famille dangereuse. »

Avais-je souhaité qu'Alex me dise cela, qu'il le dise *pour moi* ? J'ébauchai une faible protestation, mais Alex m'interrompit.

« Je ne vous demande pas de porter des accusations ni de vous montrer déloyale. C'est juste une façon de vous réorienter, de vous accorder une liberté nouvelle. »

C'était un de ces moments où je mourais d'envie de fumer pour pouvoir mieux réfléchir. Au lieu de cela, je racontai à Alex ma soirée à l'ICA et le comportement d'Alan, cette colossale, honteuse et déchirante abomination. Quand on est la belle-fille d'Alan Martello, la moitié du chemin est déjà fait. Il est célèbre depuis qu'il a vingt ans et, indépendamment de ses propres efforts, il est resté une sorte de symbole flottant. Il avait naguère représenté un radicalisme de jeunesse, désormais remplacé par un anarchisme conservateur tout aussi curieux. Il avait été, à tour de rôle – parfois simultanément –, un peu nationaliste, satirique, engagé dans la lutte des classes, libérateur, réactionnaire, iconoclaste professionnel, conformiste, rebelle, raseur et sexiste profiteur. Je me demande parfois ce que je penserais de lui si je le rencontrais pour la première fois, mais je l'ai toujours adoré d'une manière très contradictoire. Je l'ai vu se mettre dans les situations les plus indéfendables, j'ai entendu parler de comportements que je déplorais totalement, j'en ai même vu, il a blessé des gens par insouciance, et en particulier ma bien-aimée Martha, mais j'étais de son côté. Il était celui qui présidait à cette merveilleuse maisonnée des Martello, sa vitalité l'alimentait, il en était le cœur, le symbole. Était-ce juste à cause de cela que je ne pouvais pas le rejeter ? Même à l'ICA, même au milieu du carnage, j'avais éprouvé une loyauté perverse, mais en étant consciente, désormais, qu'il s'agissait d'une perversion.

Alex ne semblait guère passionné par les choses que j'imaginais devoir l'intéresser. On aurait parfois même dit qu'il en faisait une question de fierté, comme pour prouver son indépendance. Il écouta avec une grande concentration le récit que je lui fis de mon attitude changeante à l'égard d'Alan, mais il retourna ensuite à mon souvenir – ou plutôt mon non-souvenir – de la berge, de la rivière, l'après-midi où Natalie avait été vue pour la dernière fois. Cette fois, je manifestai un peu d'impatience. Il insista.

« Je vous suivrai dans tout ce que vous voudrez aborder, expliqua-t-il. Mais j'aimerais que vous satisfassiez l'intérêt que suscite en moi cette affaire. Une chose que vous avez dite au tout début m'a intéressée. Vous avez dit : “J'étais là.”

— Je ne me souviens plus si j'ai employé ces termes-là, mais ce n'est pas d'une telle importance. Tout ce que je voulais dire, c'est que j'étais au bord de la rivière, près de l'endroit où Natalie a été vue pour la dernière fois. On ne peut pas en déduire grand-chose.

— Je n'en déduis rien du tout. Je vous écoute. C'est pour cela que vous me payez. “J'étais là. J'étais là.” Intéressant, le choix de ces mots, vous ne trouvez pas ?

— Pas vraiment.

— Moi, si. »

Alex se leva et parcourut la pièce comme il le faisait toujours quand cette excitation théâtrale s'emparait de lui. Rester en retrait derrière moi ne lui suffisait plus, dans des moments pareils. Il voulait être au-dessus de moi, me dominer.

« Vous vous embrouillez parce que nous parlons de mots et d'émotions. Vous ne réagiriez pas ainsi dans votre travail, n'est-ce pas ? Si vous aviez un plan pour une maison de vingt mètres de large et un site de quinze mètres, vous ne vous entêteriez pas à construire en espérant que ça s'arrangerait en route. Vous redessineriez la construction en fonction de l'espace. Il suffirait peut-être que nous remettions à plat les contradictions de ce que vous m'avez dit. Vous avez dit que vous veniez d'une famille parfaite et heureuse, et pourtant un membre de la famille a été tué, et vous me dites que ce ne pouvait pas être par quelqu'un de l'extérieur. Comment pouvons-nous articuler ces deux affirmations ? Vous me dites que vous étiez là, et que pourtant vous n'y étiez pas. Comment cela peut-il s'expliquer ? Est-ce qu'en réalité vous n'étiez pas là, ou bien faut-il vous y ramener ?

— Comment cela, “m'y ramener” ?

— Vous êtes venue me trouver avec une histoire pleine de trous noirs bizarres, avec des murs qui ont besoin d'être ouverts. Concluons un marché, Jane. Je vais cesser de vous brusquer, je vous le promets. Nous parlerons des choses dont vous souhaitez parler, pour le moment en tout cas. Toutefois (il leva le doigt) il y aura une exception. Je veux que nous revenions à cette scène au bord de la rivière, je veux que vous y retourniez, que vous l'habitiez, que vous l'exploriez.

— Alex, je vous ai dit tout ce que j'arrivais à me rappeler de cet après-midi-là.

— Oui. Je sais. Et vous y arrivez bien, peut-être mieux que vous ne vous en rendez compte. Ce que je veux, maintenant, c'est que vous cessiez d'essayer de vous rappeler. Vous pouvez vous libérer de tout cela. Je voudrais tenter de répéter l'expérience de l'autre jour. »

Nous recommençâmes donc. Je fermai les yeux et me décontractai, Alex me parla très doucement, et j'essayai de me retrouver au bord de la rivière, adossée au rocher en cet après-midi d'été. J'y parvenais mieux, à présent. La première fois, la scène m'était apparue comme l'une de ces photographies soi-disant en trois dimensions, qui vous donnent l'illusion de la profondeur, mais une profondeur où l'on ne peut pas mettre la main. C'était différent. Je pouvais m'y abandonner. J'étais dans un espace que je pouvais parcourir, un univers où je pouvais me perdre. La voix d'Alex semblait venir du dehors. Je lui décrivis ce que je ressentais. J'étais assise, adossée à la roche sèche et moussue, au pied de Cree's Top ; la rivière coulait sur ma gauche avec les derniers bouchons de papier qui disparaissaient dans le tournant, devant moi. Les ormes de l'orée du bois à ma droite.

La voix d'Alex, à l'extérieur de mon univers, me demanda si je pouvais me lever, et j'y parvins sans difficulté. Il me demanda si je pouvais me retourner. Oui, sans difficulté. Je lui dis que la rivière était maintenant à ma droite et que je faisais face au courant, tandis que les ormes et le bois étaient à ma gauche. Maintenant, je regardais vers le sommet de Cree's Top. La voix d'Alex me dit qu'il ne voulait pas que je bouge, ni que je fasse quoi que ce soit. Tout ce qu'il voulait savoir, c'était si je voyais le sentier ? Bien sûr que oui. Il était bordé d'épais fourrés et son tracé sinueux disparaissait par endroits, mais je pouvais le voir presque en entier. Très bien, dit Alex. Tout ce qu'il voulait que je fasse, à présent, c'était me retourner à nouveau et me rasseoir dans ma position originale. Pas de problème. Très bien, dit-il. Très bien.

16

Je traversais des hauts et des bas, mais, à ma grande surprise, je tenais bon. Un exemple typique, un lundi matin ensoleillé du début de décembre. C'est un de ces jours dans l'année où l'on encourage les femmes à emmener une lycéenne avec elles au travail, dans le but de faire paraître leur métier moins effrayant. Je ne pouvais pas m'empêcher de penser que, pour quelqu'un qui observerait ma vie professionnelle, la cuisine et les couches deviendraient soudain bien attrayantes, mais je décidai de faire le geste. J'appelai donc Peggy, dont je me disais que je ne l'appelais pas assez souvent. Manifestement, Emily, la cadette dans la première famille de Paul (elle a presque seize ans), fut la plus lente à se trouver une excuse, et elle me fut donc offerte pour la journée.

Juste après neuf heures du matin, elle remonta d'un pas traînant l'allée du jardin tandis que Peggy, sa mère, me faisait des signes dans son dos à son insu. Elle était tout en noir, une vraie veuve grecque, sauf que les anneaux qu'elle avait dans le nez empêchaient toute confusion. Elle s'installa à côté de moi dans la voiture, éteignit la radio et nous quittâmes Kentish Town en direction de l'est. Je demandai des nouvelles de Peggy, elle grogna quelque chose et s'enquit de Robert. Je marmonnai une plaisanterie prudente et déclarai qu'il semblait bien s'entendre avec sa nouvelle petite amie. Instinctivement, je protège toujours mes nièces quand il s'agit de mon plus jeune fils, ce dragueur, et je lui ai parlé, ainsi qu'à Jerome, de son devoir à l'égard de ses jeunes cousines. J'étais tendue, car normalement j'aurais fumé, mais Emily aurait sûrement voulu fumer aussi, et j'avais donc décidé par avance de ne pas toucher une cigarette de la matinée.

J'adore mes fils mais, pendant leur adolescence, la maison ressemblait parfois à un vestiaire de gymnase. C'est peut-être par réaction que j'ai toujours éprouvé une affection particulière pour ces trois demoiselles contestataires. Je craignais parfois de leur donner envie de me fuir, à force de leur faire trop d'avances, mais, tandis que nous roulions au pas sur York Way, Emily parla avec une aisance – tout au moins pour elle – remarquable. Je lui demandai si elle avait des nouvelles du documentaire de Paul. Elle leva les yeux au ciel, comme chaque fois qu'il était question de son père.

« Quel imbécile », dit-elle.

Je me sentis obligée d'arrondir les angles.

« Mais non, Emily. Je suis sûre que ce sera très intéressant.

— Dis, tu as vraiment envie de passer à la télé, et que tout le monde sache tout sur ta famille ?

— Non, pas vraiment.

— Nous avons toutes refusé de jouer le jeu. Papa s'est mis très en colère. Cath l'a même traité de *voyeur*.

— Eh bien, au moins, Paul doit être content de l'entendre utiliser un mot français. Si seulement elle l'avait traité d'auteur. »

Cela nous fit rire toutes les deux. En retard comme toujours, nous arrivâmes sur le site du centre d'accueil, où nous attendaient deux fonctionnaires municipales que je n'avais jamais rencontrées. Pandora Webb, responsable des soins ambulatoires, et Carolyn Salkin, chargée des problèmes des handicapés. En fauteuil roulant. Au pied des marches en ciment qui menaient à l'entrée principale. Carolyn avait les cheveux coupés très court, ce qui lui donnait l'air d'un lutin farouche. C'était le genre de personne pour qui j'aurais immédiatement éprouvé de la sympathie si je l'avais rencontrée ailleurs que devant mon précieux projet. Elle alla droit au but.

« Il n'y a visiblement pas d'accès prévu pour les handicapés dans votre projet, Mrs. Martello, dit-elle.

— Je vous en prie, appelez-moi Jane, haletai-je. Et voici ma nièce Emily.

— Il n'y a pas d'accès prévu pour les fauteuils roulants, Jane.

— La question n'a jamais été soulevée, répondis-je d'une voix incroyablement faible, mais c'était lundi matin et je me sentais mal à l'aise devant ma nièce.

— Voilà donc qui est fait. »

J'avais besoin de m'en aller et d'y réfléchir, mais cela ne semblait pas possible.

« Dans le projet qui m'a été soumis, il s'agit d'un centre où des gens tout à fait autonomes et récemment sortis d'institutions hospitalières peuvent séjourner brièvement sous une légère surveillance. Je reconnais, Carolyn, que tout immeuble devrait systématiquement être équipé d'accès pour handicapés mais, du fait des modifications, il ne s'agit plus désormais que d'une étroite construction de quatre étages. Il vaudrait sûrement mieux que les patients, ou les employés, en fauteuil roulant soient orientés de préférence vers des établissements mieux adaptés. »

Les deux femmes échangèrent un regard. Elles paraissaient ironiques, dédaigneuses. Pandora n'était manifestement pas de mon côté, mais elle était ravie de laisser parler Carolyn.

« Jane, reprit cette dernière, je ne suis pas venue ici pour discuter sur le trottoir de la politique envers les handicapés. Et je ne marchande pas. Je suis simplement ici pour m'assurer que vous comprenez la politique de la municipalité concernant l'accès dans les constructions neuves. On aurait dû vous en informer.

— Que faut-il faire ? demandai-je avec lassitude. Je veux dire, pratiquement ?

— Je vous le montrerais moi-même si je pouvais pénétrer à l'intérieur, répondit-elle d'un ton glacial. Vous devrez prendre rendez-vous avec un autre membre de mon service.

— Qui finance les équipements supplémentaires ?

— Qui finance les issues de secours, Jane ? rétorqua Carolyn, sarcastique. Qui finance les doubles vitrages ? »

Sa mauvaise foi provoqua chez moi un petit pincement de rage.

« Si j'étais Mies Van der Rohe, vous ne me forceriez pas à placer des rampes dans tous les angles.

— Certainement que si, s'il construisait un immeuble dans ce quartier. »

« Qui c'est Mies Van machin ? s'enquit Emily quand nous fûmes remontées en voiture.

— Il est sans doute la principale raison pour laquelle je suis devenue architecte. Ses constructions étaient fondées sur une rigueur mathématique absolue, des lignes droites, du métal et du verre. Sa plus belle réalisation c'était pour une galerie à Barcelone, dans les années vingt. Les lignes en étaient si pures que Mies n'a même pas permis qu'on accroche des tableaux sur l'un des murs, car cela en aurait altéré la perfection.

— Ce n'est pas tellement intelligent, pour une galerie, observa Emily en faisant la moue.

— Non. Je ne pense pas qu'il aurait eu beaucoup plus de succès que moi pour ce centre d'accueil. Quand j'ai commencé à étudier l'architecture, on pensait encore que ce pourrait être un moyen de transformer la vie des gens. Mais cela ne semble plus très à la mode en ce moment.

— Que vas-tu faire ?

— Je pense que je suis trop vieille pour me recycler en avocat des libertés civiles.

— Non, je veux dire avec ton projet.

— Oh, comme d'habitude. Ajouter des choses, en supprimer d'autres. Renoncer encore un peu plus à mon inspiration originale. Mais je n'ai pas entièrement perdu espoir. Réduire mon budget, c'est une façon de montrer qu'ils ont toujours l'intention de construire ce centre. »

Nous regagnâmes mon bureau et je présentai Emily à Duncan, qui lui montra comment varier l'inclinaison de son plan de travail. Je dictai deux ou trois lettres que j'aurais eu plus vite fait de taper moi-même. Nous fîmes du café et je parlai un peu à Emily de mon métier, des souvenirs qui me restaient de mes études, puis nous bavardâmes et je la reconduisis à Kentish Town peu après le déjeuner. J'entrai avec elle, et je pris un café avec Peggy. Elle s'inquiétait toujours pour tout. Elle s'inquiétait à propos du documentaire de Paul, auquel elle refusait absolument de participer. Elle s'inquiétait au sujet de Martha, et je ne trouvai rien à répondre. Elle s'inquiétait de voir Alan se ridiculiser aussi totalement, mais je lui objectai que cela n'en valait pas la peine. Et elle s'inquiétait même un peu pour moi. Paul lui avait parlé de ma thérapie, et elle voulait en discuter avec moi.

« Comme tu le sais, j'ai fait des années de thérapie après le départ de Paul, me dit-elle. Au bout d'environ deux ans, j'ai pris mon courage à deux mains et je me suis retournée. Mon analyste dormait.

— Oui, tu me l'as déjà dit, Peggy. Je crois que c'est assez courant.

— C'était tout de même de l'argent jeté par les fenêtres. J'ai décidé que ce serait plus facile et moins cher de prendre des médicaments. On m'a prescrit du Prozac, ma crise est passée, et j'ai emmené les filles à Kos. Je me disais que les vacances coûteraient moins cher que trois mois de thérapie. J'avoue qu'une fois là-bas, j'ai eu l'impression qu'il me faudrait environ trois ans de thérapie pour m'en remettre, à voir comment les filles se tenaient avec tous ces serveurs qui leur tournaient autour comme des abeilles autour d'un pot de miel.

— Qu'est-ce que tu cherches à me dire, Peggy ? Que je perds mon temps ?

— Non, mais c'est sans doute que je suis surprise. Tu as toujours été l'élément fort de la famille. Et puis franchement, mais il ne faut pas te vexer, je ne comprends pas ce que tu fais. C'est toi qui as brusquement décidé de quitter Claude. Tu l'as brisé, il est désespéré. Maintenant tu as honte et tu cherches de l'aide. Et ce n'est pas tout. Paul me dit que tu remues des tas de choses à propos de Natalie. Je ne comprends pas où tu veux en venir, Jane. Vraiment pas. »

Je sentis une décharge de rage acide au creux de l'estomac, et l'envie me prit de hurler ou de frapper Peggy, mais exhiber mes émotions à la méditerranéenne n'a jamais été mon fort, même si je l'ai souvent déploré.

Et puis Peggy avait raison, en un sens. Je répondis avec un calme glacé.

« Peut-être que je ne comprends pas moi-même, Peggy. C'est peut-être précisément ce que j'essaie de découvrir. »

Le verre à cocktail dans le congélateur, avec la cuillère et la carafe. Quant au gin, bien sûr, il doit y séjourner depuis au moins deux jours pour couler bien épais. Pour cette raison, il est essentiel de choisir un gin comme le Gordon's Export, celui qui a l'étiquette jaune et qu'on trouve en *duty free*. Les autres, moins forts, comme le Gordon ordinaire en bouteille verte, gèlent, et vous ratez votre but. Quelques gouttes, peut-être une cuillère à café, pas plus, de vermouth dry, puis une giclée de gin dans la carafe, qui est si froide qu'on peut à peine la tenir. On mélange, une seconde à peine. Un zeste de citron bien épais, tordu pour rendre un peu d'huile, dans le verre givré, puis noyez-le dans le liquide brutal et glacé. S'il reste du liquide dans la carafe, on peut la remettre au congélateur pour le deuxième verre.

Plus tard dans la soirée, j'arrachai l'emballage d'un nouveau paquet de cigarettes et rinçai le cendrier dans l'évier. J'ouvris une boîte d'olives noires et les versai dans un ramequin. Elles étaient dénoyautées. Ce soir, je ne voulais avoir à me concentrer sur rien. Je les emportai, avec mon Martini dry, si froid qu'il semblait fumer comme une potion de sorcière, et m'installai devant la télévision. Je sélectionnai une chaîne au hasard et regardai l'émission, l'esprit ailleurs.

L'alcool me fit de l'effet dès la première gorgée, et une agréable sensation d'engourdissement m'envahit. Mes pensées les plus profondes me viennent quand j'assiste à un concert, quand je parcours une galerie en regardant les tableaux, ou bien, comme ce soir-là, quand je suis à moitié ivre devant la télévision. Les paroles de Peggy m'avaient secouée. Je suis quelqu'un qui aime être dans le droit chemin, je tiens beaucoup à faire ce qu'il faut faire, et je me rendais compte qu'aux yeux de Peggy et de bien d'autres, j'avais l'air de me passer un caprice. Je m'en remettais à la bonne volonté de Duncan quand je négligeais mon travail. Je m'en remettais aux séances avec Alex Dermot-Brown pour me libérer de ma responsabilité dans la décision que j'avais prise. Je menais vaguement un semblant d'enquête dans la famille Martello… Pourquoi ? Par souci de vengeance ? J'avais des choses à faire, et il y avait des choses que je cherchais. Mais je ne savais pas ce que c'était. Ne valait-il pas mieux tout laisser tomber et reprendre le fil de ma vie pour la réussir, avec le stoïcisme dont je m'étais toujours enorgueillie ?

J'allai chercher le reste du Martini dry dans le congélateur et le versai dans mon verre, qui était maintenant mouillé et tiède. Je cessai de penser, et l'émission télévisée commença à prendre forme, comme une image se précisant dans l'objectif d'un appareil photo. Une femme – belle, sauf que ses sourcils formaient un trait trop fin – parlait de la famille en tant que base de la société.

« De même qu'un toit qui fuit vaut mieux que pas de toit du tout, disait-elle, un mariage imparfait vaut mieux qu'un mariage brisé. Le comportement égoïste et irréfléchi des parents qui placent leur propre satisfaction avant l'avenir de leurs enfants est le phénomène social le plus destructeur de notre temps. »

Vifs applaudissements.

« Va te faire foutre, hurlai-je à l'écran.

— Sir Giles », dit le président du débat.

Sir Giles était un homme en complet gris.

« Jill Cavendish a parfaitement raison, dit-il. Et nous ne devrions pas avoir honte de le dire catégoriquement, il s'agit là d'une question de morale. Et si nos autorités ecclésiastiques répugnent à donner des directives sur ce chapitre, alors le moment est venu pour nous, politiciens, d'agir. Comme chacun sait, il y a de jeunes adolescentes qui tombent enceintes afin d'obtenir un logement social. Et le résultat, ce sont des générations entières d'enfants qui grandissent sans autorité morale, sans père pour les guider. Nul ne s'étonnera dès lors que des enfants basculent dans le crime.

« Je pense, mesdames et messieurs, qu'il est grand temps que les hommes et les femmes de ce pays se lèvent et disent aux socialistes : "Voici ce que vous nous avez apporté. Voici le résultat logique de votre politique et de votre mépris pour la moralité et la famille, tels que nous les avons observés dans les années soixante." Ils nous demandent de comprendre le malheur de ces femmes sans conscience morale. Si vous voulez mon avis, nous devrions comprendre un peu moins et sévir un peu plus. Lorsque j'étais jeune, les filles savaient que, si elles tombaient enceintes, elles se retrouveraient à la rue, rejetées de tous. Peut-être avons-nous une leçon à retenir de cette époque-là. Je vais vous dire une chose : si les jeunes filles savaient qu'il ne devait y avoir pour elles ni logements ni allocations, eh bien, il y aurait sacrément moins de mères célibataires. »

« Sale con », grommelai-je, et je lançai mon paquet de cigarettes en direction de l'écran, que je ratai de beaucoup.

Les applaudissements du public furent plus fervents encore, et le président du débat eut du mal à se faire entendre.

« Nous avons également avec nous le Dr Caspar Holt qui, non content d'être un éminent philosophe, se trouve également être le père célibataire d'une petite fille dont il a la garde. Dr Holt, quelle est votre réponse aux déclarations de sir Giles ? »

La caméra présenta le visage anxieux d'un homme, qui me parut familier.

« Je ne suis pas sûr d'en avoir une, dit-il. Je me méfie des réponses faciles à des problèmes sociaux aussi complexes. Mais je ne puis m'empêcher de penser que, si sir Giles Whittell croit sérieusement que des jeunes filles se font engrosser par calcul financier, il ferait bien de se demander qui a créé cette culture individualiste où tout est rejeté dans l'ombre à l'exception de la lutte égoïste pour le plus grand gain financier. Je suis également, disons, *amusé* par cette idée qu'on ne peut encourager les riches qu'en leur donnant encore plus d'argent, tandis qu'on devrait encourager les pauvres en leur ôtant le peu d'argent qu'ils ont. »

Je me mis à applaudir.

« Oui, oui. »

Il n'y eut plus le moindre applaudissement, et l'orateur fut aussitôt soumis à un feu ininterrompu de critiques. Tout à coup, je me rappelai d'où je le connaissais. C'était l'homme qui était assis à côté de moi pendant la débâcle d'Alan à l'ICA. J'eus le sentiment d'avoir été grossière avec lui, et en éprouvai un pincement de remords. J'allai aussitôt fouiller dans mes tiroirs, à la recherche d'une carte postale. J'en avais toute une pile. Un nu grotesque de Georg Grosz. Trop explicite. *L'Annonciation* de Fra Angelico. Trop austère. Des aquarelles anglaises représentant des souris. Trop mièvre. *Le supplice de Marsyas* de Titien. Trop proche de ce que je ressentais. *Le révérend Robert Walker patinant sur le loch de Duddington.* Oui, c'était plutôt ça. Je la retournai et en ôtai un petit bout de papier collant séché, qui me rappela que cette carte avait naguère orné le mur au-dessus de mon bureau.

Cher Caspar Holt. (Bloquée, je reportai mon regard sur l'écran, où il murmurait à présent quelque chose sur l'éducation en crèche, sous un feu nourri de virulents quolibets.) *Je suis cette femme qui s'est montrée grossière à votre égard à l'ICA. Je vous écris en vous regardant manifester bien du courage et de la sensibilité à la télévision. Je regrette sincèrement, la fameuse fois où je vous ai rencontré, de ne pas m'être très bien comportée. Ce n'est pas très cohérent, mais vous dites le genre de choses que je voudrais dire et que je ne trouve jamais sur le moment.*

Cordialement, Jane Martello.

Je dénichai un timbre dans mon sac et sortis immédiatement pour aller poster ma carte. J'avais besoin d'air frais. La fraîcheur du soir était agréable, si tant est que je pouvais la sentir.

17

« Te souviens-tu comme tu venais jouer ici ? »

Malgré la rigueur du froid, Martha avait insisté pour que nous fassions le tour du jardin ensemble. Nous nous trouvions devant le chêne géant, dont l'énorme tronc creux nous avait servi de cachette quand nous étions enfants. Je caressai de la main l'écorce moussue.

« Voilà l'endroit où Claude et Theo avaient gravé leurs initiales. Nous croyions qu'elles résisteraient aussi longtemps que l'arbre. Mais elles ont presque disparu. »

Nous poursuivîmes notre promenade en silence. Je sentais que je marchais sur les traces de mon enfance. Les granges, les arbres tombés, les murs de pierre, le carré de fines herbes, l'endroit bien plat où il y avait eu la balançoire, les branches squelettiques, les fourrés émaciés. Lorsque le vent plaqua la veste de Martha contre son corps, je me rendis compte qu'elle avait considérablement maigri.

« Est-ce que tu vas bien, Martha ? »

Elle se pencha avec grâce pour arracher une mauvaise herbe.

« J'ai un cancer, Jane. » Elle leva la main pour m'empêcher de parler. « Je le sais depuis longtemps.

Ça a commencé par le sein, mais maintenant c'est généralisé. »

Je pris sa main glacée et la caressai. Le vent nous attaquait par-dessus le flanc de la colline.

« Que disent les médecins ? Qu'est-ce qu'ils font ?

— Pas grand-chose. C'est-à-dire, comme ils ne disent pas grand-chose, ils me laissent en tirer mes propres conclusions. Et je n'ai pas l'intention de suivre des traitements de chimiothérapie, de radiothérapie ou je ne sais quoi encore, sauf des analgésiques, bien sûr. J'ai soixante-sept ans, Jane, c'est un âge approprié pour avoir un cancer : ça avance plus lentement. » Elle rit. « Je mourrai sans doute d'une crise cardiaque à quatre-vingt-treize ans. » Puis, plus sérieusement : « Enfin, j'espère, car je ne vois pas très bien Alan se débrouiller tout seul.

— Je suis désolée, Martha, vraiment désolée. Je voudrais tellement pouvoir faire quelque chose. »

Nous reprîmes le chemin de la maison, la main dans la main.

« Martha, commençai-je soudain, est-ce que tu regrettes qu'on ait retrouvé le corps ? »

Elle me dévisagea étrangement.

« C'est une question qui n'a pas de sens, répondit-elle enfin. Nous avons trouvé Natalie, et c'est tout. Si tu veux savoir si j'étais *plus heureuse* avant, alors la réponse est oui, bien sûr. J'étais même heureuse tout court, parfois. Quand Natalie a été trouvée, j'ai dû recommencer tout mon travail de deuil. Ce vieux chagrin à vif. »

Elle ouvrit la porte de la cuisine.

« Je vais te faire du thé.

— Non, je vais le faire, dis-je.

— Je ne suis pas encore à l'article de la mort, Jane ; assieds-toi. »

Je m'installai devant la table de la cuisine, et vis que Martha avait empilé tous les livres d'enfants qu'elle avait illustrés au fil des ans. Il y en avait des dizaines. J'entrepris de les feuilleter. Les dessins m'étaient familiers, bien sûr, mes enfants avaient grandi avec eux, mais ils étaient toujours aussi merveilleux : drôles, riches en détails et hauts en couleur. Elle adorait représenter des familles nombreuses : des grands-mères énergiques, des parents à l'air exténué, et des hordes d'enfants minuscules aux genoux écorchés et aux cheveux en bataille. Il y avait toujours dans ces dessins une profusion de nourriture – du genre que les enfants aiment, comme le gâteau au chocolat bien poisseux, les gelées rouges et tremblantes avec de la sauce à la vanille bien jaune par-dessus ; des montagnes de spaghettis frémissant dans les assiettes. Et elle adorait représenter des enfants excités : sur une double page s'étirait une file de tout petits enfants au ventre rond, en bottes de caoutchouc ; sur une autre, des visages d'enfants malicieux apparaissaient parmi les branches des arbres. Je m'arrêtai devant le portrait d'une petite fille qui tenait une guirlande de pâquerettes, sur un fabuleux coucher de soleil orangé. C'était inhabituel chez Martha, de dessiner des enfants seuls – généralement, ils dépassaient les adultes en nombre et en puissance.

« Avant qu'on retrouve Natalie, Martha, t'arrivait-il de passer une journée entière sans te souvenir d'elle ? »

C'était la question à ne pas poser. Je le savais, je connaissais la réponse, et pourtant je savais aussi qu'il fallait que nous parlions de Natalie. Martha versa l'eau bouillante sur les feuilles de thé, et sortit de l'armoire une grande boîte à gâteaux.

« Qu'en penses-tu ? » Elle posa un gâteau au gingembre sur la table, avec un couteau. « Pendant longtemps je me suis sentie coupable. Pas juste à cause de son départ, ou de sa mort ou je ne sais quoi – à cause de ça aussi, bien sûr. Mais à cause de la relation que nous avions. »

J'attendis.

Martha remplit deux tasses de thé et s'assit à son tour.

« Dans le dernier souvenir que j'ai de Natalie, elle me crie dessus. » Elle contempla un moment son thé, puis reprit : « Non, ce n'est pas vraiment ce que je veux dire. Dans mon dernier souvenir, c'est moi qui lui crie dessus. Bien sûr, nous avions souvent des petites querelles sans importance, quand elle sentait le tabac, ce genre de choses. Et elle m'adressait ce sourire un peu distant qu'elle avait toujours quand on la grondait, et ça m'agaçait. C'est le genre de dispute qui fait partie de la vie de parent, mais après celle-là nous ne nous sommes jamais réconciliées. Quelquefois, je me demande si elle est morte en me détestant. » Elle sourit tristement. « Quand nous sommes rentrés de cette affreuse croisière d'anniversaire, Alan et moi, et que nous sommes arrivés pour la fête, je voulais parler à Natalie mais il y avait beaucoup de gens et je ne l'ai pas fait, et ensuite il était trop tard.

— Évidemment, tu te fais des reproches et tu te sens coupable, dis-je. Et évidemment, tu ne devrais pas. »

Je me souvenais d'avoir vécu une version atténuée du même sentiment à la mort de ma mère. Dans les semaines qui ont suivi son enterrement, j'étais passée par une véritable agonie, en me rappelant toutes les fois où je l'avais critiquée ou dédaignée, où je ne l'avais pas appréciée, pas remerciée suffisamment, en me disant aussi que nous n'avions pas réglé tous nos comptes lorsque nous nous étions en quelque sorte réconciliées avec toutes les imperfections et les heurts de notre relation.

« Il faut te souvenir de la vie tout entière, Martha, et pas seulement des dernières semaines ou des derniers jours.

— C'est ce que je fais. Mais la dernière querelle résumait en quelque sorte tout ce qui allait mal entre nous. » Martha me regarda fixement. « Je n'ai jamais dit cela à personne, Jane.

— Dit quoi ?

— Je n'ai jamais parlé à personne de ma querelle avec Natalie.

— À quel propos ? »

Martha prit le couteau et coupa deux tranches de gâteau. Elle avait dû le faire pour moi en apprenant que j'allais venir.

« Termine ton thé, il va être froid. »

Je bus docilement.

« C'était au sujet de ton père et moi, Jane. De notre liaison. »

Je continuai à boire mon thé, mais mes mains étaient soudain énormes et maladroites autour de ma tasse. Soigneusement, je reposai la tasse sur la table, en faisant un effort pour ne pas la renverser.

« Continue.

— J'avais eu une brève aventure avec ton père pendant l'été précédent. Ta mère et lui ne s'entendaient pas très bien, et tu sais comment était Alan. Il avait passé en Amérique la plus grande partie de l'été. J'étais très seule, les enfants grandissaient et je sentais ma vie s'enfuir. » Elle s'interrompit et fit un geste brusque. « Assez, je ne veux pas me chercher d'excuses. Je n'en suis pas fière, et cela n'a pas duré longtemps. Nous ne l'avons jamais révélé à personne. Christopher n'en a pas parlé à ta mère, et je n'en ai jamais rien dit à Alan. Et nous étions très secrets dans nos agissements. Nous n'avons jamais souhaité blesser qui que ce soit. »

Elle prit une minuscule bouchée de gâteau.

« Natalie a découvert une lettre que m'avait écrite Christopher. Elle avait dû fouiller tous mes tiroirs. Elle est venue me confronter. Elle n'était pas exactement en colère, c'est ce qu'il y avait de curieux, mais plutôt triomphante. Elle m'a accusé de jouer les vertueuses, mais de ne pas valoir mieux qu'Alan. Et elle m'a dit qu'elle allait avertir ta mère et Alan. Elle m'a dit (la voix de Martha se fit dure) que c'était son devoir. »

Martha se tut, et la cuisine parut se figer tandis qu'elle attendait de moi une réaction.

« L'a-t-elle dit à quelqu'un ?

— Je ne pense pas. Pas à ma connaissance.

— Mais elle a pu en informer Alan.

— Je ne sais pas.

— Pourquoi me le dis-tu maintenant, après tant d'années ? »

Martha eut un haussement d'épaules las.

« Peut-être parce que c'est un bon moment pour dévoiler les secrets de famille. Peut-être parce que je vais bientôt mourir, que j'ai besoin de me confesser, et que je pensais que tu pourrais comprendre. Peut-être parce que c'est toi qui recherches la vérité. »

Je ne répondis rien ; je ne savais pas quoi dire, ni même ce que je pensais. J'essayai d'imaginer mon père avec Martha, mais je ne pouvais me les représenter que tels qu'ils étaient devenus : vieux, avec une peau desséchée, des taches brunes sur les mains et des manies bien ancrées. Martha feuilleta le livre pour revenir au dessin de la petite fille et du coucher de soleil.

« C'est Natalie, dit-elle. Je sais que cela ne lui ressemble pas, sauf peut-être la bouche. Mais c'est ainsi que je la revois toujours. C'était une solitaire, tu sais. Elle épiait la vie des autres, elle avait des petits copains et elle allait à des soirées, mais elle était toujours seule. J'étais sa mère, mais j'avais parfois l'impression de voir une étrangère. Les garçons, eux, oh, ils faisaient mine d'être grands et indépendants, et ils se montraient grossiers avec moi ou me chassaient du regard quand leurs amis arrivaient, mais ils avaient *besoin* de moi. C'était si facile de les percer à jour. Mais Natalie... Je me sentais souvent rejetée par Natalie. J'avais toujours pensé que nous aurions une relation intime, deux femmes dans une maison d'hommes. »

Elle se leva et débarrassa nos assiettes.

« Passe donc ces coups de téléphone dont tu m'as parlé ; je vais chercher des boutures pour ton jardin. » Elle enfila sa veste, prit un sécateur et disparut dans le jardin.

Machinalement, je fis ce qu'avait suggéré Martha, et fouillai mon carnet d'adresses jusqu'à ce que je retrouve le nom de Judith Parsons (née Gill, l'une de mes meilleures amies du temps de l'école). Elle fut surprise et ravie de m'entendre : comment ça allait, à Londres, et mes fils, n'est-ce pas affreux comme le temps passe, oui ce serait merveilleux de nous retrouver – elle et Brenton venaient quelquefois à Londres, et elle ne manquerait pas de m'appeler. Comme nous allions nous dire au revoir, je lui demandai négligemment, avec un sentiment de honte, oh, à propos, est-ce qu'elle avait par hasard le numéro de Chrissie Pilkinston ? J'allais travailler quelques jours près de chez elle, et je me disais que ce serait amusant de la revoir. L'enthousiasme de Judith s'atténua un peu. Oui, elle avait le numéro, mais Chrissie s'appelait désormais

Christina Colvin : je notai les détails dans mon carnet, et composai le numéro.

Christina Pilkington-épouse-Colvin ne fut pas vraiment ravie de m'entendre. Je le comprenais sans mal. Nous ne nous étions pas revues depuis vingt-cinq ans. Je ravivais des souvenirs qu'elle souhaitait sans doute effacer. Mais elle consentit à regret à me recevoir pour le thé, plus tard dans l'après-midi. Je notai quelques instructions pour trouver mon chemin puis, juste au moment de raccrocher, elle ajouta soudain : « Mon mari sera là, Jane. »

Martha déposa les boutures sur le siège arrière de ma voiture, puis me montra la pile de livres d'enfants sur la table.

« C'est pour tes petits-enfants, Jane. Un jour. » Et puis, enfin, nous nous étreignîmes.

Les Colvin habitaient en bordure d'Oxford, dans une grande maison néo-Tudor, tout en bois et en fenêtres à petits carreaux, avec une piscine dans le jardin et une allée de rhododendrons. J'ai toujours détesté les rhododendrons. Des fleurs de couleurs vives et des feuilles vernissées, sans rien qui vive par-dessous.

Je n'aurais pas reconnu Chrissie. Quand je l'avais connue, elle était grande et mince, avec une magnifique auréole de cheveux blonds toujours relevés au sommet de la tête. À présent, elle paraissait plus petite – mais c'était peut-être parce qu'elle avait beaucoup grossi. Son corps massif était tassé dans un élégant pantalon blanc et un chemisier vert, le tout juché sur des hauts talons. Sa beauté sauvage et mince avait totalement disparu. Je la voyais inquiète, sous son maquillage. Nous nous serrâmes la main ; ni l'une ni l'autre ne put se résoudre à faire la bise, et, tandis que nous échangions quelques banalités, un homme trapu en costume gris sortit de la maison, me pressa chaleureusement sur son cœur et déclara par-dessus les présentations hésitantes de Chrissie :

« Quel bonheur pour Chrissie de revoir une vieille amie de classe. J'ai tellement entendu parler de vous, Jane. » J'en doutais fort. « Voulez-vous du thé ? Ou quelque chose de plus costaud ?

— Du thé, merci. Ce sera parfait.

— Bien. Alors je vous laisse à vos bavardages, charmantes dames. Vous devez avoir tellement de choses à vous raconter.

— Ian est directeur de société », déclara Chrissie, comme si cela expliquait les choses. Nous entrâmes dans la maison. On entendait des gammes laborieuses sur un piano, à l'étage. « Ma fille, Chloe. Leonore est chez une amie. »

Nous nous installâmes dans le salon, parmi des coussins douillets, et des tapisseries couvertes de fleurs et de paysages. Chrissie ne m'offrit pas de thé.

« Pourquoi es-tu venue, en fait ?

— Tu as appris, pour Natalie ? »

Elle acquiesça.

« C'est pour ça que je suis venue. »

Chrissie jeta un regard nerveux autour d'elle, comme si elle avait peur que son mari apparaisse dans l'encadrement de la porte.

« Je n'ai rien à dire, Jane. Cela fait plus de vingt ans, et je ne veux plus y penser. Et encore moins en parler.

— Vingt-cinq ans.

— Bon, vingt-cinq ans. Je t'en prie, Jane.

— Quand as-tu vu Alan pour la dernière fois ?

— Je t'ai dit que je ne voulais plus en parler. Je ne veux plus y penser.

— Est-ce que ton mari le sait, qu'à quinze ans tu as eu des rapports sexuels avec Alan Martello ? Il est compréhensif ? »

Chrissie sursauta et me regarda dans les yeux. J'étais désolée pour elle, mais en même temps j'exultais, car je vis qu'elle allait me parler. Elle haussa les épaules.

« Je n'ai pas revu Alan depuis la disparition de Natalie. Tu ne peux sans doute pas comprendre, mais il était tellement… prestigieux, figure-toi. Je n'étais qu'une gamine et il était célèbre, il m'offrait des choses, il me disait que j'étais belle. » Elle eut un rire amer. « Ça paraît drôle aujourd'hui, hein ? Quand il a décidé de coucher avec moi, il ne m'a laissé aucune chance. »

Elle baissa les yeux sur ses ongles parfaits, puis reprit, avec une sorte d'arrogance.

« Il a bien failli ruiner ma vie. Pourquoi ne pas blâmer Alan, plutôt que moi ?

— Allons, Chrissie, n'exagère pas. Ce n'était qu'une aventure sexuelle. Tu n'y as pas pris plaisir ?

— Je ne sais pas. Je n'y pense jamais.

— Alors pourquoi l'as-tu raconté à Natalie ? »

Chrissie parut surprise.

« Je ne lui ai rien raconté. C'est elle qui nous a suivis dans les bois, un jour. Et elle nous a vus, tu comprends. »

Chrissie avait un air d'aigre triomphe.

« Et vous, vous l'avez vue ?

— Oui.

— Et qu'est-ce qui s'est passé ?

— Qu'est-ce que tu imagines ? Alan s'est mis à pousser des hauts cris. Il a rampé jusqu'à Natalie et s'est mis à tirer sur sa jupe, à lui dire qu'elle était sa fille chérie et comment pourrait-elle jamais pardonner son vieux papa, et tu sais bien comment sont les hommes, et comme Martha allait souffrir. C'était vraiment très embarrassant.

— Qu'a fait Natalie ?

— Elle est partie.

— Et qu'a fait Alan ? »

Chrissie me regarda droit dans les yeux. Pour la première fois, je retrouvai le regard insouciant et provocant de l'adolescente qu'elle avait été.

« Il m'a reflanquée par terre, et il m'a sautée. Je suppose que cette scène l'avait excité. Mais ç'a été la dernière fois. » Il y eut un silence glacial.

« Et maintenant, tu peux tout raconter à mon mari.

— Ensuite, tu es sortie avec Theo, non ?

— Demande-lui.

— Et Natalie ? Tu sais qu'elle était enceinte, n'est-ce pas ?

— J'ai vu les journaux.

— À ton avis, qui était le père ?

— Je ne sais pas. Comment s'appelait-il ?... Luke McCann, je suppose. »

Comme je partais, le riche mari de Chrissie agita jovialement le bras. « Revenez bientôt, Jane, c'est toujours sympathique de voir les vieilles copines de Chrissie. »

De la voiture, je regardai Chrissie, une femme d'âge mûr trop maquillée, et j'aperçus une fille qui devait être Chloe, la joueuse de piano, postée à une fenêtre du haut. Elle ressemblait trait pour trait à la Chrissie de vingt-cinq ans plus tôt. Ce devait être dur à vivre pour Chrissie. Je fis affreusement grincer les pneus en m'éloignant, et pendant tout le trajet du retour je songeai au sexe, à sa bizarrerie, et aux embarras qu'il occasionne.

18

Contre toute attente, je sentais que mon analyse me rendait moins péremptoire que je ne l'avais été. Au lieu de me renfrogner au souvenir de Martha et de Chrissie, ou d'agiter tout cela inutilement dans ma tête, je pouvais en parler à Alex. Il ne se choquait pas des choses que je lui disais, mais ne manifestait pas non plus d'intérêt malsain et, bien qu'il lui arrive d'être fort critique à mon égard, voire même caustique, je n'avais jamais à m'excuser. En y réfléchissant bien, je savais qu'il était de mon côté. J'avais confiance en lui. Et puis, en qui d'autre aurais-je pu avoir confiance ?

Le lendemain de mon retour à Londres, j'arrivai chez Alex chargée de paquets de Noël, tel un voyageur passant la douane. J'appuyai mes sacs contre le divan. De temps en temps, tout en parlant, je caressais du doigt leur plastique froissé – sensation de normalité. J'en avais besoin. En lui parlant de Martha et de mon père, je me demandais presque s'il n'allait pas en rire, tellement c'était ridicule, sordide et pathétique. Mais il ne rit pas, et ne m'accabla d'aucune compassion idiote. Puis, quand je lui décrivis ma rencontre avec Chrissie, je songeai qu'il allait peut-être s'irriter de mon obstination à poursuivre mon travail de détective amateur. Je ne pus m'empêcher d'être un peu sur la défensive, en lui répétant sur un ton d'excuses ce qu'elle m'avait dit sur cette histoire horrible d'Alan et de Natalie, et je fus surprise de voir Alex se contenter, pour toute réaction, d'un hochement de tête intéressé.

« Je ne vais donc jamais réussir à vous dissuader d'aller fourrer votre nez partout, hein ? » Il y avait bien une note d'exaspération, mais rien de grave.

« Je ne fourre pas mon nez partout, Alex. Je m'informe juste un peu, c'est tout. J'ai l'impression de chercher quelque chose. Mais je ne sais pas exactement quoi.

— Oui. » Alex semblait pensif. « Je me demande seulement si vous ne cherchez pas au mauvais endroit.

— Qu'entendez-vous par là ?

— Vous m'intriguez, Jane. Vous avez une technique de magicien. Quand vous me désignez une direction, je sens que c'est une tricherie et que la chose importante se déroule ailleurs.

— C'est bien trop calé pour moi.

— Vous vous trompez aussi vous-même, bien sûr. Il y a quelque chose qui rôde, et vous voulez et ne voulez pas le trouver.

— Que voulez-vous dire, Alex ? Vous pensez que je suis sur la bonne piste ? »

Alex marqua de nouveau une de ses longues pauses. Je sentais ma respiration et mon cœur cogner comme une balle dans ma poitrine. Quelque chose approchait. Quand il parla enfin, ce fut avec une grande délibération.

« Ce que je pense, Jane, c'est que vous êtes sur la bonne piste, au sens où je crois qu'il y a quelque chose de précis à trouver. Mais vous le cherchez au mauvais endroit. Vous parlez à des gens qui ne pourront jamais résoudre votre problème. Là où vous devriez vraiment chercher, c'est là-dedans. »

Je sentis la main fraîche d'Alex sur mon front, et je faillis bondir. Ce n'était pas la première fois qu'il me touchait, mais cette fois son geste était étrangement intime. Il n'avait pas dû bien comprendre.

« Alex, je ne nie pas que votre thérapie soit importante et salutaire. Mais quand je parle à des gens, à ma manière pathétique et confuse, je cherche quelque chose de spécifique. J'essaie de trouver quelque chose de bien réel, la vérité sur une chose qui s'est vraiment produite.

— Croyez-vous que je dise autre chose, Jane ?

— De quoi parlez-vous ? Voulez-vous dire que je connais déjà la réponse ? Que je sais qui a tué Natalie ?

— *Savoir* est un mot complexe. »

Je sentis soudain un fourmillement sur ma peau. « Vous m'accusez de quelque chose ? »

Alex eut un rire apaisant.

« Non, Jane, bien sûr que non.

— Mais si je savais, enfin, je… euh, saurais, non ? Je m'en souviendrais.

— Ah oui ? Attendez une seconde. »

Alex se leva et sortit, puis revint avec un vieux classeur jaune usagé et un carnet à spirale.

« Laissez-moi prendre l'initiative pour un moment, dit-il en se rasseyant. Je voudrais vous poser une série de questions sur vous-même.

— C'est un test ?

— Ne le prenez pas comme ça. Contentez-vous de répondre. Seulement si vous le souhaitez, mais je pense que ça vous aidera.

— D'accord.

— Je vais vous poser un certain nombre de questions. Vous pourrez répondre aussi brièvement que vous le souhaiterez. Juste oui ou non, si vous voulez. D'accord ? » Alex fit cliqueter son stylo et commença. Après chaque réponse, il griffonnait quelque chose.

« Avez-vous peur dans le noir, Jane ?

— Oui.

— Avez-vous déjà fait de mauvais rêves ?

— Je crois. Mais je ne suis pas très douée pour me les rappeler.

— Vous arrive-t-il de vous inquiéter à propos de votre corps ? Y a-t-il des parties de votre corps que vous n'aimez pas ?

— Oui, bien sûr, mais pas plus que tout le monde. »

C'était amusant. Cela me rappelait les tests de personnalité que je trouve irrésistibles dans les magazines.

« Avez-vous déjà eu des problèmes gynécologiques ?

— À une époque, j'ai eu des crises de cystite répétées. Je ne sais pas si ça compte.

— Maux de tête ? Arthrite ?

— Pas d'arthrite, mais j'ai souvent des maux de tête. Autrefois j'avais des migraines. Pendant des années j'en ai eu tous les vendredis après le dîner. Sauf quand nous sortions. Dans ce cas, c'était repoussé au samedi soir.

— Avez-vous déjà évité de vous regarder dans les glaces ?

— Oui. *Confer* plus haut, la question sur mon corps.

— Avez-vous déjà désiré changer de nom ?

— Vous êtes sérieux ? J'en *ai* changé, oui. Récemment, je me suis même demandé si je n'allais pas reprendre l'ancien, mais c'est un peu tard, maintenant. Toutes ces étiquettes et ces papiers à en-tête qu'il faudrait changer.

— Vous arrive-t-il de porter une quantité de vêtements qu'on pourrait qualifier d'inappropriés ?

— J'ai une mauvaise circulation, et j'ai parfois froid même quand il y a du soleil. Alors, oui, ça m'arrive sans doute. C'est un crime ?

— Avez-vous des phobies ?

— Non. L'altitude ne me dérange pas, j'aime assez les araignées. Les espaces clos sont rassurants. Maintenant que vous en parlez, j'ai une horreur irrationnelle des céréales du petit déjeuner, et j'ai passé une bonne partie de l'enfance de mes fils à essayer de les exclure de ma maison. Je n'aime pas non plus la fête des Mères, les buffets campagnards, ni rien de ce qui a été inventé par les publicitaires.

— Des troubles alimentaires ?

— Non.

— Jamais eu de problème d'alcool ou de drogue ?

— Jamais.

— Vous en êtes-vous protégée de manière obsessionnelle ?

— Pas vraiment. Je buvais moins au moment des examens, ce genre de choses-là. Je ne me suis jamais intéressée à la drogue. C'était tout ce qui allait avec, l'attirail, la culture. Et puis j'avais un peu la trouille de me faire arrêter. Je ne pense pas avoir été puritaine là-dessus.

— Des exemples de comportement obsessionnel ?

— Oh, des tas.

— Avez-vous déjà souhaité être invisible ?

— Si je l'ai souhaité, ça m'a été accordé pendant une bonne partie de ma vie conjugale. Pardon. La réponse honnête, c'est que ça ne s'est jamais présenté, même en fantasme.

— Avez-vous connu des moments de dépression ?

— Oui.

— Une mauvaise image de vous-même ?

— Oh oui.

— Pleurez-vous souvent sans raison ?

— C'est presque une question philosophique, mais en gros je dirais oui.

— Des pensées ou des pulsions suicidaires ?

— Pas sérieusement.

— Avez-vous jamais éprouvé le besoin d'être extraordinairement sage, ou le contraire, extraordinairement vilaine ?

— Je vois ce que vous voulez dire. Je connais ce sentiment.

— Vous êtes-vous déjà sentie victime ?

— Seulement dans mes moments de faiblesse. J'espère ne m'être jamais sérieusement considérée comme une victime.

— Avez-vous déjà eu le sentiment de posséder un secret ? Peut-être avec une forte envie de le dire, et le sentiment que personne ne vous croirait ?

— Je ne suis pas sûre de comprendre la question. Je ne crois pas, non.

— Avez-vous déjà pris des risques dangereux ?

— Non. Je le regrette parfois.

— Vous est-il arrivé de vous sentir incapable de prendre des risques ?

— Oui.

— Vous arrive-t-il de faire des rêves éveillés ?

— Que dites-vous ? J'étais à des kilomètres. Pardon. Je plaisantais. Quelquefois, peut-être.

— Avez-vous l'impression d'avoir parfois exclu une période de votre vie, surtout quand vous étiez jeune ?

— Je ne sais pas. C'est difficile à dire. Visiblement, il y a des tas de choses dont je ne me souviens plus.

— Vous inquiétez-vous parfois du bruit que vous pouvez faire ? Je veux dire lors de rapports sexuels, par exemple, ou en société, ou même aux toilettes.

— Voilà qui devient vraiment personnel, non ? Bon, je ne suis pas gênée, et je vais répondre. Prenons-les dans l'ordre. Je ne pense pas être inhibée sur le plan sexuel, et je dois sans doute geindre et crier. Dans les dîners, je reconnais que les gens qui parlent fort et qui s'esclaffent m'exaspèrent, et je dois certainement apparaître en public comme quelqu'un de réservé. Et je m'efforce sans doute d'être assez discrète aux toilettes quand il y a des gens dans les parages. Mais la plupart des gens font pareil, non ?

— Avez-vous jamais eu le sentiment que la sexualité était une chose sale ?

— Non, pas intrinsèquement.

— Avez-vous jamais détesté être touchée ?

— Vous voulez dire sexuellement ?

— Pas nécessairement.

— Il m'arrive de détester que des hommes me touchent, mais cela dépend beaucoup de l'homme, avouons-le. Il y a eu des moments où je n'avais pas envie de faire l'amour, et je l'ai dit.

— Et par un gynécologue ?

— Je détestais être examinée par un gynécologue masculin. Quand j'avais, oh, une bonne vingtaine d'années, Claude m'a trouvé une femme formidable, et depuis, c'est toujours elle qui me suit. Je n'ai aucun problème avec Sylvia.

— Y a-t-il des actes sexuels particuliers qui vous répugnent ?

— Il doit y en avoir un ou deux que je n'aime pas spécialement.

— Y en a-t-il qui vous attirent fortement ?

— Oh oui.

— Êtes-vous passée par des périodes de promiscuité sexuelle ?

— Non. Ça aurait put être drôle, et je suppose que c'est à l'université qu'il aurait fallu que j'essaye, mais Claude est entré très tôt dans ma vie.

— Avez-vous passé par des périodes farouchement asexuelles ?

— Non.

— Vous arrive-t-il d'être préoccupée par des idées de sexe ?

— J'ignore ce que vous entendez par préoccupée. Mais j'y pense de temps en temps.

— Êtes-vous portée à contrôler étroitement vos émotions ?

— Je n'aime pas me sentir émotionnellement incontrôlable.

— Éprouvez-vous le besoin de contrôler les situations ?

— Il m'arrive d'essayer.

— Cherchez-vous à contrôler des choses sans importance de manière obsessionnelle ?

— Il peut m'arriver d'être follement ordonnée ou organisée. Mais, comparée à Claude, je suis une vraie souillon.

— Avez-vous du mal à être heureuse ?

— Il m'est arrivé de le penser en ce qui me concerne.

— Avez-vous du mal à vous détendre ?

— Oui.

— Avez-vous du mal à travailler ?

— Depuis quelque temps, c'est un problème.

— Avez-vous parfois l'impression d'être folle ?

— Oui.

— Vous est-il déjà arrivé d'inventer des mondes imaginaires ? Ou des relations imaginaires ?

— Pas depuis mon enfance.

— Avez-vous déjà eu l'impression que vous étiez réelle et que tout le reste était une illusion ?

— Je comprends ce que vous voulez dire, mais honnêtement je ne peux pas dire que ça me soit arrivé. J'ai toujours été une raseuse un peu trop rationnelle. J'ai sans doute dû le ressentir quand j'étais enfant, comme tout le monde.

— Et le contraire ?

— Vous voulez dire que *moi*, j'aie été une illusion ? C'est plus vraisemblable. J'ai encore parfois l'impression que les gens sont tous de vrais adultes mais que je fais semblant et qu'en vérité je suis une enfant.

— Avez-vous peur de réussir ?

— Quelquefois.

— Y a-t-il des goûts ou des aliments qui vous dégoûtent ou vous effraient ?

— Non, mais je vais vous avouer un secret : tout au fond de moi, je n'ai jamais vraiment aimé le chou-fleur ni les choux de Bruxelles.

— Vous sentez-vous parfois accablée par le destin ?

— Oui. »

Alex resta longtemps sans rien dire, mais il écrivait furieusement dans son carnet, retournant parfois en arrière d'un geste rapide. Au bout de quelques minutes douloureuses, il le referma.

« Comment je m'en suis tirée ? Je passe ? »

Lorsque Alex répondit, ce fut avec une gravité que je ne lui connaissais pas.

« On a dit que, si vous répondiez positivement à plus d'une demi-douzaine de questions parmi celles que je viens de vous poser, ce pourrait être la preuve qu'il existe chez vous un traumatisme réprimé.

— Comment cela, “réprimé” ?

— Un événement, ou une série d'événements, que vous vous êtes forcée à oublier.

— Voyons, Alex, les questions de cette liste pourraient s'appliquer à n'importe qui. Qui donc ne répondrait pas *oui* à quelques-unes d'entre elles ?

— N'essayez pas d'éluder le sujet, Jane. Vous avez joué le jeu très consciencieusement jusqu'à maintenant. Les questions sont très soigneusement construites pour faire apparaître les symptômes d'angoisse qui pourraient révéler quelque chose de plus profond. Je ne prononce aucun diagnostic, mais c'est une chose à laquelle nous devrions réfléchir. Dites-moi, Jane, vous vous êtes réintroduite dans le paysage d'où Natalie a disparu. Vous l'avez fait avec un sérieux qui m'a impressionné. Mais quelles émotions suscite en vous ce paysage ? Un sentiment de frayeur ? Avez-vous l'impression qu'il y a quelque chose là ? Quelque chose de caché ? »

J'eus soudain froid, étendue là sur le divan, comme toujours quand je m'allonge un certain temps, même dans une maison aussi bien chauffée que celle d'Alex. Encore ma mauvaise circulation.

« Oui, cela m'effraie. Qu'est-ce qui vous intéresse là-dedans, Alex ?

— J'ai toujours essayé de suivre la direction que vous m'indiquiez, Jane. Je vous ai interrogée sur la disparition de Natalie, et vous m'avez donné un paysage. Je voudrais vous envoyer dans ce paysage et voir ce que vous y trouvez. Cela vaut-il la peine de le tenter ?

— Oui, d'accord. »

Nous reprîmes notre rituel familier. L'approbation d'Alex me faisait plaisir, comme si j'étais devenue son élève modèle. Il me parlait doucement. Mon corps se détendit, je fermai les yeux, et me replaçai au bord de la Col. Séance après séance, cela devenait plus facile et le monde dans lequel je me retrouvais était à chaque fois plus vivant.

J'étais assise, adossée au rocher sec et moussu, au pied de Cree's Top, avec la rivière qui coulait sur ma gauche, les derniers bouts de papiers qui s'éloignaient dans le tournant, et les ormes de l'orée du bois sur ma droite.

Sans aucun encouragement, je parvins à me lever et à faire volte-face. À présent la rivière coulait vers moi, sur ma droite, et les ormes du bois étaient sur ma gauche. Et maintenant, je regardais le sentier serpenter vers le haut de Cree's Top. Il était bordé d'épais fourrés, et son tracé sinueux disparaissait parfois, mais je le voyais presque en entier. En tournant la tête, je pouvais observer n'importe quelle partie de mon environnement et m'y déplacer, marcher sur les cailloux dispersés par le passage d'innombrables pieds qui avaient également creusé le sol, révélant des pierres plus grosses et les racines des arbres. Presque sans l'avoir voulu, je commençai à m'avancer sur le chemin. En baissant les yeux, je vis que mes pieds étaient chaussés de chaussons de gymnastique noires comme je n'en avais plus porté depuis mes années d'école. J'étais maintenant bien engagée sur le chemin en direction du sommet, loin de l'endroit où je m'étais assise. En me tournant vers la droite, je regardais la rivière au pied du coteau. En me tournant vers la gauche, je regardais à travers les bois, en direction du Domaine. Soudain tout s'assombrit. Je levai les yeux et vis un gros nuage noir. L'air devint froid, un frisson me parcourut, et je fis demi-tour pour m'élancer au bas de la colline. Je repris soigneusement ma précédente position, adossée à la pierre rugueuse.

Je décrivis à Alex ce qui s'était passé.

« Pourquoi n'avez-vous pas continué ?

— J'avais peur.

— Les grandes filles n'ont rien à craindre. »

19

« Oui.

— Pourrais-je parler à Jane Martello, s'il vous plaît ?

— Oui, de quoi s'agit-il ? »

Je n'étais pas de bonne humeur. Ce serait la quatrième fois ce matin qu'on m'appelait de la mairie pour m'indiquer des changements à apporter au projet. Le lendemain, la commission devait se réunir pour donner – ou non – le feu vert au budget révisé, pour un projet de construction déjà tellement amputé, déformé et revu que je n'avais presque plus envie d'y voir mon nom associé.

« Jane, ici Caspar. Caspar Holt.

— Quoi ?

— Ce n'était pas nécessaire, mais merci pour votre carte postale. »

C'était le philosophe. Je m'assis et pris une profonde inspiration.

« Oh, oui. C'est-à-dire, je voulais m'excuser pour mon attitude ce soir-là.

— Étant donné les circonstances, je pense que vous vous êtes comportée avec sang-froid. Je me demandais si vous aimeriez que nous nous rencontrions ? »

Ah, mon Dieu, un rendez-vous galant.

« Euh, très bien, c'est-à-dire, quand voyiez-vous cela ?
— Pourquoi pas maintenant ?
— Maintenant ?
— Eh bien, disons dans une demi-heure, alors. »
Il fallait que je règle les derniers détails pour la réunion de la commission le lendemain matin. Il fallait que j'aille au bureau, et il fallait absolument que je me lave les cheveux. Ce n'était pas un bon jour ; c'était un jour de bousculade et de mauvaise humeur.
« Donnez-moi une heure. Où voulez-vous que nous nous retrouvions ?
— Au numéro treize de Lincoln's Inn Fields. Je vous attendrai dehors. »
Je ne trouvai pas le temps de régler les détails pour la commission ni de téléphoner au bureau. Mais je me lavai les cheveux.

Il m'attendait dehors, vêtu du même gros manteau en tweed que je lui avais vu à l'ICA. Comme il était plongé dans un livre de poche, j'eus le temps de l'examiner avant qu'il ne me voie. Il avait les cheveux blond cendré, longs, bouclés et coiffés en arrière de manière à lui dégager le front. Il portait des lunettes rondes cerclées de métal.
« Le Musée de sir John Soane, dis-je. C'est toujours là que vous emmenez les filles, pour un premier rendez-vous ? »
Surpris, il releva la tête.
« Oui, ça pourrait expliquer mon succès avec les femmes. Mais l'entrée est libre, et c'est comme de déambuler à l'intérieur d'un cerveau humain.
— Est-ce une bonne chose ? »
Il me posa doucement la main sur l'épaule tandis que nous franchissions la porte d'entrée pour pénétrer dans cet antre étonnant, qui s'étendait du sous-sol aux

étages supérieurs. Il m'entraîna dans une pièce peinte en rouge sombre, où étaient accumulés des curiosités, des fragments architecturaux, des instruments archaïques et des œuvres d'art excentriques sur tous types de surfaces.

« Regardez cela, dit Caspar en me montrant une chose informe. C'est un champignon de Sumatra.

— Un quoi ?

— En vérité, c'est une éponge. »

Nous parcourûmes d'incroyables boyaux qui débouchaient brusquement sur des vues encore plus incroyables, en haut et en bas, et, absolument partout, on découvrait des objets stupéfiants.

« Chaque pièce est comme une portion distincte de l'esprit qui l'a conçu », dit-il.

Je remarquai qu'il avait les mains éclaboussées de peinture rouge aux jointures, et que le col de sa chemise était usé.

« Comme un cerveau d'homme, peut-être », dis-je.

Il sourit.

« Vous voulez dire compartimenté. Plein d'objets. Peut-être. Oui, vous avez peut-être raison. Ce n'est pas une maison de femme, n'est-ce pas ? Je viens quelquefois ici à l'heure du déjeuner. Je m'étonne de voir comment une vie entière peut tenir dans une maison. C'est un endroit tellement replié sur soi, vous ne trouvez pas ? Et extraverti aussi, bien sûr.

— C'est le discours que vous servez habituellement ? demandai-je.

— Désolé, je vous agace ?

— Je plaisantais seulement. »

Nous montâmes dans le grand atelier peint en vert et en jaune safran. Le soleil d'hiver qui inondait la pièce par les grandes fenêtres cintrées illuminait ses riches couleurs ; la pièce était fraîche et grave comme une église. Nous passâmes ensemble devant le *Tableau de la vie d'un libertin* de Hogarth. Quelle rage, quelle sauvagerie. Caspar s'arrêta devant *Le libertin à la prison de Bedlam.*

« Regardez, dit-il. Dans la cellule cinquante-cinq, cet homme avec un sceptre et un pot sur la tête : il urine. Voyez-vous l'expression sur les visages de ces deux élégantes dames ? »

Je scrutai la scène grotesque, discernai de vagues silhouettes qui se débattaient, et frissonnai.

« C'est le Bethlehem Hospital de Bedlam. Il se trouvait à Moorfields, juste en dehors des murs. Le père de Hogarth avait connu la prison, pour dettes, et il en était resté très marqué. Regardez la figure de cette vieille femme à genoux, Jane, elle ne paraît qu'à moitié humaine. »

J'observai son visage, le regard droit de ses yeux gris. Je remarquai comment il disait mon nom. Je m'aperçus soudain qu'il y avait très longtemps que je ne m'étais pas sentie heureuse. Là, avec Caspar dans cette maison conçue comme un cerveau d'homme, j'avais l'impression de regarder par une fenêtre, du fond de la déprime dans laquelle je vivais depuis si longtemps, et d'apercevoir un avenir différent : plus lumineux. Je pouvais voir des paysages, le ciel. Je restai un moment immobile, blottie dans une espérance diffuse. Je croisai son regard.

« Attendez, dit-il, je veux vous montrer quelque chose. »

Nous redescendîmes l'escalier et traversâmes deux pièces.

« Regardez, là. »

Je vis une sorte de totem, construit avec des fragments de colonnes diverses. Le nom FANNY y était gravé. Je me tournai vers Caspar en haussant les sourcils.

« Oui ?

— C'est la tombe du chien qui appartenait à l'épouse de John Soane. Mais c'est aussi le nom de ma petite fille.

— Je croyais que Fanny était de ces noms qu'on n'employait plus.

— J'ai voulu lui redonner vie.

— Vous êtes marié ?

— Non. Je vis seul.

— Excusez-moi.

— Mais non, ne vous excusez pas. »

Dehors, clignant des yeux dans la lumière froide, nous échangeâmes des sourires un peu bêtes. Puis Caspar jeta un coup d'œil à sa montre.

« On déjeune ?

— Je ne devrais pas.

— S'il vous plaît.

— Bon, d'accord. »

Nous allâmes dans Soho, longeant les charcuteries et les magasins porno, pour nous arrêter dans un bistrot italien, où l'on nous servit du fromage de chèvre à moitié fondu sur un toast, avec de la salade et un verre de vin blanc chacun. Il regarda ma main sans alliance et me demanda si j'étais mariée, et je l'informai que j'étais séparée. Et je m'enquis de l'âge de sa fille. Elle avait cinq ans. Beaucoup de gens, dit-il, le considéraient comme une sorte de superman pour la simple raison qu'il faisait ce que faisaient des centaines de milliers de femmes sans que personne le remarque.

« Je ne savais rien de l'amour avant Fanny, cette drôle de petite bonne femme », dit-il.

Je lui parlai de Robert et Jerome, désormais si grands et adultes, qui me protégeaient et se rangeaient toujours de mon côté, et il déclara qu'il aimerait beaucoup les connaître un jour. Et cette éventualité, ce « un jour », s'ouvrit devant moi, provoquant vertige et frayeur. J'allumai une cigarette, et déclarai que je devais partir. Il ne fit rien pour me retenir, mais resta à me regarder m'embrouiller avec l'antivol et le casque puis m'éloigner en zigzaguant.

Je me sentais redevenue adolescente, fébrile d'excitation, et en même temps j'étais une vieille femme terrifiée d'être ramenée en prison par des kyrielles de liens ténus et forts. Je pourrais avoir une aventure avec Caspar – non, je savais, en me rappelant sa main posée si légèrement son épaule ou son regard gris si droit, que je pourrais avoir une *relation* avec Caspar. Nous n'allions pas simplement coucher ensemble, un soir, après avoir bu une bouteille de vin. Nous allions creuser chacun le passé de l'autre, dévoiler d'anciennes blessures, nous abandonner à la souffrance enivrante de l'amour. Et ce n'était pas que je ne sois pas prête – c'est ce que disent toujours les psychologues, qu'il faut attendre, reprendre des forces, apprendre à vivre avec sa solitude. J'étais parfaitement prête. Il y avait bien longtemps que je ne m'étais pas engloutie dans l'amour. J'étais prête, mais j'avais peur. Je me sentais fatiguée. Un léger mal de tête me martelait les tempes. Le vin au déjeuner.

Je parcourus Oxford Street, où brillaient déjà les lumières de Noël dans l'après-midi hivernal. Je déteste la façon dont on nous impose maintenant ces gigantesques personnages de Disney en travers des rues. Mais je n'avais pas encore fini mes achats de Noël ; j'avais déjà acheté des jumelles pour mon père, et des tas de petits cadeaux ridicules à entasser dans les traditionnelles chaussettes du Père Noël, qui n'avait jamais cessé de passer chez nous, longtemps après que les enfants eurent découvert le subterfuge. Pour moi, cela avait toujours constitué le meilleur moment du jour de Noël – le matin de bonne heure, quand tout le monde se rassemblait dans ma chambre et s'asseyait sur le lit pour sortir des taies d'oreillers toutes sortes de savons, de petites culottes et de tire-bouchons. Brusquement, je songeai que je serais peut-être seule, cette année, le matin de Noël : les garçons viendraient dîner, bien sûr, et mon père aussi ; et peut-être que je devrais inviter Claude, car je ne supportais pas l'idée qu'il dîne tout seul, sauf qu'il irait sûrement chez Alan et Martha. Mais il se pouvait fort bien que je me réveille seule dans une maison vide le matin de Noël.

J'envisageai un instant de me laisser happer par les chaudes mâchoires d'un grand magasin, par l'air alourdi de parfums, pour m'emparer avidement de chemises, de cravates et de chandails pour les garçons. Mais ils détestaient les chemises et les cravates des grands magasins, et il y avait longtemps que j'avais cessé de choisir leurs vêtements pour eux. Mue par une soudaine impulsion, je poussai jusqu'à une de mes boutiques préférées à Londres, la chapellerie de Jermyn Street, où je me ruinai en achetant trois chapeaux mous fabuleux : un marron pour Jerome, un noir pour Robert, et un vert bouteille pour Kim. J'accrochai le sac à mon guidon et repartis, pour aller acheter à Camden des quantités de minuscules coquilles en papier pour les truffes en chocolat que je comptais confectionner pour tout le monde, et aussi de beaux bocaux verts. Dans une boutique, je vis une charmante paire de boucles d'oreilles en argent, en forme de minuscules boîtes. Beaucoup trop chère. Je les achetai pour Hana, et les emportai dans un joli écrin agrémenté d'un ruban.

Ce soir-là, j'écoutai mes trois disques de Neil Young en préparant un chutney de tomate, que je versai ensuite dans les bocaux verts dûment étiquetés. Puis je confectionnai les truffes avec du chocolat noir, et les déposai dans leurs petites coques. Demain, je ferais les boîtes. La cuisine sentait le vinaigre et le chocolat amer. Comme je me sentais encore pleine d'énergie et d'enthousiasme, je me versai un verre de vin rouge et j'allumai une cigarette puis, avec un crayon bien taillé et ma règle favorite (longue et plate d'un côté), je traçai un plan de ma maison. Je crayonnai un gros chérubin rococo sur les lignes pures du toit. En allant au bureau, j'en ferais des photocopies sur carton blanc, qui me serviraient de cartes de Noël.

Je me versai un nouveau verre de vin – mon mal de tête avait disparu – et fumai une nouvelle cigarette. Pour le Nouvel An, j'arrêterais peut-être de fumer. Par la fenêtre, je vis que la lune était presque pleine, et brusquement j'enfilai un gros manteau qui appartenait à Robert, pour aller dans le jardin. C'était une nuit magnifique, lumineuse, d'un froid mordant. Les étoiles paraissaient toutes proches, et les branches de poiriers et de cerisiers se découpaient sur le ciel.

Au bout du jardin, sous le laurier volumineux, se trouvait la tombe anonyme des nombreux animaux chéris des enfants : des hamsters, des cochons d'Inde, deux lapins, une perruche. Naguère, les garçons jouaient au football dans le jardin, qu'ils réduisaient en bouillasse. Au printemps et à l'automne, nous consacrions nos week-ends à un jardinage effréné, à planter des graines que les chats du voisinage allaient déterrer. En avril, les arbres fleurissaient – une écume mousseuse sur les poiriers et les cerisiers, des bougies de cire au magnolia – et pendant quelques semaines le jardin devenait une surprenante merveille de grâce et de douceur. Quand il faisait suffisamment beau, nous aimions nous y asseoir pour prendre un verre, Claude et moi. Nous y recevions nos amis, l'été, autour de jattes de fraises et de pimm's, avec les garçons qui passaient des raviers de chips à la ronde. Nous avions fait des tas de barbecues, tantôt avec des hot-dogs et des boissons gazeuses, tantôt avec des brochettes de crevettes et de maquereau cajun, et des champignons marinés dans une sauce piquante. Mes souvenirs butèrent encore sur quelque chose, que je ne me rappelais pas. Que m'avait dit Alex… de me *laisser aller* à me rappeler.

Cramponnée à mon verre et à ma cigarette, je pris à l'avance ma résolution secrète du Nouvel An : je n'aurais pas de repos tant que je n'aurais pas parcouru le paysage de ma mémoire jusqu'à son cœur, et ensuite je m'autoriserais à être heureuse.

Il ne me vint pas un instant à l'idée que je pouvais accomplir la seconde résolution sans la première.

20

« Il *quoi* ?

— Il veut venir au repas de Noël avec une équipe de télévision.

— Mais enfin c'est ridicule. Et d'abord, pourquoi une équipe de télévision consentirait-elle à travailler le jour de Noël ?

— Je pense que la sienne n'y verrait pas d'inconvénient. C'est un peu comme le message de la reine au Commonwealth.

— Jane, tu n'as pas cédé ? »

Kim n'avait jamais piaillé ; et voilà qu'elle piaillait.

« C'est-à-dire que, c'était très compliqué. Enfin, visiblement c'est très important pour Paul. Il y a déjà énormément travaillé alors, tant qu'à faire d'être allée si loin, je me suis dit que je pouvais bien continuer jusqu'au bout.

— Tu es sérieuse, quand tu dis que Paul et Erica vont arriver le jour de Noël, avec Rosie en prime, bien sûr, avec des caméras, pour te filmer en train de cuisiner ta dinde ? Mais, bon Dieu, Jane, ton *père* sera là. Et Robert. Et Jerome. Et moi aussi, avec Andreas.

— Ils ne seront pas là toute la journée. Ils vont juste filmer un peu la famille rassemblée pour Noël. Ils seront partis longtemps avant qu'on passe à table. »

J'entendis un gargouillis au bout du fil, et devinai avec un vif soulagement et une sorte de ravissement que Kim riait.

« Dis, Kim, tu voudras bien m'aider ? Je veux dire, à survivre ?

— Ne t'inquiète pas pour ça. Mais comment je m'habille ? Je ne suis jamais passée à la télé, moi. Ce sont les rayures, qui sont *verboten*, ou bien les pois ? »

« Et voilà. Un sherry, et un pâté en croûte. »

Le sherry était jaune pâle, le pâté en croûte épicé et brûlant. Je pris place sur le canapé qui paraissait livré du matin même, avec ses coussins rebondis. Je me sentais étrangère, poliment invitée.

« C'est très agréable, ici. »

La pièce était immaculée, comme un espace qu'on aurait photographié pour un supplément en couleurs. Aux murs couleur ivoire étaient accrochées six petites gravures. Un tapis carré occupait le centre exact du plancher. De part et d'autre du nouveau canapé étaient disposés deux fauteuils tout neufs, et un livre sur les églises normandes trônait sur la table basse, à côté du *Guardian* soigneusement plié. Un cactus fleurissait joliment sur le vieux piano, qui avait été bien lustré. Dans l'angle, sur une sorte d'estrade, un petit sapin étincelait de ses lumières blanches. De là où j'étais assise, avec mon verre de sherry et mon pâté en croûte, j'apercevais une cuisine tellement immaculée que je me demandai si Claude s'y était jamais préparé un seul repas.

« Oui, j'en suis très content. Je l'ai aménagé exactement comme je voulais. »

Nous échangeâmes un sourire nerveux par-dessus l'espace ordonné. Je songeais au fouillis de ma cuisine : les grandes jattes de clémentines juteuses, les tas de lettres et de factures en attente, les listes de choses à faire que je ne consultais jamais, les assiettes cassées que je m'étais promis de recoller, les cartes de Noël que j'allais suspendre à un fil tendu sous l'avant-toit mais dont je n'avais pas eu le temps de m'occuper, la brassée de gui, regrettée mais pas jetée, posée au milieu des tasses sur le buffet, les paquets de jonquilles flanqués à la va-vite dans des vases et qui parsemaient la pièce de taches jaunes irrégulières, des plans inachevés et abandonnés, des photos que je n'avais pas encore pris le temps de classer dans les albums, des quantités de livres, des recettes découpées dans des magazines et restées en plan, une bouteille de vin à moitié vide. Et puis, bien sûr, un sapin déplumé dont les décorations, gracieuse courtoisie des garçons, paraissaient balancées là à pleines poignées par des gens en état d'ébriété. Et elles avaient effectivement été balancées là à pleines poignées : Jerome et Robert avaient été horrifiés par l'esthétisme coordonné dont j'avais fait preuve cette année. Un arbre de Noël, protestèrent-ils, devait être coloré et voyant. Ils étaient montés chercher toutes les boules roses et turquoise, et les étoiles scintillantes, toutes les babioles que nous avions accumulées au fil des ans, et les avaient littéralement jetées sur l'arbre.

Je suggérai gaiement que nous écoutions de la musique.

« Il n'y a pas de musique », répondit Claude.

« Où sont tous tes CD ?

— Ils appartenaient à une existence antérieure.

— Si tu n'en voulais pas, pourquoi les as-tu pris ?

— Ils n'étaient pas à toi.

— Es-tu sérieusement en train de me dire (j'étais atterrée) que ta collection de disques, que tu avais amassée toute ta vie, est, euh, enfin, *partie à la poubelle* ?

— Oui. »

Je parcourus des yeux la pièce. Et je me rendis compte que, avec une brutalité de chirurgien, Claude avait fait disparaître toute trace de notre vie ensemble, de notre famille. Ce n'était pas de l'ordre. C'était le vide.

« Claude, balbutiai-je. Comment te rappelles-tu Natalie ? »

Tout en posant ma question, je me rendis compte qu'elle était bizarre, oblique.

« *Comment* je me la rappelle ?

— C'est-à-dire, j'ai parlé d'elle avec des gens, et brusquement j'ai trouvé curieux que toi et moi n'ayons jamais évoqué ensemble nos versions personnelles. »

Claude s'assit, et me dévisagea de cet air professionnel qui m'avait toujours exaspérée.

« Écoute, Jane, tu ne penses pas que ton obsession va un peu loin ? Enfin tout de même, nous – sa *vraie* famille, à parler franchement – nous nous efforçons de reprendre le fil de notre vie. Et je ne suis pas sûr qu'il soit vraiment secourable de te voir farfouiller dans notre passé pour des raisons psychologiques qui te sont purement personnelles. Est-ce là ce que ton analyste t'encourage à faire ? »

Il se montrait gentil et correct, et, assise sur son irréprochable canapé, je me sentis comme une écolière brouillonne et impatiente.

« Bon, d'accord, fin du sermon – alors, comment te la rappelles-tu ?

— Elle était délicieuse, intelligente et tendre. »

Je le dévisageai avec insistance.

« Ne me regarde pas comme ça, Jane. Ce n'est pas parce que tu es en thérapie que tu dois soupçonner tout ce qui est simple et franc. C'était ma petite sœur. C'était une enfant charmante et bientôt femme quand elle morte tragiquement. Voilà. Voilà comment je me la rappelle et comment je veux me la rappeler. Je ne veux pas que tu la ternisses, même si elle est morte depuis vingt-cinq ans. »

Je versai une nouvelle dose de sherry dans mon verre minuscule et en bus une gorgée.

« D'accord. Quels sont tes derniers souvenirs d'elle, alors ? »

Cette fois, Claude parut réfléchir un instant avant de répondre – ou peut-être se demandait-il simplement s'il allait répondre. Puis il hocha la tête avec une expression proche de la pitié.

« Je ne sais pas ce que tu cherches à faire, mais si tu insistes. Nous étions tous au Domaine, à organiser la fête pour leur retour de croisière. Je devais m'envoler pour Bombay le lendemain matin. Comme la plupart d'entre nous, Natalie aidait. Le jour de la fête, le matin, Natalie et toi faisiez mille courses de toutes sortes. Tu te rappelles ?

— Il y a longtemps.

— Je me souviens de l'avoir emmenée chercher le cadeau pour Alan et Martha, et nous avons dû parler des vêtements qu'elle voulait porter, je crois. Tout ce que je me rappelle, ensuite, c'est que je me suis occupé du barbecue et que je n'en ai plus bougé jusqu'à l'aube. » Il me regarda. « Mais tu ne risquais pas de t'en rendre compte. Tu étais bien trop occupée avec Theo. Et puis le lendemain, avant l'aube, je suis parti avec Alec. Je n'ai appris la disparition de Natalie que deux mois plus tard, à mon retour. »

Je picorai délicatement les miettes sur mon assiette, du bout du doigt.

« As-tu vu Natalie, le matin de ton départ ?

— Bien sûr que non. Je n'ai vu personne d'autre que ma mère, qui nous a accompagnés à la gare vers trois heures et demie du matin. Et tu le sais très bien. Allons, Jane, tu ne fais que ressasser encore et toujours les mêmes choses. Et je ne peux guère t'aider : je n'étais pas là le jour de sa disparition. »

Il se passa la main sur le front, et je me rendis compte qu'il était très fatigué. Puis il me sourit, d'un drôle de petit sourire intime. L'hostilité de l'atmosphère se dissipa, remplacée par quelque chose d'autre, et d'aussi troublant.

« Tu ne sais donc pas, reprit-il presque rêveusement, combien je regrette de n'avoir pas été là ? Pendant longtemps, je me suis dit que si je n'étais pas parti, ce ne serait pas arrivé. Que j'aurais pu l'empêcher, ou je ne sais quoi de ridicule. Et je me sens toujours séparé du reste de la famille, parce qu'ils ont vécu cela tous ensemble, pendant que j'étais ailleurs. » Il eut un sourire sans joie. « Tu m'appelais toujours le bureaucrate de la famille, n'est-ce pas, Jane ? Peut-être est-ce parce que je n'ai pas trouvé d'autre moyen pour me sentir intégré.

— Claude, je suis désolée d'avoir été si maladroite. »

Sans réfléchir, je lui pris la main, et il ne l'enleva pas. Il baissa les yeux vers nos doigts entrelacés. Le silence s'épaissit pendant quelques secondes, puis j'ôtai ma main, gênée.

« Que fais-tu pour Noël ? » Ma voix était trop gaie.

Ce fut à son tour de paraître embarrassé.

« Tu ne savais pas ? Je devais aller chez Martha et Alan, mais Paul m'a invité à passer la soirée avec lui et Peggy.

— Mais ils viennent chez moi. » Une vilaine pensée m'assaillit.

« Paul pensait que tu n'y verrais pas d'inconvénient.

— C'est impossible, Claude. Impossible. Il y aura papa, Kim avec son nouvel amant, les garçons et Hana. Oh merde, il y aura aussi une équipe de télévision pour nous filmer. Que veux-tu que nous fassions, tous ensemble ? Jouer à la famille heureuse pour les caméras ?

— C'est toi qui as dit que nous pouvions rester amis. »

Je l'avais dit. C'était un cliché idiot, une consolation factice et un mensonge, mais je l'avais dit.

« Et puis je veux être avec mes fils pour Noël. »

Je savais que c'était une terrible erreur. Qu'allait dire Kim ?

« D'accord. »

21

J'étais assise, et la mousse sèche du rocher me grattait l'arrondi du dos. Je savais que Cree's Top était derrière moi. La rivière Col coulait sur ma gauche, reflétant le nuage gris ardoise qui avait obscurci le soleil. J'eus soudain froid, dans ma robe sans manches, et je serrai contre moi mes bras hérissés de chair de poule. Les petits morceaux de papiers n'étaient presque plus visibles sur la surface sombre de l'eau et, s'éloignant de moi, ils disparaissaient dans les ombres et les reflets bien avant d'avoir passé le tournant. Sur ma droite, les branches des ormes bruissaient et s'agitaient sous une soudaine bourrasque qui annonçait de la pluie.

Je me levai et me retournai, de manière à voir Cree's Top de face et à suivre des yeux le sentier sinueux qui montait jusqu'au sommet. Ici et là des fourrés le cachaient, jusqu'à ce qu'il disparaisse dans le crépuscule. Je m'y engageai d'un pas décidé. Chaque fois que je revenais à cette rivière et à cette colline qui me séparaient de Natalie, chaque chose me paraissait plus présente et plus vive. L'herbe était d'un vert plus riche, la rivière plus précise dans ses mouvements et son cours. Cette fois, les détails n'étaient pas seulement plus précis mais aussi plus durs. L'eau paraissait plus lourde et plus compacte, le chemin était plus raide sous mes pieds, les feuilles elles-mêmes ressemblaient à des lames capables de trancher les doigts qui s'en approcheraient.

C'était un paysage hostile, fermé, qui semblait répugner à livrer ses secrets. J'approchais du sommet de Cree's Top, et j'avais l'impression presque palpable qu'il y aurait de l'autre côté quelque chose de déplaisant. C'était pour cela que le paysage s'était assombri. Mon corps, mon cerveau, s'affaissaient avec désespoir. Le voulais-je vraiment ? Il suffisait d'un moment de faiblesse. Je fis demi-tour et rebroussai chemin en courant, m'éloignant de ce qui pouvait m'attendre. N'y avait-il pas d'autres endroits où aller, dans ce paysage chéri de ma mémoire ? J'atteignis le pied de Cree's Top et courus le long de la rivière. Je savais instinctivement que ce chemin m'éloignerait de la rivière et me ramènerait vers le Domaine, où je retrouverais ma famille telle qu'elle avait été : Theo, grand et saturnien ; Martha, brune et belle, rieuse, forte ; mon père, si beau, et espérant encore une vie qui fût accomplie. Il y aurait aussi les traces de cette merveilleuse garden-party.

Mais le chemin devenait vite méconnaissable, comme si j'avais franchi les limites du territoire permis. Les bois s'épaississaient, le ciel était caché, et je me retrouvai sur le divan d'Alex, le visage inondé de larmes brûlantes. Je dus m'asseoir et, avec un sentiment d'absurdité, me sécher le cou et les oreilles. Alex était debout près de moi, l'air inquiet. Je lui expliquai ce que j'avais tenté de faire, et il secoua la tête d'un air de reproche.

« Jane, vous n'êtes pas à Oz ou dans je ne sais quel parc de loisirs où l'on peut choisir la direction qu'on veut. C'est votre mémoire à vous, que vous explorez. Il faut vous laisser conduire là où elle vous entraîne. Ne sentez-vous donc pas que vous y êtes presque ? »

Alex Dermot-Brown n'était pas le genre de personne que j'aurais normalement considéré comme mon type. C'était un homme miteux qui vivait dans une maison miteuse. Son jean était usé aux genoux, son chandail bleu marine taché et constellé de pellicules, et il était clair que les seuls soins dont bénéficiaient jamais ses longs cheveux bouclés étaient les fréquentes occasions où il y passait les doigts, tout en parlant avec animation. Pourtant je m'étais attachée à lui, bien sûr, car c'était à lui que je m'étais confiée, et lui dont je quêtais l'approbation. Je reconnaissais tout cela. Mais maintenant, j'éprouvais une certaine exaltation à voir qu'il partageait mon excitation et mes espoirs quant à l'issue de ma recherche. Au même instant je ressentis un mouvement dans mon ventre, qui me rappela les premières contractions de la naissance de Jerome, ces petits avertissements de l'accouchement. J'allais bientôt devoir affronter quelque chose.

Un homme en complet gris et au crâne dégarni se leva. Il semblait être venu directement de son travail.

« Eh bien moi, j'ai quelque chose à dire. »

Tout le monde connaît ces réunions publiques, ou ces débats, où le président de séance demande qu'on pose des questions et que s'instaure un long silence gêné, quand personne n'ose rien dire et que cela devient embarrassant. Ça ne se passa pas du tout comme ça. Tout le monde avait quelque chose à dire, et ils essayaient presque tous de le dire en même temps.

Nous avions bien compris dès le début que les gens du quartier devraient être consultés, tout au moins de manière informelle, à propos de l'établissement du centre d'accueil. Il y avait eu une réunion de l'association des résidents de Grandison Road pour discuter de la question, et ils avaient réclamé une réunion publique avec les autorités responsables de ce centre. L'objet de cette réunion n'était pas très clair, aussi ne savait-on pas trop s'il fallait y donner suite, mais il fut décidé de l'organiser afin de ménager les susceptibilités. Chris Miller, du service d'urbanisme municipal, allait donc présider en tant que responsable du projet, et le Dr Chohan, psychiatre du service des consultations externes de l'hôpital St Christopher, serait là également, ainsi que Pauline Tindall du service social, et moi, que Chris avait invitée à la dernière minute.

J'acceptai à contrecœur, ne fût-ce que pour garder un œil sur les engagements financiers draconiens que Chris risquait de prendre, et qui seraient évidemment amputés sur mon budget. C'était un soir où j'avais prévu de prendre un verre avec Caspar. Je l'appelai pour annuler notre rendez-vous et m'excuser mais, quand je mentionnai ce que j'allais faire, il se montra très intéressé et il me demanda s'il ne pourrait pas assister à la réunion, mêlé au public. Il voulait me voir au travail, m'expliqua-t-il. Je lui répondis de ne pas se compliquer la vie, que ce n'était qu'une formalité.

« Ce ne sera pas du tout une formalité, dit-il. C'est de la vie personnelle de ces gens qu'il s'agit. Vous allez amener des fous dans le quartier où ils habitent. Vous ne pourriez rien faire de pire, à moins de construire un abattoir ou un laboratoire de vivisection. Je ne voudrais pas rater ça, Jane. Les réunions publiques de ce genre, c'est ce que les Anglais ont trouvé de mieux, maintenant, pour remplacer les combats d'ours ou les pendaisons publiques.

— Allons donc, Caspar, ce projet-là ne prête à aucune controverse.

— Nous verrons. Mais rappelez-moi de vous montrer une étude très intéressante qui a été faite à Yale, voici quelques années. Elle tend à montrer que, quand les gens ont pris un engagement public sur une position, les preuves contraires, même indiscutables, ne font que renforcer leur détermination.

— Que voulez-vous dire ?

— N'espérez convaincre personne par des arguments rationnels.

— Je n'ai pas besoin d'une étude de l'université de Yale pour savoir cela. Je vous verrai peut-être là-bas.

— Je serai sans doute perdu dans la foule mais, moi, je vous verrai. »

J'enchaînai mon vélo à un parcmètre, devant la salle polyvalente, juste cinq minutes avant l'heure prévue pour le début de la réunion. En entrant, je crus d'abord m'être trompée. Je m'étais attendue à voir quelques vieilles dames venues là pour meubler leur soirée. En fait, cela ressemblait plus à une grande braderie d'entrepôt ou à un meeting contre un nouvel impôt. Mais là-bas, à la tribune, je distinguai bel et bien Chris et le reste de l'équipe. Non seulement tous les sièges étaient pris, mais les allées étaient bondées, et je me frayai un chemin à grand-peine, en m'excusant abondamment, jusqu'à l'estrade où Chris, le visage enflammé, paraissait nerveux. Il n'arrêtait pas de tousser et de boire de l'eau. Comme je prenais place sur le siège en plastique qui m'était réservé, il se pencha et chuchota d'une voix rauque :

« Quel succès.

— Pourquoi ?

— Il y a la bande de Grandison Road, dit-il. Mais il y en a aussi beaucoup de Clarissa Road et de Pamela Road, et même de Lovelace Avenue.

— Pourquoi s'intéressent-ils à un tout petit centre ? »

Chris haussa les épaules. Il regarda sa montre puis, après un signe de tête à Chohan et Tindall, il se leva et réclama le silence. Le brouhaha se réduisit à un léger murmure. Chris nous présenta tous, puis prononça quelques mots sur l'engagement de la municipalité à s'occuper plus efficacement de la collectivité par le biais de ce projet. On devait espérer que ce centre serait le premier d'une série dans ce quartier, et que ce serait un modèle d'humanité et de gestion dans le traitement des malades mentaux en réinsertion. Quelqu'un avait-il des questions à poser ? Une forêt de mains se leva, mais l'homme au crâne dégarni et en complet gris fut le plus hardi.

« Avant de poser une question, dit-il, je voudrais d'abord exprimer ce qui me semble être l'état d'esprit de cette réunion, à savoir que nous, résidents du quartier, sommes horrifiés de n'avoir pas été consultés sur l'installation de cette institution près de chez nous, qui a été entreprise d'une manière particulièrement inélégante et hypocrite. »

Chris tenta de protester, mais l'homme balaya ses protestations.

« Mr. Miller, laissez-moi parler. Vous avez dit ce que vous aviez à dire. Maintenant c'est à nous. »

C'était un discours plutôt qu'une question, mais il semblait en ressortir qu'il était de fort mauvais ton d'installer une institution psychiatrique dans un quartier d'habitation. Lorsqu'il eut terminé, Chris me prit complètement au dépourvu en se tournant vers moi pour me demander mon avis. Je bredouillai que ce centre n'était pas à proprement parler une institution. L'objectif avait été de concevoir une construction pour des gens qui, justement, n'avaient pas besoin d'être placés en institution. La seule surveillance nécessaire, dans certains cas, consisterait à vérifier qu'ils prenaient leurs médicaments. Toute l'idée, c'était précisément que ce centre serait une maison d'habitation parmi d'autres.

Une femme se leva et déclara qu'elle avait quatre enfants, âgés de sept, six, quatre et bientôt deux ans, et que c'était bien gentil de parler d'entraide et de soins communautaires, mais qu'elle avait ses enfants à protéger. Et d'ailleurs, il y avait l'école primaire de Richardson Road à deux rues de là. Les médecins pouvaient-ils absolument garantir que les malades du centre ne feraient courir aucun danger aux enfants du quartier ?

Le Dr Chohan tenta d'expliquer qu'il ne s'agissait pas de malades. C'étaient des gens sortis de l'hôpital, dans la même situation que quelqu'un qui se serait cassé la jambe. Et de même qu'après une fracture on pouvait avoir besoin de béquilles pendant quelques semaines, certains patients mentaux avaient besoin d'une légère surveillance. Les patients – les *gens*, rectifia-t-il – qui pouvaient risquer de constituer le moindre danger potentiel ne seraient pas orientés vers ce centre.

Mais cette histoire de médicaments ? Comment les médecins pouvaient-ils garantir que ces malades mentaux prendraient leurs médicaments ? Pauline affirma que c'était au cœur même du fonctionnement de ce système de centres d'accueil. Elle ajouta qu'elle comprenait les préoccupations au niveau local et qu'elles avaient été prises en compte dès la conception du projet. Les gens potentiellement dangereux (qui étaient fort peu nombreux) et les gens qui refusaient de prendre leurs médicaments ne seraient pas orientés vers un centre de ce type. Et c'est alors que Pauline commit ce qui, avec le recul, m'apparut comme l'erreur fatale. Elle conclut en disant qu'il ne fallait pas laisser des préjugés sans fondement influer sur la politique concernant les malades mentaux. Si c'était une tactique pour faire honte à l'assistance et l'amener à accepter notre position, l'effet fut immédiat – et désastreux.

Un homme se leva et déclara que tous ces arguments sur l'aspect médical étaient entendus, mais qu'il y avait aussi la question de la valeur immobilière du quartier. Il y avait des gens dans cette assemblée, dit-il, qui vivaient dans des maisons achetées grâce aux économies de toute une vie. Il y avait des gens chargés d'hypothèques qui venaient d'apercevoir les premiers signes de croissance sur le marché du logement. Pourquoi ces gens devraient-ils sacrifier leurs maisons à un nouveau dogme à la mode, inventé par des sociologues qui vivaient sûrement bien tranquilles à Hampstead ?

Chris, qui semblait parler en avalant sa langue, répondit qu'il avait espéré que les explications médicales auraient balayé les craintes de ce genre. Mais l'homme se releva. Toutes ces explications médicales étaient une foutue perte de temps, proclama-t-il. C'était facile, pour des gens qui n'habitaient pas là, d'évoquer de prétendues injustices sociales. Qu'elles soient vraies ou non, les acheteurs potentiels seraient rebutés.

Chris demanda naïvement comment on pouvait réfuter des objections de cet ordre, et l'homme répliqua en criant que les résidents se fichaient bien de voir réfuter des objections. Ils voulaient que le projet soit abandonné, voilà tout. Un homme séduisant en veste de tweed et chemise ouverte se leva alors. Mon Dieu. C'était Caspar.

« J'aimerais faire une observation, plutôt que poser une question, dit-il en clignant des yeux derrière ses lunettes cerclées de métal. Je me demande s'il ne conviendrait pas, pour les personnes présentes, d'imaginer plutôt, comme une sorte d'exercice de réflexion, qu'il s'agisse en fait d'un centre destiné à être construit dans une ville britannique complètement différente. Approuverions-nous ce projet s'il ne comportait pas d'enjeu personnel pour nous ?

— Vous, fermez-la, beugla le type des valeurs immobilières à un Caspar sidéré. Pourquoi croyez-vous que nous sommes là ? S'ils veulent construire des centres pour ces gens dont personne ne veut, pourquoi ne le font-ils pas sur un site industriel ou dans une usine désaffectée ?

— Et pourquoi pas dans un ancien asile de fous de l'époque victorienne ? » rétorqua Caspar.

« Est-ce qu'on n'est pas censé mettre de la viande crue sur des trucs pareils ? demanda Caspar. Ouille ! »

Il se crispa tandis que je lui tamponnais l'œil avec du coton.

« Il faut d'abord que je nettoie la plaie. De toute façon, je n'ai pas de viande crue. Tout ce que j'ai, ce sont des saucisses au congélateur.

— Nous pourrions les manger, suggéra Caspar, plein d'espoir ; puis il se contracta une nouvelle fois. Croyez-vous qu'il reste des fragments de verre dans la blessure ?

— Je ne le pense pas. Le verre s'est brisé en très peu de morceaux. C'est la monture qui vous a coupé. Et le coup de poing de ce type, bien sûr. Et puis-je dire une dernière fois que je suis vraiment très, très désolée de ce qui est arrivé ? Je considère que c'est entièrement ma faute.

— Pas entièrement. »

Nous étions revenus chez moi. Paul Stephen Avery, de Grandison Road, avait été emmené par deux policiers de stature imposante, et le meeting avait sombré dans la confusion. Caspar avait refusé qu'on lui prodigue les premiers soins, mais il s'était trouvé dans l'incapacité de prendre le volant pour rentrer chez lui, car ses lunettes étaient cassées. J'avais donc hissé mon vélo à l'arrière de sa voiture et je l'avais ramené chez moi, où j'avais insisté pour m'occuper de son œil.

« J'avais cru comprendre que vous ne croyiez pas aux débats intellectuels, observai-je tandis qu'il se contractait encore. Désolée, j'essaie de procéder aussi délicatement que possible.

— Théoriquement, je n'y crois pas. Je voulais juste vous voir en action, mais, pendant que ce type parlait, j'ai brusquement songé au modèle sur lequel se fondait la *Théorie de la Justice* de Rawl, et j'ai estimé de mon devoir d'intervenir. En un sens, ça a peut-être été salutaire. Vous savez, on rêve parfois que, si un linguiste philosophe s'était trouvé là à certains moments cruciaux de l'histoire pour s'assurer que la terminologie des parties en présence était cohérente, le monde serait sans doute devenu meilleur qu'il n'est. Et il n'est peut-être pas mauvais de recevoir de temps en temps un coup de poing dans la figure. Vous croyez que j'aurai un œil au beurre noir ?

— Sans aucun doute.

— Vous avez une glace ? »

Je tendis à Caspar un petit miroir que je rangeais dans mon armoire à pharmacie. Il s'examina d'un air impressionné.

« Stupéfiant. Dommage que je n'aie pas cours avant mardi. Ils auraient été épatés.

— Ne vous inquiétez pas. Cet œil au beurre noir va vieillir comme un bon vin. Il sera encore plus spectaculaire la semaine prochaine.

— Tant que cela n'effraie pas Fanny. Et à ce propos…

— Je vais vous déposer. Avec votre voiture. Ne vous en faites pas, j'ai laissé mon vélo dedans. »

22

« Et pour toi, Jane, qu'est-ce que ce sera ? » demanda Alan, en me fixant par-dessus ses lunettes en demi-lune.

Passage à vide caractéristique.

« Je n'ai pas encore décidé. Paul n'a qu'à commencer.

— Paul ?

— J'ai toujours ce problème existentiel avec les menus, tu sais. Je n'arrive jamais à me décider sur un plat en particulier.

— Oh, pour l'amour du ciel, explosa Alan. Eh bien, ce sera du saumon fumé pour tout le monde en entrée ! Des objections ? Bon. Puis je prendrai un *steak and kidney pie*. Je vous le recommande, si vous aimez les bons petits plats traditionnels.

— D'accord pour moi, dit Paul d'un air indécis.

— Jane ?

— Je n'ai pas vraiment faim. Je prendrai juste une salade. »

Alan se tourna vers le garçon.

« Vous avez noté ? De l'herbe à lapins pour cette jeune personne. Et dites à Grimley que nous prendrons une bouteille de mon blanc et une bouteille de mon rouge habituels, et que je commencerai par un bloody mary bien tassé. Les deux autres voudront sans doute une eau minérale étrangère hors de prix.

— Mettez-moi un autre bloody mary, décidai-je sur une impulsion.

— Bravo, Jane. »

Alan rendit le menu au garçon, ôta ses lunettes et se carra dans son fauteuil.

« De la salade, répéta-t-il avec horreur. Voilà le genre de choses qui a exclu les femmes de ce foutu club pendant si longtemps. »

Cette salle à manger pompeuse et fatiguée au sud de Piccadilly Circus, avec ses toiles de maître de troisième catégorie, son architecture vieillotte, ses rideaux passés, sa fumée, son bavardage viril, c'était le repaire d'Alan : le Blades, le club auquel il appartenait depuis plus de trente ans. Aujourd'hui il semblait mal à l'aise, irritable et déprimé, et ni Paul ni moi ne me paraissions en état de le sortir de cette humeur. Son documentaire donnait bien du souci à Paul. Il m'avait dit en descendant Lower Regent Street qu'Alan était la clé de voûte de l'ensemble, l'élément qu'il ne pouvait pas se permettre de rater, mais qu'il ne savait pas trop comment s'y prendre. Assise là à fumer des cigarettes que j'allumais à la chaîne, j'avais l'impression de regarder un pêcheur néophyte agiter une mouche sous le nez d'un vieux saumon. Et moi ? Que pouvais-je pour Alan en ce moment ? Les bloody mary et l'eau minérale arrivèrent. Alan but une longue rasade.

« Comment s'est passé ce déjeuner avec ton éditeur ? m'enquis-je.

— Une jolie perte de temps, répondit Alan. Me croiras-tu si je te dis que le déjeuner a toujours été mon moment préféré de la journée ? Quand Frank Mason s'occupait de mes livres, nous y passions trois ou quatre heures d'affilée. Un jour, nous y sommes restés si longtemps que nous avons directement enchaîné sur le dîner, dans le même restaurant. Hier, j'ai rencontré ce nouvel éditeur, une demoiselle, Amy. Mademoiselle s'habille en homme. Mademoiselle boit de l'eau, et se contente d'une entrée. J'allais lui sortir le grand jeu : gin tonic pour commencer, entrée, plat et dessert, deux bouteilles de vin, cognac, cigare, tout.

— Et que s'est-il passé ? demanda Paul.

— Je ne l'ai pas fait. » Il haussa les épaules. « Et tu sais pourquoi ? Elle m'a trouvé rasant. Alan Martello, ce vieil ivrogne réactionnaire qui n'a rien publié depuis les années soixante-dix. Il y a vingt-cinq ans, quand je rencontrais une fille comme elle, elle voulait toujours coucher avec moi. Elles faisaient la queue pour tomber dans mon lit. Maintenant, elles cherchent à abréger au maximum leurs déjeuners avec moi. À deux heures et quart, elle était au bureau. »

Je bus une gorgée de mon bloody mary, où l'âcreté de la vodka perçait sous le velouté de la tomate.

« Et Martha, elle en pensait quoi de ces longues files de filles excitées ? demandai-je.

— Cette chère Jane, toujours à se préoccuper des sentiments des autres. À vouloir que tout se déroule sans anicroches. La réponse, c'est que Martha et moi avons fait notre chemin cahin-caha, comme la plupart des gens.

— Ça lui était égal ? »

Alan haussa les épaules.

« Elle comprenait.

— Au fait, comment va-t-elle ?

— Oh, ça va, répondit-il d'un air absent. Son traitement la fatigue un peu, c'est tout. Elle ira mieux quand ce sera fini. Ce sont ces foutus docteurs qui l'enquiquinent. »

J'éprouvai un élan d'émotion devant ce bonhomme célèbre et vantard qui se racontait des histoires, avec sa barbe tachée et sa trogne rougeoyante, et ce roman auquel il travaillait depuis que nous étions enfants. Cet homme qui ne voulait pas penser à sa femme mourante, qui ne voulait pas être auprès d'elle. Mais quelle émotion ?

« J'ai beaucoup songé à Natalie, dernièrement », dis-je.

Alan fit signe au garçon et commanda deux autres bloody mary. Je ne pris pas la peine de protester.

« Je sais, dit Alan quand le serveur se fut éloigné. Et j'ai appris que tu voyais un de ces médecins de la tête. C'était un peu trop pour toi, tout ça, hein ?

— Oui, je crois en effet.

— Et puis tu es là à fourrer ton nez partout. Qu'est-ce que tu fricotes ? Tu cherches à découvrir qui a tué ma fille ?

— Je ne sais pas. J'essaie de trier des choses dans ma tête.

— Et toi, Paul, avec ton film ! Vous n'avez donc pas une famille à vous pour faire les imbéciles, tous les deux ? »

La vodka commençait à faire son effet. Je connaissais cette humeur. Il allait nous harceler, tâter nos points faibles, chercher à nous faire exploser. Je coulai un regard vers Paul, qui me sourit en retour. Nous étions de taille à l'affronter, et d'ailleurs il n'avait plus rien à voir avec l'ancien Alan, séducteur et dominateur. Il se contenta de pignocher son saumon fumé, mais son visage s'éclaira quand le *steak and kidney pie* arriva dans son assiette, et quand le vin épais et lourd coula dans son verre.

« De la salade, pff ! », dit-il en nouant sa serviette autour de son cou comme un enfant.

Je connais les vieilles photos d'Alan, le jeune homme en colère, et au début des années cinquante il avait un physique svelte et austère. À présent, il était gras et sanguin. Son nez boursouflé de veines rouges témoignait de décennies d'excès. Mais il y avait toujours ce regard bleu si vif, enjôleur et impérieux, qui retenait les gens, surtout les femmes. Aujourd'hui encore je comprenais comment ce regard avait pu fasciner et provoquer chez elles le désir de coucher avec lui.

« Avec combien de femmes as-tu couché, Alan ? »

Je n'arrivais pas à croire que j'avais vraiment dit ça, et j'attendis, presque terrorisée, de voir ce qu'il répondrait. À ma surprise, il rit.

« Et toi, avec combien d'hommes as-tu couché ?

— Je le dirai si tu le dis.

— D'accord. Vas-y. »

Bon Dieu, je l'avais bien cherché.

« Pas beaucoup, je le crains. À peu près sept, ou peut-être huit.

— Dont un bon quart étaient mes fils. »

Je piquai un fard. Même mes doigts de pieds devaient être écarlates, sous leurs épaisseurs de cuir et de coton.

« Et toi, alors ?

— Et Paul, il ne va pas nous le dire ? »

Paul parut sincèrement alarmé.

« Je n'ai rien promis, bafouilla-t-il.

— Allons, ne sois pas timide. Toi qui veux entendre tout le monde dégoiser sur sa vie intime dans ta connerie de documentaire télé.

— Mais enfin, Alan, c'est tellement puéril ! Si tu veux vraiment le savoir, j'ai dû faire l'amour avec environ treize femmes, peut-être quinze. Tu es content ?

— Alors c'est moi qui gagne, proclama Alan. Je dirais que j'ai dû coucher avec une bonne centaine de femmes, disons un peu plus de cent vingt-cinq.

— Oh, alors là bravo, Alan, dis-je de ma voix la plus sèche. Surtout avec le handicap supplémentaire d'être marié et d'avoir des enfants. »

Alan avait bien entamé son bordeaux, à présent.

« Ah, la voilà, la rougissante *Hyppocrène*, dit-il en buvant longuement, puis il s'essuya la bouche avec sa serviette. Ça n'avait rien d'un handicap. Tu veux connaître un des avantages que procure le succès littéraire ? »

Paul et moi fîmes semblant de chercher. Nous savions qu'aucune réponse n'était requise.

« Les femmes, poursuivit Alan. Quand tu écris un roman à succès et que tu représentes, même à tort, la jeune génération, tu es récompensé par l'argent et la célébrité, bien sûr, mais tu attires aussi beaucoup de femmes que tu n'aurais jamais eues autrement. C'est comme ça, ajouta-t-il, en plongeant une cuillère dans la terrine chaude pour en ramener un morceau de viande. Nous sommes censés prétendre que ce genre de choses nous dégoûte, n'est-ce pas ? Le sang de la viande et les rognons avec leur arôme délicat qui rappelle vaguement l'urine. Et nous sommes censés geindre et pleurnicher sur les souffrances des animaux. Mais moi *j'aime* la viande. J'adore le foie gras. Qui se soucie du veau qui grandit dans l'obscurité ou de l'oie qu'on gave ?

— Je suis désolée, Alan, interrompis-je, mais tout ça parce que j'ai commandé une salade ? Ce n'était pas une pétition de principe. Il se trouve que, ce soir, j'ai un dîner. »

Il poursuivit comme si je n'avais rien dit.

« Quand je rencontre une femme, n'importe quelle femme, j'imagine comment elle doit être au lit. Tous les hommes le font, mais la plupart n'osent pas passer à l'acte. Moi, si. Quand je rencontrais une femme qui me plaisait, je lui proposais de coucher avec moi. Elles acceptaient presque toujours. »

Il engouffra une énorme cuillerée de *pie* dans sa bouche, et mastiqua vigoureusement.

« Ce ne sont pas des choses à dire, non ?

— N'importe quelle femme ? demandai-je.

— Exactement.

— Comme Chrissie Pilkington ?

— Qui ? »

La cuillère fumante s'immobilisa à mi-course. De la chair morte dans de la graisse. Le front d'Alan se creusait dans l'effort qu'il produisait pour se souvenir.

« Tu ne te rappelles pas tous les noms ?

— Bien sûr que non.

— C'était une amie de classe de Natalie. De longs cheveux blond pâle, comme un modèle dans un tableau préraphaélite. Des taches de rousseur. De petits seins. Grande. Quinze ans.

— Ah, oui, je me souviens, dit Alan avec nostalgie. Elle devait avoir seize ans, non ? ajouta-t-il avec une note de prudence.

— Les filles sont très belles à cet âge-là, tu ne trouves pas ?

— Si. »

Il paraissait inquiet. Il aimait bien être aux commandes dans les conversations. Et il se demandait où celle-ci allait le mener.

« Elles ont la peau lisse et la chair ferme, surtout les seins.

— C'est vrai.

— Et elles exercent une attirance sexuelle très particulière. Je m'en rendais compte même avec les filles que Jerome et Robert amenaient à la maison. Elles sont encore un peu comme des enfants, mais avec des corps adultes. Je parie qu'elles sont très dociles au lit, et pleines d'ardeur. Et je parie qu'elles acceptent de faire pratiquement n'importe quoi et qu'elles disent merci. Je me trompe ?

— Quelquefois, c'est vrai, dit Alan avec un rire gêné. Mais c'est vieux, tout ça. »

Paul aussi semblait mal à l'aise. Il se demandait dans quelle guerre intime il s'était laissé entraîner, et comment il devait réagir.

« C'était vraiment parfait, non ? En 1969 les petites filles prenaient la pilule, et tout à coup il n'était plus question d'adultère ni de viol, mais de libération sexuelle. Malheureusement, ça ne marchait pas toujours. Comme avec Chrissie. Natalie a découvert le pot aux roses, et elle l'a dit à Martha. Et pour une fois Martha ne s'est pas fâchée ni rien. Elle a eu une liaison avec mon père. Qu'est-ce que ça t'a fait ?

— Quoi ? » balbutia Paul, profondément choqué.

Alan avait terminé son *steak and kidney pie*. Il racla bruyamment les dernières traces de sauce dans la terrine et lécha sa cuillère. Il prétendait toujours que ce besoin de saucer jusqu'à la dernière particule de nourriture était un héritage de la guerre. Il ne pouvait plus prolonger ses tirades comme autrefois, et il paraissait las.

« J'ai trouvé ça pathétique, dit-il. Si Martha voulait s'envoyer en l'air avec quelqu'un… »

Il ne criait pas, mais il parlait assez fort pour que deux ou trois convives en complet rayé tournent la tête, aux tables voisines. Ah, c'était encore cette espèce d'écrivain qui faisait un scandale.

« Si elle voulait s'envoyer en l'air, elle aurait mieux fait d'aller chercher un bon coup, un vrai. Au lieu de ça, elle a voulu faire un geste, et c'est ton pauvre père qu'elle est allée séduire. Je ne pense pas que ta mère s'en soit jamais remise. Je trouve que Martha a agi de façon méprisable. »

Paul avait enfoui sa tête dans ses mains.

« Sans compter, repris-je, que Natalie menaçait la famille, ce magnifique univers protégé que tu avais construit entre les Martello et les Crane. Et tout ça histoire de marquer une imbécillité de point. J'aurais été très fâché, si j'avais été toi.

— Mais ça m'a beaucoup fâché, répondit-il, d'une voix maintenant assourdie.

— Alors qu'est-ce que tu as fait, Alan ? »

Il posa délicatement sa cuillère dans la terrine.

« Je crois que nous avons suffisamment parlé de sexe pour un repas, marmonna-t-il.

— C'est toi qui as commencé, dis-je, mais il était trop préoccupé pour m'écouter.

— Notre famille – et je vous y inclus – était une chose merveilleuse, dit Alan. C'était terrible, de mettre tout ça en péril simplement pour me faire du mal à moi. Impardonnable. Et finalement, la seule personne qui a été blessée, c'est Felicity. As-tu jamais songé à ça, Jane ? La tendre et douce Martha, et Natalie, ta sœur spirituelle, ont porté ce coup terrible à ta mère.

— Natalie l'a chèrement payé aussi. »

Les réactions d'Alan étaient ralenties, à présent. Il avait cet air hagard d'un vieillard arraché au sommeil.

« Natalie ? C'est Martha qui a souffert, en vérité, pas Natalie.

— Tout a culminé le même été, n'est-ce pas ? Chrissie et toi, Martha et mon père, et puis Natalie. Ça va faire beaucoup de choses à raconter dans un film de soixante minutes, Paul. Tu devrais plutôt prévoir une série, non ? »

Paul écarta son assiette. Il en avait laissé la moitié.

« Qu'est-ce que tu cherches exactement, Jane ? demanda-t-il doucement.

— Et toi, Paul, qu'est-ce que tu cherches exactement ? intervint Alan, toujours prêt à jeter de l'huile sur le feu.

— Je t'aime beaucoup, Alan, je vous aime tous, et c'est ça que je veux retenir sur la pellicule.

— Nous verrons, dit Alan d'une voix lasse. Dépêche-toi, Jane. Nous voulons notre dessert. »

Je poussai un quartier de tomate défraîchi avec ma fourchette. La seule pensée de manger quelque chose me donnait envie de vomir.

23

L'eau dans l'évier était nappée d'une écume de graisse d'oie brune. (« Pourquoi tu fais une oie ? » avait protesté Robert, comme s'il avait onze ans. On mange *toujours* de la dinde à Noël ! ») J'ôtai la bonde, j'enlevai les assiettes grasses, et les empilai proprement sur le côté. Des bouts de chou rouge et des mégots – les miens, sans doute – se mélangeaient au fond de l'évier avec tout un arsenal de couverts. Je ramassai les résidus, remis la bonde et remplis l'évier d'eau chaude bien savonneuse. Puis je retournai dans la salle à manger pour évaluer les dégâts.

Il restait une chaise renversée, là où Jerome l'avait jetée avant de claquer la porte (« Merde, maman, là tu vas trop loin ! ») en entraînant Hana qui oscillait gracieusement sur ses fins talons noirs. Je la redressai, et m'y assis lourdement. Coulant au milieu de la table, des bougies projetaient une lueur vacillante sur les débris. Les restes renversés d'un pudding de Noël, à peu près aussi appétissants qu'un ballon de football crevé, gisaient au milieu d'une jonchée de verres sales et de bouteilles vides. Combien avions-nous donc bu ? Pas assez – pas assez pour brouiller la mémoire, et de toute façon tout sans exception avait été filmé par l'équipe de télévision.

Je ramassai une couronne en papier vert et me la posai sur la tête, puis j'allumai une cigarette. C'était agréable, de me retrouver seule. Tout en fumant, lentement, je rassemblai les crackers de Noël vides et les jetai dans le feu rougeoyant, qui flamboya brièvement en pétaradant, puis reprit son aspect de braise pailletée d'or. Une des blagues vaseuses des crackers me revint à l'esprit, avec les rires de Kim – en longue robe jaune moulante – et d'Erica – en violet tapageur. Elles avaient gloussé pratiquement toute la soirée, alliées inattendues et fofolles dans leurs tenues trop habillées, absurdes. Elles avaient ri de toutes ces blagues, et d'Andreas, qui réprouvait manifestement Erica et cette Kim nouvelle façon ; de la solennité de metteur en scène que Paul affectait ; et aussi des caméras. Elles s'étaient assises de part et d'autre de mon père (qui se refrénait à mesure que les autres s'excitaient) et avaient outrancièrement flirté avec lui, parvenant enfin à lui arracher des demi-sourires réticents, un père charmé par leur folie juvénile.

J'écrasai ma cigarette et emportai les verres à la cuisine. Je lavai la vaisselle et les couteaux. Je les rinçai. Silence exquis. Que de cris il y avait eus : Paul attaquant Erica – « Tu veux me faire rater mon film ? » – ; Andreas réprimandant Kim – « Tu as suffisamment bu » –, qui répliquait : « Lâche-moi, espèce de vieux con ; c'est Noël et je ne suis pas de garde » ; Jerome accusant Robert – « Si tu ne peux pas être poli avec Hana, tire-toi » – ; Robert m'envoyant un : « Toujours à vouloir nous imposer d'être une famille heureuse et unie ? », etc. Papa n'avait pas crié, mais en fait il n'avait guère desserré les dents. Claude n'avait pas crié non plus, mais il m'avait suivie à la cuisine pour m'attaquer d'une voix sifflante : « Qui c'est, ce Caspar ? » Quant à moi, je n'avais pas crié, jusqu'au moment où le cameraman, reculant pour effectuer une longue prise sur Erica et Kim qui chantaient *Ô douce nuit de Bethléem*, avait heurté ma précieuse carafe en verre vert et l'avait fait tomber par terre.

Les assiettes étaient lavées et disposées sur l'égouttoir en une étincelante rangée blanche. Les verres, de même. Je pris un plateau chargé d'objets disparates (des allumettes, un jeu de clés, un trombone, un stylo, un dé, un coupe-papier, une boucle d'oreille, un coquelicot de commémoration, un tournevis, un pion noir de jeu d'échecs) et cillai au souvenir que cela m'évoqua. Oh mon Dieu, nous avions joué au Jeu de la mémoire. C'était Claude qui avait tout organisé, bien sûr, expliquant les règles à un groupe à moitié ivre. (« Il faut mémoriser ce qu'il y a sur ce plateau, puis je le couvre, et vous devez noter tout ce dont vous arrivez à vous souvenir ; ensuite on dévoile le plateau, et on voit qui s'est rappelé le plus d'objets. ») C'était un jeu auquel nous avions beaucoup joué étant enfants. L'un des objets disposés sur le plateau, narguant une société soudain dégrisée, fut une photo de Claude et de moi avec les garçons, prise des années auparavant (par qui ? je ne m'en souvenais plus). Une famille souriante, liée. C'est à ce moment-là que Jerome avait jeté sa chaise par terre.

Je me versai une rasade de porto et m'allumai une dernière cigarette. Le reste du fouillis pourrait attendre demain. J'ôtai mes chaussures… mes boucles d'oreilles, je bâillai… me mis à rire en revoyant soudain Kim et Erica. Le téléphone sonna.

« Allô. » Qui pouvait appeler à cette heure de la nuit ?

« M'man. » C'était Jerome, un Jerome encore fâché. « Ne refais plus jamais ça.

— Tu veux dire que tu ne t'es pas amusé ? Quel dommage – j'envisageais de nous réunir à nouveau tous pour le réveillon du Nouvel An. »

« C'est exactement ce qu'il me fallait. »

J'étais étendue au bord d'une eau verte, avec des palmiers et des plantes grasses tout autour, en gros peignoir de tissu éponge blanc. Nous buvions du jus de mangue, et je me sentais plus détendue que je ne l'avais été depuis bien longtemps. Mes muscles s'étaient dénoués, mes articulations assouplies, ma peau adoucie, et une douce lumière verte dansait devant mes yeux. Le soleil d'hiver, qui traversait en biais les hautes baies vitrées, venait caresser mes jambes nues. La salle résonnait doucement du murmures bas des femmes, véritable harem sans maître. Je sentais mon cœur battre doucement, pulsation réconfortante. Bientôt j'allais nager, puis me faire masser. Et puis je m'étendrais à nouveau, je feuilletterais d'un doigt paresseux des magazines féminins, pleins de publicités pour des lotions solaires et des rouges à lèvres brillants.

Kim m'avait appelée la veille au soir, à un moment où je me sentais particulièrement triste et abattue. Elle avait acheté deux billets pour le Couvent, un centre de remise en forme exclusivement réservé aux femmes, et elle ne me demandait pas mais exigeait que je vienne y passer la journée avec elle. J'avais protesté, mais faiblement et, au son de sa voix si simple et si familière, mes yeux s'étaient remplis de larmes. J'avais eu l'impression de me laisser enfin aller, comme si toutes mes coutures avaient craqué en même temps.

À peine avais-je raccroché que le téléphone se remettait à sonner. C'était Catherine, qui m'appelait d'une cabine. Paul était venu leur rendre visite, disait-elle, et maintenant il se disputait avec Peggy, sans même se préoccuper de baisser le ton. C'était affreux, affreux, comme dans les derniers jours avant le départ définitif de Paul. Ils criaient tous les deux, et il était question de Natalie, et elle me suppliait de lui dire de quoi il s'agissait. J'étais bien en peine de le faire, car je l'ignorais. Je me contentai donc de quelques banalités sur Paul et Peggy qui l'aimaient beaucoup et qu'il ne fallait jamais oublier cela, puis je me rendis compte que je lui parlais comme si elle avait six ans, et je m'interrompis. Mais au lieu de se braquer, Catherine se mit à sangloter bruyamment. Je l'imaginai, avec son beau corps svelte adossé à la cabine crasseuse, essuyant ses larmes avec son T-shirt noir, et ses coudes anguleux glacés dans l'air hivernal. Je balbutiai quelque chose, et ses sanglots redoublèrent. La communication s'interrompit à un moment où elle reniflait.

Quand Robert et Jerome étaient petits, il était si facile de les consoler. Maintenant encore, je me rappelais très clairement comme je serrais contre moi leurs petits corps roulés en boule, la tête nichée dans mon cou, mon menton posé sur leur crâne, leurs jambes farouchement nouées autour de ma taille : comme je leur chantonnais des paroles sans suite en essuyant les larmes sur leurs joues rougies… Mon petit amour… ce n'est pas grave… Maman va tout arranger… Voilà, mon chaton, là, tout va bien… Ne t'inquiète pas, là, ne t'inquiète pas… Maman est là, mon trésor… mon chaton adoré.

Puis, peu à peu, ils avaient cessé de rechercher mon contact. Un jour, je m'étais rendu compte qu'ils ne venaient plus faire de câlins au lit avec moi le matin, qu'ils fermaient la porte de la salle de bains. Quand ça n'allait pas, ils s'enfermaient dans leurs chambres, et je devais me retenir de les y suivre pour leur dire que maman allait tout arranger. À l'époque où Robert se faisait brutaliser à l'école, et qu'il allait et venait dans un brouillard de honte, c'est seulement en entendant un petit garçon le traiter de poule mouillée en lui flanquant son poing dans le ventre que je compris ce qui se passait ; quand Jerome eut son premier béguin et qu'il cousit d'absurdes cœurs en feutre (si peu cool) sur ses jeans, puis qu'elle le plaqua après leur premier rendez-vous, ce qui nous obligea à passer une soirée à découdre les malheureux cœurs, il joua la complète indifférence, et ma compassion le fit tiquer ; lorsque Robert se querella avec Claude parce qu'il fumait, et qu'ils ne s'adressèrent plus la parole pendant plusieurs jours, chacun drapé dans une morgue butée, je n'aspirais qu'à les secouer, mais je me contentai de m'affairer autour d'eux, en songeant, déjà à l'époque, « mais quelle perte de temps ». Il y avait des jours où me taraudait l'envie de les étreindre, de les toucher, mes garçons, mes adorables fils – mais ils se tortillaient d'un air gêné, avec bonne humeur : pas de mélo.

Depuis le jour de leur naissance, ils ne cessaient de s'éloigner de moi. Je me souvenais de maman, juste avant sa mort, qui m'avait dit : « Le plus beau cadeau que j'aie pu t'offrir, c'était ton indépendance. Mais tu étais toujours tellement *pressée* de me quitter. » Les enfants sont toujours tellement pressés de partir. Je me souvenais de Robert, à cinq ans environ, sur la plage. Son lacet de chaussure était défait, et il pleurait parce que nous l'avions laissé derrière nous. Il restait planté là, petite silhouette trapue sur l'immensité sableuse. Je revins précipitamment sur mes pas et me penchai pour l'aider, mais il me repoussa : « Je *sais* le faire. » Ils s'exercent longtemps à devenir adultes, et puis un jour on s'aperçoit qu'ils le sont vraiment devenus. Où était passé tout ce temps ? Comment se faisait-il que je me retrouve à un âge avancé et seule, et que plus jamais je ne doive retrouver la joie enivrante de tenir un enfant sous mon menton et de lui dire : Ne t'inquiète pas, tout ira bien, je te le promets, tout ira bien.

Je m'endormis en pleurant, secouée de gros sanglots, comme si quelque chose se brisait en moi. Le matin – un grand ciel bleu glacial et des branches gelées squelettiques – j'enfilai un survêtement, j'enfournai du shampooing et *Jane Eyre* dans un sac à bandoulière, et je rejoignis Kim. Et maintenant, étendue à côté d'elle, les yeux fermés dans cet espace blanc et vert, je parlais rêveusement. Aujourd'hui, avec Kim, je pouvais dire n'importe quoi. Les paroles flottaient dans l'air entre nous, comme des petites bulles remplies d'explications. L'eau clapotait, et des reflets verts dansaient sur mes paupières closes. Mon corps était devenu eau ; mon cœur s'était dissous ; l'émotion me parcourait doucement, comme un ruisseau imaginaire.

« J'ai l'impression d'avoir des problèmes, Kim.

— À cause de Natalie ? »

Kim me tenait la main ; nous gardions les doigts entrelacés, et les bras ballants entre les chaises longues. Était-ce du désespoir que je ressentais ? Le désespoir n'avait pas à être pervers ni dur ; ce pouvait être comme un liquide chaud qui remplissait la moindre fissure de mon corps.

« Peut-être était-ce un inconnu, une tragédie du hasard.

— Oui. »

Ma voix n'était qu'un murmure.

« Luke est sans doute le suspect le plus vraisemblable, même s'il n'était pas le père de l'enfant. Peut-être l'a-t-il tuée parce qu'il savait qu'il n'était justement pas le père de l'enfant.

— Peut-être.

— Quoi qu'il en soit, ce n'est sûrement pas à toi qu'il incombe de le découvrir.

— Non, bien sûr que non.

— Tu n'as tout de même pas quelqu'un d'autre en tête, non ? Jane chérie, tu ne vas pas te ridiculiser. »

Nous restâmes un moment en silence. J'avais toujours les yeux fermés ; la seule partie de moi qui me semblait solide était mes doigts, cramponnés à ceux de Kim.

Je me fis masser. Une femme embaumant le citron, avec des cheveux blond foncé retenus en queue-de-cheval sur la nuque, pieds nus, se tenait au-dessus de moi et labourait de ses doigts toutes mes douleurs et toutes mes fatigues. Mes dernières résistances se virent refoulées de mon corps, chassées loin de moi. Mes larmes ruisselaient sur le lit, formant une flaque contre ma joue. Je me sentais vidée.

Je repris ma voiture que j'avais garée dans le parking de St Martin's Lane – mon Dieu, quelle extravagance – et me dirigeai vers Charing Cross Road, puis bifurquai vers le nord. J'allumai la radio. Je ne voulais pas de musique. Je ne voulais pas me faire prendre au piège de mes pensées, et j'appuyai donc sur le bouton jusqu'à ce que je tombe sur une voix.

« Ce que l'Establishment somnolent qui gouverne encore ce pays n'a pas pris en compte, c'est que le bien le plus précieux au monde sera bientôt quelque chose qu'on ne peut pas tenir dans ses mains : ce n'est ni le pétrole ni même l'or, mais l'information. »

« Oh, merde », m'écriai-je, à l'abri dans ma voiture.

« Les implications de cette nouvelle donnée sont presque infinies, mais permettez-moi de souligner deux éléments en particulier. Premièrement, c'est un processus irréversible, et rien ne pourra en prendre le contrôle, aucune législation, aucune administration nationale. Deuxièmement, l'organisation qui se trouvera exclue de ce monde de l'information restera à la traîne et finira par s'éteindre. »

« Bon Dieu de bon Dieu de merde ! »

La voix cavalière d'un présentateur demanda si « Theo » serait en mesure de donner un exemple.

« Très bien, prenez l'une de nos institutions les plus respectées, la police. Disons simplement que si vous deviez créer aujourd'hui une organisation pour effectuer le même travail, ce que vous feriez n'aurait certainement rien à voir avec ce que nous connaissons aujourd'hui. C'est le type même de la structure mal dirigée et lourde en personnel, qui coûte chaque année plus cher pour des résultats chaque année moins bons, et l'une des principales raisons de cette situation est que son rôle se fonde sur un mythe. Une police efficace, c'est une affaire de gestion rationnelle du personnel et de l'information.

— Et que faites-vous du *bobby* de service ?

— Cette seule idée est une plaisanterie. Si nous voulons avoir des gens qui arpentent le trottoir sans rien faire, prenons des retraités, qui le feront pour une livre de l'heure.

— Nous allons maintenant marquer une pause. Vous êtes sur Capital Radio, et notre invité est le Dr Theo Martello pour son nouveau livre, *Le cordon de la communication.* »

J'étais sur Tottenham Court Road, et je me rendis compte avec amusement que j'allais passer devant Capital Tower. Je traversai Euston Road et, sur une impulsion, je m'engageai dans Hampstead Road et me garai devant le magasin de surplus militaire. Je restai un moment dans la voiture à écouter Theo chanter l'effondrement des frontières et des institutions, la fin de l'État, de l'action sociale, de l'impôt sur le revenu, et de presque tout. Enfin, le présentateur appela une dernière fois ses auditeurs à se procurer le livre, et l'émission s'acheva. Je descendis de voiture, traversai la rue et me postai à quelques mètres de l'entrée de Capital Tower.

Theo ne me remarqua pas tout de suite. Il arborait son uniforme d'homme d'affaires, un complet aux revers si hauts et si laids qu'il devait être très à la mode et très cher. Il portait un attaché-case de la taille d'un magazine, et le soleil froid de l'hiver faisait luire son crâne sous ses cheveux très courts.

« J'vous porte votre sac, m'sieur ? » demandai-je d'une voix enjouée.

Il sursauta.

« Qu'est-ce que c'est ? demanda-t-il. Je suis à *Surprise sur prise*, ou quoi ?

— Non. Je t'ai entendu à la radio, et je me suis rendu compte que je passais justement par ici. »

Il rit.

« Très bien. Ravi de te voir, Jane.

— Je peux te déposer quelque part ?

— Est-ce que Bush House est sur ton chemin ?

— Non, mais je t'y dépose. »

Theo dit au taxi qui l'attendait de s'en aller, et nous partîmes dans ma voiture.

« Comment peux-tu te contenter d'un attaché-case aussi petit ? Je ne me déplace qu'avec de grands sacs pleins de papiers, que je bourre dans mes sacoches de vélo. »

Theo secoua la tête.

« C'est de la place perdue, en fait. Dans cinq ans, j'aurai quelque chose grand comme une carte de crédit, et pas plus lourd.

— Je perds sans arrêt ma carte de crédit.

— Je crains que la révolution de l'information n'ait encore rien trouvé pour remplacer ta cervelle, ma chère. Tu prends à gauche, puis à droite.

— Je connais le chemin, répliquai-je, irritée. Tu n'as pas été très gentil pour nos braves agents, non ?

— C'est le genre de chose qui réveille un peu les gens, tu ne crois pas ? »

Il y eut un bref silence et j'attendis, espérant que Theo ne changerait pas de sujet, mais n'osant pas plonger.

« Theo, qu'est-ce que tu fabriques avec Helen Auster ? »

Il n'y eut aucune réaction, mais le silence se prolongea un peu trop.

« Comment ça ?

— Oh, écoute, Theo, je ne suis pas aveugle. »

Je vis ses mains se crisper sur son attaché-case.

« C'est l'uniforme, vois-tu... les femmes en uniforme ont quelque chose de très particulier.

— Helen Auster ne porte pas d'uniforme.

— Pas littéralement, mais elle porte un uniforme métaphorique. Il y a quelque chose de très érotique à faire ployer et à conquérir les symboles d'autorité. »

Je ne savais plus par où commencer.

« Theo, cette femme est chargée de l'enquête sur le meurtre de ta sœur.

— Oh, arrête, Jane. Personne ne va résoudre le meurtre de Natalie. Cette enquête est une farce. Il n'existe aucune preuve. Il ne va rien se passer.

— Est-ce que j'aurais manqué un épisode, Theo ? Je croyais que tu étais marié. Que devient Frances dans tout ça ? »

Theo tourna vers moi un sourire plein d'aplomb.

« Qu'est-ce que tu veux que je te dise ? Que ma femme ne me comprend pas ? Nous ne sommes pas à une soirée-débat.

— Et Helen Auster. Elle n'est pas mariée, elle aussi ?

— Au directeur du supermarché, oui. Ça n'a pas l'air de la gêner. »

Je lui jetai un coup d'œil. Un soupçon de sourire sur ses lèvres semblait me défier, me provoquer même.

« Helen est une femme passionnée, Jane. Sans aucune inhibition, pourvu qu'on l'encourage un peu.

— Est-ce que tu vas quitter Frances ?

— Non, c'est juste un divertissement. »

Cela avait été horriblement facile. J'avais la nausée, mais je ne pouvais plus m'empêcher de continuer.

« J'ai vu Chrissie Pilkington, l'autre jour. Enfin, elle ne s'appelle plus Pilkington.

— Oui ?

— Elle a mentionné ton nom.

— De quoi s'agit-il exactement ?

— C'était une de tes anciennes conquêtes, non ? Quand ton père en a eu fini avec elle.

— Ça n'a pas duré. » Il se tut un instant. « Tu te sens bien, Jane ?

— Comment ça ?

— Tu veux vraiment savoir ce que je veux dire ? dit Theo, fâché maintenant, pour la première fois. J'essaie de me rappeler qui était ma conquête – comme tu le dis si bien – après Chrissie ? Hein, qui ça pouvait bien être ? »

Il jeta un coup d'œil nerveux autour de lui. Nous étions complètement bloqués dans Gower Street.

« Je vais continuer à pied, ou bien je prendrai un taxi. Merci pour le détour. »

Il ouvrit la portière, sortit et s'éloigna d'un pas rapide. Je restai dans l'embouteillage, furieuse, honteuse.

24

J'étais dans mon bain quand le téléphone sonna. J'arrêtai le robinet d'eau chaude avec mon doigt de pied, je me replongeai dans la mousse, et je tendis l'oreille. J'avais oublié de brancher le répondeur. Fallait-il m'embêter à répondre ? Si je sortais maintenant du bain, la sonnerie s'arrêterait avant que j'arrive à décrocher. Mais elle insistait. Je m'arrachai à l'eau, qui semblait soudain irrésistible, j'enveloppai mon corps fumant d'une serviette et je courus dans la chambre.

« Allô.

— Jane, c'est Fred.

— Fred ? Ça fait des siècles…

— C'est Martha, Jane. Elle s'en va.

— Elle s'en va ?

— Elle est en train de mourir. Elle part très vite. Elle veut te voir. Elle m'a demandé de te ramener avec moi. Je pars demain, à l'aube.

— Ne vaudrait-il pas mieux partir tout de suite ?

— Je ne suis pas vraiment prêt, je le crains. » J'entendis sa voix pâteuse. « De toute façon, elle dort.

— D'accord, Fred. À quelle heure ?

— Je passe te prendre vers cinq heures, pour éviter la circulation et arriver à huit heures. C'est le matin qu'elle est le mieux. Elle dort presque tout l'après-midi. »

J'avais fait ce trajet trop souvent, dernièrement : pour la chasse aux champignons, pour l'enterrement, pour ma confrontation ratée avec Martha, puis avec Chrissie. Fred avait bu – mais était-ce la nuit dernière ou ce matin ? Je proposai de prendre le volant, mais il refusa d'un geste. Nous roulâmes sans un mot dans le petit matin encore noir, dans le silence moelleux de sa voiture de fonction. Lynn lui avait préparé une Thermos de bon café noir et quelques sandwichs, coupés en triangles bien nets et finement tartinés de confiture de prunes. Je refusai les sandwichs, mais j'acceptai le café. Alfred ouvrit sa vitre lorsque j'allumai une cigarette. Je glissai dans le magnétophone l'une des cassettes que j'apportais pour Martha : une mélodie de Grieg, claire et pure, emplit la voiture.

À l'approche de Birmingham, je commençai à évoquer quelques souvenirs :

« Tu te souviens comme elle chantait pour nous ? Au dîner, ou bien en promenade, elle se mettait soudain à chanter ; pas juste à fredonner, ou à entonner quelque chose pour que nous reprenions tous en chœur, mais à chanter, vraiment. »

Alfred se contenta de grogner. Évidemment, il s'en souvenait. Mais j'étais lancée.

« Ou comment elle montait ce vieux vélo, bien droite sur la selle, avec les cheveux qui volaient au vent. Ça nous faisait tous rire, mais elle arrivait toujours la première au sommet. Ou encore ses croquis à toute vitesse. Nous jouions ensemble sans même savoir qu'elle était là, et puis elle nous montrait ses dessins. Il y en avait de merveilleux. Je me demande ce qu'ils sont devenus. J'aimerais bien en avoir un.

— J'ai ce souvenir très précis d'elle assise dans la serre. » Alfred avait la voix rauque, et les yeux fixés sur la route. « Tous les matins elle allait dans la serre, et elle se perchait sur ce tabouret. Quand nous nous levions, le matin, elle était souvent là, parfaitement immobile, les yeux rivés sur le jardin, comme une sentinelle. J'ai toujours trouvé ça étrangement rassurant. Quoi qu'il arrive, maman montait la garde sur notre petite portion du monde. Prends encore un peu de café.

— Merci. Tu permets que je fume encore une cigarette ?

— Vas-y. »

Nous quittâmes l'autoroute, et suivîmes les panneaux indiquant Bromsgrove.

« Alfred, pour Natalie…

— Non. » Sa voix était dure, comme le crissement d'un frein.

« Je voulais juste te demander…

— J'ai dit non, Jane. Après Martha. Attends. »

La chambre de Martha était pleine de fleurs et de chocolats, comme une salle d'hôpital.

« C'est extraordinaire comme les gens croient que quand on vieillit, ou quand on tombe malade, on aime les choses sucrées », dit-elle en riant.

Elle me remercia pour mes cassettes, et Alfred lui donna les dessins que ses enfants avaient faits pour elle. Elle les examina tous attentivement, puis les posa soigneusement sur la table, à côté de son lit. Assis à son chevet, nous fûmes épouvantés par la maigreur de son visage. Son corps troublait à peine la surface du drap, et ses doigts gisaient comme cinq os blanchis sur les couvertures. Il y eut un silence embarrassé, tandis que nous tentions de trouver un sujet de conversation qui convienne à la situation, devant quelqu'un qui allait mourir.

« Et puis c'est drôle, poursuivit-elle, qu'au moment où parler serait le plus important – comme maintenant, où je vais mourir – ça semble pourtant presque impossible. Ou embarrassant. Regarde-toi, Alfred, tu allais m'interroger sur le jardin, ou le temps, ou quelque chose du même acabit, non ? Et pourtant, tu ne me reverras peut-être plus jamais.

— Maman », dit Fred. Il était choquant d'entendre un mot aussi puéril, aussi confiant, dans la bouche d'un homme adulte. Je baissai les yeux vers mes mains nouées sur mes genoux.

« Fred, mon ange, si tu allais voir Alan ? Il doit tourner en rond quelque part dans le jardin. Je veux parler seule à seule avec Jane. Et ensuite ce sera avec toi. Tu veux bien ? »

Lorsque nous fûmes seules, Martha commença :

« J'ai eu tout le temps de m'habituer à mourir, mais cela ne semble guère faciliter les choses.

— Tu as peur ?

— Je suis terrifiée, c'est plutôt ça. Je pense à ce grand trou noir qui m'attend, et j'ai l'impression que ma vie n'a pas encore eu lieu. C'est passé trop vite. Je me sens dupée, en quelque sorte. Mais je ne peux pas parler de cela avec Alan. Il ne veut parler que de ma guérison, et des vacances que nous prendrons ensuite. La moitié du temps il m'accable d'attentions, et je ne peux pas boire de l'eau sans qu'il se précipite pour m'aider à tenir mon verre. »

Elle leva une main tremblante.

« Et puis d'autres fois il me suggère de me lever et d'aller faire un tour dans le jardin. Il découpe des recettes dans des magazines et m'encourage à les essayer. Ou bien il essaie de me faire des petits plats, il m'en sert cinq fois plus que je ne peux en avaler, et il surveille combien j'en mange. Il ne veut pas entendre parler de dispositions. De vraies dispositions pour après ma mort.

— Tu veux que je fasse quelque chose ? »

Elle m'observa attentivement, comme si elle savait tout.

« Oui. Alan a toujours eu confiance en toi. Veille sur lui. Assure-toi qu'il va bien, Jane.

— Je ne suis pas sûre de pouvoir le faire, Martha.

— Si. »

Comment dit-on adieu à quelqu'un qu'on aime, quand on sait qu'on ne le reverra jamais ? Je me penchai vers Martha, et elle leva vers moi des yeux laiteux et las.

« Comme tu es belle », articulai-je en écartant une mèche blanche de son front. C'était ridicule. Je l'embrassai sur les deux joues, puis je lui posai un baiser sur les lèvres.

Et elle me dit : « Je regrette. »

Sur le chemin du retour, Fred conduisit beaucoup trop vite. Les routes étaient encombrées et il y avait du brouillard, mais nous restions sur la voie rapide, freinant quand des formes apparaissaient, et klaxonnant quand des voitures maintenaient prudemment une allure modérée. Au début il garda le silence, et j'en fus heureuse. Il écoutait la radio, d'abord les informations, et puis une pièce à laquelle je ne prêtai aucune attention. À une soixantaine de kilomètres de Londres, il déclara : « Jane, il faut que ça cesse. »

Je ne fis même pas semblant de ne pas comprendre. « Pourquoi dis-tu ça, Fred ? »

Il frappa du poing sur le volant, fit une embardée pour éviter quelque chose de mort sur la route et répondit :

« Tu ne vois donc pas que nous en avons tous par-dessus la tête de ces absurdités ? J'en ai parlé à Claude – qui, je dois le dire, se montre incroyablement compréhensif et protecteur à ton égard, étant donné les circonstances – et il m'a dit que c'était à cause de je ne sais quelle histoire de thérapie. Et j'en ai aussi parlé avec Theo. À quoi joues-tu ? »

J'ouvris la bouche pour parler, mais il n'avait pas terminé.

« Je ne vois pas en vertu de quoi tu devrais te venger, puisque c'est toi qui as quitté Claude, mais peu importe. Le fait est que nous ne pouvons plus supporter de te voir fouiller dans notre vie. Et maintenant que maman est sur le point de mourir elle aussi – tu ne peux pas laisser tomber ?

— Je ne fais rien de terrible, tu sais.

— Oh, ne me sors pas ce genre de conneries. Qu'est-ce que tu essaies de nous faire ? Laisse-nous tranquilles. Poursuis le fil de ta petite vie pépère, continue de t'examiner le nombril avec ton docteur, mais pour l'amour du ciel *fous-nous la paix.* »

Fred avait bu, bien sûr. Mais était-ce là ce qu'ils éprouvaient tous à mon égard ? Quelque chose en moi n'aspirait qu'à être pardonnée et réintégrée dans le rang. Mais il y avait autre chose qui me retenait. Le reste du parcours se déroula dans un silence morose.

Il faut que j'achète un chat, songeai-je en ouvrant la porte sur ma maison froide et silencieuse. Sans même quitter mon manteau, j'allai droit au téléphone du salon et composai le numéro de Theo. Il décrocha dès la première sonnerie.

« Theo, ici Jane.

— Bonjour, Jane. »

Il n'avait pas l'air ravi de m'entendre.

« Il fallait que je te parle. Je quitte Fred à l'instant.

— Oui, je sais, il vient de m'appeler sur son portable.

— Est-ce que tu penses la même chose, Theo ? Que je fouille dans des histoires qui ne me regardent pas ?

— Si tu me poses cette question, c'est que tu es infiniment moins intelligente que je ne l'aurais cru. Je pense que tu te conduis de manière parfaitement ridicule. »

La ligne fut coupée. Les portes de la famille Martello se refermaient sur moi.

Je jetai un coup d'œil dans ma penderie. Ma veste en gabardine grise, avec une longue jupe moulante et fendue jusqu'au genou ? Trop professionnel. Ma robe-fourreau rouge décolletée ? Trop sexy. Ma robe noire ? Trop conventionnel. Un caleçon, avec une tunique chinoise en soie d'une teinte automnale ? Trop banal. J'essayai chaque tenue, l'une après l'autre, devant la glace, et je finis par opter pour la tunique chinoise. Puis je fis couler un bain, je me lavai les cheveux et je m'habillai très lentement. Je soulignai mes paupières d'un trait vert foncé, je passai du mascara sur mes cils, et un brillant sombre sur mes lèvres. Un sourire – et un sourire anxieux me répondit dans la glace. Trop apprêté. Je plongeai un Coton-Tige dans du démaquillant et j'effaçai le trait de crayon.

Ce n'était jamais qu'un dîner, bon Dieu, pas un examen. Je brossai mes cheveux en arrière et je les relevai à l'aide d'une barrette. Je choisis des boucles d'oreilles délicates, des pendentifs en ambre, et me tamponnai les poignets à l'eau de rose. Un simple dîner, avec sept autres personnes et la fille de Caspar à l'arrière-plan – et si jamais elle me prenait en grippe ?

Fanny fit son entrée à reculons, en traînant une lourde valise. Elle se retourna et nous contempla gravement.

« Je suis une voyageuse », expliqua-t-elle. Elle s'arrêta devant mes genoux et m'observa un moment, avec les yeux gris de Caspar. « Tu es qui, toi ? »

Caspar ne manifesta aucune intention d'intervenir, et attendit simplement que je réponde.

« Je m'appelle Jane.

— Dis-moi tous les mots que tu pourras trouver qui riment avec Jane. À vos marques, prêts, partez.

— Reine, vilaine, peine, benne, veine, graine, arène, chaîne, traîne, plaine…

— Et maintenant avec Fanny. Vas-y !

— Danny, Mélanie, Stéphanie…

— Ce sont des noms. Je veux des vrais mots !

— Manie, hernie, zizanie…

— À l'école, les enfants ils disent que Fanny, ça va avec zizi. Ils chantent “Fanny a pas de zizi”. Tu trouves ça bien ?

— Tu sais, les mots, ça provoque des associations différentes pour tout le monde. Il y a des gens pour qui Fanny rime avec zizi. Mais pour moi, maintenant, Fanny c'est une petite demoiselle-voyageuse de cinq ans. Quand j'allais à l'école, les autres enfants me chantaient “Jane la Vilaine”. »

Caspar se leva, et dit à Fanny : « Allez viens, maintenant. C'est l'heure de te coucher. Nous allons lire un chapitre de *Colargol* et laisser nos invités quelques minutes tout seuls, d'accord ? Vous savez où est le vin. »

Elle tendit les bras à la verticale, et il la hissa sur ses épaules.

« Encore un peu de vin, Jane ?

— La moitié seulement. »

Je levai la main pour signifier que c'était assez, et nos doigts se touchèrent. J'en eus le souffle coupé. Mon estomac se liquéfia et mon cœur se mit à tanguer.

« Alors ? Comment avez-vous rencontré Caspar ? voulut savoir mon voisin, un certain Leonard, qui travaillait à l'hôpital des maladies tropicales et revenait d'Angola.

— J'étais assis à côté d'elle dans une réunion publique, et elle s'est mise à m'insulter, interrompit Caspar.

— Et puis il est venu à une réunion d'association de quartier à laquelle je participais, et il a reçu un coup de poing dans l'œil.

— Pour un pacifiste comme toi, observa Carrie, de l'autre côté de la table, tu te bagarres souvent, non ? Est-ce que tu n'avais pas déjà été frappé par un SDF parce que tu voulais lui donner de l'argent ?

— C'était un malentendu.

— Visiblement ! s'exclama Eric, le roux qui se rongeait les ongles. Et cette vieille dame, au supermarché, quand tu es parti avec son Caddie ? On voit encore la cicatrice, sous une bonne lumière. »

La soirée avait été délicieuse, pleine de bavardages frivoles. Les amis de Caspar m'avaient souri comme s'ils avaient déjà entendu parler de moi. De temps à autre, quand je le regardais, je le surprenais à m'observer. Quoi que je fasse, quoi que je dise, je sentais sa présence à l'autre bout de la pièce. Le bonheur me monta à la gorge, une vague brutale qui me coupa le souffle. Je bondis de mon siège.

« Mon Dieu, je ne me rendais pas compte de l'heure. Il faut que je rentre. » J'adressai un sourire à la ronde. « Ce fut une soirée délicieuse. Merci. »

Caspar me tendit mon manteau et j'y glissai les bras, en prenant grand soin de ne pas le toucher. Il ouvrit la porte, et je sortis dans l'air qui laissait présager de la neige.

« Merci, Caspar, j'ai passé une excellente soirée.

— Bonne nuit, Jane. »

Nous étions immobiles. Je crus un instant qu'il allait m'embrasser. S'il m'embrassait, j'allais l'enlacer et me fondre en lui. Mais un rire nous parvint par la porte ouverte, ainsi qu'une toux d'enfant à l'étage. Je rentrai chez moi.

« Désolée, Jane Martello est absente, mais veuillez laisser un message après le bip sonore.

— Allô, ici Paul, jeudi soir, il est, euh, dix heures et demie. J'appelle pour te dire que mon film passera le 21 février. Je serais vraiment content que tu puisses venir à la maison pour fêter ça. Et le regarder, bien sûr. Réponds-moi dès que possible. »

Comment se pouvait-il que son film soit déjà prêt ? C'est-à-dire, j'avais vu Paul aller et venir, prendre des notes et ainsi de suite, et il y avait bien eu ce Noël désastreux, certes, mais je pensais que c'était encore à l'état embryonnaire. En fait, j'avais secrètement imaginé qu'il ne passerait jamais à la télévision.

« Salut, Jane, c'est Kim. Je voulais juste m'assurer que tout allait bien. »

« C'est moi, Alan. » On aurait dit qu'il avait bu. « Rappelle-moi. »

J'avais vu juste : Alan était ivre. En parlant de Martha, il pleura au téléphone. « Oh, Jane, Jane », gémissait-il, et je frissonnai en prenant conscience de son besoin, infantile et gauche, et de ma trahison, furtive et sophistiquée.

« Elle te considère comme sa fille. » Ça n'était pas aussi simple, mais je savais ce qu'il voulait dire. Moi aussi, je la considérais comme ma presque mère.

« N'y a-t-il donc plus d'espoir, pour Claude et toi ? Elle en serait tellement heureuse. » Non, aucun espoir, absolument aucun. Martha savait que c'était terminé, sans retour.

« Plus jamais je n'écrirai, plus jamais. Je suis un vieil homme, Jane, un homme fini. »

Je pris mon paquet de cigarettes.

« Ne nous lâche pas, Jane. »

Il divaguait au sujet de Natalie – une enfant si belle, si tendre, pourquoi était-elle devenue hostile, les dernières années ? Ils avaient tout fait pour être de bons parents, non ? Qu'avaient-ils fait de mal ? Il savait qu'il avait eu des faiblesses avec les femmes, mais ça ne pouvait tout de même pas expliquer… Un jour elle lui avait craché dessus. Les souvenirs sont une chose terrible. Une chose terrible. Terrible.

25

J'appelai Caspar. J'avais pensé à lui toute la journée et, le soir, je l'appelai.

« Bonsoir, c'est Jane. Est-ce qu'on pourrait se retrouver dimanche au cimetière de Highgate ?

— Oui. À quelle heure ?

— Trois heures. Devant la tombe de George Eliot.

— Comment je vais la reconnaître ?

— Eh bien, ce sera la tombe devant laquelle je me trouverai, à trois heures.

— D'accord. Et j'aurai un exemplaire de *Daniel Deronda* à la main, à moitié lu. À moitié ouvert, pour être précis. »

Et voilà. Juste quelques mots, et c'était la conversation téléphonique la plus érotique de ma vie. Je confectionnai deux gâteaux de Savoie, trois pains complets, et un simple quatre-quarts à mettre au congélateur. Je bus quatre verres de vin, fumai huit cigarettes, écoutai du Bach aussi peu romantique que possible. Le samedi, je nettoyai la maison de fond en comble, ce qui s'appelle nettoyer, en ôtant les livres des étagères. J'accrochai quelques gravures qui traînaient depuis des mois dans mon bureau, je déchirai des affiches racornies de vieilles églises que Claude avait laissées aux murs. Je collai dans l'album les photos de l'année passée. Elles représentaient toutes des constructions, sauf une de Hana avec un chapeau cloche qui lui laissait le visage dans l'ombre. L'après-midi, j'allai m'acheter un manteau à Hampstead. J'en trouvai un pour rien du tout, et je le payai avec ma carte de crédit. J'écartai de mes pensées tout souvenir de Natalie. C'était mon week-end.

Le soir, je me préparai une salade de riz que j'avalai avec une demi-bouteille de vin qui restait de… pas si longtemps que ça. Je descendis une boîte du grenier, j'allumai une bougie et je parcourus les vieilles lettres d'amour que Claude m'avait envoyées. Elles dataient presque toutes de l'année précédant notre mariage, et de l'année suivante. Après cela, plus rien sauf une carte postale de temps en temps : « Tu me manques. » Ce qui était probablement vrai.

L'écriture était méticuleuse. L'encre avait parfois pâli. « Jane chérie, écrivait-il, tu étais ravissante dans ta robe bleue. » « Mon amour, je voudrais tant être avec toi ce soir. » La première datait d'octobre 1970 – quelques mois après la disparition de Natalie. Curieux que je l'aie oubliée : c'était une lettre gentille et raisonnable, où il me disait comment la famille serrait les rangs. « Elle reviendra, avait-il écrit, mais, bien sûr, plus jamais rien ne sera comme avant. La première partie de notre vie est terminée. » Il avait raison. Je songeai à lui dans son appartement propret, avec ses livres sur les églises et sa correspondance classée par ordre alphabétique. Je me demandai s'il espérait encore que je changerais d'avis et, s'il avait franchi la porte à cet instant-là, la veille de mon rendez-vous avec Caspar, je crois sincèrement que je l'aurais gardé. Je n'ai jamais été douée pour les séparations.

Il était à l'heure, mais Fanny aussi était là, auréolée de boucles rebelles et vêtue d'un jean trop grand d'au moins deux tailles pour sa silhouette menue. Elle ouvrit son poing ganté pour me montrer les cailloux qu'elle avait ramassés en m'attendant. Elle avait le visage rougi par le froid et souillé de terre.

« L'amie chez qui elle devait passer la journée est malade, m'expliqua Caspar.

— Je suis ravie de la revoir, mentis-je. Viens voir, Fanny, je vais te montrer un obélisque avec un museau de chien gravé dessus. C'était un chien qui se nommait Empereur.

— Qu'est-ce que c'est, un obélisque ?

— Un truc pointu. »

Nous quittâmes l'allée principale en gravier. Des ronces nous entravaient les jambes.

« Avez-vous remarqué, dit Caspar, combien d'enfants sont ensevelis ici ? Regardez, ici un petit Samuel âgé de cinq ans, comme Fanny, et là un bébé de onze mois. »

Nous nous arrêtâmes devant un monument familial : cinq noms, cinq enfants tous morts avant l'âge de dix ans. Sur quelques tombes bien entretenues, il y avait des fleurs. Mais la plupart étaient à l'abandon, couvertes de lierre et de mauvaises herbes ; la mousse envahissait les inscriptions, les rendant illisibles.

« Regardez cela », dis-je.

À quelques pas de nous, derrière un fourré, un ange sans tête montait la garde au-dessus d'un tombeau enfoui.

« Nous avons oublié ce que c'est que le deuil, non ? Ce que c'est que de se rappeler. J'aimerais avoir une stèle comme celle-ci. Mais les gens diraient que c'est kitsch, ou morbide. »

Caspar sourit.

« Morbide ? Parce que vous prévoyez votre sculpture funéraire à l'âge de quarante ans ? Quelle drôle d'idée !

— J'ai quarante et un ans. Regardez. »

Quatre têtes préraphaélites se rejoignaient en un cercle de pierre, avec une affliction rêveuse.

« Où sont les tombes des animaux, Jane ? » Fanny revenait en courant d'une inspection de vieilles tombes renversées.

Je lui désignai l'allée. « Là. Un peu plus loin. »

Elle s'élança, traînant derrière elle les franges de son écharpe.

« Venez par ici, Jane. »

Je traversai les fourrés pour rejoindre Caspar. Je marchais très lentement. Jamais rien ne serait aussi délicieux que cet instant. Je m'arrêtai à un pas de lui, et nous nous regardâmes.

« Jane la Vilaine », murmura-t-il. De l'index il suivit le contour de mes lèvres. Délicatement, comme si j'étais très précieuse, il prit ma nuque dans ses mains. J'ôtai mes gants, les lâchai au-dessus des orties et glissai mes mains sous son manteau, sous son chandail, sous sa chemise. Il sentait le feu de bois. Je me voyais dans ses yeux, puis il les ferma et m'embrassa. Toutes ces épaisseurs de vêtements ; nous nous fondions l'un dans l'autre. Mon corps tout entier brûlait.

« Caspar ! Caspar, où es-tu ? Viens voir ce que j'ai trouvé. Ah, vous êtes là. Pourquoi vous vous cachez ? Jane, Jane, tu as fait tomber tes gants. Allez venez. Vite. »

Quand je me retrouvai dans l'univers de mes souvenirs, avec les premiers rochers de Cree's Top qui me râpaient le dos, j'éprouvai une sensation de froid et de peur. À peine avais-je enfourché ma bicyclette pour dévaler Swain's Lane, quittant Caspar et Fanny qui se tenaient par la main sur le trottoir, que le baiser dans le cimetière m'était apparu comme un rêve, et que j'avais eu le sentiment de revenir dans le monde réel. Les vacances étaient finies et je retournais à l'école.

J'échangeai à peine quelques mots avec Alex. Il n'y eut pas un regard entre nous. Je m'allongeai sur le divan, il prononça les quelques paroles rituelles, et je sentis la pièce disparaître tandis que je reprenais la place qui m'était échue. La surface de la Col, sur ma gauche, s'agitait d'un clapotis écœurant, telle une huile épaisse à la place de l'eau fluide et capricieuse. Elle s'éloignait pesamment dans le tournant. Je me levai, frissonnant un peu dans mes sandales de gym et ma robe de mince cotonnade, noire comme celle que Natalie avait si souvent portée cet été-là. Le vent la plaquait contre mon corps jeune et ferme, ce corps que j'avais accordé à Theo la veille, et qu'il avait caressé, dévêtu et finalement pénétré dans la pénombre des bois, cependant que les rires et la musique de la fête nous parvenaient faiblement. J'avais pris mon cahier, avec toutes mes sottes rêveries de gamine, et j'en avais déchiré les pages une à une. Leurs illusions puériles me répugnaient à présent, et c'était avec le sentiment d'avoir brûlé mes vaisseaux que je les avais froissées pour les jeter l'une après l'autre dans l'eau, où elles s'étaient perdues dans les éclats de lumière et les frémissements de la surface, qui dissimulaient la démarcation entre l'air et l'eau. J'étais désormais une femme, non ?

Je me retournai pour faire face à Cree's Top. Une vague d'effroi m'engloutit et j'éprouvai un vertige, à tel point que mes jambes ployèrent sous moi. Sur ma gauche, les ormes oscillaient et se courbaient, ou peut-être étaient-ils immobiles, et c'était moi qui oscillais et qui me courbais. J'entrepris de gravir l'étroit raidillon qui m'était familier bien que je l'eusse oublié depuis longtemps. À travers les broussailles, je pouvais voir l'eau vaseuse de la rivière, en bas, sur ma droite, mais cette fois je fis un effort pour ne regarder que vers le haut du sentier, ce sentier de mon esprit claquemuré. Des branches me frôlaient et accrochaient ma robe, des épines égratignaient la chair de mes bras et de mes mollets nus, comme pour me retenir. Je les franchissais sans me laisser arrêter. J'étais maintenant au sommet de Cree's Top, mais la visibilité était bouchée dans toutes les directions par les épais fourrés d'ajoncs qui le recouvraient. Le sommet même était très étroit et, en quelques pas à peine, je commençai déjà à redescendre.

Je m'arrêtai pour écouter. Maintenant, je savais. Je distinguais des mouvements à travers les buissons, devant moi, j'apercevais quelque chose. Des sons aussi, étouffés et indistincts. C'était là. C'était là. Des choses que j'avais enfouies dans mon cerveau pendant un quart de siècle, et voilà que je n'avais plus qu'à avancer, à franchir les barrières que j'avais moi-même érigées. Lorsque j'ouvris les yeux et les clignai en regardant Alex, sans le voir tout d'abord, ce ne fut plus avec la crainte d'avant, mais avec une résolution glaciale. C'était là. Mais je n'étais pas tout à fait prête encore. Pas tout à fait.

26

Je m'éveillai le mercredi 15 février avec un sentiment d'imminence. Il pleuvait depuis des jours et des jours, la pelouse était gonflée d'eau – mais le temps avait brusquement viré au beau. Au beau et au froid. De ma fenêtre, à l'arrière de la maison, le clocher et l'antenne de télévision de Highgate Hill se découpaient avec une clarté inhabituelle. Dans ma cuisine, les objets quotidiens paraissaient différents, comme chargés de sens. Je sentais des picotements sur ma peau. Chaque objet que je regardais semblait illuminé par-derrière, ses contours accentués et durcis, plus vivants. Et moi aussi. Je me sentais compétente, précise. J'avais besoin d'entreprendre des choses.

J'avais fait des courses la veille et j'étais presque prête. Je posai sur la table ma lourde balance avec ses poids, un paquet de farine de blé complet et un autre de farine blanche, des petits sachets de graines de citrouille, de tournesol et de sésame, de la levure molle comme une pâte à modeler, du sel de mer, un flacon médical orange contenant de la vitamine C en poudre, de l'huile de pépins de raisin dans une bouteille en plastique et un paquet de sucre brut, épais et dur. C'était une opération que je pouvais accomplir dans un état de bonheur inconscient. La levure s'animait de bulles scintillantes. À l'aide d'une fourchette, je mêlai le sel à la farine de blé complet, puis je mélangeai tout le reste à la flaque de levure de bière. J'allai fumer des cigarettes dans le jardin pendant une demi-heure, sans penser à rien, puis je retournai pétrir et écraser les deux gros tas de pâte, en appuyant de toutes mes forces avec mes paumes, pour plier et replier la pâte. Découper, rouler, disposer dans quatre moules. Nouvelle pause. Je déambulai dans la maison comme prise de délire, pliant des chemisiers, rangeant les livres sur les étagères. Avec un pinceau j'étalai sur les miches enflées de l'eau salée, les parsemai de graines de sésame, puis les glissai dans le four brûlant. Les senteurs de cuisson contrôlée, de levure renaissante, emplirent la maison au point de presque m'enivrer. Au bout d'un moment qui passa comme en rêve, je tapotai le fond des moules, qui sonnèrent creux, et je les renversai sur des grilles métalliques. De minuscules graines grillées se répandirent sur le plan de travail, et je m'humectai les doigts pour les recueillir et les croquer.

Je mis de côté trois pains, pour les emballer et les stocker au congélateur. Dans le quatrième je coupai une tranche chaude, la tartinai de beurre salé et de fromage de chèvre, et la mangeai goulûment sans rien boire que de l'eau du robinet. Ni vin ni café : je n'en avais pas besoin ; et je n'aurais supporté ni l'un ni l'autre. Nerveuse, tremblante, je pris mon vélo et pédalai dans l'air froid et sec jusqu'à mon bureau, où Duncan et moi avions organisé ce que nous appelions ambitieusement une réunion. J'arrivai juste après deux heures, et j'ouvris le courrier des quelques jours passés – pour l'essentiel, des prospectus et des circulaires de sociétés de vente par correspondance qui ne m'avaient pas encore rayée de leurs listes. Je mis pratiquement tout à la poubelle. Si je n'avais pas eu d'autres soucis en tête, je me serais inquiétée pour mon boulot.

Je n'étais pas plus démotivée que d'autres. Faute de pouvoir s'occuper à quelque chose de plus constructif, Gina réorganisait notre système de classement. Une semaine plus tôt, le résultat avait paru apocalyptique, avec tout le passé de CFM régurgité sur papier et étalé autour du bureau. À présent, les papiers disparaissaient dans leurs emplacements nouvellement attribués, dans des claquements d'anneaux de classeurs et de tiroirs métalliques. Nous n'étions plus qu'à un jour ou deux de l'ordre parfait, comme à Pompéi. Il serait presque dommage de troubler la perfection de cette taxinomie en se lançant dans un nouveau projet.

Duncan était plongé dans les problèmes techniques que lui posait la machine à expresso, l'un de nos plus gros investissements pendant le boom des années quatre-vingt. Il m'apporta un dé à coudre de café qui me causa un afflux de caféine presque instantané, tandis que je le vidais d'une seule minuscule gorgée. Il m'informa de son nouveau projet, en cours de discussion avec la municipalité, pour loger les familles sans abri (qu'avec un goût douteux il baptisait « famélies ») dans des maisons à l'abandon, en leur donnant la possibilité de les restaurer elles-mêmes. J'acquiesçai avec enthousiasme. C'était très économique (sauf pour nous), pratique, socialement bénéfique, cela n'avait pas grand-chose à voir avec l'architecture au sens traditionnel, et ça avait toutes les chances d'être refusé par le service du logement. Un projet CFM par excellence. Puis nous passâmes à mon centre d'accueil.

« J'ai lu dans la presse locale le compte rendu de la procession aux flambeaux des résidents, dit Duncan. Tes tentatives pour apaiser les angoisses collectives n'ont manifestement pas été couronnées de succès. Faut-il en conclure que le projet est abandonné ?

— Pas nécessairement, dis-je. Un avocat de la municipalité a mis au point une façon un peu détournée de le faire aboutir. Du fait de la bagarre qui a éclaté et de l'arrestation qui s'est ensuivie, il va y avoir une audience au tribunal. D'après ce que j'ai compris, la ruse, c'est que l'affaire se situe entièrement *sub judice*, ce qui signifie que nous ne pouvons répondre à aucune question sur l'affaire. Ou tout au moins, c'est ce que nous dirons. Pendant ce temps, le projet se concrétise. À la fin, les objecteurs devront faire face à un centre déjà construit et en service, ce qui causera de nouveaux problèmes. Des résidents qui s'attaquent à des fonctionnaires arrogants et à une architecte moderniste, c'est une chose. Ça passerait bien dans la presse locale. Mais des brutes qui s'attaqueraient à des malades mentaux rendus à la vie collective, c'en est une autre. En tout cas, voilà la géniale stratégie.

— Tu leur as expliqué que, si ces gens n'étaient pas dans leurs jardins, ils seraient sur leurs trottoirs, dans leurs magasins et sur leurs bancs publics ?

— Non. Les événements ont pris le dessus. »

La réunion s'acheva dans une certaine bonne humeur et je retournai à ma table de travail, où je fumai des cigarettes en tapotant mon téléphone avec un crayon, jusqu'au moment où je me rendis compte que je ne fichais rien et que je ferais peut-être mieux de rentrer chez moi. J'étais convaincue de tout voir avec une extrême clarté, et d'avoir mieux à faire ailleurs. Gina s'enquit de ma santé, mais je fus incapable de prêter attention à ce qu'elle disait et je m'en allai, sans même dire au revoir à Duncan. Je lui expliquerais tout plus tard.

À la maison, j'ouvris une bouteille de vin rouge et je grimpai sur une chaise pour fouiller un placard, au fond duquel je finis par dénicher des amandes salées et un quart de paquet de pistaches soigneusement refermé, ainsi qu'un petit sachet de trucs aromatisés à la crevette qui ressemblaient vaguement à des chips. Voilà qui me ferait un dîner. Je bus le vin et croquai ces bouts de chips devant la télévision, en zappant. Il y avait un jeu avec des questions que je trouvais mal posées, un bulletin d'informations locales, un épisode d'une série de science-fiction américaine que je pris pour *Star Trek*, mais en fait ce n'était pas ça, ni même d'ailleurs la nouvelle version. Je tombai sur un documentaire sur les albatros, leurs longs voyages, portés par les courants aériens, et leur fidélité de couple pour la vie entière. Puis sur une comédie qui se déroulait dans un lycée américain, et sur un autre bulletin d'informations.

Lorsque j'eus regardé trop de chacune de ces émissions, je coupai le son et j'appelai le Domaine pour parler à Martha, mais ce fut quelqu'un d'autre qui me répondit et je fus prise de court. C'était Jonah, qui m'annonça d'une voix calme et solennelle que Martha avait sombré le matin même dans le coma, et qu'elle était morte paisiblement dans l'après-midi. Je tentai de poser quelques questions, ne voulant pas couper la communication, mais Jonah déclara qu'il regrettait, mais il devait raccrocher. Sur l'écran, je voyais un homme en complet gris ouvrir et fermer la bouche en silence comme un poisson dans un bocal. Il fallait que je parle à quelqu'un. J'appelai Claude, et je tombai sur son répondeur. J'appelai Caspar, une femme décrocha. Je raccrochai. J'appelai Alex Dermot-Brown, et ce fut lui qui répondit. Surpris, il commença par me rappeler que nous avions une séance le lendemain et me demander si je ne pouvais pas attendre, mais à peine avais-je dit quelques mots qu'il me suggéra de venir tout de suite, et me demanda si je me sentais assez bien pour venir seule ou s'il valait mieux qu'il vienne me chercher. J'insistai et partis à vélo, sans gants ni chapeau, bien qu'il y eût déjà du givre sur les vitres des voitures.

Alex me sembla quelque peu différent lorsqu'il ouvrit la porte. Je l'avais toujours vu en ces lieux, et jamais bien habillé, et pourtant je me sentis comme une écolière qui rendrait une visite défendue à un prof, à des heures indues. Il m'accueillit avec une inquiétude manifeste. Il me parlait doucement, et je distinguais des voix à la cuisine, en bas. Je me rendis vaguement compte que je devais interrompre quelque chose, mais je n'étais pas en état de m'en inquiéter. Il me fit entrer dans son bureau. Je posai une question sur les enfants. Il me répondit qu'ils dormaient, tout en haut de la maison, et que je n'avais pas besoin d'y penser. Il alluma, et je clignai des yeux, éblouie. Avec l'obscurité du dehors et l'éclairage mordoré dans le couloir et dans l'escalier, la lumière me parut soudain clinique et inquisitrice. Je m'étendis sur le divan et il s'assit derrière moi.

« Martha est morte », articulai-je.

Je m'efforçai de prendre de profondes inspirations, exprès, comme je l'avais fait naguère en bateau pour m'empêcher de vomir. Alex attendit longtemps avant de dire quelque chose, et quand il parla ce fut avec une douceur déterminée.

« Je veux que vous repensiez à nouveau au jour où Natalie a disparu », dit-il.

C'était plus que je n'en pouvais supporter.

« Je ne peux pas, Alex. Je ne peux pas. »

Soudain, il fut à genoux près de moi. Je sentais son haleine douce et tiède contre ma joue, sa main sur mes cheveux.

« Jane, cette femme que vous aimiez tendrement est morte. Je sais ce que vous souffrez. Mais vous n'êtes pas venue chercher une consolation. Vous voulez utiliser cette émotion. Ai-je vu juste ?

— Je ne sais pas ce que je veux faire », répondis-je, et je sentis que toute résistance s'était évanouie.

« Alors, allons-y. »

Alex prononça les paroles apaisantes qui m'étaient désormais une incantation familière, comme une musique provenant d'une pièce éloignée, à peine entendue. J'éprouvai un profond soulagement à détendre mon corps et mon esprit, et je me retrouvai sur les lieux. Cette fois j'y étais vraiment. La mousse calcinée dans mon dos, les brindilles et les cailloux sous mes cuisses. En me levant et en époussetant ma robe, je sentais les marques qu'ils avaient imprimées dans ma chair, tel un tapis de raphia au dos de mes cuisses. Le soleil avait disparu derrière un nuage, laissant la Col dans une ombre pesante. La surface tachée d'ombre se mouvait avec léthargie et s'éloignait de moi. Les fragments de papier froissé avaient disparu, emportant les fantasmes puérils qu'ils avaient représentés. Tout ça, c'était terminé.

Je me retournai, frissonnant sous les assauts du vent et des gouttes d'humidité qui annonçaient de la pluie. La robe noire se pressait contre mon corps, mon corps éveillé à l'amour, contre ces cuisses et ces seins qui désormais appartenaient aussi à quelqu'un d'autre. Mon but m'apparaissait avec une clarté glacée. Cree's Top se dressait devant moi, la rivière clapotait sur la rive, près de mon pied droit. Je m'élançai en courant sur l'étroit sentier, dans les bois et les broussailles qui recouvraient cette excroissance de la nature. Il y avait des sons ; pas des chants d'oiseaux, du vent ou le bruit de la rivière, mais d'étranges grincements, des sifflements, des gémissements. Je ne leur prêtai aucune attention. Je courais et je m'entendais haleter, et je sentais la douleur dans mon torse pris en tenailles. Les arbres autour de moi paraissaient morts, les taillis dénudés, la rivière en contrebas sombre et engourdie. Mon devoir à présent consistait à ne pas penser, à ne pas raisonner, mais à avancer sans répit. Des branches m'égratignaient la figure, des épines me piquaient, mes vêtements s'accrochaient. J'avais atteint le sommet de Cree's Top et je continuais à courir, je commençais à descendre de l'autre côté. Du côté de Natalie. À travers les fourrés je devinais des mouvements, de brefs aperçus entre les branches, j'entendis des hurlements, des cris inintelligibles. Ma décision était déjà prise. Je poursuivis ma course et émergeai du sous-bois à la lumière du soleil.

Aveuglée de soleil, je ne vis d'abord rien que des explosions d'or moucheté. Je fronçai les yeux et me forçai à regarder. C'était très clair. Des perceptions simultanées. Une fille étendue dans l'herbe. Qui hurlait, hurlait. Natalie. Le cheveu noir, l'œil flamboyant. Au-dessus d'elle, un homme lui serrait la gorge à deux mains. Elle agitait en vain les bras et les jambes, de moins en moins fort, et puis elle cessait. Je voulus crier, mais j'avais la bouche pleine de cendres. Je voulus courir, mais mes pieds s'étaient mués en pierres. La fille retomba, inerte. L'homme me tournait le dos. Il avait les cheveux foncés, pas gris. Il avait le visage glabre, pas barbu. Mais ça ne faisait aucun doute. C'était Alan.

Soudain je hurlais, je hurlais, et des bras me saisissaient, c'était Alex qui me serrait fort et me chuchotait à l'oreille. Je me ressaisis. Mes cheveux me couvraient la figure. J'étais épuisée. J'avais été dépecée et retournée. Je balbutiai que j'allais vomir, là, tout de suite.

Alex attrapa la corbeille à papiers, je fus prise d'un spasme, et je me mis à vomir, encore et encore, me vidant littéralement. Je me recouchai de tout mon long sur le divan, sans défense, barbouillée de larmes, de morve et de vomissures, pleurant, gémissant, haletant. Totalement épuisée, dégradée, épouvantée.

Je perçus une voix, intime contre mon oreille :

« Vous y êtes arrivée, Jane. Tout va bien. Vous êtes saine et sauve. »

27

Je me réveillai dans mon lit sans savoir comment j'y étais arrivée. Ah oui, Alex m'avait ramenée en voiture. M'étais-je donnée en spectacle, avais-je effrayé ses enfants ? Ma bicyclette devait toujours être enchaînée à un parcmètre devant chez lui. Je saisis mon réveil. Presque dix heures. Du matin ou du soir ? Du matin, sans doute. Si ç'avait été la nuit, il serait écrit vingt heures. Non, vingt-deux. Quelque chose rôdait à la lisière de ma conscience, qui ne souhaitait pas attirer mon attention. Je me forçai à y penser. Je dus courir pour arriver aux toilettes à temps. Je me pliai en deux au-dessus de la cuvette, secouée de haut-le-cœur, mais sans rien vomir que des éclaboussures aigres et chaudes.

Je me passai un gant de toilette autour de la bouche. J'avais encore mes vêtements. Je les laissai tomber là où je me trouvais et j'entrai dans la douche. De l'eau très chaude, puis de l'eau très froide. J'enfilai un jean et une vieille chemise en velours. Mes doigts tremblaient tellement que j'eus du mal à fermer les boutons. Je me dis qu'il fallait que je mange quelque chose, et je descendis à la cuisine. Il y avait deux paquets de café au congélateur, et je choisis le plus fort. Je remplis une grande cafetière. Après avoir cherché un peu partout, je mis la main sur le paquet de cigarettes qui était resté la veille au soir dans la poche de mon manteau. Je vidai la cafetière, une tasse après l'autre, en fumant toutes les cigarettes du paquet.

Le téléphone sonna à plusieurs reprises, et j'entendis diverses voix sur mon répondeur. Duncan, Caspar, mon père. Je les affronterais plus tard, un autre jour. Quand j'entendis la voix d'Alex Dermot-Brown, je traversai la pièce en courant pour répondre. Il voulait savoir comment j'allais, et souhaitait que je vienne chez lui. Tout de suite, si possible. Je répondis que j'y serais dans une heure. Dehors, il faisait froid, mais le soleil brillait. Je pris un long manteau ample, m'enroulai une écharpe autour du cou et me coiffai d'un béret, puis je me mis en route vers le Heath. Le vent soufflait en rafales autour de moi et, quand j'arrivai au sommet de Kite Hill, je découvris Londres qui s'étalait à mes pieds, dans une clarté miraculeuse. Je pouvais voir jusqu'aux collines du Surrey, de l'autre côté de la ville. Je redescendis la pente, puis quittai le Heath à Parliament Hill et passai devant le Royal Free Hospital. Claude m'avait parlé d'un malade mental qui y était hospitalisé, et que tourmentait l'obsession névrotique de compter les fenêtres. Comme il ne parvenait jamais deux fois au même nombre, il recommençait à l'infini.

Qu'est-ce qu'on ne ferait pas pour donner une structure à notre existence ! Un jour j'avais lu un poème sur un homme qu'on avait arrêté parce qu'il remplissait tous les *o* dans les livres des bibliothèques. Pensait-il à tous les *o* qu'il avait remplis, ou à tous ceux qu'il n'avait pas remplis ? L'expédition se révéla longue et fatigante, et j'étais hors d'haleine lorsque je sonnai enfin à la porte d'Alex. Toutes ces cigarettes ! Je faillis me mettre à rire, en me surprenant à décider d'arrêter de fumer. Pas tout de suite. Plus tard.

Quand la porte s'ouvrit, Alex me prit de court, me bouleversa presque, en me prenant dans ses bras et en me serrant contre lui, tout en murmurant des paroles réconfortantes à mon oreille, comme si j'avais été l'un de ses enfants, effrayé dans l'obscurité. C'était ce que je désirais le plus au monde. Après m'avoir ainsi réconfortée, il reprit un air grave et me demanda une nouvelle fois comment j'allais.

« Je ne sais pas. J'ai vomi, et je me sens encore très mal. J'ai la tête comme si quelqu'un essayait de la gonfler avec une pompe à vélo. »

Alex sourit.

« Ne vous inquiétez pas, dit-il. C'est tout ce qu'il y a de plus normal. C'est comme une poussée de fièvre. Dites-vous que votre corps essaie d'expulser un quart de siècle de poisons et d'impuretés qui sont restés emprisonnés en vous. Vous vous purifiez.

— Est-ce que je deviens folle, Alex ?

— C'est tout le contraire. Vous découvrez la souffrance d'une vie sans illusions.

— Mais, Alex, ce n'est pas possible ? Ce n'est pas vrai ? Comment un homme comme Alan aurait-il pu faire un enfant à sa fille ? Comment aurait-il pu la tuer ? »

Très doucement, Alex prit mon visage entre ses mains et me fixa droit dans les yeux, intensément.

« C'est vous, Jane, qui avez rompu toutes les barrières et tous les mensonges pour le découvrir. Vous avez accompli le voyage, Jane. Et vous me demandez si je pense que c'est impossible, s'il a vraiment pu faire tout ça ? »

Répondre me parut un effort surhumain. Je reculai, et ses mains retombèrent. Je secouai lentement la tête.

« Non, répondis-je dans un souffle. Je ne pense pas que ce soit impossible. »

Deux minutes plus tard, j'étais sur le divan et Alex dans son fauteuil. Je commençai à tenter de reconstruire les détails de ce qui s'était produit tant d'années auparavant, mais Alex se montra ferme. Tout cela pouvait attendre, dit-il. Il me parla doucement, au contraire, comme il l'avait si souvent fait, et me replongea dans ma mémoire, me ramena à la scène du meurtre. Pendant cette séance-là, et celle du lendemain, et celle du surlendemain encore, il me fit inlassablement revenir aux événements, qui se faisaient chaque fois plus clairs, plus précis. C'était comme une photographie déjà satisfaisante, mais qui devenait de plus en plus nette, de plus en plus riche en détails et en nuances. Je voyais Natalie se débattre, je distinguais ses vêtements, depuis son habituel bandeau tressé autour de la tête jusqu'aux tennis noires que j'associe toujours avec elle. Et je voyais Alan, lourd, puissant, qui la maintenait au sol, lui serrant la gorge, de plus en plus fort, jusqu'à ce que cesse tout mouvement.

« Est-ce que je n'aurais pas pu faire quelque chose ?

— Et quoi donc ? Votre cerveau vous a sauvée en vous masquant l'horreur de ce qui s'était passé. Maintenant, nous avons brisé ce masque. »

Revivre l'événement m'était pénible au-delà des mots. Le crime était si présent, si violent, et j'étais si près – à quelques mètres de là dans les fourrés –, qu'il me semblait que j'aurais pu intervenir, faire quelque chose, peut-être tout simplement crier. Mais je savais que je n'étais pas intervenue et qu'il était trop tard, qu'on ne pouvait plus rien faire. Le choc et la souffrance ne s'atténuaient pas. Il n'y avait pas de rédemption, pas de catharsis, pas de dépassement de la douleur ni d'accoutumance qui m'auraient permis de la surmonter. Je ne parvenais pas à me distancer des événements, j'étais incapable d'y penser de manière équilibrée. Ce fut une phase de sanglots et d'écœurement douloureux, que je passai à fumer au lieu de m'alimenter, et à boire, seule chez moi.

Saupoudrer du sel de céleri dans le pichet, ajouter un peu de poivre noir moulu, trois petits jets de Tabasco, une copieuse rasade de Lea & Perkins, le jus d'un demi-citron et une bonne giclée de Ketchup. Toujours commencer par les ingrédients les moins chers. Si vous utilisez toute une brique de jus de tomate, comme je le faisais, il vous faudra un grand verre de vodka russe glacée. Et enfin, l'ingrédient secret : un demi-verre à vin de sherry dry. Ajoutez quelques glaçons, et vous voilà en mesure de remplacer le dîner par une boisson tout aussi substantielle. Un quatuor à cordes de Bartók dans sa période transitoire aurait convenu à mon humeur, mais j'écoutai *Rigoletto*. La femme est changeante. Celle-là ne l'était pas. J'étais rentrée en moi-même, et j'étais horrifiée de ce que j'y avais découvert. Dehors, il faisait froid et noir. Mais il allait bientôt devoir que je sorte pour m'occuper des choses de ce monde. Ce serait la prochaine étape.

Lorsque j'eus lampé la dernière petite flaque aqueuse dans le fond de mon verre, je décidai de sortir. Il fallait tout faire avec le plus extrême soin. J'enfilai un chandail. Je mis un manteau et un chapeau. Je trouvai mes clés et mon portefeuille, et les enfouis dans la poche de mon manteau. Dehors, l'air glacé m'éclaircit un peu les idées. J'avais détruit mon mariage. J'avais fait Dieu sait quoi à mes enfants. J'avais saccagé ma santé mentale. J'avais découvert des horreurs. Les gens que j'aimais étaient déjà épouvantés par mes actes. Quelle catastrophe allais-je maintenant infliger à la famille qui comptait plus pour moi que tout au monde ? Le vent me soufflait à présent des gouttes de pluie cinglante dans la figure. La vie m'était devenue abominable.

Je passais devant des magasins, à présent. Un homme aux longues tresses emmêlées était assis devant le supermarché, à côté d'un chien famélique de race indéterminée. Sa main était tendue vers moi. Voilà ce qui arrivait aux gens qui s'excluaient du monde de la famille, de la société, du travail. J'ouvris mon portefeuille et j'y trouvai une pièce que je lui donnai, en la tenant entre deux doigts précautionneux pour ne pas la faire tomber.

Je savais que je projetais mes malheurs sur le monde – si misérables qu'aient pu être certains des individus qui le composaient –, de sorte que je ne m'étonnai guère, devant une boutique de location de téléviseurs, en voyant Alan remuer les lèvres en silence sur une douzaine d'écrans. C'était le patriarche, qui se justifiait là avec des mots que je ne pouvais pas comprendre. L'espace d'un instant, je crus que j'étais devenue complètement folle, que le vrai monde de mes souvenirs et de mes cauchemars avait pris le dessus, et qu'Alan m'avait vaincue, de façon définitive et irrévocable. Puis je me souvins.

« Oh, merde. »

Je regardai autour de moi, hébétée mais réveillée par le choc. J'aperçus un signal jaune qui indiquait « libre » et hélai le taxi. Je lui donnai une adresse de Westbourne Grove. Tandis que nous roulions vers Swiss Cottage, Paddington et au-delà, j'offris mon visage aux rafales féroces, par la vitre ouverte.

« Ça va, mon petit ? » s'enquit le chauffeur.

Je fis signe que oui, redoutant de ne pouvoir parler de manière cohérente. Lorsque je frappai à la porte, Erica vint m'ouvrir.

« C'est presque fini, dit-elle. Tu veux boire quelque chose ?

— De l'eau, répondis-je.

— Tu arrêtes l'alcool ?

— Non, j'ai déjà trop bu. »

Elle m'introduisit dans une pièce sombre, qu'éclairait uniquement un écran de télévision. Les sièges étaient tous occupés par des silhouettes indistinctes et je trouvai un endroit par terre où m'asseoir. Erica me tendit quelque chose qui tanguait. Mon eau. Je pressai le verre humide contre mon front. J'avais imaginé le documentaire de Paul sur notre famille comme une série d'interviews. Je ne m'étais pas préparée à ce que ce serait vraiment. Lorsque je commençai à prêter attention à ce qui se passait, il y avait une photo de Natalie sur l'écran, un agrandissement flou d'une photo de classe qui ne lui rendait pas justice. Quelqu'un disait quelque chose sur l'esprit des années soixante aujourd'hui disparu, Jonah, je crois, mais ce pouvait aussi bien être Fred. À la photo de Natalie succéda une vue du Domaine, prise, me sembla-t-il, de Chantry's Hill. Tout d'abord, je crus que c'était aussi une photo, mais de minuscules indices, un tremblement de la caméra, d'imperceptibles mouvements de feuilles, des jeux de lumière, révélaient que c'était filmé. La caméra commença à bouger, pour finalement s'arrêter sur Paul, de dos, qui contemplait la maison. Puis il se retourna et se mit à marcher, accompagné par la caméra. Il lui parlait comme à une amie. Un vrai pro.

Paul parlait de la famille comme d'un cercle intime, et de la maison comme d'un lieu où celui qui revient est toujours le bienvenu ; de la famille comme symbole de nos affections, et aussi comme symbole de la société, avec ses liens et ses obligations. J'avais un peu de mal à me concentrer, embrouillée comme je l'étais, mais je compris qu'il racontait une histoire tirée de son enfance dorée. L'anecdote terminée, il s'arrêta. La caméra prit du champ, et nous vîmes qu'il était arrivé à l'endroit où le corps de Natalie avait été découvert. Le trou béait encore, et l'expression de Paul se fit songeuse. La caméra s'éloigna encore, pour pouvoir embrasser la scène en entier : Paul pensif contemplant la fosse, le Domaine, le premier soleil du matin, un oiseau qui chantait. Une musique dans le style de Delius s'éleva, et le générique commença à défiler. Quelqu'un alluma la lumière.

« Où étais-tu ? »

Paul me tapota l'épaule, par-derrière.

« Désolée.

— Mais je suis content que tu aies vu la séquence finale, dit-il. C'était un véritable tour de force. Quatre minutes et demie sans coupure. J'ai descendu tout le versant et je suis arrivé au but juste au moment où je terminais mon évocation. Techniquement, c'est la chose la plus difficile que j'aie jamais tentée. Quand j'ai dit “Coupez”, les techniciens ont applaudi. Je te ferai envoyer une copie.

— Merci, dis-je. Il faut que je m'en aille.

— Mais tu viens à peine d'arriver. Il y a des gens que je voudrais te présenter.

— Il faut que je parte. »

Comme je n'avais ôté ni mon manteau ni mon chapeau, je n'eus qu'à descendre tout droit, et je me retrouvai dehors. Je pensais avoir dépensé tout l'argent qui me restait pour le taxi, mais je ne vérifiai même pas. Je rentrai à pied, en traversant Regent's Park. Le trajet me prit une heure et demie et, lorsque j'ouvris la porte de chez moi, j'étais dessoûlée, mais lugubre.

28

En me levant le lendemain matin, après une nuit de rêves tumultueux, j'éprouvais tant de vertige et de nausée que je dus me cramponner au bord du lit et respirer à fond pendant quelques instants. Dans le grand miroir qui me faisait face, je vis une femme hébétée d'un certain âge, le visage crayeux et les cheveux sales. Je ne me nourrissais plus vraiment depuis plusieurs jours, et j'avais dans la bouche un goût de pourriture. Une semaine plus tôt, j'avais embrassé Caspar et senti mon corps s'embraser. Cette femme hagarde qui me dévisageait était quelqu'un d'autre, une femme maladive et chancelante, faite pour les recoins sombres.

L'image d'Alan courbé sur Natalie ne s'estompait pas. Je le voyais : je le voyais plus nettement que jamais. Je n'avais plus besoin de l'aide d'Alex. Le monstre était sorti de sa tanière, à la lumière du jour. Plus jamais je ne pourrais l'y faire redisparaître. Je me rappelais tout. J'avais été témoin d'un meurtre, un double meurtre, et maintenant l'expérience se reproduisait. Je me voyais regarder. Je respirais à petits coups nauséeux, et je voyais Alan dressé au-dessus de Natalie, épouvanté et triomphant.

J'enfilai ma robe de chambre et je descendis à la cuisine, où je moulus du café et fis griller deux tranches de pain, que je tartinai de beurre et de marmelade. Puis je m'attablai, et les contemplai. Au bout de cinq minutes, j'en croquai une bouchée. Puis une autre. J'avais l'impression de manger du sable. Je mastiquai, avalai, mastiquai, avalai. La nausée me reprit, et des gouttes de sueur perlèrent sur mon front glacé. Je me précipitai dans la salle de bains, où je vomis jusqu'à en avoir la gorge douloureuse et les yeux brûlants.

Je fis couler un bain et je me frottai vigoureusement le corps. Je me brossai les dents, mais il restait encore un arrière-goût de vomi et de panique. J'allumai une cigarette et j'emplis mes poumons de cendre. La cendre retourne à la cendre.

J'enfilai un jean et un polo, noirs tous les deux. Je me brossai les cheveux en arrière. Je m'assis dans la cuisine et bus un café froid et saumâtre ; je fumai une autre cigarette, et je regardai par la fenêtre la pluie qui donnait au jardin un air grenu. Il était neuf heures, et je n'avais pas la moindre idée de la façon dont j'arriverais à passer le reste de la journée. Le reste de ma vie.

J'appelai Kim à son travail. Comme elle était occupée avec un patient, je laissai un message pour qu'elle me rappelle. « Dès que possible, s'il te plaît. » Ma voix n'était plus qu'un chuchotement rauque. La réceptionniste crut sans doute que j'étais mourante. Encore une cigarette. J'entendis le courrier glisser dans la boîte à lettres et tomber par terre, mais je ne bougeai pas. Mon corps était lourd et vide. Le téléphone sonna.

« Jane. »

J'ouvris la bouche, mais j'étais incapable de parler.

« Jane. Ici Kim, Jane. Qu'est-ce qui t'arrive ?

— Oh, mon Dieu ! »

Ce filet chevrotant sortait-il vraiment de mon gosier ?

« Écoute, Jane, j'arrive. Ne bouge pas. Je serai là dans un quart d'heure. D'accord ? Un quart d'heure. Tu vas voir, tout ira bien. »

« Je ne peux pas le dire. Je ne peux pas le dire. Oh mon Dieu. Je ne peux pas.

— Bois ton thé, Jane. »

Je bus docilement et fis une grimace : c'était sucré et laiteux, comme pour un bébé.

« Maintenant, je vais te poser des questions. D'accord ? »

J'acquiesçai.

« C'est à propos de Natalie ? »

Je fis signe que oui.

« Tu crois que tu sais quelque chose sur la mort de Natalie ?

— Oui.

— Tu crois que tu sais qui est le meurtrier ?

— Oui.

— Tu es arrivée à cela par la thérapie ?

— Oui.

— Écoute, Jane, veux-tu me dire qui a tué Natalie ? Mais, souviens-toi, le dire ne rendra pas la chose plus réelle.

— Je… je… Oh non, Kim, non, je ne peux pas.

— Mais si. C'est quelqu'un de ta famille ?

— De ma famille au sens large, oui.

— Dis-moi le nom, Jane. »

Je ne pouvais pas prononcer son nom. J'employai un mot qui ne semblait guère lui correspondre : « Mon beau-père. »

Mon beau-père. Le meilleur ami de mon père. Le grand-père de mes fils. L'homme que j'avais connu toute ma vie et dont j'aurais dit avec insouciance, quelques semaines plus tôt, que je l'adorais. Alors même que je chevrotais le mot, je voyais son visage obscène devant mes yeux.

« Il a dû la tuer parce qu'elle était enceinte. C'est peut-être même lui qui lui avait fait cet enfant. Il en était capable. Je peux l'imaginer. C'était tentant, et puis c'était une vengeance contre Martha. À moins que quelqu'un d'autre ne lui ait fait un enfant, et qu'il l'ait appris. Chaque fois que j'ai interrogé les gens sur Natalie, ils m'ont raconté comme elle était *bizarre*, manipulatrice, calculatrice, indéchiffrable, attirante et sexuellement agressive. Tout s'explique à présent. »

La bile me monta aux lèvres et je m'élançai hors de la pièce, mais je n'avais que du thé au lait à vomir. Quand je revins, Kim regardait fixement par la fenêtre, le sourcil froncé.

« Jane, dit-elle. C'est énorme ce que tu dis.

— Je sais, gargouillai-je.

— C'est ta famille, Jane. Est-ce que tu en es sûre ?

— Je l'ai vu aussi clairement que je te vois maintenant.

— Tu affirmes donc qu'Alan Martello a assassiné sa propre fille, peut-être même après lui avoir fait un enfant, et qu'il l'a enterrée devant sa porte ?

— Oui.

— Tu l'as dit à la police ?

— Non.

— Que vas-tu faire ? »

Je contemplai une pie – symbole de chagrin – qui sautillait sur la pelouse détrempée.

« Parler à quelqu'un. Claude, probablement. Quels que soient nos problèmes, je lui dois ça.

— C'est ce que je pense aussi. Mais surtout, Jane, réfléchis bien. Ne fais rien pour le moment, contente-toi de réfléchir. D'accord ? »

« Jane, ici Caspar. Quand pouvons-nous nous voir ? Vous faites quelque chose ce soir ?

— Oh, non. C'est-à-dire, ça ne m'arrange pas.

— Bon, alors demain ?

— Non.

— Vous allez bien ?

— Oui, très bien.

— Bon. »

La chaleur dans sa voix fit place à un ton de politesse froissée.

« Quand vous voudrez me voir, appelez-moi.

— Je le ferai. Caspar…

— Oui ?

— Rien. Au revoir. »

« Tu n'as pas l'air bien du tout. Tu es malade ? »

Claude venait de rentrer de l'hôpital. En complet gris pâle, il se tenait sur le seuil, le visage tendu par l'anxiété. Je savais que j'avais une tête épouvantable, je m'étais vue dans la glace avant de me mettre en route et j'avais été choquée par le visage tiré qui me dévisageait. À la vue de Claude, je ressentis une douleur lancinante entre les yeux. Je crus que mes genoux allaient fléchir.

« Entre. Viens t'asseoir. »

Il me conduisit jusqu'au canapé – il ne serait plus aussi tendre et amical quand je lui aurais parlé. Oh non. J'étais celle par qui le malheur arrive.

« Dis-moi quel est le problème. »

Sa voix de médecin. En d'autres circonstances, son calme professionnel m'aurait irritée. Maintenant je l'admirais, et j'appréciais la distance que cela plaçait entre nous. Je pris une profonde inspiration.

« C'est Alan qui a tué Natalie. »

C'est atroce, mais l'expression du visage de Claude aurait été comique en n'importe quelle autre circonstance. Un silence total s'instaura.

« Je l'ai vu le faire. J'ai essayé d'oublier, mais maintenant je m'en souviens.

— De quoi parles-tu ? Comment cela, tu l'as *vu* ? »

Je lui fis un résumé de ma thérapie avec Alex Dermot-Brown. Je crus que j'allais encore me sentir mal. Le visage de Claude se brouillait. Ses doigts s'agrippaient désespérément à mon épaule, comme une serre.

« Mais c'est de mon *père* que tu parles. Tu es en train de me dire que mon père a tué ma sœur. Mais alors, qui était le père de l'enfant ? »

Je haussai les épaules.

« Excuse-moi un instant. »

Claude se leva et quitta la pièce. J'entendis couler de l'eau, puis il revint en s'essuyant le visage avec une serviette. Il remit ses lunettes et me dévisagea.

« Ai-je la moindre raison de ne pas te flanquer dehors ?

— Je ne sais pas ce que je dois faire, Claude. »

Il restait planté là, les yeux fixés sur moi. Je ne voulais pas qu'il me flanque dehors.

« Tu veux boire quelque chose ?

— Oui », dis-je, soulagée.

Claude nous versa à chacun un grand verre de whisky, et il resta debout près de moi tandis que j'en buvais une bonne moitié. Le liquide me brûla la gorge, puis tout le parcours jusqu'à mon estomac vide, et là tout s'embrasa.

« Tu te sens bien ? »

Je fis signe que oui, et bus encore. Claude me prit la main, et je le laissai me déployer les doigts et les caresser. Il massa la petite marque blanche où s'était trouvée mon alliance.

« Jane, cette révélation par la thérapie ne me plaît pas beaucoup. Tu as brisé notre mariage, tes fils sont partis, tu as découvert le corps de Natalie – tu es sûre que tu n'es pas tout simplement dans un état d'instabilité émotionnelle ?

— Tu crois que j'invente ?

— C'est *mon père* que tu accuses, Jane.

— Excuse-moi. Oh, mon Dieu. Je suis tellement désolée. Tellement. Qu'est-ce que je peux faire ?

— Voilà que tout à coup tu accours jusqu'à moi pour me demander conseil ? »

Je gardai le silence. Il s'approcha de la fenêtre et plongea son regard dans la nuit opaque pendant cinq minutes entières, en buvant de temps à autre une gorgée de whisky. Je restais parfaitement immobile. En m'efforçant de ne faire aucun bruit. Il revint enfin s'asseoir en face de moi.

« Tu n'as aucune preuve, dit-il.

— Je sais ce que j'ai vu, Claude.

— Ah oui, dit-il d'un air dubitatif. Je vais être franc, Jane. Je ne crois pas que mon père ait tué Natalie. Mais je vais essayer de t'aider à sortir de ce cauchemar où tu t'es fourrée. À cela, il y a deux raisons. D'une part, mes sentiments à ton égard, que tu connais. Et puis je veux empêcher qu'une nouvelle catastrophe s'abatte sur la famille. Et c'est ce qui se passera, d'une manière ou d'une autre, si tu commences à te promener en proférant des accusations pareilles. Il vaudrait mieux que nous parvenions à démontrer l'innocence d'Alan.

— Alors que puis-je faire, Claude ?

— C'est une bonne question. Aucune preuve matérielle. Aucun témoin possible, à part toi. »

En disant cela, Claude haussa un sourcil. Puis il marqua une longue pause.

« J'ai une idée, Jane, pour ce qu'elle vaut. Es-tu déjà entrée dans le bureau de mon père ?

— Pas depuis que j'étais gamine.

— Tu sais ce qu'il y a, là-haut ?

— Ses manuscrits, je suppose. Des papiers de travail, des exemplaires de ses livres, des ouvrages de référence.

— Et son journal.

— Voyons, Claude, je t'en prie, il y a peu de chances qu'il ait tué sa fille et qu'il ait tout noté dans son journal.

— Mais c'est moi qui le crois innocent, ne l'oublie pas. Si tu peux mettre la main sur le journal de cette année-là, tu y trouveras peut-être un alibi pour le moment où tu crois l'avoir vu, et il y aura peut-être des témoignages qu'on puisse vérifier. Sinon, nous devrions au moins y trouver quelques indications sur son état d'esprit les jours précédents.

— Je ne trouve pas l'idée très bonne.

— Ah non ? rétorqua-t-il d'un ton lourd de sarcasmes. Eh bien, alors excuse-moi d'avoir voulu t'imposer mon aide. Tu devrais peut-être essayer quelqu'un d'autre, comme Theo ou Jonah.

— Excuse-moi, Claude, ce n'est pas ce que j'ai voulu dire. Je te suis reconnaissante, sincèrement. C'est une très bonne idée. Comment pouvons-nous faire ?

— Quand comptes-tu partir pour les obsèques ?

— Quoi ? Oh, je ne sais pas, samedi, sans doute. Et toi ?

— Je pars demain. Écoute, si j'en ai l'occasion, j'essaierai de m'y introduire. Si je n'y arrive pas, ce sera à toi de le faire. Je ferai tout ce que je pourrai. Tout. »

Claude se leva, et me regarda. Je soutins son regard, gravement ; je ne pouvais plus détourner les yeux. Puis son visage s'affaissa, et il s'assit lourdement sur le canapé, à côté de moi. Cette fois, ce fut moi qui lui pris la main. Il portait toujours son alliance à l'annulaire, et je la fis lentement tourner. Les larmes lui inondaient la figure ; je les essuyai doucement, et je pris son visage entre mes mains.

« Pardonne-moi, Claude. »

Il gémit et se rapprocha de moi. Je ne le repoussai pas. Comment l'aurais-je pu ? Il enfouit son visage contre mon cou, et je le laissai faire. Il se laissa glisser, et posa sa figure ruisselante sur mes genoux.

« Jane, je t'en prie, Jane, ne me quitte pas. Je ne peux pas, je ne peux pas, sans toi. Rien n'est plus pareil, sans toi. Je n'arriverai jamais à surmonter ça. Tu as toujours été avec moi. Tu m'as toujours aidé. Toujours. Quand j'ai eu le plus grand besoin de toi, tu étais là. Tu m'as sauvé. Ne pars pas maintenant. Pas maintenant.

— Làààà. »

Je lui caressais les cheveux, et je sentais son haleine chaude sur ma cuisse. Cela avait quelque chose d'incestueux.

« Làààà, ne pleure pas, Claude. Je ne peux pas supporter que tu pleures. »

Il gisait là comme un enfant inerte, et je le relevai un peu pour le bercer contre ma poitrine.

29

J'étais revenue à mon point de départ, dans la cuisine d'Alex Dermot-Brown, avec une grande tasse de café entre les mains. Alex était au téléphone avec quelqu'un et il parlait par petites touches neutres, hmm, ah, dans l'espoir manifeste d'inciter l'autre à raccrocher. De temps en temps, il relevait les yeux vers moi avec un sourire d'encouragement. Je balayai la pièce d'un regard accablé. C'était le genre de cuisine où je me sentais à l'aise : une cuisine encombrée, avec des recettes épinglées sur des panneaux, des factures empilées sur un coin de table, des journaux étalés, des photos en équilibre contre des bougeoirs, les bols et les assiettes du petit déjeuner entassés dans l'évier, de l'ail dans une coupelle et des fleurs dans un vase. Je remarquai sur le rebord de la fenêtre la photographie d'une femme brune qui souriait d'un air emprunté – sans doute son épouse. Je me demandai quel rôle cette cuisine avait joué dans ma décision de suivre une thérapie. Me serais-je confiée à un homme dont la cuisine aurait été froide et ordonnée ?

Il raccrocha, et s'assit en face de moi.

« Encore du café ?

— Oui, s'il vous plaît. »

Je trouvais bizarre d'être soudain sur un pied d'égalité avec lui, et de croiser son regard.

« Vous semblez vous sentir un peu mieux. »

Ce matin, j'avais enfilé une robe de laine à taille basse et un drôle de petit chapeau, et je m'étais mis du rouge à lèvres et du mascara.

« Je me sens un peu mieux. Enfin, je crois. »

J'avais tant pleuré que j'étais comme vidée de larmes.

Alex se pencha par-dessus la table.

« Jane, dit-il de sa voix grave et charmante, vous avez fait preuve d'un très grand courage, et je suis très fier de vous. Je sais que vous avez souffert.

— Alors je devrais me sentir mieux, non ? éclatai-je. Vous disiez que c'était comme de crever un abcès. Alors pourquoi je me sens aussi affreuse, aussi coupable ? Pas seulement quand je pense à eux, mais aussi par rapport à moi. C'est affreux ce que je me sens mal. »

Alex me tendit un mouchoir en papier.

« Crever un abcès, ça fait mal, et ça entraîne des complications. À une époque très vulnérable de votre vie, au moment où vous passiez de l'enfance à l'âge adulte, vous avez assisté à quelque chose de tellement atroce que votre esprit l'a censuré. Vous ne pouvez pas vous attendre à tout voir s'arranger en un tournemain. La prise de conscience est une chose douloureuse ; prendre le contrôle de sa vie est une opération difficile ; et guérir prend du temps. Mais vous devez comprendre, Jane, que vous ne pouvez plus retourner en arrière. Vous n'oublierez plus jamais. »

Je frissonnai.

« Que vais-je faire ?

— Vous reconnaissez que vous ne pouvez pas fuir cette nouvelle prise de conscience ?

— Oui.

— Pensez-vous que vous pourriez vivre en sachant ce que vous savez et ne rien faire ?

— Non, je suppose que non.

— Vous vous rendez compte, bien sûr, que si vous décidiez de ne rien faire, de simplement vivre avec ce terrible souvenir, vous exerceriez encore votre pouvoir, vous faites un choix.

— Oui, je sais bien.

— Qui compte, pour vous ? »

La question me prit au dépourvu.

« Quoi ?

— Je vous ai demandé, "Qui compte pour vous ?".

— Robert et Jerome. »

Leurs noms me vinrent si vite aux lèvres que je compris que, pendant tout ce temps, mes fils avaient, à mon insu, occupé le premier plan de mes pensées : l'horreur de ce que tout cela allait leur faire vivre.

« Papa. Kim. Et maintenant, Hana.

— Qui d'autre ?

— Eh bien, en un sens, Claude aussi. Toujours.

— Qui d'autre ?

— Ensuite, des tas de gens. Mais pas autant.

— Alan ?

— Non, bien sûr que non », répondis-je, presque dégoûtée. La seule mention de son nom m'était insupportable.

« Personne d'autre en particulier ?

— Pas spécialement, non.

— Personne ?

— Que cherchez-vous à me faire dire ?

— Et vous, Jane ?

— Moi ? »

Je ne comprenais pas.

« Vous ne comptez donc pas à vos propres yeux ?

— Si, bien sûr… Je vois ce que vous voulez dire, mais…

— Ne pensez-vous pas que vous vous devez bien de reconnaître tout ça ouvertement ? Vous pensez à vos fils, à votre père, à votre ex-mari. Vous êtes tellement occupée à penser au monde qui vous entoure que vous n'avez pas pensé à l'élément le plus important de tous.

— Mais il faut que je pensc à tous les autres. Je détruis leur univers. »

Alex se pencha encore davantage, en me regardant intensément.

« J'ai déjà traité des cas semblables au vôtre, dit-il. Et, chaque fois, ces femmes ont dû agir avec bravoure et détermination. Elles n'avaient pas seulement à affronter leur propre douleur, mais aussi l'incrédulité des gens qu'elles connaissaient, des autorités. Ce n'est pas à vous seule que vous devez d'aller jusqu'au bout de cette affaire, Jane, mais aussi à elles, à toutes ces femmes qui connaissent la souffrance de refouler leurs souvenirs, et à toutes celles qui ont trouvé le courage d'élever la voix. Ne pleurez pas. »

Sa voix se radoucit. Il me tendit un nouveau mouchoir, dans lequel je me mouchai bruyamment.

« Vous ne me permettriez pas de fumer une cigarette, je suppose ? »

Il sourit.

« Nous pouvons sortir dans le jardin. »

Dehors, il faisait froid et humide. La boue suintait de la pelouse pelée. Des flocons de neige se flétrissaient dans des pots près de la porte. Je me glissai une cigarette entre les lèvres et grattai une allumette ; elle étincela et s'éteignit. J'en grattai une autre en l'abritant de ma main. Et j'inhalai avec un bonheur éperdu.

« Ces autres femmes, demandai-je enfin. Qu'est-ce qu'elles ont fait ?

— La plupart se sont souvenues d'avoir été violées, et non d'avoir été témoins d'une atrocité, comme vous.

Nous commençons à découvrir que l'esprit est capable d'amnésie autoprotectrice. Mais les souvenirs évanouis ne sont pas perdus. Ils sont comme les fichiers d'un ordinateur, qu'on peut récupérer si l'on sait manœuvrer les bonnes touches. Certains types de thérapies peuvent retrouver cette information.

— Oui, mais qu'ont-elles *fait* ? Quand elles ont su ?

— Certaines n'ont rien fait, bien sûr, sauf se séparer de leurs persécuteurs.

— Et les autres ?

— Elles ont porté leurs blessures à la connaissance du monde. Elles ont affronté leurs persécuteurs ; elles sont même allées trouver la police. Elles ont refusé de rester des victimes. »

J'allumai une nouvelle cigarette et marchai jusqu'au fond du jardin. Alex ne tenta pas de me suivre. Il me regardait aller et venir. Finalement, j'articulai :

« Vous pensez donc que je devrais affronter Alan ? »

Il ne répondit rien, se contentant de me regarder.

« Ou aller trouver la police ? »

Alex n'ouvrit toujours pas la bouche. Brusquement, j'éprouvai une colère phénoménale. La rage me dansait dans les yeux. Une sorte de démangeaison brûlante m'envahit dans l'air glacé.

« Vous ne vous imaginez pas, lui hurlai-je au visage, vous n'imaginez pas ce que vous me demandez de faire. Vous n'en avez pas la moindre idée. C'est de *ma famille* que nous parlons ici. De ma vie entière. Je m'exclurai définitivement de tout ce qui m'est cher. Je deviendrai une intouchable. »

Les larmes me brûlaient le visage.

« Comment voulez-vous que j'aille trouver la police pour leur parler d'Alan ? Il était comme mon père, pour moi. Je l'*aimais.* »

Je ponctuai ma tirade d'une plainte, puis le silence se fit. Quelques jardins plus loin, j'entendis les sanglots hoquetés d'un bébé qui pleurait depuis longtemps et n'allait sûrement pas s'arrêter. Je fouillai ma poche à la recherche de mes cigarettes, j'en allumai une, et je tamponnai maladroitement ma figure barbouillée avec un mouchoir trempé.

« Tenez. »

Alex m'en tendit un autre.

« Excusez-moi, je pille vos provisions de mouchoirs.

— Ce n'est pas grave. J'en ai une montagne. J'ai une allocation spéciale de la Communauté européenne pour ça. »

Nous regagnâmes la maison. À la porte, Alex s'arrêta et me posa la main sur l'épaule.

« Je n'exige pas de vous que vous fassiez quoi que ce soit, vous savez. C'est évidemment à vous de prendre vos décisions. Je vous demande simplement si vous pouvez vraiment ne rien faire. »

À l'intérieur, Alex refit du café, tandis que j'allais me nettoyer la figure dans la salle de bains. J'avais une tête épouvantable. Le mascara me coulait en rigoles sur le visage, des mèches échappées de sous mon chapeau collaient à mes joues barbouillées, j'avais les yeux bouffis et le nez rouge de froid. « Ressaisis-toi », marmonnai-je à la femme dans le miroir, et je regardai un rictus sans joie s'étirer sur ses traits. Je me sifflotai *Jamais tu n'entreras au paradis*, que nous chantions tous en chœur au Domaine. Bah, il y avait belle lurette que je ne croyais plus au paradis.

Alex avait posé une boîte de biscuits sur la table. Je trempai un sablé dans mon café et le dévorai. Quand j'eus fini, il prit nos tasses et les mit dans l'évier. L'entretien était terminé.

« Merci, Alex. » J'enfourchai mon vélo.

En arrivant à l'écluse de Camden Lock, je me rendis compte que j'avais quelque chose à lui dire, et je fis demi-tour pour retourner frapper à sa porte. Il l'ouvrit aussitôt, l'air à peine surpris.

« Je vais le faire », annonçai-je.

Sans bouger, il se contenta de me fixer. Puis il hocha la tête.

« Ainsi soit-il. »

Cela me parut très biblique, comme un avertissement redoutable. Je repartis en sens inverse sans ajouter un mot.

30

J'étais prête depuis une demi-heure quand le klaxon retentit dehors. Il neigeait ; une neige magnifique, qui tombait à gros flocons pour se poser comme des feuilles sur les arbres et les maisons, et sur les voitures en stationnement. Dans cette faible lumière, Londres paraissait pur, serein ; assise près de la vitre je fumais, seule avec mes pensées. Camionnettes rouillées et bouteilles de lait vides s'étaient métamorphosées en formes blanches éthérées. Tous les sons étaient atténués. Même les écrans de sécurité de la maison d'en face formaient un lacis scintillant. Ce soir, ce ne serait plus que de la bouillasse. Ce soir, Martha reposerait auprès de sa fille unique. J'étais contente qu'elle soit morte.

J'enfilai le manteau que j'avais acheté avant d'aller embrasser Caspar dans le cimetière de Highgate. Je pris un chapeau marron et des gants de cuir assortis, puis je sortis rejoindre Claude. Il avait tenu à revenir de là-bas pour me prendre. Par ce temps. Il m'expliqua qu'il voulait être sûr que je viendrais.

Nous commençâmes la route en silence. Je fumais en regardant Londres se dissoudre peu à peu dans la campagne. Il farfouillait dans ses cassettes et conduisait à la vitesse immuable de cent kilomètres à l'heure sur la M1. Les essuie-glaces repoussaient méthodiquement la neige en tas gris serrés.

« Eh bien ? demandai-je finalement.

— Eh bien, quoi ?

— Tu sais bien. »

Claude se renfrogna.

« Alan est resté terré dans son bureau tout le temps que j'étais là-bas. Et quand il n'y est pas, la porte est solidement fermée à clé.

— Bon Dieu.

— Ne t'inquiète pas, Jane, ensemble nous trouverons bien quelque chose. »

Je me contentai de grommeler mon acquiescement, et regardai défiler Birmingham avec ses interminables rangées de tours et de barres. J'essayais de ne pas penser à mes cigarettes. Je n'avais pas réfléchi à ce que je dirais à Alan. Je ne m'étais même pas préparée à le revoir. En fouillant dans mon sac, je dénichai un peigne que je me passai laborieusement dans les cheveux avant de rajuster mon chapeau. Claude me lança un bref coup d'œil.

« Nerveuse ? »

Je me rendis compte que Claude était désormais le seul membre de la famille Martello avec qui je puisse être ainsi.

« Tu as été formidable dans toute cette histoire », dis-je.

Il garda les yeux fixés droit devant lui.

« Je l'espère », dit-il.

Sous la fine couche de neige, la tombe de Natalie paraissait encore neuve et propre. Il y avait des fleurs printanières – des aconits, des perce-neige – enfoncées dans les trous d'une vasque en pierre. Je me demandais si quelqu'un viendrait encore s'en occuper, désormais. À côté béait un affreux trou. La neige amère y tombait comme un crachin hostile.

Une petite foule en habits de deuil regardait s'approcher les quatre fils de Martha, qui portaient son cercueil. Ils étaient d'une douloureuse beauté sous leur fardeau, des modèles de fils endeuillés, portant la dépouille de leur mère bien-aimée. Devant moi, un homme se découvrit, et je reconnus soudain Jim Weston, si différent dans son long manteau sombre. La dernière fois que je l'avais vu, c'était au bord d'une autre tombe. Une sorte de tombe. J'ôtai mon chapeau moi aussi. La neige voletait sur mes cheveux. Je me postai en bordure de la foule, pour éviter tout risque de rencontrer Alan. Plus tard, il allait vouloir m'étouffer dans une longue étreinte et me parler à l'oreille de son chagrin. Tout cela pouvait attendre. Je sentis un léger coup dans mon dos et je me retournai. C'était Helen Auster.

« Je voulais juste être présente », chuchota-t-elle avec un petit sourire.

Je lui pressai brièvement le bras tandis qu'une fois de plus retentissaient les paroles d'usage.

J'entendis Alan avant de le voir. Comme le cercueil de Martha descendait dans la fosse béante, un hurlement déchira l'air. Toutes les têtes se tendirent et soudain, dans un interstice, la scène m'apparut. Penché au-dessus du cercueil, Alan sanglotait des mugissements sourds. Le vent rejetait en arrière ses cheveux gris sales ; malgré le froid, il ne portait pas de manteau, et son complet noir chiffonné était déboutonné. Les larmes ruisselaient abondamment sur son visage marbré, et il brandit sa canne pour l'agiter en l'air, tel un roi Lear improvisé.

« Martha ! hurla-t-il. Martha ! »

Les quatre fils se resserrèrent autour de lui ; sveltes et droits autour de leur père énorme et déchaîné, que la douleur et l'alcool embrouillaient. Alan se couvrit le visage des deux mains, et les larmes continuèrent de couler tandis qu'il gémissait et sanglotait. Tous les autres gardaient le silence. C'était un one-man show.

« Pardonne-moi, hurla-t-il. Je te demande pardon ! »

Claude l'entoura de son bras, et il se laissa aller contre l'épaule de son fils en hoquetant des sons incohérents. À côté de moi, une femme que je n'avais jamais vue se mit à pleurer sans bruit dans son mouchoir. Erica, qui se tenait en retrait avec Paul et mon père, se moucha bruyamment et réprima un unique sanglot. Quant à moi, je me sentais la tête aussi claire et froide que le temps qu'il faisait. J'avais déjà fait mes adieux à Martha. Maintenant, je m'apprêtais à trahir sa dernière requête. *Veille sur Alan.*

Des mottes de terre glacées heurtèrent le cercueil. Martha et Natalie reposaient désormais côte à côte, et Alan sanglotait bruyamment.

Helen passa son bras sous le mien et nous nous écartâmes du groupe, quittant l'allée pour déambuler parmi les tombes.

« Vous ne semblez pas en très bonne forme, observa-t-elle.

— Je suis passée par une mauvaise période, mais je crois que ça va mieux, maintenant. Et vous, comment allez-vous ? »

Elle sourit.

« Je voulais vous dire quelque chose. Nous avons trouvé comment utiliser l'une de nos listes. Nous allons publier une annonce lundi. Nous prierons toutes les personnes de sexe masculin qui se trouvaient dans les environs du Domaine le 27 juillet, soit le lendemain de la fête et le dernier jour où Natalie a été vue vivante, de nous fournir un prélèvement sanguin afin d'identifier leur ADN.

— Pour retrouver le père ?

— Peut-être.

— Et l'assassin ?

— Ce ne serait pas une preuve en soi.

— Ça me paraît néanmoins une démarche positive.

— C'est aussi ce que nous pensons. »

Nous continuâmes à marcher en silence. À part nous, le cimetière était désert à présent. Je me forçai à parler :

« Mais vous, Helen, comment allez-vous ?

— Moi ? »

Manifestement, ma question la prenait au dépourvu. « Vous êtes au courant, bien sûr ? dit-elle.

— Oui. »

Helen s'arrêta et s'assit au bord d'une tombe ornée d'une urne à demi couverte d'une draperie en pierre. Elle leva les yeux vers moi, presque suppliante.

« Que voulez-vous que je vous dise ?

— Helen, je ne vous demande aucune justification d'aucune sorte. Mon seul souci, c'est de savoir comment vous allez.

— Moi ? Je suis complètement déboussolée. Ma vie est sens dessus dessous. » Elle tira un mouchoir de sa poche, le déplia d'une main gauche dans le froid, et se moucha. « Je suis totalement en contradiction avec mon devoir professionnel. Je suis en train de saccager mon mariage. Je vous assure que c'est la première fois qu'il m'arrive une chose pareille, et je sens qu'il va bientôt falloir que j'en parle à Barry – c'est mon mari. Et le pire, c'est que je suis aussi folle de joie et d'excitation. Évidemment, je n'ai pas besoin de vous le dire. Vous savez mieux que personne comment est Theo.

— Oui.

— Brusquement, je vois les choses différemment, j'aperçois de nouvelles possibilités. Et je me sens un peu enivrée par tout ça.

— Que comptez-vous faire ?

— Je ne cesse de changer mes projets. Ce qui va sans doute se passer, c'est que j'attendrai la fin de l'enquête, puis je dirai tout à mon mari et je m'en irai. Et nous pourrons vivre ensemble.

— C'est ce que Theo vous a dit ?

— Oui. » Elle me lança un nouveau coup d'œil. « Vous ne semblez guère approuver.

— Ce n'est pas une question d'approbation. » Je m'assis sur la tombe à côté d'Helen, dans une position très inconfortable. « Écoutez, je n'ai pas de conseil à vous donner et peut-être avez-vous parfaitement raison dans les prévisions que vous faites. Je pense simplement que vous devriez vous méfier de la famille Martello. Ils sont fascinants, séduisants, et ils attirent les gens ; mais je crois qu'ils savent aussi les tromper.

— Mais vous-même vous faites partie de la famille Martello.

— Oui, je sais, et tous les Crétois sont des menteurs.

— Quoi ?

— Peu importe. Je ne sais plus ce que je dis. Ne sautez pas sans parachute, ou quelque chose comme ça.

— Mais vous avez aimé Theo, non ?

— Comment le savez-vous ? »

Elle se tut.

« Prenez garde de ne pas démolir votre vie et votre carrière », lui dis-je.

Elle me regarda avec l'air d'un petit enfant malheureux, une expression insupportable.

« Je pensais que vous me diriez simplement "Félicitations" ou "Bonne chance". »

Là-dessus elle s'effondra, en pleurs, tandis que je la tenais contre moi.

« C'est tellement bête et embarrassant que j'ose à peine l'avouer, dit-elle. Je rêvais que cela nous rapprocherait et que nous serions amies.

— Mais enfin voyons, dis-je en relevant son visage trempé. Ça nous a rapprochées, non ?

— Non, je veux dire plus que ça. Presque comme des sœurs. »

Je la serrai plus fort.

« J'ai plus besoin d'une amie que d'une sœur », lui chuchotai-je dans le cou.

Je m'étais inquiétée en vain à l'idée de rencontrer Alan ; il ne voulait voir personne. Le temps que j'arrive à la maison, il avait déjà filé, tel un gros crabe à la carapace brisée, et s'était enfermé dans son bureau. « Pour écrire », avait-il annoncé.

La cuisine et le salon étaient pleins de gens endeuillés ; certains que je reconnus, et d'autres que je n'avais jamais vus. Je crus apercevoir le nez en bec d'aigle et les pommettes saillantes de Luke, mais qu'aurait-il fait là ? Jim Weston se rapprocha, l'air mal à l'aise dans son complet brun étriqué aux larges revers. À peu de chose près on aurait dit son costume de démobilisation. Il me prit par la manche en murmurant quelque chose que je ne compris pas. Des conversations bourdonnaient autour de moi, des sons dépourvus de sens. Je voyais des bouches s'ouvrir et se fermer. Des gens s'essuyaient les yeux. Riaient. S'enfournaient des canapés dans la bouche. Soulevaient délicatement leur tasse de thé entre le pouce et l'index. Des corps me bousculaient.

J'avais chaud ; sous mes collantes, mes jambes me démangeaient ; j'avais les mains moites, et un tic nerveux me contractait imperceptiblement l'œil gauche. La douleur me lancinait le crâne. Theo se tenait devant moi, l'air sombre. Paul me tenait par l'épaule, et me disait quelque chose à l'oreille au sujet de papa, comme quoi il faudrait partir bientôt. Le pasteur – tout jeune, avec une pomme d'Adam qui gigotait de haut en bas au-dessus de son col rigide – serra ma main en sueur en prononçant quelques vagues paroles sur la paix enfin trouvée. Luke – c'était bien Luke – me demanda si je me sentais bien et quelqu'un me passa un verre d'eau. Peggy était en gris et Erica en bleu marine. Papa était assis près de la porte du patio et de temps à autre un chapeau se penchait dans sa direction, avant de se redresser. Il paraissait vieux, malheureux, et éperdu de chagrin.

Je remis mon manteau et fis le tour du jardin d'un pas vif. Je fumai le reste de mon paquet de cigarettes et ne retournai dans la maison qu'en voyant les gens monter en voiture et s'éloigner.

Nous formions une curieuse maisonnée provisoire, dépourvus de notre habituel sentiment d'appartenance commune. Paul et Erica repartirent presque aussitôt pour Londres. Le lendemain matin, Jonah et sa famille s'en allèrent aussi, et Theo conduisit Frances à la gare. Fred resta, avec Lynn qui paraissait inquiète. Et Claude aussi, bien sûr. Que faisions-nous tous là ? Les restes matériels de la vie de Martha n'avaient guère besoin d'être remis en ordre. Le matin de l'enterrement, nous avions fait le tour de ses tiroirs et de ses penderies. Tous les vêtements avaient été nettoyés, pliés, rangés ; certains dans des boîtes en carton étiquetées, avec leur destination inscrite de son écriture lisible et déterminée. Son atelier paraissait vide, mais c'était parce qu'elle s'était occupée de le ranger une ultime fois. Je savais qu'elle avait terminé son dernier livre environ deux mois avant de mourir, et qu'elle avait utilisé les mois qui lui restaient de manière systématique. Ses notes et la plupart de ses papiers avaient été jetés. Deux ou trois tiroirs ouverts au hasard montraient que chaque dossier, chaque fichier était en place. C'était le dernier grand geste de Martha. Il ne restait pas un coin de la maison où l'on pût prendre son fantôme au dépourvu, en négligé. Avant de s'en aller, elle avait tout signé, tout scellé, tel qu'elle le souhaitait. Cette constatation fut bien la seule chose qui me fit sourire ce jour-là.

Les frères n'avaient plus rien à faire là. Ils ne parlaient guère – Fred était à peine moins ivre que son père – mais je songeais qu'aucun des trois ne pouvait imaginer de laisser Alan seul dans cette maison. En fait, ils n'allaient jamais avoir à le faire.

Le déjeuner fut une lugubre affaire. Du pain, du fromage, du vin, et une conversation bizarrement animée, à laquelle Alan lui-même se joignit par moments. Nous n'étions plus dans le monde réel. Nous chancelions le long d'une arête entre deux existences. L'ancienne vie telle que nous la connaissions, organisée par Martha, n'avait pas été abandonnée, et quant à ce que serait la nouvelle vie, personne n'en parlait ni ne l'imaginait. Pensaient-ils que nous pourrions tous partir et laisser Alan se débrouiller seul dans cette maison ?

Lorsque nous eûmes terminé, Claude força presque physiquement son père à rester en bas.

« Toi, moi et Jane, nous allons faire un petit tour », annonça-t-il.

Alan nous regarda tous les deux avec effarement, et je fus à peine moins surprise.

« Ah bon ? m'exclamai-je.

— Oui, nous vivons une journée éprouvante », répondit Claude avec bonne humeur.

Par la fenêtre, je vis des nuages bas.

« Mettons des manteaux », reprit-il.

Il aida Alan à enfiler son imperméable, son chapeau, son écharpe et ses bottes, et il lui mit sa vieille canne dans la main. Nous trouvâmes ensuite quelques vieux manteaux qui étaient accrochés là (je frissonnai en m'apercevant que celui que je portais appartenait à Martha), et nous entraînâmes fermement Alan entre nous deux. Tandis que nous traversions la pelouse, Claude parla de la promenade qu'il avait faite la veille, et du nid de hibou qu'il lui avait semblé apercevoir dans un frêne, en bordure de l'allée ; il s'était dit que nous pourrions y jeter un coup d'œil. Soudain, il se frappa le front.

« Bon Dieu, j'ai oublié les jumelles. Ça t'embêterait d'aller les chercher, Jane ? »

Nous étions à nouveau mariés.

« Où sont-elles ?

— Dans la réserve des bottes. Et je l'ai fermée à clé, bien sûr.

— Pourquoi diable ? s'étonna Alan.

— Attends, je vais te donner mes clés, poursuivit Claude en fouillant ses poches l'une après l'autre. Non, désolé, j'ai dû les laisser quelque part. Papa, tu peux passer tes clés à Jane ? »

Alan tira de sa poche un imposant trousseau de clés qu'il donna à Claude, et Claude me les tendit sans laisser paraître le moindre sentiment, sinon peut-être un agacement dû à son oubli. On prétend que les médecins doivent aussi être des acteurs.

« À tout de suite. »

Je retraversai la pelouse en courant.

Le vestibule, le premier étage, puis l'escalier bien raide qui montait au grenier. Mes jambes flageolaient tellement que, craignant de tomber, je dus me cramponner à la rampe. J'essayai plusieurs clés jusqu'à ce que l'une d'elles tourne enfin ; je poussai la porte, et pénétrai dans l'antre d'Alan. C'était un lieu sacro-saint, qui ressemblait étrangement à une nef d'église, ainsi logé sous les combles. Il y avait des verrières sur chaque versant du toit, et elles diffusaient une lueur grise qui l'éclairait doucement, avant même que j'allume la lumière. De toute ma vie, je n'y étais entrée qu'en de très rares occasions. C'était là qu'Alan écrivait ou feignait d'écrire. Vide, cet espace aurait paru vaste. Mais il était tellement encombré qu'on ne s'y mouvait qu'à grand-peine. S'y entassaient factures quotidiennes, reçus, lettres d'éditeurs et d'universités, courriers publicitaires, tracts, sollicitations d'étudiants qui préparaient des thèses sur lui, vieux journaux, cartes postales de ses fils, invitations, et de nombreuses lettres qu'il n'avait jamais ouvertes. Je regardai un cachet postal, au hasard : 1993. Je contemplai les piles désordonnées de livres par terre, les mouchoirs en papier froissés et jetés dans le coin, la rangée de tasses de café dans lesquelles traînaient des traces de moisissure, la bouteille de whisky presque vide sur le bord de la fenêtre.

La table de travail d'Alan était l'un des rares endroits dégagés dans la pièce, avec son antique machine à écrire allemande accroupie au milieu comme un tank. À côté, il y avait une timbale pleine de stylos et de crayons, et un bloc-notes vierge. Sur l'étagère qui la surplombait, une profusion d'exemplaires du *Drain express* dans toutes les langues de Babel. C'était un titre qu'il avait toujours été difficile de traduire.

J'ouvris quelques tiroirs. Des carnets avec des bribes de notations, des cartes postales inutilisées, des rubans de machine à écrire, des pinces à dessin, une agrafeuse, des piles usagées, et divers objets totalement incompréhensibles. Je parcourus la pièce du regard. Il y avait un classeur métallique gris contre un mur, et une rangée de placards bas qui courait le long d'un autre. On ne range pas son journal intime dans un classeur de bureau. J'ouvris des portes de placards. Le premier contenait de grandes boîtes en carton, empilées les unes sur les autres. Je pourrais toujours y revenir le cas échéant. Le suivant était plein de vieux dossiers rangés sur les étagères. Celui d'après ne renfermait qu'un seul gros dossier en carton, sur lequel on pouvait lire *Les seins d'Arthur (titre provisoire)*. J'y jetai un coup d'œil et ne trouvai que quelques feuillets, couverts des gribouillis épais d'Alan. Des bouts de dialogues, des phrases sans suite, des descriptions qui se traînaient. C'était donc là le fameux grand roman, le retour tant attendu d'Alan sur le devant de la scène, le chef-d'œuvre qu'il montait régulièrement poursuivre. Malgré moi, j'eus un spasme de pitié pour lui. Quelle vie !

Le placard suivant était bourré de revues et de journaux, sans doute d'anciennes critiques et de vieilles interviews. Celui d'après était celui que je cherchais. Des douzaines de carnets à couverture rigide étaient empilés sur les étagères. J'en tirai un au hasard. La couverture portait l'inscription *1970*. Je brûlai. Je feuilletai les pages, toutes remplies des événements de la journée. J'en pris un autre, puis un autre. Ils étaient tous pareils. Au moins, il avait maintenu une forme d'écriture. Tout en bas dans la maison, j'entendais des voix, des bruits de porcelaine. Personne ne montait.

J'eus vite fait de trouver le volume que je cherchais. Je l'ouvris, et un papier s'en échappa pour atterrir à mes pieds. Je me hâtai de feuilleter le carnet mais, en arrivant au mois de juillet, je découvris une chose à laquelle je ne m'étais guère attendue : les pages avaient été arrachées. Du début de juillet jusqu'à septembre, il n'y avait rien. Puis les notations reprenaient comme avant. J'étais dans une impasse. Presque par réflexe, je me baissai pour ramasser le papier tombé du carnet. C'était un feuillet rayé et jauni par le temps, plié en deux. Je l'ouvris. On l'avait arraché d'un cahier à la hâte, car le haut de la feuille était tout déchiré. Je reconnus aussitôt l'écriture de Natalie au stylo-bille bleu. Son écriture me demeurait aussi familière que la mienne. Je lus :

Je ne vois pas l'intérêt que tu as à m'éviter. Nous sommes dans la même maison ! Tu sais très bien ce que tu m'as fait. Tu sais très bien ce qui se passe. Et tu t'imagines que tu vas pouvoir rester sans rien faire ? Tu crois que tu vas t'en tirer comme ça ? Très bien, ne me parle plus. Mais sache que je ferai ce qu'il faudra, et tant pis si ça détruit toute la famille. Je dirai tout, et je m'en fiche si je suis obligée de me tuer après. Mais c'est incroyable. Moi qui pensais que les familles, c'était fait pour protéger.

Natalie

Je me sentais parfaitement calme, à présent. Je repliai la lettre de Natalie, et la replaçai dans le carnet. Je me retournai, et vis Alan dans l'encadrement de la porte. Il portait toujours son grand manteau et les bottes en caoutchouc qui avaient étouffé le bruit de ses pas sur le tapis de l'escalier. Il était hors d'haleine.

« Tu aurais plus de chances de trouver les jumelles en bas.

— Je ne cherchais pas les jumelles. Où est Claude ?

— En bas. Si tu veux t'introduire en cachette dans mon bureau, Jane, tu devrais faire attention de ne pas allumer la lumière. Depuis le bois d'en face, on aurait cru les Illuminations de Blackpool. Qu'est-ce que tu fais ici ? Je vois que tu as lu mes chefs-d'œuvre impérissables.

— Je t'ai vu, Alan.

— Ah oui ?

— Je t'ai vu tuer Natalie. Je t'ai vu l'étrangler. J'avais oublié, puis je m'en suis ressouvenue. Et maintenant j'en ai la preuve.

— Comment cela, tu m'as "vu" ? Quelle preuve ? »

Il s'approcha de moi. J'essayai de le contourner, mais il me saisit le poignet, et le carnet tomba par terre. Je poussai un cri de douleur lorsqu'il me fit asseoir de force. Et comme je me débattais pour me relever, il m'appuya sur le cou avec son autre main, puis avec les deux.

« C'est ça que tu as vu ? C'était comme ça ? »

Je ne pouvais plus parler. Je ne pouvais plus respirer. J'étais secouée de spasmes tandis que je luttais pour aspirer de l'air. Puis il me lâcha. Pendant que je toussais et haletais, il se baissa et ramassa son carnet. Il eut vite fait de trouver le mot de Natalie, de l'ouvrir et de le lire. Puis il le replaça dans le cahier, qu'il referma avant de me le tendre.

« Tu as violé ta fille et tu l'as tuée, dis-je. Mais je t'ai vu. »

Alan se mit à pleurer. Puis il commença à se frapper la tête, tandis qu'un liquide morveux ruisselait sur ses joues.

« C'était toi, Alan, n'est-ce pas ? criai-je. Tu as couché avec ta propre fille, et ensuite tu l'as assassinée ? »

Un mince filet de sang lui coulait sur la figure. Il toucha le sang de son doigt, puis le leva.

« Coupable. Coupable ! Coupable ! Coupable ! »

Puis il se calma. Il se laissa glisser à terre, et resta assis là en silence, prostré, apparemment inconscient de ma présence. Je me levai de ma chaise en serrant le carnet contre moi, et je sortis sur la pointe des pieds.

31

Je ne voulais rencontrer personne. Je descendis à pas de loup et sortis par la porte de service. Je glissai le carnet bien en sécurité dans la poche intérieure de mon gros manteau, et m'éloignai de la maison à grands pas. Je choisis une des promenades que je connaissais le mieux, une des plus longues, qui offrait le plus de vues. Je savais que je pouvais l'effectuer sans réfléchir. Je traversai des bois et gravis des collines, par un vent si fort que je faillis être renversée, et par un temps si froid et si clair que j'aurais juré que je pouvais voir jusqu'aux Beacons du pays de Galles.

Je poursuivis mon chemin, sans jamais revenir vers la maison. Au moment où la nuit commençait à tomber, j'entrai dans un pub pour téléphoner au Domaine et avertir Claude de ne pas m'attendre pour le dîner, que je lui expliquerais tout plus tard. Je mangeai des lasagnes arrosées d'une bière tiède et mousseuse, suivie d'une tarte à la rhubarbe avec un café noir. La femme du bar me montra une carte, et je pus regagner le Domaine par la route, sous la lune la plus pleine qu'on pût rêver. Lorsque j'entendis le gravier crisser sous mes bottes, toutes les lumières étaient déjà éteintes. Je montai directement dans ma chambre et je m'endormis d'un sommeil de plomb, avec le carnet sous mon oreiller.

En descendant à neuf heures passées le lendemain matin, j'aperçus Fred et Lynn, dehors, qui chargeaient leur voiture. Claude installait une étagère dans la cuisine. Je lui demandai où était Alan, et il me répondit qu'Alan et Theo étaient allés au bourg. Faire des courses, sans doute. Il me désigna le four, dans lequel il avait gardé au chaud des œufs, des tomates et du bacon. Je les dévorai de grand appétit, accompagnés de thé et de jus d'orange. Pouvais-je emprunter la voiture de Claude ce matin ? Oui. Il me demanda si j'avais quelque chose à lui dire. Pas encore. Je finis mon thé, pris les clés et, en me dirigeant vers la voiture, j'embrassai au passage Fred et Lynn.

À la réception du commissariat de Kirklow, je demandai à voir Helen Auster. Elle était absente.

« En ce cas, puis-je voir la personne qui la remplace ? »

Je regardai les affiches, jusqu'au moment où un homme jeune de forte stature apparut, qui se présenta comme étant l'inspecteur Braswell. Je lui montrai le carnet et la lettre de Natalie et, en quelques phrases, je lui expliquai où je les avais trouvés. Il parut surpris et me conduisit au bureau du commissaire de Kirklow, une pièce agréable décorée dans un esprit moderne et fonctionnel. Un léger brouhaha de conversations s'interrompit à mon entrée, et plusieurs personnes me dévisagèrent avec curiosité. Braswell me fit traverser la salle, jusqu'à une pièce réservée aux entretiens. Il me demanda s'il pouvait m'emprunter le carnet un moment. Quelques instants plus tard, il reparut avec deux autres hommes, dont le plus jeune portait une chaise en plastique bleue, qu'il plaça dans un angle.

L'autre, visiblement leur supérieur, était un homme mince au visage sanguin et aux cheveux bruns ternes, aplatis au prix d'un effort manifeste.

« Je suis le commissaire Wilks, chargé de l'enquête, dit-il. Et je crois que vous avez déjà rencontré l'inspecteur Turnbull. »

Je saluai d'un signe de tête le jeune homme qui se tenait dans l'angle, et nous nous assîmes tous, tandis que Wilks poursuivait.

« L'inspecteur-chef Braswell procédera aux interrogations nécessaires, assisté de l'inspecteur Turnbull. Je voudrais juste vous poser quelques questions préliminaires, si vous le voulez bien. Tout d'abord, puis-je vous offrir quelque chose ? Thé ? Café ? »

Il envoya Turnbull chercher quatre thés.

« Où est l'inspecteur Auster ? m'enquis-je.

— En congé, dit Wilks.

— Au beau milieu de l'affaire ?

— L'inspecteur Auster n'est plus sur l'affaire. À sa propre requête.

— Ah.

— Et maintenant, Mrs. Martello, que pouvez-vous nous dire de ce carnet intime ? »

Je racontai en détail comment je l'avais trouvé, ainsi que la lettre, en fouillant le bureau d'Alan.

« Bien », dit Wilks en soulevant la lettre qui se trouvait maintenant protégée par une enveloppe en plastique. « Il ne fait aucun doute que c'est l'écriture de Natalie Martello ?

— Aucun. Il y a encore dans des malles, à la maison, beaucoup de documents écrits de sa main, si vous voulez vérifier.

— Bien. Vous dites qu'Alan Martello vous a surprise dans son bureau. Que s'est-il passé ? »

Je décrivis l'affreuse scène aussi calmement que possible, les mains sur mon cou, l'effondrement, le « coupable ! Coupable ! Coupable ! ».

« Pourquoi avez-vous fouillé le bureau d'Alan Martello, Mrs. Martello ?

— Pardon ?

— À première vue, il paraît curieux de soupçonner son beau-père d'avoir assassiné sa propre fille. Pourquoi le soupçonniez-vous ? »

Je respirai à fond. C'était la partie que je redoutais le plus. Puis, les joues brûlantes d'embarras, je racontai toute l'histoire de la thérapie avec Alex. Je m'étais attendue à voir les policiers sourire et échanger des regards, mais l'expression concentrée de Wilks ne changea pas et il garda le silence, sauf pour me poser deux ou trois questions sur les circonstances de la thérapie – la fréquence des séances, où et comment elles se déroulaient. Lorsque j'eus terminé, le silence se fit. Puis Wilks le rompit.

« Eh bien, Mrs. Martello, parlons clair. Vous affirmez avoir assisté au meurtre ?

— Oui.

— Désirez-vous faire une déposition officielle en ce sens ?

— Oui.

— Avec la possibilité d'être citée à comparaître en tant que témoin à charge ?

— Oui.

— Bien. »

Wilks se leva, et enfonça ses mains dans ses poches. Je lançai un coup d'œil en direction des autres policiers.

« Je craignais que vous ne vous moquiez de moi, hasardai-je.

— Pourquoi nous serions-nous moqués de vous ? releva Wilks.

— Je pensais que vous ne croiriez pas que j'aie vraiment pu me ressouvenir d'avoir vu Alan.

— Vous en doutiez manifestement vous-même.

— Comment cela ? »

Wilks haussa les épaules.

« Eh bien, vous n'êtes pas venue nous faire part de vos soupçons. Vous avez préféré mener une enquête personnelle, au cours de laquelle il semble que vous et Alan Martello ayez manipulé des preuves matérielles.

— Ce n'est pas très gentil.

— Je ne voudrais pas paraître désobligeant, mais il aurait mieux valu que vous veniez nous trouver tout de suite. En outre, vous auriez pu être blessée.

— Que va-t-il se passer maintenant ?

— Si vous y consentez, comme je l'espère, les inspecteurs Braswell et Turnbull vont prendre votre déposition détaillée, ce qui durera sans doute une heure ou deux. Je dois ajouter que vous êtes habilitée à solliciter les conseils d'un avocat avant toute déposition. Nous pouvons vous communiquer quelques noms si vous le souhaitez.

— Ce n'est pas la peine. Et que ferez-vous ensuite ? Allez-vous convoquer Alan pour l'interroger ?

— Non.

— Pourquoi diable ? »

Wilks sourit, mais derrière ce sourire perçait un soupçon de stupéfaction.

« Parce qu'il est déjà ici.

— Comment diable avez-vous pu l'arrêter si vite ?

— Il est venu de son propre chef. Il a annoncé qu'il voulait faire une déposition. Son entrée au commissariat a été enregistrée à neuf heures et douze minutes, et vingt-cinq minutes plus tard Alan Edward Dugdale

Martello avouait, sans y avoir été incité, le meurtre de sa fille Natalie.

— Quoi ?

— Il se trouve en ce moment même dans une cellule du sous-sol, en attendant quc soit rédigé l'acte d'accusation. »

J'étais médusée.

« A-t-il… ? A-t-il dit, euh, enfin, pourquoi et comment il l'a fait ?

— Non. Il n'a rien dit d'autre.

— Allez-vous l'inculper ?

— Les faux aveux sont toujours une possibilité. Certains cyniques ont même accusé la police de les encourager. Mais, tout à fait entre nous (Wilks haussa un sourcil à mon intention), après avoir entendu ce que vous avez dit, et vu le carnet et la lettre, je pense être en mesure de procéder à l'inculpation. Mais nous allons attendre que vous ayez terminé votre déposition, voulez-vous ? Guy et Stuart régleront les problèmes que vous pourriez rencontrer. À plus tard. »

L'inspecteur Turnbull se pencha au-dessus d'une boîte en carton posée à ses pieds, et en tira un gros magnétophone à deux pistes. Puis, pendant que Turnbull fouillait bruyamment parmi des boîtes de cassettes, l'inspecteur Braswell glissa un carbone dans un gros bloc-notes de formulaires. Il surprit mon regard et sourit.

« Vous croyez avoir fait le plus dur. Mais vous n'avez pas encore vu les imprimés qu'il va falloir remplir. »

32

À neuf heures du soir, le lendemain de la confession d'Alan, je reçus chez moi un appel d'un reporter du *Daily Mail* : « une source » avait informé le journal qu'Alan Martello, vingt-cinq ans après les faits, allait être inculpé de l'assassinat de sa fille enceinte parce que je m'étais soudain souvenue d'avoir assisté au meurtre. Étais-je disposée à lui accorder une interview ? Le choc fut tel que je dus m'asseoir avant de pouvoir parler, mais je parvins à maîtriser ma voix. Je répondis que, d'après ce que j'avais compris, si Alan devait être inculpé, ce serait parce qu'il avait avoué. L'homme paraissait sûr de lui. Il me demanda s'il était vrai que j'avais assisté au meurtre.

L'espace d'un instant, le vide se fit dans mon esprit. Devais-je mentir ? Valait-il mieux coopérer ? Je songeai à ma dernière incursion malheureuse dans le domaine public, lorsque j'avais tenté de défendre mon centre d'accueil face aux habitants du quartier qui étaient censés en bénéficier. Et ce fut déterminant. Je répondis au journaliste que le mieux serait de voir cela directement avec la police. Puis il me vint une idée. Je lui signalai que, puisque l'inculpation était imminente, l'affaire était désormais *sub judice*. L'homme parut mécontent de ma réponse, et je raccrochai.

J'appelai aussitôt Alex Dermot-Brown et lui racontai ce qui venait dc se passer. Je m'attendais à une réaction de compassion scandalisée, mais il se contenta de rire.

« Vraiment ?

— C'est terrible, non ? » insistai-je.

Ça ne semblait pas du tout être l'avis d'Alex. Il observa que cela n'avait rien de bien étonnant, et que c'était ce à quoi je devais m'attendre, puisque j'avais décidé de monter au créneau. Confusément, j'en éprouvai de la contrariété. Il reprit d'une voix chaleureuse :

« Je suis ravi que vous m'ayez appelé, parce que j'allais justement vous téléphoner. Avez-vous des projets pour demain après-midi ?

— Rien de particulièrement urgent. Pourquoi ? Vous voulez que je vienne pour une séance supplémentaire ?

— Non. Je veux vous emmener quelque part. Je passerai vous prendre vers onze heures et demie.

— Mais de quoi s'agit-il ?

— Je vous l'expliquerai en route. Au revoir. »

Je fus tentée de rappeler Alex pour lui dire que je n'étais pas libre, mais cela m'était égal, en somme, et il avait éveillé ma curiosité.

Je pris deux comprimés pour dormir, de sorte que je m'éveillai avec un fort mal de tête. J'avalai plusieurs cachets d'aspirine avec mon café noir et mon pamplemousse. Je me douchai et, ne sachant pas où je devais aller, je choisis des vêtements neutres. Une jupe sombre assez longue, un pull gris, un collier discret, un soupçon de rouge à lèvres et d'eye-liner, des chaussures plates. Si j'avais l'air d'une malade mentale, eh bien, au moins, j'étais de celles qu'on pouvait sans inquiétude relâcher dans la collectivité. Comme j'étais prête à dix heures et demie, je passai une heure à tourner en rond chez moi, à fumer, à écouter de la musique, à lire distraitement un roman. J'aurais dû sortir et jardiner, planter des bulbes, mais je craignais de ne pas entendre frapper à la porte. La sonnette ne marchait plus.

Enfin, Alex arriva. Chose incroyable, il arborait un complet. Il s'était rasé. Il avait les cheveux soigneusement peignés.

« Vous voilà bien élégant, observai-je. Ce n'est pas un rendez-vous galant, au moins ?

— À onze heures et demie du matin ? Vous êtes très élégante aussi. Venez. »

Alex conduisait une Volvo, équipée d'un siège d'enfant à l'arrière. Tout l'intérieur de la voiture était jonché de paquets de chips, de cassettes sorties de leurs boîtes et des boîtes vides. Il balaya de la main le siège du passager pour que je puisse m'installer. Un signal clignotant m'enjoignit d'attacher ma ceinture, et nous prîmes Kentish Town Road en direction du sud.

« Alors, où allons-nous ? »

Alex alluma la radiocassette. La voiture s'emplit de Vivaldi. Depuis des mois j'étais avide du moindre détail que je pouvais grappiller sur la vie privée d'Alex, et voilà que je me trouvais dans sa voiture, avec ses cassettes, Miles Davis et Albinoni, Blur et les Beach Boys, écrites de sa propre main. Pour moi, c'était aussi incroyable que si je m'étais trouvée en voiture avec, je ne sais pas, quelqu'un comme Neil Young, et j'avais en prime l'impression d'effectuer une chose vaguement interdite, voire incestueuse.

« Je suis le principal intervenant dans une conférence, dit Alex. J'ai pensé que cela pourrait vous intéresser.

— Pourquoi moi en particulier ?

— Parce que ça concerne la mémoire retrouvée.

— *Quoi* ? »

J'étais stupéfaite.

« Vous êtes sérieux ?

— Bien sûr.

— Mais enfin je ne comprends pas. Ça a quelque chose à voir avec moi ? »

Alex se mit à rire.

« Non, Jane. C'est un sujet auquel je m'intéresse. »

Je passai le reste du voyage à regarder par la vitre. Alex s'engagea dans le garage en sous-sol de l'hôtel Clongowes, à Kingsway. Nous prîmes un ascenseur, puis traversâmes le hall jusqu'à la porte d'une salle de conférences, où un panneau annonçait : « La mémoire retrouvée : survivants et accusateurs ». Alex signa pour nous deux à l'entrée, et je reçus un badge à mon nom, marqué au stylo-bille. Je n'étais apparemment pas attendue. Dans la salle, je vis des rangées de pupitres individuels, comme pour un examen, et la plupart des places étaient occupées. Alex me fit asseoir dans le fond.

« Restez là, me dit-il. Je vous rejoindrai dans une vingtaine de minutes. Il y a là une ou deux personnes que j'aimerais vous faire rencontrer. »

Il m'adressa un clin d'œil, puis retourna vers le devant de la salle. Il avançait lentement, car il saluait presque tout le monde sur son passage, serrant des mains, embrassant, donnant des petites claques dans le dos. Une femme magnifique, brune avec une peau mate, s'approcha de lui et l'embrassa, en relevant très haut sa chaussure à talon derrière sa cuisse. J'en éprouvai un picotement de jalousie, et me ressaisis aussitôt. Pendant des mois j'avais eu Alex tout à moi, et c'était presque un choc de le voir en public. C'était comme de découvrir papa au bureau, et d'avoir un coup au cœur en m'apercevant qu'il avait une vie en dehors de sa relation avec moi. Je me forçai à penser à autre chose. Sur la table devant moi se trouvait un stylo-bille blanc et un petit bloc-notes, portant tous deux l'inscription « Mindset » – parti pris. Il y avait aussi une chemise portant le titre de la conférence et renfermant divers documents, dont une liste des délégués, une centaine en tout. Chaque nom était accompagné de ses titres. Il y avait des médecins, des psychiatres, des travailleurs sociaux, des représentants d'organisations bénévoles, et un certain nombre de personnes, rien que des femmes, simplement désignées comme « survivantes ». Je supposai que je devais être une survivante moi aussi, ainsi d'ailleurs qu'une accusatrice.

Sur le devant de la salle se dressait une longue table, agrémentée d'une carafe et de quatre verres. Et sur le côté, un lutrin. Jouant de cette charmante modestie qui m'était déjà familière, Alex serra la main d'un dernier délégué et se dirigea vers le lutrin. Il tapota le micro, et le bruit se répercuta dans la salle.

« Comme il est midi et quart, je pense que nous devrions commencer. J'aimerais tout d'abord vous souhaiter la bienvenue à l'édition 1995 de la conférence sur la mémoire retrouvée organisée par Mindset, et vous dire combien je suis heureux d'y retrouver autant de visages familiers. Cette conférence est la vôtre et, comme l'année dernière, elle a été conçue de manière à maximiser la participation des délégués, de sorte que je m'efforcerai de brider mon éloquence naturelle – comme j'aime à l'appeler, tout au moins.

D'autant plus que j'ai conscience de m'adresser à un public composé de nombreux confrères analystes très distingués. »

Petits rires polis. Alex toussota nerveusement, but unc gorgée d'eau (je reçus un choc en découvrant que ses mains tremblaient) et poursuivit.

« Je me contenterai de dire quelques mots d'introduction, pour exposer les grandes lignes de l'ordre du jour. Puis le Dr Kit Hennessey fera le point sur certaines recherches récentes. Ensuite nous nous ferons une pause pour le déjeuner, dont on me dit qu'il sera servi à l'extérieur de cette salle, sur la droite. Vous n'aurez qu'à donner le jeton qui se trouve dans votre dossier. Après le déjeuner, nous nous diviserons en ateliers de réflexion, distribués dans différentes salles de conférences, toutes situées à cet étage. Vous en trouverez également le détail dans votre programme. Je crois que c'est à peu près tout.

« Maintenant, si vous le permettez, je passerai à ma brève contribution. »

Alex ouvrit le mince dossier qu'il tenait à la main, et en sortit quelques papiers. C'était là un Alex très différent de l'auditeur détendu, stimulant, ironique avec qui j'avais passé tant d'heures ces derniers mois. Il se montra passionné, polémique, et sans ambiguïté dès les premiers mots : « La mémoire retrouvée est l'un des grands scandales cachés de notre temps. » Il évoqua les générations de gens, et en particulier de femmes, contraintes de dissimuler les traumatismes subis dans leur enfance. Quand elles en avaient parlé, on les avait accusées d'affabuler, on les avait vilipendées, marginalisées, médicalisées, lobotomisées. Il reconnaissait à son grand regret que les autorités médicales précisément les plus qualifiées pour dénoncer l'horreur, à savoir les psychiatres et les analystes, ainsi que les autorités dans le domaine criminel, la police et les magistrats, avaient contribué ensemble à cette répression.

« La loi et la science, dit-il, ont été utilisées à mauvais escient contre ces victimes, de même qu'autrefois elles ont été utilisées à mauvais escient contre d'autres groupes, chaque fois qu'il était dans l'intérêt du pouvoir de nier les droits des minorités victimisées. La prétendue objectivité scientifique, le prétendu poids des preuves, ont eux-mêmes été utilisés comme instruments d'oppression. Nous devons à ces victimes de violences, qui ont fait preuve de courage en se souvenant, de leur dire : "Nous vous croyons, nous sommes avec vous." »

Je savais à présent pourquoi Alex m'avait amenée. Je m'étais cru folle, bizarre, maudite, prise au piège de mes propres souffrances. Cela faisait partie de ce qu'Alex entendait par « prendre la parole ». Découvrir que je n'étais pas seule, que d'autres gens avaient vécu ce que j'avais vécu. Avec un choc qui me fit presque pleurer, toute seule au fond de la salle, crayonnant distraitement sur la couverture glacée de mon programme, je me souvins brusquement de ce que j'avais tant aimé chez Natalie : elle m'avait « confirmée » en ressentant ce que je ressentais. Avais-je, moi aussi, été enterrée quand elle l'avait été ?

Alex avait terminé. Il demanda s'il y avait des questions, et plusieurs mains se levèrent. Un homme, directeur adjoint dans des services sociaux, remercia Alex pour son intervention mais observa qu'il avait relevé une omission, concernant la dimension politique. Il importait de légiférer. Pourquoi n'y avait-il aucun membre du Parlement parmi les délégués, ni même un conseiller municipal ? Alex haussa les épaules et sourit. Il était d'accord avec le délégué, dit-il. Dans ses relations, il connaissait un certain nombre d'hommes politiques favorables à leur cause, mais les implications des découvertes concernant la mémoire retrouvée étaient si colossales, et les puissantes autorités médicales et judiciaires y étaient si farouchement opposées, qu'ils répugnaient fortement à prendre position en public.

« Nous devrons poser le problème d'une autre façon, dit-il. Il nous faudra des affaires judiciaires spectaculaires pour prouver que ce phénomène ne peut plus être ignoré. Lorsque cela se produira, et que la prise de conscience se généralisera, cela paraîtra moins dangereux. Une fois que le wagon sera en route, peut-être que les politiciens le prendront en marche ! »

L'assistance applaudit. Quand l'enthousiasme se calma, une femme se leva. Étonnamment petite et fagotée comme l'as de pique, elle devait approcher la cinquantaine. Je m'attendais à ce qu'elle témoigne de souvenirs de violences retrouvés, mais elle se présenta comme Thelma Scott, psychiatre à St Andrew's, dans le centre de Londres. Alex la salua d'un bref signe de tête réticent.

« Je pense que nous savons tous qui vous êtes, Dr Scott.

— J'ai parcouru les titres des ateliers proposés, Dr Dermot-Brown, dit-elle en agitant le programme de la conférence. "Croire et rendre possible", "Écoutez-nous", "Obstacles juridiques", "Le dilemme du médecin", "La protection du patient". »

Elle se tut.

« Oui ? lança Alex, avec un soupçon d'exaspération.

— S'agit-il d'un forum de discussion ou d'une enquête ? Je ne vois aucune discussion prévue sur la question du diagnostic, sur le degré de fiabilité de la mémoire retrouvée, sur la protection des familles contre les fausses accusations.

— Cela n'est pas nécessaire, Dr Scott, répondit Alex. L'histoire entière de cette question se réduit à la protection des familles contre les *vraies* accusations. Nous n'en sommes pas encore au problème d'avoir à *décourager* les gens de porter des accusations de violences. Les pressions sur les victimes authentiques sont si fortes qu'il leur est presque impossible d'affronter leurs souvenirs retrouvés, sans même envisager des déclarations publiques pour faire valoir leurs droits en justice.

— Et je remarque une autre absence parmi les délégués, reprit le Dr Scott.

— Ah oui ?

— Il n'y a pas un seul neurologue présent. Ne serait-il pas intéressant d'entendre parler des mécanismes de la mémoire ? »

Alex poussa un soupir exaspéré.

« Nous ignorons les mécanismes du développement des tumeurs. Cela ne nous empêche pas de savoir que le tabagisme accroît le risque de cancer. Je suis fasciné par les recherches actuelles en neurologie, Thelma, et je partage votre préoccupation. Je déplore que nous ne disposions pas d'un modèle scientifique du fonctionnement de la mémoire et de sa répression dans le cerveau, mais les limitations de notre connaissance ne vont pas m'empêcher de faire mon travail de médecin et d'aider les patients qui en ont besoin. Et maintenant, y a-t-il d'autres questions ? »

La séance se poursuivit et, après avoir présenté le Dr Hennessey, un grand homme mince avec un énorme dossier sous le bras, Alex s'éclipsa de l'estrade. Saluant une ou deux personnes, il se faufila jusqu'au fond de la salle et s'assit près de moi. Je lui souris.

« Vous n'avez donc pas convaincu tout le monde ? »

Il fit une grimace.

« Bah, il ne faut pas lui en vouloir, murmura-t-il. Je suppose que Galilée devait avoir des gens comme le Dr Scott pour le tourmenter, sauf qu'ils avaient des instruments de torture à leur disposition. Il existe un grand mythe, d'après lequel on devrait pouvoir persuader les gens par la seule raison. Mais on a dit aussi que la seule façon de faire accepter une notion scientifique neuve et radicale consistait à attendre que tous les vieux savants attachés à l'ancienne théorie soient morts. Maintenant, filons discrètement. Il y a quelqu'un que je veux vous présenter. »

Comme nous sortions sur la pointe des pieds, Alex adressa un signe à une femme adossée au mur, et elle nous suivit dehors. L'antichambre était déserte.

« Je veux présenter l'une à l'autre deux de mes stars, dit Alex. Jane, voici Melanie Foster ; Mel, voici Jane Martello. Pourquoi n'iriez-vous pas toutes les deux manger quelque chose dans la pièce à côté, avant la ruée de la foule ? »

Melanie portait un tailleur gris irréprochable, et je me sentis minable. Elle devait avoir cinq ans de plus que moi, mais son visage était couvert de fines ridules, comme un journal froissé qu'on aurait ensuite lissé. Elle avait des cheveux gris et courts, épais comme du crin de cheval. Elle portait des lunettes de grand-mère et souriait d'un air mal assuré. Elle me plut tout de suite. Nous échangeâmes un regard, un signe de tête, et nous nous dirigeâmes vers le buffet.

Les serveurs bavardaient par petits groupes, en attendant le coup de feu. Je n'allais prendre qu'un peu de fromage et de pain, mais Melanie me servit une généreuse portion de pâtes à la sauce piquante sur une assiette, et je me laissai faire avec un petit rire ravi.

« Je vous trouve maigre, dit-elle. Là. »

Elle disposa de la salade de tomates à côté des pâtes, puis des pousses de soja, jusqu'au moment où je criais un « Stop ! » d'effroi amusé.

« Il faut me tenir compagnie. »

Nous emportâmes nos plateaux vers une petite table d'angle où personne ne risquait de se joindre à nous.

« Je devrais sans doute vous demander comment vous connaissez Alex, dis-je.

— Oui, dit Melanie d'une voix sûre de maîtresse d'école. Mais je dois d'abord vous dire que moi je sais pourquoi vous connaissez Alex.

— Vraiment ? m'exclamai-je, choquée. Je croyais que c'était très personnel ?

— Certes, en effet, ajouta-t-elle à la hâte. Mais votre cas est maintenant tombé dans le domaine public, non ?

— Sans doute, mais tout de même…

— Ma chère Jane, je suis ici pour vous aider, et je peux vous dire que vous en aurez bien besoin.

— Et pourquoi *vous*, Melanie ? »

Melanie venait de prendre une bouchée de pain et, en voulant répondre, elle s'étouffa. Je la tapotai dans le dos. Il y eut une longue pause.

« Merci. Je peux parler, maintenant. J'ai commencé à voir Alex il y a une dizaine d'années. J'étais déprimée, mon mariage battait de l'aile, j'étais trop stressée au bureau. Enfin, vous connaissez : l'état normal de la femme qui travaille. »

J'acquiesçai avec un sourire.

« J'ai passé environ deux ans à parler de ma jeunesse et de tout ça, mais rien ne semblait changer. Un jour, Alex m'a dit qu'à son avis j'avais dû être violentée par un membre de ma proche famille, et que je refoulais ce souvenir. J'étais furieuse, j'ai complètement rejeté cette idée, et j'ai même envisagé d'interrompre mon analyse, mais quelque chose m'a fait continuer. Nous avons donc poursuivi, en chatouillant certains épisodes de mon enfance, certains vides, mais rien ne se produisait. Tout cela semblait absurde, jusqu'au jour où Alex m'a suggéré de me représenter une scène où j'étais violée, et de partir de là. »

Melanie s'interrompit pour boire un peu d'eau.

« On aurait dit l'ouverture d'une vanne. Il y avait des images qui me tourmentaient, des images sexuelles. À mesure que je focalisais, que je les développais, je me suis rendu compte qu'il s'agissait de souvenirs d'agressions sexuelles que j'avais subies de la part de mon père. Je vous ferai grâce de ce qu'il m'infligeait, des choses terribles, perverses, que je pouvais à peine imaginer. Et peu à peu, Alex et moi en découvrions de plus en plus. Je me rendais compte que ma mère avait conspiré avec mon père, pas seulement en le laissant faire, mais en l'aidant activement. Et mon frère et ma sœur avaient été violés et violentés aussi. »

Elle s'exprimait avec un calme étrange, comme si elle s'était appris comment raconter cette terrible histoire. Je me demandais ce que je pourrais bien dire.

« C'est épouvantable, balbutiai-je, consciente de proférer une banalité. Étiez-vous absolument sûre que ce soit vrai, que vous ne l'aviez pas imaginé ?

— L'inquiétude me tourmentait et j'avais grand besoin d'être aidée, ce qu'Alex a fait, presque à lui seul.

— Qu'avez-vous fait ? Avez-vous averti la police ?

— Oui, au bout d'un moment. Ils ont interrogé mon père, mais il a tout nié, et il n'y a jamais eu d'inculpation.

— Et qu'ont dit votre frère et votre sœur ?

— Ils ont pris totalement le parti de mes parents.

— Alors que s'est-il passé avec votre famille ?

— Je ne les vois plus. Comment pourrais-je avoir le moindre lien avec des gens qui ont saccagé ma vie ?

— Mon Dieu, je suis vraiment désolée pour vous. Et ensuite qu'est-ce que vous avez fait ? Comment votre mari a-t-il réagi ? »

J'étais horrifiée, mais Melanie paraissait détachée, presque amusée, en décrivant le naufrage de sa vie.

« Il n'a pas pu faire face, mais il faut dire aussi que, pendant un an ou deux, je me suis complètement effondrée. J'ai été terriblement malade, incapable de travailler ; je ne fonctionnais plus, je ne pouvais plus rien faire. J'ai quitté la maison, j'ai plaqué mon travail. J'ai perdu pratiquement dix années de ma vie. J'avais toujours désiré des enfants, voyez-vous. J'ai commencé à voir Alex quand j'avais environ trente-cinq ans, et j'en ai maintenant quarante-six. Je n'aurai jamais d'enfants. C'est tout ce que je peux faire pour me protéger.

— Mon Dieu, Melanie, est-ce que ça en valait la peine ? »

Son curieux demi-sourire s'évanouit.

« En valoir la peine ? Mon père m'a sodomisée quand j'avais cinq ans. Ma mère le savait mais préférait l'ignorer. Voilà ce qu'ils m'ont fait. Voilà ce avec quoi je dois vivre. »

Je me sentais mal, la nourriture que j'avais dans la bouche se desséchait, m'étouffait. Je me forçai à avaler.

« Ils ne vous ont jamais demandé pardon pour ce qu'ils vous avaient fait ?

— Demandé pardon ? Ils n'ont jamais admis qu'ils avaient fait quoi que ce soit.

— Et où en êtes-vous, à présent ? »

La question paraissait idiote. Mais je ne savais pas quoi dire.

« Il y a deux ans, j'ai créé un groupe de soutien pour des gens comme moi, qui ont recouvré le souvenir de violences qu'ils avaient subies. En fait, c'est pour cela qu'Alex voulait nous faire nous rencontrer. Nous allons nous réunir cet après-midi, et nous pensions que vous aimeriez peut-être vous joindre à nous.

— Je ne sais pas, Melanie.

— C'est un groupe de femmes remarquables, Jane. Je crois qu'elles vous plairaient. Essayez une fois. Je crois que nous pourrions vous être utiles. » Elle regarda sa montre. « Il faut que je vous quitte, maintenant. Mais la réunion est à deux heures. Dans le couloir, en salle C3. Vous y serez ? »

J'acquiesçai. Cette femme dévastée, mutilée, se leva, remonta la lanière de son sac sur son épaule, ramassa quelques dossiers et s'éloigna dans la foule, en saluant des gens ici et là. Elle aurait pu être à une fête ou une réunion féministe, mais elle allait présider un séminaire pour des personnes psychologiquement endommagées.

J'avais besoin d'une cigarette, et j'avais besoin d'un café. Je pris place dans la file mais, quand j'arrivai devant les piles de tasses pour me servir, ma main tremblait si violemment que le café se répandit partout sauf dans ma tasse.

« Attendez, je vais le faire », dit une femme à côté de moi, et elle remplit deux tasses, une pour elle et une pour moi. Puis elle me guida vers la table libre la plus proche et s'assit avec moi. Je la reconnus. Je la remerciai, et elle me tendit la main.

« Bonjour, je suis Thelma Scott.

— Oui. Je sais. J'ai entendu votre contribution au débat, ce matin.

— Et je sais qui vous êtes, répondit-elle sèchement. Vous êtes Jane Martello, le dernier spécimen en date d'Alex Dermot-Brown, et le meilleur.

— Tout le monde ici semble déjà me connaître.

— C'est que vous êtes une denrée précieuse, Mrs. Martello. »

C'était plus que je n'en pouvais supporter.

« Dr Scott, je vous remercie pour votre aide, mais je ne sais vraiment pas ce que je fais ici et je ne souhaite certainement pas m'engager dans une controverse.

— C'est un peu tard pour cela, non ? Votre beau-père s'apprête à passer le reste de sa vie en prison, et c'est vous qui l'y avez mis.

— Il a avoué le crime, Dr Scott. Il va plaider coupable.

— Oui, je sais, dit-elle, manifestement peu intéressée par ce détail. Qu'avez-vous pensé de Melanie Foster ?

— Je pense que c'est un cas atroce et tragique.

— Oui, je suis d'accord. »

Je terminai mon café.

« Il faut que je m'en aille, dis-je en m'apprêtant à me lever.

— Vous allez à l'atelier de Melanie ?

— Oui.

— Pour y puiser un réconfort parmi vos sœurs ? Pour vous entendre dire que vous avez bien fait ?

— Ce n'est pas du tout ce que je souhaite. »

Thelma Scott haussa un sourcil amusé.

« Ah bon ? C'est bien, dit-elle en ouvrant son sac.

— C'est moi qui paye, dis-je.

— Il n'y a rien à payer. Notre café nous est offert par Mindset. Je veux vous donner ceci. »

Elle tira de son sac une carte, inscrivit quelque chose au dos et me la tendit.

« Voici ma carte, Jane. J'ai noté mon adresse et mon téléphone personnels. Si un jour vous avez envie de me parler, vous n'aurez qu'à m'appeler. Absolument quand vous voudrez. Et je puis vous garantir que ce sera strictement confidentiel, ce qui n'est pas le cas avec tout le monde dans ce domaine. »

Je pris la carte avec réticence.

« Je ne pense pas que nous ayons grand-chose à nous dire, Dr Scott.

— Eh bien, ne m'appelez pas. Mais mettez-la dans votre sac. Allez, je veux vous voir le faire.

— Bon, d'accord. » J'obtempérai sous son regard attentif. « Voilà, je l'ai glissée sous ma carte de gymnase. »

Avant que j'aie pu me lever, Thelma Scott se pencha au-dessus de la table et me prit la main.

« Gardez-la soigneusement, Jane. C'est loin d'être terminé, me dit-elle avec une ardeur qui me surprit. Prenez garde à vous.

— Je suis toujours prudente. »

Sur ce, je m'en allai sans me retourner.

La salle de conférences numéro 3 était beaucoup plus petite que celle dans laquelle nous avions siégé le matin. Une dizaine de chaises étaient disposées en cercle et lorsque j'entrai, la plupart étaient occupées par des femmes. Elles me dévisagèrent avec curiosité tandis que je m'asseyais. Devais-je me présenter ? Serais-je grossière si je lisais une revue en attendant le début de la réunion ? J'ouvris mon programme comme si j'avais des préparatifs urgents à faire. Je me rendis compte que d'autres gens entraient, puis Melanie me salua et je levai la tête. Tous les sièges étaient pris, et il y avait deux personnes debout, dont Alex Dermot-Brown. On apporta donc deux chaises supplémentaires, et nous nous serrâmes toutes un peu pour leur ménager une place.

« Bonjour, commença Melanie quand tout le monde fut installé. Bienvenue à l'atelier "Écoutez-nous". Je vais m'efforcer de respecter l'esprit du titre, et de parler le moins possible. Comme vous le savez tous, ce n'est pas une réunion ordinaire de notre groupe. Nous avons des observateurs, ainsi qu'une invitée. Je ne souhaite pas y mettre de solennité, et je ne présiderai donc qu'au sens le plus général. Je propose que nous commencions par nous identifier, en expliquant ce que nous faisons ici. Nous procéderons dans le sens des aiguilles d'une montre, en commençant par moi. Je suis Melanie, et j'ai recouvré la mémoire de violences infligées par mon père et ma mère. »

Et les présentations se poursuivirent, véritable catalogue de souffrances, que je trouvai intolérable.

« Je suis Christine, et je suis ici parce que j'ai retrouvé le souvenir d'avoir été violée par mon beau-père.

— Je m'appelle Joan, et je suis ici parce que j'ai retrouvé le souvenir d'avoir été violée par mon père.

— Bonjour, je suis Alex Dermot-Brown, médecin, et je veux écouter les victimes de violences pour les aider à s'aider elles-mêmes.

— Je m'appelle Christine. » Sourire triste. « Encore une. J'ai retrouvé le souvenir d'avoir été violée par mes grands frères.

— Je suis Lucy, et j'ai retrouvé le souvenir d'avoir été violentée par mon père et ma mère.

— Mon nom est Petra Simmons, et je suis avocate. » Elle eut un petit rire nerveux. « Je suis ici pour voir ce que je peux faire. Et pour apprendre quelque chose, j'espère.

— Je m'appelle Carla, et je me suis souvenue d'avoir été violée. Mais je ne sais pas par qui. J'étais trop jeune. »

À mon tour. Mes joues étaient en feu.

« Mon nom est Jane. Écoutez, je ne suis pas vraiment prête pour ça. Je n'étais absolument pas prévenue. Je croyais que j'allais juste assister en observateur, pour voir ce que c'est.

— Ce n'est pas grave, Jane, déclara Sylvia, une femme d'âge mûr et d'une beauté robuste. La première chose à apprendre, c'est à trouver les mots pour ce qui nous est arrivé. Nous avons tellement l'habitude qu'on ne nous croie pas et qu'on nous soupçonne. C'est pour cela que nous avons refoulé nos traumatismes.

— Excusez-moi. » C'était ma voisine de gauche. « Puis-je me présenter avant que ne commence la discussion ?

— Oui, bien sûr, dit Melanie. Allez-y.

— Bonjour, je m'appelle Sally. Je me suis souvenue d'avoir été violée par mon père et par un ami de ma famille. C'est tout. Excusez-moi de vous avoir interrompue, Sylvia. »

Il y eut un instant d'embarras, car Sylvia avait en fait terminé. Je me précipitai dans ce silence.

« Je suis désolée, mais je ne suis vraiment pas prête pour cela. Vous êtes toutes des femmes courageuses et l'idée de ce que vous avez dû souffrir est insupportable, mais c'est encore trop récent pour moi.

— Ne soyez pas désolée pour nous », répondit Carla, une jeune femme à la magnifique chevelure teinte au henné, qui portait une robe coupée dans un tissu superbe. Elle ressemblait à une gitane de rêve. « Ce qui est terrible, c'est d'être incapable d'en parler. Ce que nous avons fait dans ce groupe, c'est nous libérer les unes les autres. Jane, je ne sais pas grand-chose de votre histoire, mais je crois deviner que ce que vous éprouvez en ce moment, c'est le doute quant aux souvenirs que vous avez recouvrés, et la honte des conséquences que cela a entraînées. Les victimes de violences sont toujours l'objet de nouvelles violences quand elles essaient de décrire ce qui leur est arrivé. Toute personne qui met en doute le témoignage d'une victime de violences commet elle-même une violence. L'objectif de notre groupe, c'est de nous soutenir et nous renforcer les unes les autres. Nous vous croyons, Jane, et nous avons confiance en vous.

— Merci, je suis sûre que ce groupe doit être très utile, d'un point de vue émotionnel. »

Un petit rire parcourut l'assistance, et des regards se croisèrent. Melanie tapota son classeur avec son stylo et demanda le silence. Puis elle prit la parole :

« Il ne s'agit pas uniquement d'émotions. C'est un problème politique. Si vous nous rejoignez, ce que nous espérons sincèrement, vous commencerez à apprendre qu'il existe des réseaux de violences, qu'il y a des auteurs de violences en situation d'autorité. Voilà contre quoi nous luttons.

— Vous ne parlez pas sérieusement, protestai-je.

— Quelle a été votre expérience, Jane ? Vous avez découvert un assassin et un violeur qui avait échappé à la justice pendant un quart de siècle. Que s'est-il passé ? Votre témoignage va-t-il être utilisé ? Votre révélation sera-t-elle enregistrée ?

— J'ai fait une déposition. Mais il a avoué, reconnus-je. Il plaide coupable.

— Comme c'est pratique, dit Melanie. Voyez-vous, les gens ne peuvent pas admettre que la violence est très répandue, que ce n'est pas juste le fait d'un obsédé fou mais que c'est n'importe qui – votre voisin de palier, peut-être même votre voisin de chambre. C'est trop horrible à accepter. Alors nous, les victimes, nous ne sommes pas censées nous souvenir – on nous *reproche* de nous souvenir. Mais aujourd'hui, nous prenons la parole. Bientôt, d'autres prendront la parole à leur tour, et la protection systématique dont jouissent ces auteurs de violences sera révélée. La police et votre famille ont voulu vous faire nier votre propre réalité, vous aliéner à vous-même. Nous sommes ici pour vous aider. »

Après l'atelier, Alex avait encore des gens à me présenter, mais je lui annonçai que je voulais partir, et que je prendrais un taxi. Il insista toutefois pour me reconduire et s'assurer que je me sentais bien. Je gardai le silence pendant plusieurs minutes, tandis que nous avancions lentement dans les premiers embouteillages.

« Qu'avez-vous pensé du groupe de Mélanie ? demanda-t-il.

— Je ne sais pas quoi dire. Je trouve difficile d'être rationnelle devant une telle accumulation de souffrances.

— Souhaiteriez-vous y entrer ?

— Mon Dieu, je n'en sais rien, Alex. J'ai dû tenir un stand, un jour, à la fête de l'école des garçons. L'expérience m'a dégoûtée d'adhérer à quoi que ce soit. Je ne suis vraiment pas faite pour la foule. »

Un nouveau silence s'instaura. Long. J'avais deux questions difficiles à poser.

« Alex, articulai-je enfin. Vous êtes un spécialiste de la mémoire recouvrée, et il s'est trouvé que j'avais un souvenir refoulé, qui n'attendait qu'à être redécouvert. Vous ne trouvez pas ça curieux ?

— Non, Jane, pas du tout. Vous souvenez-vous de notre premier entretien ? Je ne pensais rien pouvoir faire pour vous. Vous m'avez parlé d'un trou noir au milieu de votre enfance dorée. Ça a attiré mon attention. J'ai recherché un souvenir caché parce que j'étais déjà certain qu'il était là.

— Vous auriez pu vous tromper ?

— Mais vous l'avez trouvé, non ?

— Oui, c'est vrai. Je regrette de ne pas en éprouver plus de satisfaction.

— Rappelez-vous ce que vous a dit Melanie. La vie paraissait plus simple avant, n'est-ce pas ? Mais ce n'est pas *vous* qui avez tué Natalie.

— Dites, Alex, vous n'auriez pas parlé de moi à un journaliste, par hasard ? »

Avec une soudaineté surprenante, Alex fit une embardée et arrêta brusquement la voiture le long du trottoir. Quelqu'un klaxonna et cria quelque chose.

« Je suis votre médecin, Jane. C'est une accusation terrible.

— Ce n'était pas précisément un secret, à votre conférence.

— Il s'agit d'une communauté de personnes qui souffrent, Jane. Elles peuvent vous aider, et vous pouvez les aider. Vous êtes une femme intelligente et forte, une survivante. Vous avez là l'occasion de faire un bien immense.

— Tout cela est arrivé trop vite, Alex. Je ne peux pas commencer à prendre des engagements auprès d'autres gens. J'ai déjà du mal à m'occuper de moi.

— Vous êtes plus forte que nous ne le pensez. Si vous le vouliez, vous pourriez témoigner au nom d'une grande cause. Vous pourriez envisager d'écrire votre expérience, ne serait-ce que dans un but thérapeutique. Ne dites rien, mais pensez-y. Si vous aviez besoin d'aide, nous pourrions le faire ensemble. »

Je secouai la tête. J'éprouvais une extrême lassitude. « Chauffeur, à la maison. »

33

De tous les personnages englués dans ce drame abominable, Claude était sans aucun doute le héros. Pendant des mois – des années, en fait –, il avait veillé sur ma vie, avant que je n'essaie de l'en expulser totalement. À présent, j'avais du mal à m'imaginer sans lui, même si je m'efforçais de ne pas le voir trop souvent, et de ne pas trop m'appuyer sur lui quand cela m'arrivait. Kim n'arrêtait pas de me mettre en garde.

« Sois gentille, disait-elle, mais songe à ce que signifie la gentillesse dans ta situation. »

Il y avait des jours où je n'aspirais qu'à reprendre la vie avec lui et où je me demandais ce qui avait bien pu me pousser à le quitter. Ces jours-là, je me mitonnais des petits plats, je jardinais et je buvais du gin, en essayant d'ignorer la sensation de panique qui me nouait l'estomac.

C'est vrai, Claude avait été averti avant les autres au sujet d'Alan, mais je ne suis pas sûre que cela ait en rien atténué l'horreur de la révélation ni la souffrance qu'il ressentait. Pendant les quatre mois qui suivirent, sa réaction consista à jouer le fils aîné, l'homme de la famille. Je l'observai avec une admiration stupéfaite, tandis qu'il faisait front face à la presse, écrivait des lettres et triait les possessions de Martha. Il semblait avoir renoncé à dormir, pour se préoccuper exclusivement de faciliter la vie de chacun. Il paraissait rajeuni : les rides profondes qui lui creusaient les commissures des lèvres, et qui lui donnaient déjà l'air âgé, s'estompaient ; ses yeux brillaient davantage. Alors que tous autour de lui nous nous effondrions d'une manière ou d'une autre, il semblait plus au fait de ce qu'il voulait, plus maître de lui qu'il ne l'avait été depuis des années. Une telle détermination l'habitait que je me demandais s'il ne fallait pas voir là les prémices d'une dépression nerveuse.

Il ne me reprochait jamais rien. Il me donnait l'impression de guetter chacun de mes mots et de mes gestes, et de toujours prendre garde à ne rien dire qui pût me blesser. Sa prévenance était exaspérante, et me rappelait nos premiers rendez-vous : il me tenait la porte, m'apportait des fleurs, se retenait de m'interrompre, me complimentait sur mes vêtements. Il s'efforçait de ne pas me contredire et, quand il le faisait, c'était avec une respectueuse circonspection qui me rendait folle. Il avait mis longtemps – nous étions déjà mariés, parents, affublés d'un crédit immobilier et d'un réseau d'amis communs – avant de baisser sa garde et d'avoir confiance en moi. Y était-il jamais parvenu ? Il avait toujours bien trop peur de me déplaire et de me perdre. C'est d'ailleurs peut-être parce qu'il ne s'était jamais vraiment abandonné à moi qu'il m'avait perdue. Il m'avait offert son adoration et sa force, mais pas ses craintes et ses échecs. Il s'était donné trop de mal. Maintenant, dans sa sollicitude retrouvée, il m'informait diligemment de tout. Il me donnait des nouvelles de Theo, de Jonah et d'Alfred, me racontait comment leur femme et leurs enfants prenaient les choses, et même ce qu'ils disaient de moi, quoique de façon plus évasive ; je sentais bien qu'il éliminait toute l'amertume de leurs propos.

« Et Alan ? lui demandai-je, lors d'une de ses premières visites.

— Il refuse de parler. À personne. Pas un seul mot. »

Imaginer Alan – qui, aussi loin que remontent mes souvenirs, n'avait jamais pu se retenir de parler – retranché dans un mutisme total avait quelque chose de terrifiant. Je me figurais sa pensée, tel un gros poisson, se démenant avec violence juste au-dessous de la surface lisse et impénétrable de son humeur.

À mesure que se concrétisait l'échéance du procès, je me sentais de plus en plus vulnérable, de plus en plus exposée. Un jour, on me photographia à mon insu alors que je sortais faire des courses, et la photo se retrouva dans tous les journaux : « La Femme à la mémoire retrouvée. » Il y avait des limites légales à ce que l'on pouvait dire de moi, mais cela n'empêchait guère les correspondants médicaux de pondre des articles au sujet de la mémoire retrouvée, ni les chroniqueurs d'évoquer les prétendus problèmes que cela soulevait, ainsi que les histoires de famille et les pressions que subissait un écrivain célèbre et vieillissant.

Des efforts frénétiques furent déployés pour convaincre Alan d'accepter un avocat, mais il refusa toute forme de représentation légale. Il tenait à plaider coupable ; il ne voulait présenter aucune défense et refusait qu'un avocat le fasse en son nom. On craignait qu'il ne s'agisse là d'une ruse perverse de sa part, et qu'il ne plaide non coupable à la dernière minute. Je me rendis donc à deux reprises dans une petite salle d'audience à deux pas de Fleet Street pour y être interrogée par un homme et une femme encore jeunes, en tenue officielle, qui s'intéressaient en particulier aux circonstances dans lesquelles j'avais trouvé les carnets, ainsi qu'au détail de mes séances avec Alex Dermot-Brown. Presque chacune de mes déclarations donnait lieu à des chuchotements et à des marques d'inquiétude.

« Y a-t-il un problème ? m'enquis-je.

— La recevabilité, répondit le jeune homme. Mais c'est un problème qui ne concerne que nous. »

Claude se comportait comme si, par la seule force de sa volonté, il avait pu tout arranger (« Tout se passera bien », répétait-il souvent, avec un optimisme machinal). Il était le seul à voir encore tous ses frères ; il parlait avec Jerome et Robert, jouait au squash avec Paul, et maintenait l'illusion que la glorieuse entité des Crane et des Martello existait encore. Il alla plusieurs fois voir mon père, et je crois qu'ils parvinrent à parler comme jamais ils ne l'avaient fait lorsque nous vivions ensemble. Claude alla même voir Peggy, avec qui il ne s'était jamais vraiment entendu, et répondit à ses questions. « Ce n'est pas parce que Paul et elle ont divorcé qu'elle doit être exclue. Après tout, elle connaît Alan beaucoup mieux qu'Erica. »

Je me demandais ce qu'il faisait quand il regagnait son petit appartement propret, comment il meublait son temps quand il n'avait rien de particulier à faire. Je me demandais s'il avait quelqu'un à qui parler de lui. Je le voyais se faisant griller une côtelette, se versant un verre de vin, mangeant son frugal repas devant le journal télévisé de vingt et une heures. Puis il devait faire le tour de son petit logis en redressant les coussins, tirer les rideaux, s'assurer que la porte était bien fermée, ses vêtements prêts pour le lendemain matin, le réveil réglé sur le mode radio. Il devait se coucher au milieu du lit et attendre le sommeil ; j'étais sûre que les images des récentes horreurs défilaient interminablement dans sa tête, et qu'il apprenait à s'en accommoder. En dépit de son côté méticuleux et prudent, de son amour de l'habitude et de son goût du détail, Claude était un homme courageux, stoïque j'imagine.

Un soir, je l'invitai à dîner chez moi. C'était la première fois depuis notre séparation que je préparais un repas pour lui – à l'exception du fameux dîner de champignons. J'étais nerveuse en faisant mes préparatifs : il ne fallait pas que ce soit trop spécial, comme pour un rendez-vous amoureux, mais pas trop ordinaire non plus, comme si nous étions encore mariés. Finalement, j'optai pour un simple poulet rôti accompagné d'une salade avec des croûtons à l'ail, suivi de deux fromages bien choisis, et de fruits en dessert. Quarante-cinq minutes avant son arrivée, je découpai deux gros poivrons rouges en fines lamelles et les fis revenir avec de l'ail. Quand ils auraient refroidi, j'ajouterais du vinaigre balsamique et une boîte de tomates égouttées. Je piquai le poulet de brins de romarin et le mis au four ; puis je lavai la salade que je jetai dans un saladier, avec des petits morceaux de concombre, de fenouil et d'avocat. J'hésitai un instant à me changer, et je décidai de garder ma tenue de bureau – mais je mis du mascara et me tamponnai un peu d'eau de rose derrière les oreilles.

Regarder Claude manger est un vrai plaisir. Il progresse avec méthode : il commence par recueillir dans sa fourchette un morceau de chacun des aliments qui se trouvent dans son assiette, puis il mâche avec soin, avant de faire passer le tout avec une gorgée de riche chardonnay. Je puise dans ce spectacle le même sentiment que quand, enfant, je regardais mon père se raser. Claude et moi allions-nous un jour revivre ensemble ? me demandais-je en observant ses poignets fins, ses longs doigts habiles et son air de calme concentration. Ce soir, cela ne paraissait pas invraisemblable, même si cette pensée, en me traversant l'esprit, provoqua en moi un sentiment d'échec. Lorsqu'il eut terminé, il posa soigneusement son couteau et sa fourchette côte à côte, s'essuya la bouche avec le coin de sa serviette et me sourit.

« Qui est Caspar ? »

La question me prit au dépourvu.

« Un ami.

— Juste un ami ?

— Je ne souhaite pas en parler.

— Dis-moi au moins si c'est sérieux.

— C'est une question qui n'a pas lieu d'être. Je n'ai pas vu Caspar depuis plusieurs semaines. Ça te va ?

— Ne t'énerve pas contre moi, Janey.

— Ne m'appelle pas Janey. »

Il prit un morceau de chaque fromage et deux biscuits salés.

« Tu ne penses pas que j'ai le droit de savoir ?

— Non, justement. »

C'était déjà mieux – je sentis s'éloigner l'idée que notre couple allait inévitablement se reformer. J'aurais voulu que la soirée soit terminée, maintenant. J'avais envie de me mettre au lit avec une tasse de thé et un bon thriller.

Claude posa un morceau de fromage de chèvre en équilibre sur un biscuit et le mit dans sa bouche. Il mastiqua longuement.

« Le fait est que je me sens toujours marié avec toi, dit-il calmement. Je considère toujours que tu es ma femme, et moi ton mari.

— Eh bien, tu…

— Laisse-moi finir. »

Il ne semblait pas se rendre compte que ce n'était pas le moment, ni que la soirée ne mènerait plus nulle part.

« Je le ressens plus fortement depuis que Papa a avoué. Nous avons vécu des moments épouvantables, les plus épouvantables qu'on puisse imaginer, en fait, et nous nous sommes aidés l'un l'autre. Enfin, je t'ai aidée, non ? » J'acquiesçai, muette. « Je ne te mentirai pas : l'une des raisons pour lesquelles j'ai provoqué cette… cette horreur, c'est que j'espérais que ça nous rapprocherait. Écoute, Jane, nous avons atteint un certain âge ; nous devrions nous épauler l'un l'autre, au lieu de nous éloigner. Nous sommes faits pour vivre ensemble ; nous et les garçons. »

Je me raidis à l'évocation des garçons – c'était un coup bas, de les utiliser ainsi. Il ne remarqua pas mon mouvement de recul.

« Nous sommes faits pour former une famille. Tu ne crois pas ? »

Mais je n'eus pas le temps de répondre. Il se leva, fit le tour de la table et prit mon visage entre ses mains ; il ne paraissait ni ému ni excité, simplement très déterminé, comme s'il avait eu le sentiment d'avoir résolu tout le reste, et qu'il s'apprêtait maintenant à régler ce dernier point. Il était trop près de moi, je ne le voyais plus bien, mais je sentais le vin et l'ail de son haleine. Je le repoussai.

« Non, Claude, je t'en prie. » Je tremblais. « C'est ma faute ; il est vrai que nous nous sommes rapprochés ces derniers temps, que nous avons été plus tendres l'un envers l'autre. Et puis je t'ai invité ici, et tu as pensé…

— Stop. Ne dis pas un mot de plus. »

Deux taches rouges étaient apparues sur son visage pâle. Il attrapa son manteau.

« Plus un mot. Pas maintenant. Mais penses-y, tu veux bien ? Je ne voulais pas précipiter les choses ainsi. Je ne voulais pas t'alarmer. »

Comme si j'étais un animal effarouché, qu'il fallait apprivoiser. Il s'immobilisa un instant sur le seuil. « Au revoir. » Il hésita. « Mon amour. »

Je n'avais éprouvé aucun désir, me disais-je en débarrassant la table et en enveloppant les fromages dans leurs papiers. Aucun. Au contraire, j'avais ressenti une sorte de sinistre panique : je ne pouvais vraiment pas retourner à mon ancienne vie, comme si je retrouvais l'équilibre après la crise de la quarantaine. Claude avait parlé d'un certain âge, et c'était vrai, bien sûr. Mais je ne me voyais pas comme ça.

« Pardonnez-moi d'être en retard. »

Caspar se glissa sur le siège en face de moi ; il ne me toucha pas.

« Je viens juste d'arriver moi-même. »

Nous étions tous deux très polis, et un peu méfiants. Je lui tendis la liste des vins, qu'il prit avec circonspection, pour éviter que nos doigts ne se touchent.

« J'ai commandé un pinot noir, dis-je.

— Bien, dit-il. Vous prendrez bien aussi quelque chose à boire ? » Il leva les yeux et croisa mon regard. « Mon irrésistible humour ne vous a pas manqué ? »

Je secouai la tête avec réprobation. « En est-ce un exemple ?

— Eh bien, je n'ai pas tellement eu l'occasion de le pratiquer. »

Le vin arriva, et nous le goûtâmes, gravement. J'allumai une cigarette et découvris que mes mains tremblaient légèrement. Caspar se rembrunit quelque peu.

« Vous préférez peut-être que je vous demande avec rancœur pourquoi vous m'avez brusquement laissé tomber sans un mot d'explication, avant de me rappeler tout à coup sans plus d'explication ?

— Vous pouvez me le demander. Je ne veux pas que vous éprouviez la moindre rancœur.

— Comment allez-vous, Jane ? »

Pendant les semaines où j'étais restée à l'écart de Caspar, j'avais oublié la qualité de son attention. Quand il me dévisageait, ses yeux interrogeaient chaque millimètre de mon visage d'un regard intense. Quand il me demandait comment j'allais, je savais que la question n'avait rien de rhétorique, qu'il souhaitait réellement savoir. Je pris une profonde inspiration.

« Je ne suis pas au mieux de ma forme. Vous savez… »

Il acquiesça.

« L'attention de la presse est-elle retombée ?

— Oui, un peu. Mais le procès est encore à venir, et ça risque alors d'empirer, j'en ai peur.

— Faudra-t-il que vous témoigniez ?

— Probablement pas. À moins qu'Alan ne change encore d'avis et qu'il plaide non coupable. Dans ce cas-là, tout reposera sur moi.

— Vous pouvez me dire comment ça s'est passé ? »

Sa question était admirablement formulée. S'il m'avait dit « Est-ce que vous avez envie d'en parler ? », j'aurais eu l'impression qu'il m'offrait son aide et sans doute me serais-je butée contre lui. Mais là, je m'aperçus que j'avais très envie de lui expliquer ce que j'avais vécu. Après tout, je ne me l'étais pas encore bien expliqué à moi-même. J'avais besoin de cette conversation.

« Je suis désolée de ne pas vous avoir appelé », déclarai-je impulsivement.

Caspar sourit.

« Je suis content que vous en soyez désolée, mais ce n'est pas grave », répondit-il. Il examina le menu.

« Commandons quelques hors-d'œuvre et des olives. Je n'ai pratiquement rien mangé depuis le petit déjeuner. »

Je racontai tout à Caspar. Je lui retraçai mon enfance, notre amitié avec les Martello (en passant rapidement sur Theo) et la disparition de Natalie. Je lui cxpliquai comment j'avais épousé Claude dans ma prime jeunesse, et comment mon mariage s'était longuement érodé au fil des ans, tel un château de sable qui se fondrait peu à peu dans la surface ondulée de la plage. Je lui racontai comment j'avais fini par quitter Claude, puis je lui décrivis la découverte du corps de Natalie. Caspar savait écouter. Comme je m'interrompais pour allumer une cigarette, il commanda une nouvelle bouteille de vin.

Je lui révélai que j'avais pris conscience d'être profondément malheureuse, et qu'après plusieurs faux départs (je parlai de ma première tentative avortée d'analyse, mais passai sous silence mon aventure d'une nuit avec William) j'avais commencé une thérapie avec Alex Dermot-Brown.

« Qu'espériez-vous de la thérapie ? s'enquit Caspar.

— J'imagine que je voulais retrouver plus ou moins le contrôle de ma vie. Je me sentais en pleine confusion, et je ne voyais pas comment m'en sortir. Ensuite, c'est davantage devenu une sorte de quête de la vérité sur mon passé.

— Vaste programme », observa Caspar.

Je tentai de lui parler de la thérapie, mais c'était plus difficile ; les illuminations que j'avais reçues sur le divan m'échappaient, comme des perles de mercure sous la pression d'un doigt.

« Il m'a aidé à faire de ma vie un récit continu, dis-je platement, répétant ce que m'avait un jour dit Alex.

— J'ai toujours pensé, répliqua-t-il, que la grande séduction de la psychanalyse, c'est qu'elle nous permet de raconter l'histoire de notre vie. »

Je n'aurais pas su dire si c'était une critique ou un compliment – probablement ni l'un ni l'autre.

« C'est difficile d'en parler maintenant ; c'est bizarre, mais j'ai du mal à m'en souvenir comme d'une chronologie, reconnus-je. C'est plutôt une sorte d'espace que j'explorais moi-même. Mais je ne sais pas si je vais continuer – je ne sais pas ce que je chercherais. Et puis – le bar à vin commençait à se remplir, et je devais élever la voix par-dessus le brouhaha et les bruits de verres –, et puis c'est terrifiant. C'est-à-dire, je n'avais jamais imaginé, avant, la somme de souffrances que les gens peuvent porter en eux, sans pour autant perdre pied. Et je ne suis pas sûre que ce soit toujours une bonne chose, d'aller racler les souvenirs enfouis et de rouvrir les blessures. Parfois, l'horreur devrait rester ensevelie. » Je frissonnai. « Pas dans mon cas, bien sûr. Mais je pense qu'il vaudrait mieux ne pas expliquer certaines choses. On devrait les stocker dans des conteneurs scellés, comme les déchets nucléaires. C'est une hérésie pour les thérapeutes, bien sûr. Sauf pour les sceptiques, comme Alex.

— Je suis heureux de voir que vous êtes sceptique vous aussi, dit Caspar. Et je suis heureux que vous n'ayez pas employé l'expression "force intérieure". »

Je ris. Puis je lui parlai du groupe auquel j'avais participé, et il ne fit aucun commentaire.

« Voilà, cela nous amène à l'instant présent. Et vous en savez cent fois plus sur ma vie que je n'en sais sur la vôtre. »

Je me sentais soudain gênée et éblouie, comme quand les lumières se rallument au cinéma.

« Mon heure viendra. » Il fit signe au serveur. « L'addition, s'il vous plaît. » Il enfila ses gants. « Il faut que j'aille retrouver Fanny à la maison, maintenant », dit-il. « Elle parle de vous, à propos. »

Nous sortîmes ensemble. « Vous êtes sûre que ça ira ? » demanda-t-il.

« Oui, répondis-je – car je pensais que cela irait sans doute bien.

— Et vous m'appellerez ?

— Oui. Absolument. Cette fois, je vous appellerai vraiment.

— À bientôt, alors.

— À bientôt, Caspar. Merci. »

Je crus un instant qu'il allait me toucher, mais il n'en fit rien, et j'en fus heureuse.

34

Un soir en rentrant de l'hôpital, Claude passa déposer ma malle qu'il rapportait du Domaine. Il s'attarda un peu sur le seuil. Il ne demandait rien, mais je voyais bien qu'il souhaitait que je l'invite à entrer prendre un verre, ou dîner, ou reprendre la vie avec moi. Je tins bon. Ce n'était pas un soir où affronter ces questions-là. Je voulais être seule pour fouiller la malle. Claude parla de la situation là-bas, au Domaine, maintenant que Jonah vidait tout pour mettre la maison en vente. Je l'écoutai, mais sans poser de questions ni réagir. Au bout de quelques minutes, la conversation ralentit et je demeurai exprès dans l'entrebâillement de la porte. L'air déçu, il suggéra qu'il valait sans doute mieux qu'il s'en aille à présent, et je le remerciai d'avoir apporté la malle ; il parut encore plus désappointé, et marmonna quelque chose. Je ne lui demandai pas ce qu'il avait dit et, l'air de s'apitoyer sur son sort, il s'en alla.

Les quatre frères avaient vécu au Domaine, bien sûr, mais Paul et moi n'y allions que de temps en temps, aussi avions-nous chacun notre malle. Martha et Alan nous les avaient données quand nous étions petits. C'était pour ranger nos affaires au Domaine, un bric-à-brac que nous déposions là à la fin de l'été quand nous retournions dans le monde réel et que les malles étaient montées au grenier. La première chose que nous faisions en revenant, à la fin de juillet l'année suivante, c'était de courir chercher nos malles et d'en sortir des vêtements qui avaient rétréci parce que nous avions grandi.

Voir la malle ici avait quelque chose d'incongru, presque d'indécent. Elle appartenait au Domaine, à mon passé, et voilà que mon ex-mari l'avait flanquée sur le pas de ma porte. Quand je voulus la soulever, je regrettai presque de ne pas avoir fait entrer Claude. J'avais les bras trop courts pour la saisir par les deux poignées, et je dus donc la traîner dans un crissement terrible, comme le bruit d'un ongle sur une vitre, en laissant une traînée blanche que je soupçonnais d'être indélébile. Je la tirai ainsi jusqu'à la cuisine et la rangeai le long de la table.

Cela allait prendre du temps. J'avais besoin de me préparer. Je me servis donc un gin tonic, pris un nouveau paquet de cigarettes dans la cartouche de Marlboro que Duncan avait eu l'infinie bonté de me rapporter en *duty free* la semaine précédente, allumai la première et ouvris la malle. Ce n'était pas comme celles que j'ai encore dans mon grenier. Je n'y retrouverais pas de vieux paquets de lettres attachés par des rubans, ni de livrets scolaires, de cartes d'étudiante, de dissertations, de certificats ou de photos de classe. Il n'y avait pas là une vie tout entière, mais les fragments épars des intervalles de ma vie.

Je sortis quelques vieux volumes, *Anne et la maison aux pignons verts, Orgueil et Préjugés, Les quatre Filles du docteur March, Kim,* et d'anciens livres d'images que je fus tentée de tous relire aussitôt ; mais je les mis de côté pour un autre soir. Il y avait des objets totalement inutiles : de vieux stylos, des piles usagées, des tubes de colle vides, des boucles d'oreilles dépareillées, des bâtons de rouge à lèvres sans rouge à lèvres. Pourquoi ne les avais-je pas jetés à la poubelle ? Une boîte en forme de cœur et pleine de coton. Qu'avait-elle donc contenu ? Des peignes. Une grosse pierre peinte, que je décidai d'utiliser comme presse-papiers. Un drôle de petit bol décoré d'un singe. J'avais oublié tout cela. Je pourrais m'en servir pour ranger des trombones. Quelques vieilles cassettes. Je jetai directement à la poubelle des guides de la Grèce et de l'Italie. J'avais acheté celui de la Grèce dans la perspective d'un voyage que je n'avais finalement jamais fait.

Tout au fond s'empilaient de vieux cahiers. Tous, mais surtout Natalie et moi, nous couvrions des pages et des pages, pendant ces bribes d'été que l'on refoule quand on devient adulte, ou ces jours de pluie où nous traînions sans but dans la maison. Je jetai un rapide coup d'œil aux cahiers, avec leurs vieux dessins passés et leurs histoires, leurs jeux de pendus et de fantômes, leurs lettres et leurs gribouillis. Et puis le journal que je tenais presque chaque année. Une pensée me vint, et je fouillai soudain avec plus d'ardeur ; je retrouvai finalement un vieux cahier rouge intitulé : « J. Crane. *Journal.* 1969. » Je feuilletai jusqu'à la dernière les pages barbouillées de stylo-bille. C'était inutile, bien sûr. Il n'y avait rien sur le lendemain de la fête, ni même à propos de la fête. La vie était devenue trop dramatique, trop émotionnelle, pour être commentée dans un journal. Qu'avais-je fait et éprouvé, en ces derniers jours de bonheur et d'insouciance ? Je retournai quelques pages en arrière, et lus :

24 juillet

Theo Theodosius ! Natalie est complètement odieuse et refuse de me parler, Paul pleurniche à tout bout dc champ, je me demande ce qui lui prend, Fred et Jonah sont de vrais gamins. Claude est vanné avec l'organisation de la fête, il a l'air malade, il dit qu'il ne sait pas où il faut mettre la tente ni qui va la monter, ni qui a eu l'idée de ce barbecue – et c'est la base de tout – construit pratiquement au moment où la fête va commencer, et est-ce qu'on peut entrer en contact avec Alan et Martha s'il y a une urgence et lui (Claude), il a l'air complètement malade. Luke traîne partout un air d'âme en peine, et Papa et Maman ne respirent pas précisément la joie non plus. Avec tout ce foutoir et tout le monde qui craque, je suis dans une forme fabuleuse, comme jamais encore de ma vie. Tout commence et c'est merveilleux. À l'heure où j'écris, il est très tard (Natalie dort – elle avait vraiment une tête épouvantable ce soir, mais, si elle ne veut pas être gentille avec moi, je ne vais pas me casser la tête pour elle). J'écris à la lueur d'une torche électrique et je suis tellement excitée que j'arrive à peine à tenir mon stylo droit.

Aujourd'hui, il n'y en avait que pour Claude et l'organisation de la fête – aller faire les courses à Westbury, nettoyer, décider qui dormirait où, et je n'ai pratiquement pas vu Theo de la journée. Et puis après le dîner, quand il commençait à faire nuit, nous avons échangé un coup d'œil et nous nous sommes retrouvés dehors. Nous nous sommes pris par la main et, sans parler, nous avons contourné la pelouse et traversé le bois presque jusqu'à Cree's Top. Nous nous sommes assis par terre et nous nous sommes embrassés et touchés. Theo a défait certains de mes vêtements et il a touché mon corps à travers les vêtements qu'il n'avait pas retirés et j'ai touché son corps avec les mains qui tremblaient et j'espérais qu'il ne s'apercevrait pas que je tremblais, et puis de toute façon je m'en fichais. Je sens encore comme des vagues partout et, quand je ferme les yeux, je sens les endroits où il m'a touchée, chaque endroit, chaque fois. Nous nous sommes dit que nous nous aimions. Nous nous tenions dans nos bras et j'avais presque envie de pleurer, mais je n'ai pas pleuré. Puis nous sommes rentrés très lentement, et c'était le dernier croissant de la lune, le plus fin qu'on puisse imaginer. Ensuite nous nous sommes embrassés à corps perdu, et puis bonne nuit, je suis montée sur la pointe des pieds pour écrire tout cela, et je sais que je ne pourrai pas fermer l'œil de la nuit.

25 juillet

J'avais presque raison. Je suis restée des heures sans m'endormir, et j'ai été réveillée à quatre heures et demie par le chant des oiseaux, et toute la journée je me suis sentie à moitié endormie et à moitié dans un rêve. Journée mortellissime par ailleurs. Ces veinards d'Alan et de Martha profiteront de la fête sans avoir eu à la préparer. Tout le monde est de la même humeur de chien qu'hier. Avec en plus Mr. Weston qui est venu avec la tente et les briques et tous les trucs pour le barbecue, et qui était de *très* mauvaise humeur. Et Claude disait à Mr. Weston quoi faire, et ils étaient tous les deux de mauvaise humeur. Je ne pouvais pas m'empêcher de rire. (Natalie d'une humeur de chien, pour changer !) D'abord, Claude a dit qu'il fallait monter le barbecue, et puis brusquement il faut monter la tente, et puis à la fin de la journée le barbecue n'est pas fait, Claude dit que demain à la première heure ça ira, Mr. Weston dans tous ses états, etc. Des tas de cris. Demain c'est la fête et ce sera le bazar complet avec tout le monde partout, il va arriver dix millions de gens, ils vont dormir à plein d'endroits, la journée a commencé avec des tas de courses à faire aux quatre coins du Shropshire sous les ordres de Sa Majesté Claude de Martello. Mais ça, c'est tous les trucs embêtants. Avec Theodore, nous avons décidé en secret de ne pas aller à la fête du tout. Pendant que Claude servira des hot dogs qu'il fera cuire sur son nouveau *El Barbecudos*, Theo et moi filerons dans les bois et je me donnerai totalement à lui. Je suis folle d'impatience tellement je suis contente et j'ai peur.

Lorsque j'eus fini de lire ces lignes, je ne pleurais pas exactement, je ne sais pas ce que je faisais, mais j'avais les joues mouillées. Je ne me sentais pas particulièrement faible, ni particulièrement quoi que ce soit, en fait. Je m'offris cinq minutes de bruyants sanglots, délibérément, puis je me sentis mieux. Je me lavai la figure et je téléphonai à Caspar. Quand il décrocha, je ne fus soudain plus trop sûre de savoir pourquoi je l'appelais, et je lui demandai s'il voulait que nous prenions un verre ensemble. Il répondit oui, quand ? Je dis maintenant, et il me signala que le problème, c'était qu'il avait un enfant endormi là-haut. Je proposai d'apporter une bouteille de vin chez lui. Je promis d'être polie et de me tenir bien, de ne pas me donner en spectacle, je ne voulais ni compassion ni conseils, et il dit, stop, arrêtez les promesses. D'accord. Et j'y allai.

« Vous êtes un homme patient », dis-je à Caspar, quand mon vélo fut dans son vestibule et la bouteille de vin sur la table de sa cuisine.

« Je suis patient avec *vous*, dit-il. Mais ne vous y fiez tout de même pas trop.

— Je vous ai mis à rude épreuve, je sais. Je suis vraiment désolée.

— Je dois être attiré par les femmes désaxées. Ce sera intéressant de voir comment je m'en tire avec une Jane Martello heureuse.

— Heureuse ? Ne rêvons pas. »

Je lui parlai de ma soirée et lui décrivis, en termes généraux et vagues, la lecture de mon ancien journal.

« Vous cherchez encore quelque chose, Jane ?

— Non, bien sûr que non, je tourne la page, mais sans doute espérais-je y trouver quelque saisissant détail pour confirmer mon souvenir. Ça paraît encore tellement étrange. C'est autre chose que je veux. Je veux que quelqu'un me dise que j'ai bien fait. »

Il y eut un long silence, pendant lequel j'espérai à moitié que Caspar me rassurerait abondamment, mais il n'en fit rien. Il se contenta de sourire d'une drôle de façon en jouant avec son verre, puis il but une gorgée de vin.

« Et pourtant, dit-il, vous avez refusé d'adhérer à ce groupe de soutien pour victimes de la mémoire retrouvée. Elles étaient toutes là pour vous encourager. Pourquoi ce refus ? »

Je me mis à rire et sortis mes cigarettes de ma poche, puis je pensai à Fanny, là-haut, et je les rangeai.

« Pour plusieurs raisons, sans doute. Mais en particulier à cause d'une chose que vous avez dite.

— Moi ? s'étonna Caspar en levant les mains d'un air faussement alarmé.

— Lorsque nous bavardions, avant que vous ne veniez à cette réunion publique au sujet du centre d'accueil... Vous m'avez parlé d'une étude qui montrait que, quand ils ont pris position publiquement sur une question, les gens ne peuvent que s'enfermer dans leur position, même si on leur apporte des preuves contraires. C'est bien ça, non ?

— Oui.

— Je veux qu'on me rassure, mais je veux aussi avoir raison.

— Dans ce cas, je ne peux rien pour vous. »

Nous posâmes nos verres sur la table, et je ne sais pas qui fit le premier geste, mais nous nous retrouvâmes l'un contre l'autre à nous embrasser éperdument. Nos mains couraient sur nos corps, frénétiques. Je défis les boutons de sa chemise, pop, pop, pop, et détachai ma bouche de la sienne pour laisser glisser mes lèvres sur la douce toison de sa poitrine. Il passa mon chandail par-dessus ma tête et remonta mon soutien-gorge au-dessus de mes seins sans prendre la peine de le dégrafer.

« Attends, haletai-je. Je vais retirer mes chaussures. »

Je portais des bottines lacées comme un corset de l'époque victorienne. Il secoua la tête et je sentis ses mains sur mes genoux, qui remontaient le long de mes jambes. Pas de collant, Dieu merci. Il atteignit ma culotte, la saisit à deux mains et tira, par-dessus les bottines, et hop. Je basculai à la renverse sur le canapé, la jupe remontée au-dessus de la ceinture, et je le sentis en moi.

Plus tard, nous allâmes dans la chambre et quittâmes nos vêtements complètement entortillés, pour contempler nos corps tout à loisir et refaire l'amour ; je perçus, pratiquement pour la première fois, que je pourrais vraiment devenir assez douée pour le sexe. Nous passâmes ainsi des heures à parler, jusque vers cinq heures, où Caspar murmura quelque chose à propos de Fanny, et je l'embrassai passionnément, puis me levai, m'habillai, l'embrassai encore et m'en allai. En pédalant dans la nuit noire du petit matin, je songeai avec un dédain attendri à tous ces gens couchés, qui dormaient.

35

La veille du procès, deux ou trois paparazzi qui rôdaient autour de chez moi m'avaient photographiée quand j'étais sortie pour acheter du lait. Je m'étais abrité le visage derrière les mains, tout en sachant de quoi j'aurais l'air dans les journaux du lendemain. J'imaginais déjà les légendes : « Le visage caché de l'accusatrice », « La belle-fille rebelle ».

En fait, je n'assistai pas au procès. Je savais que je serais convoquée le cas échéant. Le matin de l'audience, qui serait bouclée le soir même, je partis très tôt pour le bureau – avant sept heures – afin d'éviter tout contact avec la presse, mais un journaliste parvint tout de même à me coincer. « Vous allez au procès ? » cria-t-il, et je passai en poussant mon vélo, sans répondre.

En rentrant, je le vis sur le kiosque à journaux, en caractères énormes : « LE ROMANCIER AVOUE : J'AI TUÉ MA FILLE. » Je freinai brutalement, et j'achetai le *Standard*. Une ancienne photo d'Alan, très beau, dominait la une. La sueur m'inonda le front et ma respiration devint haletante, oppressée.

Je pédalai jusque chez moi, et tâtonnai frénétiquement pour ouvrir la porte. Un colis était enfoncé maladroitement dans la boîte à lettres, et je reconnus l'écriture de Paul. Ce devait être sa vidéo. Il ne manquait plus que ça.

La maison était glacée. J'allumai le chauffage avant son déclenchement normal et allai dans la cuisine. Je mis la bouilloire sur le feu et glissai deux tranches de pain dans le grille-pain. Le signal lumineux du répondeur m'annonçait des messages, mais je ne les écoutai pas. J'étais sûre que ce seraient des journalistes qui réclamaient mes commentaires. Le journal, toujours plié dans mon sac, m'attirait comme un aimant, mais, dans un premier temps, je résistai. J'étalai de la marmelade d'oranges amères (que Martha m'avait donnée l'année précédente) sur un toast et versai l'eau bouillante sur un sachet de thé. Je m'attablai sans ôter mon manteau et bus une première gorgée de thé insipide.

Mes yeux parcouraient nerveusement le texte, à l'affût des détails importants. Alan avait plaidé coupable, refusant de solliciter les circonstances atténuantes. Le ministère public avait brièvement exposé les faits (qui se composaient essentiellement de la lettre de Natalie, de la façon dont elle avait été découverte et de mes souvenirs), pour conclure que, à la lumière des rapports remis par les psychiatres, on ne voyait aucune raison de douter qu'Alan Martello fût sain d'esprit. Rien n'était dit quant à sa responsabilité dans la grossesse de Natalie. J'ignorais pourquoi. Avant la proclamation de la sentence par le juge, Alan n'avait fait qu'une déclaration : « J'expie un crime effroyable qui hante ma famille depuis vingt-cinq ans. » Il refusa d'expliquer cette phrase ou d'ajouter quoi que ce soit. Le juge décrivit le meurtre d'une fille par son père comme le crime le plus ignoble et le plus inhumain, et déclara qu'en refusant de reconnaître précisément ses actes et de coopérer pleinement avec la justice Alan n'avait fait qu'aggraver les choses. Il fut condamné à la réclusion criminelle à perpétuité, assortie d'une peine incompressible de quinze ans.

Il y avait une grande photo des frères Martello, le visage sombre, tous présents au procès. Ils n'avaient pas voulu parler à la presse, et le *Standard* les qualifiait de « dignes, presque héroïques ». Claude, apparemment, avait soutenu Fred qui pleurait. Il y avait une photo plus petite de moi, la main levée devant la figure, et un portrait de Natalie que je n'avais jamais vu. Elle ne paraissait pas seize ans, et était d'une beauté assez banale. Rien de menaçant ni de sinistre sur ce visage. Un article s'étalait sur deux pages, sous le titre « Natalie : une courte vie brutalement interrompue ». Sous une photo un peu floue des sept Martello rassemblés et souriants, un bref article commençait ainsi : « Ils offraient l'image d'une famille tellement heureuse. » Il y avait un autre article sur l'enquête de police ; mon nom me sauta aux yeux dès le premier paragraphe, mais je ne lus pas cet article-là ; je ne pouvais pas.

Le téléphone sonna et je m'immobilisai, serrant ma tasse de thé tiède entre mes mains.

« Jane, c'est Kim. Viens, tu peux décrocher.

— Kim. »

Je crois que jamais je n'avais été aussi heureuse d'entendre une voix.

« Kim. Dieu merci, c'est toi.

— Écoute, nous parlerons plus tard. J'ai réservé une chambre pour nous deux dans un petit hôtel de Bishop's Castle, à la frontière du pays de Galles. Je t'enlève pour le week-end. Peux-tu être prête à cinq heures et demie ? Je passerai te prendre. »

Je ne protestai pas.

« Qu'est-ce que je ferais sans toi, Kim ? Oui, je serai prête.

— Bien. Prends des chaussures de marche et beaucoup de vêtements chauds. À tout à l'heure. »

Je montai dans ma chambre en courant et jetai dans un sac fourre-tout des T-shirts à manches longues, des chandails et des chaussettes ; je repêchai au fond d'un placard mes grosses bottes, couvertes de boue séchée de l'année dernière, et ma cagoule, roulée en boule dans un coin.

Cinq heures moins le quart. Je pris une cigarette et j'allumai le petit téléviseur, au pied du lit. Alan me dévisageait encore, la figure mangée de barbe et l'œil farouche, avant que les caméras ne montrent le visage plein d'ardeur d'un journaliste absurdement jeune. « En prononçant la sentence, le juge a décrit le meurtre d'une fille par son père comme l'un des crimes les plus monstrueux, les plus inhumains, que l'on puisse imaginer… » Je me penchai, prise de panique, et glissai la vidéo de Paul dans le magnétoscope. Le jeune reporter disparut brusquement. Dans une volute de fumée, le Domaine apparut sur l'écran avec le générique en surimposition.

La réalisation de son film sur la famille m'avait paru tellement sporadique et ses choix si arbitraires que, même après en avoir vu la dernière scène, je m'attendais à quelque chose comme des souvenirs de vacances filmés au Caméscope. Rien de ce genre. En ouverture, Paul lisait un extrait de *La ballade du garçon du Shropshire* :

Sur mon cœur souffle un air qui tue
Surgi d'une terre lointaine.
Quelles sont ces collines bleues,
Ces clochers, ces fermes de mon souvenir ?

La caméra parcourait lentement le paysage du Shropshire autour du Domaine, squelettique dans sa parure d'hiver, mais toujours magnifique. Le soleil scintillait à travers les branches nues, et la vieille maison de pierre rosée trônait là, paisible et hospitalière. C'était la maison de mon enfance et le paysage de mon innocence perdue.

Médusée, je laissais ma cigarette brûler entre mes doigts en regardant Paul parler de façon intime à la caméra. La mémoire, disait-il, est intangible, et les souvenirs qu'on a de l'enfance, dont l'éclat illumine si fortement toute la vie adulte, sont séduisants et nostalgiques. Lorsque notre enfance est heureuse, l'âge adulte nous vient comme un exil : jamais nous ne pouvons revenir en arrière.

Musique, zoom sur la porte de la maison. Alan sortait. La cendre de ma cigarette tomba sur la couette, et je la brossai d'un doigt distrait. Il citait quelques vers de Wordsworth et parlait de l'amour. Il reconnaissait, en bon vieux provocateur d'antan, qu'il avait été un jeune homme révolté, qui méprisait le concept de famille et en démolissait les traces à grands coups de pied.

Mais il avait appris qu'ici – d'un geste ample, il désignait le Domaine – il pouvait être lui-même. Il évoquait la famille comme le lieu où l'on pouvait être le plus tourmenté, ou le plus serein. « Pour ma part, j'ai trouvé une sorte de paix », disait-il. Ainsi planté sur le seuil, il ressemblait à un sage patriarche produit en série et qu'on aurait pu acheter dans une boutique de souvenirs. Je regardais gesticuler ses larges mains, et je frémis. Martha, fine et déliée comme une branche d'arbre, franchissait la porte avec un panier et des sécateurs, souriait étrangement à la caméra et sortait du champ. La caméra se déplaçait de côté, pour se fixer sur l'endroit où avait été retrouvé le corps de Natalie. Paul énonçait les faits. Suivait une série de plans fixes de Natalie : bébé, toute petite, âgée de dix ans, adolescente ; toute seule, en famille. Puis sa tombe.

Claude apparut et, maintenant que j'étais son public, je voyais comme il était beau, comme il était grave. Tendue comme un ressort, je guettais le moment où il parlerait de moi et de l'échec de notre mariage, mais il se contenta de dire que « certaines choses n'avaient pas tourné comme il l'avait espéré ». Le spasme de compassion et d'amour qui me secoua me laissa en état de choc.

Un plan de Robert et Jerome jouant au Frisbee à Hampstead Heath. Si jeunes et insouciants. Puis Jerome évoquant avec une affectueuse raillerie l'obsession de la vieille génération concernant le passé. Alan encore, un verre de brandy à la main, dissertait sur le pouvoir du pardon. Theo comparait la famille à un logiciel informatique.

Moi, c'était moi, toute rouge dans ma cuisine. Oh, mon Dieu, Noël – mais le Noël que je regardais en attendant Kim n'était que liesse et hilarité : la télévision explosait littéralement de rire ; je souriais beaucoup en passant le vin à la ronde (avais-je donc tant souri ce soir-là ? Je ne m'en souvenais plus). Erica et Kim ressemblaient à deux extravagants oiseaux de paradis, dans leurs tenues de soirée violet et jaune. Papa incarnait le Vieux Monsieur Distingué, et mes fils la Fraîcheur de la Jeunesse. Le pouvoir du montage – découper des images pour métamorphoser le traumatisme collectif en beuverie solidaire et chaleureuse.

Je fumai la dernière cigarette du paquet. Tout en étant révoltée par le message du film, désormais réduit en miettes par les aveux d'Alan, j'étais à demi séduite par son insistance mélancolique sur le passé représenté comme un havre d'innocence et de joie, comme le paradis perdu de chacun. La musique, la verdure hivernale du Shropshire, les visages qui allaient et venaient sur l'écran de télévision, et qui m'étaient aussi familiers que le dos de ma main, la manière dont Paul, Dieu sait comment, avait amené les plus récalcitrants de ses interviewés à s'exprimer avec une sorte de concentration intérieure qui leur donnait l'air de découvrir pour la première fois des vérités sur eux-mêmes – tout cela m'emplissait d'une riche tristesse.

Le film approchait de sa fin, à présent. Paul longeait la Col, les mains dans les poches. L'eau brune était gonflée par les pluies récentes. Il s'arrêtait et se tournait vers la caméra, en tendant les mains dans un geste d'offrande. Mon Dieu, encore de la poésie :

Voici le pays de la joie perdue
Il brille simple et beau
Et je vois se dérouler la route heureuse
Que mes pas ne fouleront plus.

Je commençais à m'embrouiller. Ce documentaire cherchait-il à prouver qu'il était effectivement possible de retourner chez soi ou alors le contraire ? Mais Paul parlait encore. « La famille, disait-il, Alan Martello l'appelle tourment et paix. Jane Martello, ma sœur, dit que c'est là qu'on donne le meilleur et le pire de soi-même. » Oh, mon Dieu… « Erica, ma femme, la qualifie de havre et de prison – on peut toujours y retourner mais, si loin qu'on s'en aille, jamais on ne peut y échapper. »

Sur quel cracker de Noël avait-elle bien pu lire *ça* ? Paul souriait avec toute la sagesse de l'humanité et reprenait sa marche, pour cette séquence finale que j'avais déjà vue, achevant un panorama complet jusqu'à la maison et l'endroit où le corps avait été découvert.

J'éteignis le téléviseur, en me jurant de le vendre. Ou peut-être qu'un drogué s'introduirait dans la maison et le volerait pendant que je serais partie avec Kim. Il était presque cinq heures et demie. Je bouclai mon sac puis, mue par une soudaine impulsion, je le rouvris et y fourrai le journal de mon enfance. Je composai rapidement le numéro de Paul, et tombai sur le répondeur. Après le bip, je laissai un message :

« Paul, c'est moi, Jane. Je viens de regarder ton film. C'est très impressionnant – honnêtement, et malgré tout ce qui est arrivé, il tient bien la route. Je pars avec Kim pour le week-end, mais je t'appellerai dès mon retour. Bravo. » J'allais raccrocher, quand une pensée me vint à l'esprit. « Oh, Paul, pourrais-tu me dire juste une chose : de quel côté de la Col marchais-tu, à la fin ? »

Comme je reposais le combiné, j'entendis le klaxon de Kim. J'enfilai mon blouson en cuir, j'attrapai mon sac et je m'élançai dehors.

River Arms était une petite auberge blanche aux plafonds bas avec des poutres, et il flambait un grand feu dans la cheminée du bar. Nous avions une chambre double, avec une salle de bains. Kim disait que par la fenêtre, en nous réveillant, nous pourrions voir la rivière et les montagnes. Pour le moment, c'était le crépuscule et il pleuvait. Je m'assis sur mon lit, trop fatiguée pour bouger.

« Il est neuf heures, dit Kim. Que dirais-tu de prendre un bain et de me rejoindre au bar dans une demi-heure ? Ils cuisinent à merveille, ici, mais pour ça il faudra attendre demain. Ce soir, mangeons plutôt quelque chose de simple au coin du feu.

— Très bien. » Je bâillai et me levai. « D'où connais-tu cet endroit ? »

Kim se mit à rire. « Mon passé romantique. C'est utile, parfois. »

Je pris un long bain chaud, avec toutes les mousses et les gels de bain. Je me lavai les cheveux, puis je revêtis un caleçon et une ample chemise d'homme. En bas, Kim avait commandé deux grands gin tonics, et elle s'était débrouillée pour nous trouver une place devant la cheminée. Elle leva son verre et le fit tinter contre le mien.

« À des temps meilleurs », dit-elle.

Mes yeux s'emplirent de larmes, et je bus une longue gorgée.

« J'ai commandé le repas aussi, reprit Kim. Des sandwichs au rosbif et une bouteille de vin. Ça te va ? »

J'acquiesçai ; j'étais bien contente, ce soir, d'avoir quelqu'un pour prendre les décisions à ma place.

« Demain, nous pourrions faire une grande promenade, là-haut, histoire de nous en mettre plein les poumons et plein la vue. S'il ne pleut pas. J'ai apporté des cartes d'état-major ; nous pourrons les regarder en prenant le petit déjeuner. »

Nous bûmes tranquillement sans rien dire pendant un moment. Il n'y a pas beaucoup de gens avec qui l'on puisse être bien sans parler. Puis Kim me demanda :

« Ç'a été pire que tu ne l'imaginais ?

— Je ne sais pas. Je ne sais pas ce que j'imaginais. Mais c'était assez moche. »

Les sandwichs arrivèrent : de fines tranches de rosbif saignant, avec de la sauce au raifort sur le côté ; et une bouteille de vin rouge suffisamment riche et velouté pour me plonger dans une torpeur sereine.

« Pourquoi avez-vous rompu, Andreas et toi ? Vous aviez l'air tellement heureux ensemble.

— Nous l'étions. Enfin, je croyais que nous l'étions. »

Kim ouvrit son pain et étala soigneusement du raifort sur la viande.

« Il me demandait où j'avais envie d'aller pour nos prochaines vacances d'été, il parlait du genre de maison où nous vivrions ensemble, et puis brusquement il m'a annoncé que son ancienne petite amie et lui avaient décidé de se remettre ensemble. Au revoir et merci, je ne t'oublierai jamais, tu es formidable, et toutes les conneries habituelles. » Elle remplit à nouveau nos verres. « J'étais trop vieille. Je ne peux plus avoir d'enfants. J'ai un passé, mais plus d'avenir. » Elle leva une nouvelle fois son verre : « À la vieillesse indigne. »

Je me penchai et l'embrassai.

« Il est fou. Il ne connaissait pas son bonheur. »

Kim grimaça un sourire.

« La vie nous réserve bien des surprises, non ? Quand nous étions ensemble à l'université, si tu m'avais demandé ce que j'attendais de la vie, je t'aurais dit que je voulais tout : un homme pour la vie, des enfants, plein d'enfants, un métier, des amis. J'ai les amis et le métier, mais finalement le métier ne compte pas beaucoup. Je pourrais le faire les yeux fermés. Par contre, je n'ai pas l'impression d'être très douée question homme pour la vie. Et je n'aurai jamais d'enfants. »

Que pouvais-je répondre ? « La vie est cruelle. Autrefois, je croyais qu'on se créait soi-même sa chance, mais c'est bien une pensée de jeunesse, tu ne trouves pas ? Tu es belle, drôle, chaleureuse – et seule. Et regarde-moi. J'ai toujours eu plus ou moins ce que je voulais, et brusquement je vis un cauchemar. En tout cas – j'étais un peu ivre, à présent, et j'avais le chagrin batailleur –, entre nous c'est à la vie à la mort. » Cette fois, je levai mon verre. « À nous.

— À nous. Je suis bourrée. »

Nous nous jetâmes voracement sur nos sandwichs.

« Savais-tu, repris-je au bout d'un moment, que nous sommes tout près du Domaine ?

— Pour être franche, je le savais, oui. C'est un problème ?

— Pas exactement, non. Tu veux dire que tu as choisi cet endroit parce qu'il est à côté du Domaine ?

— Plus ou moins. Je trouvais que c'était un endroit très agréable, et je me suis dit que tu aurais peut-être envie d'y retourner. Pour enterrer quelques fantômes. Sinon, ça risque de finir par te bloquer complètement. »

Je la dévisageai avec effarement.

« Kim, tu es stupéfiante. Depuis que nous sommes arrivées ici, je me dis qu'il faut absolument que j'y aille. Il faut que je retourne là où ça s'est passé, pas juste à la maison, mais sur la colline. Je ne peux pas t'expliquer, mais j'ai le sentiment que cette histoire ne sera pas terminée tant que je n'aurai pas revisité les lieux. J'y suis retournée si souvent dans mon souvenir ; si je ferme les yeux, je peux décrire l'endroit centimètre par centimètre, chaque fossé, chaque arbre. Mais je n'y suis jamais, jamais retournée en personne – pas depuis la disparition de Natalie. Pour moi, c'est devenu comme une zone interdite. Bon, maintenant je sais pourquoi, bien sûr, mais je sais aussi que je ne peux pas échapper à ce que j'ai fait, alors il faut que je le prenne à bras-le-corps. Que j'y retourne une bonne fois pour toutes, en somme. Tu vois ce que je veux dire, non ? »

Kim acquiesça et vida le fond de la bouteille dans nos deux verres.

« Certainement. Si j'étais à ta place, je crois que j'éprouverais la même chose. » Je voulus parler, mais elle m'arrêta. « Comme je ne suis pas à ta place, j'irai faire une grande promenade, demain, en attendant ton retour. »

Nous sombrâmes une fois de plus dans le silence, les yeux rivés sur les flammes, abruties de vin et de fatigue.

« À quoi penses-tu ? demanda Kim.

— Ce n'était pas le Jeu de la mémoire, tu sais.

— Quoi ?

— Ce jeu auquel nous avons joué le soir de Noël, en essayant de nous rappeler les objets disposés sur le plateau. Ce n'est pas le Jeu de la mémoire mais le jeu de Kim.

— *Mon* jeu ? Mais de quoi parles-tu ?

— J'ai trouvé un exemplaire de *Kim*, tu sais, le roman de Kipling, dans une malle pleine de vieilles affaires que j'avais au Domaine et que Claude m'a rapportée. Je l'ai feuilleté ; quand Kim se prépare à devenir espion, il apprend à développer sa mémoire en mémorisant des séries d'objets rassemblés au hasard et qui sont cachés. Le jeu de Kim.

— Tu mérites encore un verre de vin, Jane, dit Kim en souriant.

— Le Jeu de la mémoire, c'est celui où toutes les cartes sont retournées, et tu essaies de retrouver les paires. Je ne sais pas comment j'ai pu oublier ça.

— Je te pardonne, dit-elle. Viens. C'est l'heure d'aller nous coucher. »

36

Le Domaine paraissait déjà abandonné. À peine étais-je descendue de la voiture de Kim, au premier coup d'œil que je lançai alentour, je décelai déjà les effets de l'absence de Martha. Elle m'avait dit un jour que ses livres arrivaient à s'illustrer d'une manière ou d'une autre et que les enfants s'élevaient plus ou moins tout seuls, mais que son jardin avait réellement besoin d'elle.

À l'époque, un homme de Westbury venait deux fois par semaine, mais, lorsque je me trouvais au Domaine, j'avais l'impression que Martha passait presque toutes ses journées à genoux dans le jardin, à creuser le sol armée de son plantoir, à tailler et à semer sans relâche. Elle débordait d'ingéniosité dans cet art dont nous autres ne savions à peu près rien. Découvrir les fruits, les fleurs, les légumes nous enchantait, et nous étions ravis de vivre au milieu de cette richesse, mais nous ne prêtions aucune attention aux petites batailles, gagnées ou perdues, qui accompagnaient leur épanouissement. Quelqu'un avait-il songé à la façon dont le jardin fonctionnerait sans Martha ?

Elle l'avait quitté – d'esprit d'abord, puis de corps – depuis moins de six mois, et déjà il semblait orphelin.

Les plates-bandes se hérissaient de tuteurs nus, des pissenlits envahissaient la pelouse miteuse jonchée de tas de feuilles mortes.

La maison était fermée, et je n'avais pas de clé. Je n'en avais jamais eu besoin. En regardant par une fenêtre, je vis des pièces vides, des planchers nus, des papiers peints sur lesquels des rectangles pâlis évoquaient les tableaux absents. Elle ne nous appartenait plus, et je pris un plaisir sinistre à voir à quel point toute trace de la famille Martello avait été gommée de leur propriété. Elle était en vente. Bientôt, d'autres gens y apporteraient leurs propres souvenirs. Les miens encombraient encore les lieux, comme ces sachets de chips venus de la route départementale qui voletaient au bout de l'allée.

Je tournai le dos à la maison. Il restait un semblant de trou désolant, à moitié rempli d'eau boueuse, à l'endroit où Natalie avait été retrouvée. Personne n'allait donc jamais le combler ?

Mais ce n'était pas ce que j'étais venue voir. Inutile de perdre mon temps, il n'y avait personne auprès de qui me lamenter. Je voulais juste en finir rapidement, voir ce que j'avais à voir. Puis je quitterais le Domaine pour toujours, je rejoindrais Kim pour un bon dîner, un bon week-end, et je retournerais à Londres pour y reprendre le fil de ma vie.

En traversant d'un pas rapide la pelouse détrempée, je sentis l'humidité se refermer autour de mes doigts de pieds. Et merde, je m'étais trompée de chaussures. Je parvins au bois et, sur ma gauche, j'aperçus Pullam Farm ; à droite, le chemin qui longeait le bois, faisait le tour par-derrière et revenait à la maison. Pas aujourd'hui. Aujourd'hui, pour la première fois depuis un quart de siècle, je pris à travers bois et me dirigeai vers Cree's Top et vers la Col. C'était une matinée humide et brumeuse, et je frissonnais malgré mon anorak. Je n'en avais pas pour longtemps. Le chemin se divisait à l'approche de la butte qui dissimulait la rivière, et je pris l'embranchement de droite, qui me ferait contourner Cree's Top et m'emmènerait jusqu'au bord de l'eau.

Ce sentier étant fort peu fréquenté, des branches s'y entrecroisaient. Après quelques minutes d'une marche pénible que je passais à écarter les obstacles de ma figure, j'arrivai au bord de la Col et au pied de Cree's Top. J'étais revenue. C'était un détail qui avait tout déclenché en éveillant l'intérêt d'Alex, n'est-ce pas ? Ces drôles de petits poèmes adolescents que j'avais froissés et jetés dans l'eau, lorsque j'étais adossée au rocher de Cree's Top, et que j'avais regardés s'éloigner sur l'eau. Se pouvait-il que certains soient ainsi parvenus jusqu'à la mer, ou s'étaient-ils tous accrochés dans les roseaux dès le premier tournant ? Je fouillai ma poche d'anorak et en sortis le menu d'un traiteur-livreur indien des environs : « Une folie à moitié prix ». Je le froissai en boule et le jetai à l'eau.

Il se passa alors une chose idiote, et je faillis me mettre à rire. La rivière coulait à l'envers. Au lieu de s'éloigner pour disparaître dans le tournant, la boulette froissée de *La Fierté du Bengale* revint *vers* moi avant de s'éloigner. Et en effet, en portant mon regard en amont, je vis que le premier coude ne se formait pas avant plusieurs centaines de mètres. Quelle absurdité ! L'espace d'un instant, je me sentis désorientée, mais je compris assez vite ce qui s'était passé. Je m'engageai d'un pas rapide sur le sentier qui escaladait Cree's Top. Les arbres étaient dénudés à présent et, en parvenant au sommet, je constatai que la brume s'était levée, et que la vue de la rivière et du chemin qui la longeait était dégagée. La Col s'arrondissait légèrement sur la droite puis reprenait sa direction initiale, formant une sorte de C à l'envers. Cinquante mètres plus loin, il y avait le pont d'où Natalie avait été aperçue pour la dernière fois.

Le chemin était assez raide, et je dus me retenir de le dévaler. Arrivée en terrain plat je m'assis, adossée au rocher qui se trouvait au pied de Cree's Top. En fouillant dans mes poches, je dénichai un reçu de station-service. Si j'étais mieux organisée, je l'aurais rangé quelque part pour vérifier mes comptes. Je le froissai en boulette et le lançai dans l'eau. Le soleil était apparu, à présent, et j'avais du mal à distinguer le papier bleu dans les reflets mouvants, mais je ne le quittai pas des yeux lorsqu'il prit de la vitesse, jusqu'à ce qu'il disparaisse dans le tournant bordé d'herbe. Comme en rêve.

37

Nous avions coutume de jouer près du hêtre pourpre, avec son gros tronc gris et son feuillage éclatant. Il se dressait devant un mur de pierres sèches et, quand nous montions sur le mur, les branches les plus basses étaient assez proches pour que nous puissions grimper à des hauteurs qui me paraissaient maintenant vertigineuses.

À travers le feuillage doré, nous pouvions observer les allées et venues des adultes autour de la maison, en restant invisibles. Nous passions des heures là-haut. Nous y emportions nos poupées puis, en grandissant, des livres et des pommes. Natalie et moi y discutions dans la lumière miroitante qui traversait le feuillage. Nous regardions filer les nuages et nous échangions des secrets ; les journées s'écoulaient avec une lenteur extrême.

Je ne m'étais pas suffisamment souvenue de cette Natalie sereine, heureuse. Je n'avais pas été une amie assez loyale après sa disparition. Si c'était moi qui avais soudain disparu, sans un mot d'explication, elle m'aurait recherchée avec acharnement. Elle se serait sentie trahie par ma désertion, et furieuse contre les adultes qui auraient tenté de la consoler. Elle aurait été folle de rage. Alors que moi, je m'étais révélée docile et passive, couchant toutes les nuits dans la chambre qui avait été la sienne, sans jamais partir à sa recherche.

Un jour où nous jouions à cache-cache dans le jardin, je ne l'avais pas trouvée, et après avoir jeté un vague coup d'œil derrière les gros massifs et dans les resserres, j'étais allée traîner dans la cuisine où Martha faisait des gâteaux. Au moment où je léchais la jatte, Natalie s'était précipitée dans la pièce.

« Tu lâches trop facilement, avait-elle crié. Je ne vois pas pourquoi je me casserais la tête pour toi, si tu abandonnes comme ça. Je ne jouerai plus avec toi, Jane Crane. »

Je lissai du doigt l'écorce. Martha avait beaucoup aimé cet arbre, elle aussi. Elle avait planté des crocus et des perce-neige tout autour. Je m'assis par terre et m'adossai au tronc. À travers ma veste je sentais l'antique rugosité de l'écorce.

À la fin de mes études, j'avais passé quatre mois à Florence comme assistante en architecture. La ville me fascinait, et je passais tous mes moments de liberté à déambuler dans les rues étroites et dans les églises sombres qui sentaient l'encens, où des statues de madones aveugles trônaient dans des niches et où de vieilles femmes brûlaient des cierges pour leurs morts.

J'y étais retournée dix ans plus tard, le plan de la ville encore clair dans ma tête, mais je m'étais bientôt sentie légèrement déphasée. Les rues étaient plus courtes que dans mon souvenir ; là où je me rappelais une vue, se dressait une grande maison ; le café où j'avais chaque jour bu un *espresso* et mangé des petits gâteaux de riz avait glissé du milieu à l'angle de la place. Claude avait calmement observé qu'il fallait toujours redécouvrir les lieux ; la joie de voyager, c'était de voir des significations nouvelles émerger, et d'anciennes se modifier. Mais, confusément, j'avais eu l'impression d'une duperie : j'avais souhaité revenir dans un passé intact, dont chaque lieu aurait conservé mes souvenirs, et j'étais entrée dans une ville qui s'était en quelque sorte détachée de moi. Florence ne m'appartenait plus.

La même insatisfaction vague me taraudait à présent. Soudain, je remontai la glissière de mon anorak jusqu'à mon menton, et me hissai sur la plus basse branche de l'arbre. Je grimpai de branche en branche et atteignis un emplacement familier. Je regardai à travers le lacis de rameaux aux menues feuilles vert pâle. Voilà la maison, avec ses signes invisibles de désintégration. Comment reconnaît-on, quand tous les traits demeurent identiques, l'instant où la vie quitte le visage d'un être cher ? Comment sait-on, sans pouvoir dire ce qui a changé en particulier, qu'une maison est abandonnée ? De mon poste d'observation, je ne voyais pas la porte, alors que je me souvenais fort bien de l'avoir vue d'ici quand j'étais enfant. Je redescendis et sautai gauchement à terre, sur l'herbe ; je me rassis, en m'adossant à l'arbre.

Je repris mon ancien journal, que j'avais sorti de mon sac au moment de partir ce matin-là, et commençai à feuilleter les dernières pages. Certaines notations déclenchaient aussitôt des souvenirs : la bougie qui avait mis le feu à la barbe d'Alan, quand il s'était penché pour racler avidement le reste des pommes de terre ; j'avais ri tellement fort que j'en avais eu mal au ventre. Le jour où nous avions canoté sur l'étang de la carrière, et où j'avais eu si peur quand le bateau avait heurté le fond et que de l'eau était passée par-dessus bord, mais sans vouloir l'avouer – surtout pas à Natalie ou à Theo, dont le courage méprisait les timorés. Le jour où nous nous étions levés à quatre heures du matin, avec Alan et les jumeaux, pour aller écouter le concert de l'aurore et revenir transis, affamés et euphoriques.

Mais il y avait d'autres notations – une querelle avec Maman, que je décrivais avec une platitude de sainte-nitouche, ou la visite d'une demeure médiévale où les catholiques s'étaient cachés sous les planchers pendant la Réforme – qui refusaient obstinément de dévoiler leurs trésors, comme ces tombes négligées et oubliées au cimetière de Highgate, recouvertes de lierre et de mauvaises herbes. La majeure partie de notre existence est souterraine.

Mon dernier commentaire m'était toujours resté en mémoire – ce qui n'avait rien de surprenant, car la veille de la disparition de Natalie avait été comme une bordure bien nette autour d'un trou noir. Je pouvais évoquer les préparatifs de la fête sans grande difficulté : je me souvenais d'avoir embrassé Theo dans le carré boueux au centre du dallage nouvellement posé, sur lequel on allait terminer la construction du barbecue à temps pour la fête, et d'avoir bondi, rouge de honte, en entendant Jim Weston approcher.

Je fermai le carnet et me frottai les yeux. Quelques gouttes de pluie s'écrasèrent sur la couverture cartonnée. J'avais l'impression d'observer quelque chose à travers un épais liquide : toutes les formes que j'essayais de me représenter se déformaient et se brisaient. Embrasser Theo dans la boue m'amenait au barbecue. Le barbecue.

Je me levai en chancelant dans ma hâte et courus sous la pluie qui redoublait, jusqu'à l'endroit où le corps de Natalie avait été retrouvé. C'était comme une cicatrice livide de boue et de gravats triturés, avec quelques mauvaises herbes encore éparses. Je sautai dans le trou boueux et y plongeai les mains, pour fouiller à tâtons. J'extirpai une jambe de poupée, une fourchette rouillée aux dents encrassées, une bouteille de bière au goulot brisé ; puis une tuile cassée, un fragment de grille rongée. C'étaient les fragments du barbecue. Natalie avait été enterrée sous le barbecue.

Je m'assis lourdement au bord du trou, en essuyant mes mains boueuses sur mon jean boueux. Il tombait une pluie cinglante à présent, qui obscurcissait le paysage, tel un rideau tiré sur le Domaine et sur ses secrets. Mais quelque chose clochait. Je n'arrivais pas à réfléchir ; c'était comme essayer de se rappeler un rêve, mais de le perdre au fur et à mesure. Natalie était enterrée sous le barbecue, mais le barbecue avait été construit avant sa mort. Je l'exprimai à voix haute :

« Et voilà pourquoi le corps a été enterré là. C'était un endroit introuvable, parce que c'était un endroit impossible. »

J'enfouis mon visage dans mes mains, et contemplai le trou boueux à travers mes doigts. La pluie me dégoulinait dans le cou. J'essayai encore :

« Natalie a été enterrée avant de mourir. »

Ou :

« Natalie a été enterrée sous le barbecue ; or, Natalie est morte après la construction du barbecue ; donc… » Donc quoi ? Je repoussai du pied quelques fragments de tuiles dans le trou et me levai. Kim devait se demander ce que je fabriquais.

38

En rentrant, je trouvai Kim allongée sur son lit, le nez plongé dans une carte. Elle se redressa.

« Tu es partie une éternité ! Mon Dieu ! Regarde-toi : tu as pris un bain de boue ou quoi ? Que se passe-t-il ?

— Quoi ? Rien. Je ne sais pas. »

J'allai dans la salle de bains me laver les mains et le visage. Quand je revins dans la chambre, Kim enfilait ses bottes. « Tu veux manger quelque chose ? proposa-t-elle.

— Non. Mais ne te gêne pas pour moi. » Puis, brusquement : « Si nous allions nous promener ?

— Bien sûr. J'ai trouvé un itinéraire de treize kilomètres qui démarre juste un peu plus loin sur la route, et nous devrions pouvoir terminer avant qu'il fasse trop sombre. Tout un tas de collines et de vallées. Par ce temps, ça risque d'être assez boueux. »

Je baissai les yeux vers mon jean.

« Ça ne devrait pas être trop grave. »

Je ne prononçai pas un mot pendant les deux ou trois premiers kilomètres – de toute façon nous gravissions l'étroit sentier caillouteux à une telle allure que je n'aurais sans doute pas eu assez de souffle pour parler et marcher en même temps. Des ronces s'accrochaient à mes vêtements, et de grosses gouttes d'eau dégoulinaient des feuilles au-dessus de nos têtes. Le chemin finit par s'élargir et nous arrivâmes au sommet de la colline. Par beau temps, nous aurions eu une vue superbe.

« Tout est embrouillé dans ma tête, commençai-je.

— Comment ça, embrouillé ?

— Au début, tout paraissait clair, tout était comme je l'avais pensé. C'est-à-dire, forcément – je connais le Domaine presque aussi bien que ma propre maison. Pour commencer, j'ai juste traînaillé un peu ; tu sais, tous les vieux souvenirs. » Kim acquiesça sans rien dire. « Puis je suis retournée là où ça s'était passé. » C'était curieux, comme j'avais encore du mal à dire carrément « là où Alan a tué Natalie ». « Je n'y étais pas retournée depuis près de vingt-six ans. »

J'enjambai un tronc d'arbre couché en travers du chemin, et j'attendis que Kim me rattrape.

« J'y suis allée. Mais figure-toi que tout était faux. Je m'en souvenais de travers.

— Qu'y a-t-il d'étonnant à ça ? Tu dis toi-même que tu n'y étais pas retournée depuis des années. Évidemment, tu ne t'en souvenais plus.

— Si, je m'en *souvenais*, mais de travers. Tu ne comprends pas ? J'ai parcouru ce paysage par la pensée d'innombrables fois, avec Alex, mais quand j'y suis allée, tout était à l'envers. Oh, et puis merde. Je ne sais pas. »

Je tirai de ma poche un paquet de cigarettes humide, et j'en allumai une tout en marchant.

« Attends que je comprenne bien, Jane. Tu veux dire que le trajet que tu as reconstruit avec Alex était inexact ?

— Non. Non, ce n'est pas ça. Il était exact, tous les détails y étaient, si tu vois ce que je veux dire, mais à l'envers.

— C'est un peu confus. Qu'est-ce que ça signifie ?

— Je ne sais pas. Je suis complètement abasourdie, Kim. Et ce n'est pas tout.

— Qu'est-ce qui n'est pas tout ? »

La voix de Kim se haussa d'un ton dans l'exaspération.

« Le parcours n'était pas seulement à l'envers, j'ai trouvé autre chose – je n'arrive pas à imaginer comment personne n'y a encore pensé. Maintenant, c'est d'une évidence aveuglante.

— Mais qu'est-ce qui est évident ? Merde, Jane, tu vas arrêter de jouer au sphinx avec moi. Va droit au but, d'accord ?

— Bon. Alors, écoute. Tu sais que j'ai relu mon journal, celui que Claude m'a rapporté, et qui nous amène jusqu'à la veille de la mort de Natalie ?

— Oui.

— Eh bien, dans ma dernière notation – qui date de la veille du meurtre de Natalie –, je parle du barbecue inachevé ; le barbecue que Jim Weston construisait juste à temps pour la fête.

— Et alors ?

— C'est là que Natalie était enterrée, Kim. Sous le barbecue. » Je regardai le visage de Kim passer très lentement de l'incompréhension à l'ébahissement.

« Ce n'est pas possible. Ça signifie...

— ... que Natalie a été enterrée sous des briques qui avaient été posées avant sa mort.

— Mais... »

J'énumérai les données sur mes doigts.

« Écoute. Premièrement, nous savons qu'elle est morte le lendemain de la fête. Elle a été vue le lendemain, et par un témoin fiable, qui n'avait aucun lien avec la famille. Deuxièmement : nous savons qu'Alan l'a tuée – je l'ai vu, et il a avoué. Mais Alan n'est arrivé au Domaine qu'après la construction du barbecue. Troisièmement : Natalie a été enterrée sous le barbecue. »

J'avançais maintenant avec toute la vigueur de la frustration. Kim devait presque courir pour ne pas se laisser distancer.

« Si ce que tu dis est vrai, tu devrais aller trouver la police, Jane. »

Je m'arrêtai net.

« Et pour leur dire quoi ? Pourquoi veux-tu qu'ils acceptent ce nouveau tour de ma mémoire ? De toute façon, ça ne fait aucune différence quant au résultat. Alan a tué Natalie, et il est en prison. Je veux juste savoir *comment.* »

J'écartai des broussailles d'un coup de pied, et je plongeai la main dans ma poche pour prendre une nouvelle cigarette.

« Mais, bon Dieu, Jane, tu ne peux pas arrêter ? Pourquoi veux-tu tellement savoir ? Réfléchis. Tu connais l'essentiel sur la mort de Natalie – tu sais qui l'a tuée. Et maintenant, tu veux connaître les circonstances du meurtre. Et puis, si tu les trouves, tu vas vouloir fouiller encore et t'agiter et fumer des paquets entiers de cigarettes jusqu'à ce que tu aies reconstitué les plus infimes détails. Mais tu ne sauras jamais tout sur ce crime, Jane. Tu veux savoir ce que je pense ?

— Bah, vas-y ; tu vas me le dire de toute façon. »

J'étais trempée et mécontente. Un caillou dans ma chaussure me faisait mal au pied ; j'avais des démangeaisons au crâne et dans le cou, les mains en sueur et le nez glacé. Pourquoi ne pouvait-elle pas se contenter d'écouter en hochant la tête et en me tenant la main ?

« Je pense que cette affaire est devenue une obsession. Résous seulement ce mystère, et un autre apparaîtra. Tu veux donner un sens absolu et définitif à une tragédie embrouillée. Tu avais de l'esprit, tu l'as perdu dans l'histoire.

— C'est *la tête* que je suis en train de perdre.

— Non : juste ton esprit. Tu deviens rasante. Tu ne peux pas laisser tomber ? »

J'escaladai une barrière, me tachant les mains de lichen vert et gluant.

« Je n'en demande pas plus. Je pensais que ce serait terminé, que je venais ici pour mettre un terme à cette ignoble affaire et – ça peut paraître idiot – pour retrouver Natalie. Elle était devenue comme un puzzle, une énigme, et les seuls éléments de sa personnalité auxquels je pensais étaient ceux qui expliquaient son meurtre. Et puis, l'autre jour, j'ai eu cette vision vraiment nette d'elle, comme si j'avais pu la toucher en tendant le bras. Je l'aimais beaucoup, tu sais ; elle a été ma première grande amie. Alors j'avais besoin de venir dire adieu à la vraie Natalie, à l'endroit où elle a passé ses derniers moments. Mais je me sens tellement… tellement bizarre, en somme. C'est comme si j'en savais plus, mais que quelque chose m'échappait. C'est peut-être rasant, mais… oh merde, les associations d'idées, c'est de ça que j'ai besoin. J'ai l'impression de devenir folle. »

Kim ne répondit pas. Nous redescendîmes jusqu'à la voiture.

« Tu es toujours d'accord pour rester le week-end entier, dis ? demanda Kim comme nous roulions vers l'hôtel.

— Oui, bien sûr. » Puis : « En fait, Kim, je ne crois pas que j'y arriverai. J'ai l'impression de ne plus pouvoir tenir en place, maintenant. Je suis vraiment désolée, mais est-ce qu'on ne pourrait pas rentrer dès ce soir ? »

Kim s'assombrit.

« C'était vraiment un long voyage, pour une malheureuse fin de soirée et une unique promenade sous la pluie.

— Je sais. Mais je ne serai pas de très bonne compagnie. » J'ouvris la vitre et j'allumai une cigarette. « Les affaires inachevées, tout ça. C'est comme cette folle qui me disait : ce n'est pas encore fini.

— Comme toujours, je n'ai pas la moindre idée de ce que tu racontes. Bon – Kim tendit la main et m'effleura brièvement l'épaule –, ne nous chamaillons pas. Je ne voulais pas être désagréable. » Elle eut un sourire désenchanté. « C'est juste que j'avais déjà programmé mon dîner : coquilles Saint-Jacques et thon cru marinés au citron et aux fines herbes, suivis d'agneau printanier. Et puis j'avais assez envie d'une tarte aux pommes chaudes avec de la crème.

— J'achèterai des sandwichs pour le voyage, promis-je. Fromage et salade sur du pain complet, et une pomme pour le dessert.

— Youppie ! »

Il n'était pas encore huit heures quand nous quittâmes l'hôtel avec nos sacs et nos bottes. J'insistai pour payer la seconde nuit que nous annulions, en m'excusant auprès de l'aubergiste perplexe.

« Ils croiront sans doute à une querelle d'amoureux, dit Kim.

— Ils nous prendront plutôt pour des promeneuses londoniennes qui n'aiment que le beau temps et qui fuient cette pluie. »

Il pleuvait toujours lorsque nous reprîmes la route dans l'obscurité naissante de cette horrible soirée de juin. Les essuie-glaces balayaient de grandes gerbes d'eau, et Kim mit de la musique. Les sonorités de jazz d'un saxophone emplirent la voiture, noyant le chuintement du mauvais temps. Nous gardions un silence qui n'avait rien de pesant. Peu à peu la pluie cessa, mais les flaques sur la route continuaient à gicler sous nos roues, et Kim devait remettre les essuie-glaces en marche chaque fois qu'un camion nous croisait dans un bruit de tonnerre.

Affalée contre le dossier, je regardais défiler la campagne. J'apercevais le reflet brumeux et flou de mon visage dans la vitre. Je n'avais pas pu rester, mais je ne savais vraiment pas pourquoi je rentrais. Que devais-je faire maintenant ? Ma vie était dans une impasse. La seule chose à faire était peut-être de retourner sur le divan d'Alex pour m'efforcer de résoudre ces vilaines incohérences troublantes. Avec Alex, j'étais parvenue à éclairer une partie atroce de mon passé, mais tout le reste demeurait tapi dans l'ombre. Peut-être fallait-il que j'éclaire tout cela aussi.

Cette seule pensée me causait une fatigue inexprimable, comme si mes os étaient devenus douloureux. Quand j'avais entrepris ce retour dans mon enfance, j'avais employé l'image d'un trou noir dans le paysage visible de mon passé. À présent, c'était comme si cette image, à la façon d'un négatif photographique, avait été inversée. La seule chose que je voyais encore, qui m'éblouissait même, était ce qui avait paru obscur jusque-là. Un monde à l'envers, dominé par une enfant morte.

« Pourrais-tu allumer la lumière, pendant que je cherche une autre cassette ? demanda Kim qui tripatouillait dans les cassettes flanquées en vrac dans le vide-poches de sa portière.

— Bien sûr. » Je clignai des yeux à la lumière, et le monde à l'extérieur de la voiture s'effaça. « Tu sais,

Kim, j'ai l'impression que tout est à l'envers. Quand j'ai escaladé Cree's Top, ce matin, je me sentais exactement comme Alice dans le jardin derrière le miroir, où tout est inversé, où il faut s'éloigner d'un endroit pour y parvenir. Bizarre, non ? »

Je refoulai des larmes inattendues et me tournai vers la fenêtre. Une femme d'âge mûr, à l'étroit visage creusé par l'angoisse, soutint mon regard, figée dans son monde de l'autre côté de la vitre. Nous nous dévisageâmes, les yeux écarquillés, épouvantées. Ce n'était pas une inconnue ; nous nous connaissions fort bien, mais peut-être pas assez bien tout de même. Une lame glacée me perfora le cerveau. Oh non, mon Dieu, non. Mais qu'avais-je fait ?

Je tendis la main et éteignis la lumière. Une flûte obsédante transperça l'air dans un tremblement d'argent. Le visage de la femme s'était éteint. C'était moi que j'avais regardée. Bien sûr. J'étais cette fille sur la colline, Natalie pour une heure ; je m'étais vue sur cette colline, et je m'étais poursuivie. J'étais allée dans le jardin de l'autre côté du miroir, j'avais suivi ma propre image, et en me trouvant je m'étais perdue terriblement. Terriblement. Je sentis un hurlement monter en moi et je pressai ma main sur ma bouche. Ce n'avait jamais été Natalie sur la colline ; cela n'avait jamais été que moi, l'amie de Natalie, son sosie. C'était moi qu'un vieil homme avait vue, tant d'années auparavant, en allant démonter la grande tente, moi qu'on avait appelée Natalie. C'était moi que j'avais cherchée parmi mes cauchemars vivants.

« S'il te plaît, Kim. S'il te plaît, peux-tu me déposer au métro le plus proche ? »

Nous entrions dans les faubourgs de Londres, et je savais où je devais me rendre à présent.

Kim me lança un regard effaré, mais freina docilement.

« J'espère que tu sais ce que tu fais, Jane. Parce que moi, non. »

Je l'embrassai sur la joue et l'étreignis longuement.

« Je sais ce que je fais ; pour la première fois depuis très longtemps, je sais ce que je fais. J'ai quelque chose à régler, et ce sera certainement très douloureux.

— Jane, dit Kim comme j'allais m'éloigner. Si jamais tu t'en tires, tu me dois une sérieuse explication. Et même très sérieuse. »

39

« Allô ?

— Allô, vous êtes bien le Dr Thelma Scott ?

— Oui.

— Ici Jane Martello, vous vous souvenez peut-être de moi, nous nous sommes rencontrées à… »

Elle m'interrompit, et je perçus une note d'intérêt dans sa voix. « Oui, je me souviens.

— Je sais que ça peut paraître idiot, mais est-ce que je peux venir vous voir ?

— Quoi ? Maintenant ?

— Oui, si c'est possible…

— Nous sommes samedi soir, vous croyez peut-être que je n'ai rien de prévu, un dîner ou un night-club, par exemple ?

— Je suis désolée, je ne voudrais surtout pas contrarier vos projets.

— Vous ne contrariez pas grand-chose, je lisais un roman. Êtes-vous sûre que c'est important ? Cela ne peut pas se régler par téléphone ?

— Si ça ne l'est pas, vous n'aurez qu'à me renvoyer. Accordez-moi juste cinq minutes.

— D'accord. Où êtes-vous ?

— À la station Hanger Lane. Dois-je prendre un taxi ?

— Non, vous êtes tout près. Prenez le métro jusqu'à Shepherd's Bush. »

Elle me donna ses instructions et, quelques minutes plus tard, je sortais de la station Shepherd's Bush et bifurquais dans une paisible avenue résidentielle qui donnait sur Wood Lane. Je frappai à la porte, et la petite femme au regard vif m'accueillit. Elle était telle que dans mon souvenir, à cela près qu'elle portait un simple jean et un chandail criard. Elle avait un sourire légèrement moqueur, comme si j'avais agi selon ses prévisions, mais sa poignée de main se révéla amicale.

« Avez-vous faim ?

— Non, pas du tout.

— Alors je crains que vous ne deviez assister à mon dîner. Venez dans la cuisine. Ah, pas de cigarette, désolée », ajouta-t-elle en voyant que j'en avais une à la main.

Je la jetai dehors. Dans la cuisine, elle se versa un verre de chianti, je m'en tins à un verre d'eau du robinet.

« Puisque vous ne mangez rien, je vais juste grignoter un peu, dit-elle. Et maintenant, pourquoi vouliez-vous me voir ? »

Pendant que nous parlions, elle prépara et engloutit la plus grande variété de nourriture imaginable : des pistaches, des olives farcies aux anchois et aux piments, des tortillas avec du guacamole qu'elle sortit du réfrigérateur, une *focaccia* à la mozzarelle et au jambon de Parme arrosée d'un généreux filet d'huile d'olive.

« Vous êtes psychanalyste ?

— Non. Je suis psychiatre. C'est important ?

— Je crois. Mais c'est vous qui allez me le dire. »

Seigneur, ce que je pouvais avoir envie de fumer. Pour m'aider à penser. Pour m'occuper les mains. Il fallait que je me concentre.

« Je poursuis une thérapie avec Alex Dermot-Brown depuis le mois de novembre. J'avais des problèmes émotionnels depuis la découverte du corps de mon amie intime, Natalie, qui avait disparu pendant l'été 1969. Alex a manifesté un intérêt particulier quand je lui ai dit que je m'étais trouvée à proximité de l'endroit où on l'avait vue vivante pour la dernière fois. Nous avons travaillé et retravaillé cette scène, en la visualisant, et je me suis peu à peu souvenue l'avoir vue se faire assassiner par son père, Alan Martello, mon beau-père. J'ai provoqué une confrontation avec lui, et il a avoué. Il est à présent… bon, vous avez lu les journaux.

— Oui, en effet.

— Il faut que je vous pose une question, Dr Scott. Se peut-il que quelqu'un avoue un crime qu'il n'a pas commis ? Enfin, pourquoi ferait-on ça ?

— Attendez un instant. Cela demande de la concentration. » Elle découpait sa *focaccia* en plusieurs parts. « Voilà. Voyons, pourquoi cette question ?

— En fait, ce que je voudrais savoir, c'est s'il est possible de se rappeler une chose qui par la suite se révèle fausse ? Je veux dire un souvenir visuel clair et précis. » Elle allait commencer à répondre, mais je poursuivis. « J'avais l'impression d'essayer de récupérer un dossier que j'aurais perdu accidentellement dans mon ordinateur. Une fois ce dossier retrouvé, je n'avais pas de raison de douter que ce soit bien celui que j'avais moi-même écrit, non ? »

Le Dr Scott était maintenant attablée devant un réseau d'assiettes pleines. Quand il devint clair que j'attendais une réponse, elle avait la bouche pleine et dut se mettre à mastiquer énergiquement pour pouvoir avaler.

« Appelez-moi Thelma, à propos. Un nom intéressant pour ce qui est de ces problèmes de transmission. Il provient d'un roman de Marie Corelli écrit dans les années 1880. C'est le nom de l'héroïne, qui est norvégienne. Un jour, j'ai participé à une conférence à Bergen, et j'ai commencé mon intervention en disant qu'il me paraissait normal d'être là, puisque je portais un prénom norvégien. Plus tard, un homme est venu me dire que Thelma n'était pas du tout un nom norvégien. Corelli avait dû mal entendre, ou même carrément l'inventer.

— Votre nom est donc une erreur ?

— Oui, il faudrait rappeler toutes les Thelma, pour leur donner des noms authentiques. » Elle se mit à rire. « Ce n'est pas bien grave, tant qu'on ne prend pas trop au sérieux les notions de tradition culturelle.

« Votre comparaison avec l'ordinateur mérite qu'on s'y arrête. Les neurologues eux-mêmes ne disposent pas d'un modèle précis s'agissant du fonctionnement de la mémoire, de sorte que nous inventons nos propres métaphores. Parfois, la mémoire peut agir comme un système de classement. Toute une section peut se perdre, par exemple tout ce qui concerne une classe où vous êtes allée à l'école. Puis, un jour, par hasard, vous rencontrez quelqu'un qui était avec vous dans cette classe, il vous fournit quelques indices, et brusquement vous retrouvez tout un tas de souvenirs dont vous ne soupçonniez pas la persistance.

« Le problème, c'est quand la métaphore prend le dessus et devient une fausse réalité. Le système de classement peut vous amener à croire que vous pouvez retrouver et revivre tout ce que vous avez vécu, à condition de tomber sur le stimulus adéquat. Je comparerais certains souvenirs à un château de sable sur la plage. Une fois que la mer est venue le démolir, il a disparu et ne peut plus être reconstitué précisément, même en théorie. Est-ce là tout ce dont vous souhaitiez me parler ?

— Bien sûr que non. Je suis désespérée, et je ne sais pas à qui parler.

— Pourquoi pas à Alex Dermot-Brown ?

— Je ne pense pas qu'Alex accueillerait très bien ce que j'ai à dire.

— Et vous pensez que je suis suffisamment hostile à Alex pour le croire », dit Thelma en se versant un troisième – un quatrième ? – grand verre de vin.

« Écoutez, à la conférence où nous nous sommes rencontrées, j'ai également fait la connaissance de femmes blessées et courageuses, qui m'ont promis leur soutien et leur confiance sans me poser de questions. Je suis au bord d'une chose terrible, mais ce qui est important, c'est que je ne veux pas de soutien. Si je me trompe, je ne veux pas qu'on me croie. Vous voyez ce que je veux dire ?

— Pas vraiment, mais continuez

— Permettez-moi de vous donner les principaux détails. Le dernier témoin qui ait vu Natalie vivante l'a vue au bord de la rivière, près de chez elle, le dimanche 27 juillet 1969. Avec Alex, le travail sur ma mémoire partait du fait que j'étais là, tout près de l'endroit où cela se passait, et au même moment. J'étais passionnément amoureuse du frère de Natalie, à l'époque, et j'étais allée m'asseoir au bord de la Col, au pied de la butte qui me séparait de Natalie. Mue par une brusque impulsion d'adolescente, j'avais pris des poèmes que j'avais écrits, je les avais froissés en boule et jetés à l'eau, puis je les avais regardés s'éloigner et disparaître dans le tournant de la rivière. »

Thelma haussa un sourcil.

« C'est important ?

— Oui, très. Ça, c'est le récit originel que j'ai proposé à Alex, ce dont je me rappelais sans hésitation, l'élément qui ne faisait aucun doute.

— Et alors ?

— Ce matin, je suis retournée au bord de la rivière, pour la première fois depuis le drame. Quand je suis arrivée à l'endroit de mon souvenir, la rivière coulait dans l'autre sens.

— Comment cela, dans l'autre sens ?

— Ça paraît idiot, mais c'est vrai. J'ai jeté un bout de papier dans l'eau, et il a flotté vers moi au lieu de s'éloigner. »

Thelma semblait déçue. Elle haussa les épaules. Était-ce tout ?

« C'était très simple, repris-je. J'ai fait demi-tour et j'ai rejoint l'autre côté en passant par le sommet de la butte. Et je me suis rendu compte que c'était là l'endroit où je m'étais assise, et d'où j'avais lancé mes boulettes de papier. En effet, j'en ai lancé une autre, et elle s'est éloignée vers le tournant, comme dans mon souvenir. »

L'expression de Thelma s'était figée, à présent. Elle paraissait distante, légèrement embarrassée, et ne mangeait même plus avec la même énergie. À l'évidence, elle commençait à se demander comment se débarrasser de moi sans trop d'histoires.

« Je regrette, dit-elle. Je suis sans doute un peu lente d'esprit, mais je ne vois pas où cela nous mène. Je ne vois pas ce que ça peut faire que vous ayez perçu les choses à l'envers.

— Ce n'était pas juste à l'envers. Le pont d'où le témoin a vu Natalie était aussi de ce côté-ci de la butte. Mais donnez-moi encore une minute. Pour des raisons dont je vous ferai grâce, je viens de recevoir tout un tas de choses de l'époque où je passais les étés chez

Natalie. Y compris mon journal de cet été-là, qui s'achève deux jours avant que Natalie soit vue pour la dernière fois, ce qui fait que je n'y avais pas prêté grande attention. Mais, quand je l'ai relu aujourd'hui, un détail intéressant m'a frappée. Il avait toujours paru curieux qu'on n'ait pas retrouvé le corps de Natalie. Quand elle a été découverte en octobre dernier, cela a semblé plus bizarre encore – tout au moins à mes yeux. C'était un endroit génial pour enterrer un corps, parce que c'était juste sous notre nez, dans le jardin, à quelques mètres de la maison. Mais comment avait-on pu faire ?

— Je ne sais pas. Dites-le-moi, dit Thelma avec une impatience manifeste.

— Mon journal m'a rappelé qu'on construisait un barbecue devant la maison et qu'il avait été terminé le matin même d'une fête qui a eu lieu le samedi 26 juillet, la veille du jour où Natalie a été vue pour la dernière fois. Ce matin, j'ai examiné le trou où Natalie a été découverte, et j'ai vu les restes du barbecue. C'était un barbecue en brique, construit sur un dallage cimenté. Il n'en reste plus que des débris à présent, parce que le barbecue a été démoli, et le dallage aussi, lorsque Martha – c'est ma belle-mère – a agrandi la pelouse. Mais le point essentiel, c'est que le meurtrier a enterré Natalie dans le trou en sachant qu'il allait être recouvert de ciment, de dalles et d'une importante construction en brique.

— Est-ce qu'un trou dans le sol n'est pas le premier endroit où la police irait chercher ?

— Mais ce n'était plus un trou dans le sol, comprenez-vous ? La dernière fois que Natalie a été vue, le 27 juillet, le barbecue était déjà installé depuis plus de vingt-quatre heures. Il serait manifestement impossible de placer un cadavre sous un barbecue en brique déjà construit.

— Eh bien, alors, est-ce que ça ne répond pas déjà à votre question ?

— Vous ne me suivez pas. Natalie n'a pas pu mourir le 27, et encore moins le 28, quand sa disparition a été signalée. Elle était déjà morte et enterrée le matin de la fête, le 26. »

Thelma paraissait intriguée. Elle était attentive, à présent.

« Mais vous disiez qu'on l'avait vue le 27 ?

— Oui. Mais si je vous apprenais que Natalie et moi avions le même âge, que nous avions la même allure, et que nous nous habillions de la même manière ? Et aussi qu'elle était connue dans la région, tandis que je venais seulement l'été, de sorte que beaucoup de gens du pays ne m'avaient jamais rencontrée ? Et si je vous disais que j'étais à l'endroit même où Natalie a été vue pour la dernière fois, à la même heure. Qu'en concluriez-vous ? »

Un sourire très lent se répandit sur les traits de Thelma, telle une flamme embrasant un journal. Elle réfléchissait intensément, à présent.

« Vous êtes sûre et certaine, pour ce barbecue ?

— Absolument. J'ai trouvé des fragments de briques de part et d'autre de l'endroit où le corps a été retrouvé. Elle était dessous, sans aucun doute possible.

— Et vous êtes certaine qu'il n'a pas été terminé quelques jours plus tard ?

— C'était l'élément central de la fête. J'ai encore des photos de personnes faisant la queue pour les côtelettes et les saucisses. »

Une autre objection lui vint à l'esprit. « Mais cela a-t-il vraiment de l'importance ? Alan a avoué. La police dira que vous vous êtes trompée de date, et c'est tout.

— Mais Alan n'était pas là. Mon père est allé chercher Alan et Martha à Southampton le matin même de la fête, à la descente du bateau. Ils revenaient des Antilles en paquebot. Ils ne sont arrivés au Domaine qu'en fin d'après-midi, au moment où la fête commençait. Alan ne pouvait pas avoir tué Natalie. Pourtant, il y a un problème.

— De quoi s'agit-il ? »

Je levai les mains, découragée.

« Je l'ai vu la tuer. Et il a avoué. »

Thelma éclata de rire.

« Ah, ce n'est que ça ?

— Oui.

— Je n'ai jamais vraiment cru à tout ça.

— Seriez-vous en train de dire que j'ai tout imaginé ? »

Je criais peut-être un peu.

« Jane, je vais boire un whisky et vous allez en boire un aussi, et je vais même vous autoriser à fumer l'une de vos horribles cigarettes. Et nous allons avoir une conversation sérieuse. D'accord ?

— Oui. D'accord. »

Elle alla chercher deux énormes verres, et un cendrier tout aussi énorme. Le genre d'objet que je n'aurais jamais laissé entrer chez moi.

« Voilà. » Elle versa quelque chose comme un quintuple scotch dans chacun. « Pas question de ces affreux *single malt* d'aujourd'hui. Vous avez là un bon vieux mélange, un whisky dans la plus pure tradition. *Cheers*. »

Je bus une gorgée et aspirai une divine bouffée de cigarette.

« Alors ? demandai-je.

— Parlez-moi de vos séances avec Alex Dermot-Brown.

— Comment cela ?

— Le procédé par lequel vous avez retrouvé ce souvenir. Comment se passaient les choses ? »

Je lui fis un bref compte rendu du petit rituel qu'Alex et moi accomplissions chaque fois que je retournais dans mon souvenir du bord de la Col. Tandis que je parlais, Thelma arborait un air sévère, qui se mua ensuite en un sourire.

« Excusez-moi, demandai-je. J'ai dit quelque chose de drôle ?

— Non. Continuez.

— C'est tout. Alors, qu'en dites-vous ?

— Les magistrats ont-ils manifesté la moindre envie de vous citer comme témoin ?

— Ce n'était pas la peine. Alan avait avoué.

— Oui, bien sûr. Mais montraient-ils un quelconque enthousiasme à l'idée de vous faire témoigner ?

— Je ne sais pas. Certains paraissaient mal à l'aise.

— Permettez-moi de vous dire qu'Alan Martello n'a pas été accusé sur la seule base de votre témoignage. Lequel n'aurait d'ailleurs sans doute pas été recevable.

— Pourquoi ?

— Parce que l'hypnose altère la mémoire, et que vous étiez sous hypnose.

— Ne soyez pas ridicule. Je sais ce que j'ai fait, et j'étais simplement étendue sur le divan, à essayer de me rappeler. Je le saurais, si j'avais été hypnotisée.

— Je ne crois pas, justement. Cela se fait sans mise en scène particulière. Ma supposition, c'est que vous devez être un sujet extrêmement réceptif. Je pourrais vous faire entrer en transe et vous dire, oh, je ne sais pas, que vous avez vu quelqu'un se faire écraser par une voiture en venant de Shepherd's Bush. Et quand je vous réveillerais, vous seriez convaincue de l'avoir vu.

— Même si c'est vrai, Alex ne me disait pas ce dont je devais me souvenir.

— Je sais, mais, avec toutes ces répétitions et ces insistances, vous subissiez un procédé de reconstruction artificielle de la mémoire. Chaque fois, vous apportiez au récit quelque chose de neuf, et la fois suivante vous vous souveniez du détail que vous aviez ajouté la fois précédente, et vous le complétiez. Votre souvenir est vrai, en un sens, mais c'est un souvenir de souvenirs.

— Mais comment expliquer cet horrible crime final ? Je l'ai vu tellement en détail...

— L'ensemble du processus vous conduisait à quelque chose de cet ordre. Alex Dermot-Brown vous y préparait, il vous assurait que tout ce dont vous vous rappeliez était authentique, et il utilisait son statut professionnel et l'autorité analytique qu'il exerçait sur vous pour vous convaincre que vous assistiez à l'événement au lieu de l'inventer.

— Mais est-ce vraiment possible ?

— Oui, c'est possible.

— Est-ce qu'Alex agissait délibérément ? Essayait-il d'implanter en moi un faux souvenir ?

— Absolument pas. Mais il arrive que l'on crée ce que l'on recherche. Je sais que le Dr Dermot-Brown croit passionnément au phénomène de la mémoire retrouvée. Je suis convaincue qu'il souhaite ardemment aider ces personnes qui souffrent, et maintenant il joue toute sa carrière là-dessus.

— Voulez-vous dire qu'il a tort sur toute la ligne ?

— Quelle autre explication proposez-vous, Jane ?

— Mais toutes ces femmes qui disaient qu'elles avaient été violées dans leur enfance ? Vous insinuez que ce ne sont que des fantasmes, comme dans les théories de Freud ? »

Thelma but une grande rasade de whisky.

« Non. Je traite actuellement cinq ou six victimes de viol, dont deux sœurs qui ont chacune eu deux enfants de leur père avant l'âge de seize ans. J'ai témoigné au procès, et j'espère que cela aura servi à le faire condamner. Je sais aussi que les violences sont parfois difficiles à prouver. Je connais certains cas de violeurs qui jusqu'à présent s'en sont tirés, et ça me désespère. Peut-être est-ce la raison pour laquelle je bois plus que je ne le devrais. »

Elle donna une petite chiquenaude à son verre. Il n'y restait plus grand-chose.

« Mais je ne crois pas que les violences existent dans un univers à part où les lois normales – je parle des lois juridiques et scientifiques – cessent de s'appliquer. Ce n'est pas parce que les violences sont particulièrement difficiles à prouver que nous devons condamner sans preuves des gens qui en sont accusés.

— Mais dans ces cas-là les preuves existent bel et bien. Ces femmes que j'ai rencontrées à l'atelier. Elles se souviennent d'avoir été violées.

— Ah oui ? Toutes ? J'ai lu des comptes rendus concernant des jeunes femmes issues de familles apparemment aimantes et fonctionnelles, qui entraient en analyse et émergeaient un ou deux ans plus tard avec des récits de violences obscènes qui avaient duré toute leur enfance. Elles font état de viols rituels répétés, de sodomie, de tortures, d'ingestion de matières fécales, de rituels sataniques. Nous sommes nombreux à penser que des affirmations aussi inouïes requièrent tout particulièrement des preuves accumulées avec rigueur, mais les gens qui soutiennent ces pauvres femmes proclament que l'on ne peut exiger aucune preuve au-delà de leur propre témoignage, sous peine de se faire les complices des auteurs de ces violences.

« Il n'existe même pas de modèle neurologique pour expliquer ce phénomène. Nous connaissons tous la perte de mémoire causée par un coup sur la tête lors d'un accident de voiture. Mais il n'existe aucun précédent pour l'amnésie systématique d'incidents distincts, réguliers, qui se seraient produits au fil des ans. Le meurtre de votre cousine par votre beau-père auquel vous prétendez avoir assisté, ce n'est rien, en comparaison.

— Mais comment expliquer que ce soit *Alan* que j'aie vu ? »

Thelma haussa les épaules. « Là, je ne peux rien vous dire. C'est vous qui le connaissez. Peut-être était-il au centre de sentiments particulièrement forts en vous pendant la période de votre thérapie. À un moment où votre esprit créatif cherchait un méchant, il avait le profil d'un homme capable de violenter une femme. Le meurtre imaginé a été le point où vos mondes intérieur et extérieur se sont rencontrés. Si l'on veut regarder les choses de façon perverse, c'est une sorte de triomphe pour la méthode psychanalytique. Dommage que la réalité soit intervenue avec un tel entêtement.

— Mais pourquoi diable a-t-il avoué ?

— Les gens font ce genre de choses, vous savez. Ils ont leurs raisons.

— Oh, mon Dieu, gémis-je, en enfouissant mon visage dans mes mains. Vous me demandez si Alan Martello est le genre d'homme capable de résoudre ses sentiments de culpabilité et de désespoir en faisant un geste fou et théâtral d'autodestruction ? Et comment ! »

Thelma vida son verre.

« Eh bien, voilà. »

Je regardai mon verre. Pas question de le vider. Il y restait au moins la valeur d'un triple scotch, et je me sentais déjà ivre. Je me levai en chancelant légèrement.

« Je crois que je ferais mieux de rentrer.

— Je vais vous appeler un taxi. »

Il ne s'était pas écoulé deux minutes que la sonnette de la porte retentissait.

« Je suppose que vous allez vouloir m'exhiber dans la croisade contre la mémoire retrouvée », dis-je, sur le seuil.

Elle eut un sourire triste.

« Non, ne vous inquiétez pas. Votre expérience sera absolument sans effet sur leurs certitudes.

— Ça ne peut pas être vrai.

— Ah non ? Et vous ? Qu'auriez-vous pensé, si vous étiez arrivée au bord de la rivière et que vous l'ayez vue couler dans le *bon* sens ?

— Je ne sais pas.

— Rentrez bien sagement, me recommanda-t-elle comme je montais en voiture. Et appelez la police dès demain matin. Ils vont devoir reprendre l'enquête de bout en bout.

— Oh non », dis-je.

Thelma parut perplexe, mais le taxi démarrait et j'étais déjà trop loin pour dire quoi que ce fût.

40

Nous sortîmes de Londres par la A12, à contre-courant de la circulation qui affluait vers la capitale, et nous atteignîmes bientôt la pseudo-campagne qui séparait les abords de Londres des grandes plaines de l'Essex. J'avais l'atlas routier ouvert sur les genoux. Hormis les instructions routières, personne ne parlait. Nous quittâmes la route principale pour plonger dans le fouillis des ronds-points, des villages en enfilade, des zones industrielles. Il y avait une déviation en construction, et nous passâmes une demi-heure sur une file unique, à regarder un homme brandir un panneau. Stop. Allez-y. Stop. Allez-y. Je regardais constamment ma montre.

Pour la dernière partie du voyage, la carte se révéla inutile. Nous suivîmes les panneaux bleus qui indiquaient Wivendon. Nous nous garâmes devant un immeuble néoclassique qui aurait pu être un supermarché ou un centre touristique. Mais c'était une prison.

Les autres restèrent dans le parking. Je remontai l'allée, entre des haies basses, jusqu'à la grille de sécurité. On vérifia mon identité, on inspecta mon permis de conduire et on me confisqua mon sac à main. Une femme en uniforme bleu marine me sourit, mais elle me palpa sous les bras et sous la robe. On me fit franchir des portes assez petites, comme pour aller aux bains-douches municipaux en passant par l'entrée de service.

Je pris place dans une salle d'attente, où il y avait une table avec une plante verte en pot et quelques vieilles revues. Au mur, une affiche annonçait un feu d'artifice. La porte s'ouvrit et un homme entra. Il portait un pantalon de velours marron et une chemise écossaise rustique déboutonnée au col. Son épaisse chevelure brun-roux lui descendait presque aux épaules. C'était un homme de forte stature, qui devait avoir à peu près mon âge. Il tenait plusieurs gros dossiers bruns sous son bras gauche.

« Mrs. Martello ? » Il vint s'asseoir près de moi et me tendit la main. « Je suis Griffith Singer.

— Bonjour.

— Vous paraissez surprise.

— Je m'attendais sans doute à voir un gardien.

— Nous essayons d'être un peu plus souples.

— Combien de temps m'accordez-vous ? »

Il haussa les sourcils.

« Autant que vous voudrez. Je suis désolé, vous me surprenez un jour où je suis très occupé. Vous voulez bien que nous parlions en marchant ? »

Il m'emmena dans un couloir qui se terminait par deux doubles portes grillagées consécutives.

« C'est la porte de l'unité », m'expliqua Griffith en pressant un simple bouton de sonnette en plastique qui était collé au mur, à côté de la première porte. Un homme en uniforme sortit d'un bureau vitré entre les deux portes et vint nous ouvrir. Griffith montra une carte d'accès et mon nom fut vérifié sur une liste. Il n'y figurait pas, et nous dûmes attendre plusieurs minutes que quelqu'un vienne de l'entrée principale avec un registre.

« Comment va-t-il ? m'enquis-je.

— C'est l'une de nos stars, répondit Griffith. Nous en sommes très contents. C'est une nouvelle unité, voyez-vous. Je… enfin nous l'avons créée juste avant son arrivée, et il est de ceux qui font qu'elle fonctionne bien. Vous a-t-il parlé de nous ?

— Nous lui avons tous écrit. Mais il n'a pas répondu.

— Ici, les résidents purgent tous de longues peines. Au lieu de les laisser pourrir, nous les rassemblons dans un environnement où ils peuvent s'entraider et aussi, nous l'espérons, passer le temps de manière créative.

— Échanger des souvenirs, suggérai-je.

— Ce n'est pas ce que vous imaginez, observa Singer. Il se débrouille très, très bien. Il a constitué un séminaire, où il a réussi à intégrer tout le monde. Il a… ah, et bien, voilà Riggs. »

Un autre homme vêtu d'un uniforme s'avançait dans le corridor, dans un tintement métallique. Il s'excusa d'une voix haletante. Je dus signer un papier et le glisser dans un étui transparent qu'on épingla à mon revers. La première porte fut ouverte et refermée. Puis la seconde. Un gardien, que son badge identifiait comme Barry Skelton, nous suivait.

« Suis-je en sécurité ? »

Singer eut un sourire amusé.

« Vous êtes plus en sécurité ici que dans le parking. De toute façon, Barry restera à proximité pendant tout l'entretien. »

Un couloir passé à la chaux, au sol recouvert de feutre, partait dans les deux sens. Singer me prit le bras.

« Je vais essayer de vous trouver un endroit tranquille. Il y a une pièce, là, qui devrait être libre. »

Nous longeâmes deux ou trois cellules. J'aperçus des hommes qui regardaient la télévision. Personne ne tourna la tête. Quelque chose – je ne pus voir quoi – se passait dans la pièce prévue, et nous continuâmes à marcher jusqu'à une salle de réunion qui était vide.

« Entrez là avec Barry », dit Singer, et il poursuivit son chemin dans le couloir. Une idée lui vint à l'esprit, et il se retourna. « Figurez-vous qu'il écrit un roman. Très prometteur. »

C'était une pièce de taille moyenne, avec de grandes fenêtres qui donnaient sur une cour de récréation déserte. Au centre de la pièce, huit chaises en plastique moulé orange formaient un cercle. Tout paraissait fortement coloré sous les tubes de néon. Barry s'avança, prit une chaise et la posa juste à côté de la porte.

« Je vais rester ici », dit-il.

Il avait un léger accent irlandais. C'était un homme de haute stature, au teint pâle et aux cheveux noirs raides. « Asseyez-vous face à moi. Nous avons un règlement très souple, mais vous ne devez passer absolument aucun objet entre vous. Si vous voulez terminer l'entretien, pour n'importe quelle raison, ce n'est pas la peine de parler. Vous n'aurez qu'à toucher votre badge, et je viendrai vous chercher pour vous escorter dehors. »

J'acquiesçai et m'assis comme il m'avait dit de le faire. J'enfouis mon visage dans mes mains. J'avais besoin de mettre de l'ordre dans mes pensées.

« Bonjour, Jane. »

Je relevai la tête.

« Bonjour, Claude. »

Claude avait dû perdre au moins six kilos. Il paraissait plus élancé, plus vif, avec un peu plus de gris dans les cheveux. Il portait un sweat-shirt bleu délavé, un jean noir et des chaussures de sport. Il lança un vague coup d'œil en direction de Griffith Singer qui s'attardait sur le seuil.

« Bon, eh bien je vous laisse tous les deux », déclara maladroitement Singer, comme s'il venait de nous présenter et qu'il se demandait comment nous nous tirerions d'un premier tête-à-tête.

Claude hocha la tête.

« Je me mets là, Barry ? » demanda-t-il en désignant le siège placé face au mien.

Barry acquiesça. Il s'assit, et nous nous dévisageâmes.

« Tu as l'air en forme, Claude. »

Il avait vraiment l'air en forme, plus en forme que je ne l'avais jamais vu. Il accepta le compliment d'un léger signe de tête, puis fouilla dans la poche de son pantalon et en tira un paquet de cigarettes froissé et un briquet en métal gris. Il m'en offrit une, mais je secouai la tête. Il s'en alluma une et inhala profondément.

« C'est un environnement stimulant, dit-il. On y développe des idées intéressantes. À maints égards, je pense que c'est une version améliorée du système Barlinnie. Quant à moi personnellement… » Il eut un haussement d'épaules modeste. « C'est une existence remarquablement saine. Mais toi, comment vas-tu ?

— Tu as eu des nouvelles d'Alan ?

— Je ne regarde pas la télévision et je ne lis pas les journaux.

— Il est redevenu une star de la littérature.

— Comment cela ?

— Il a écrit ses mémoires en prison. Ça s'appelle *Cent soixante-dix-sept jours*. L'éditeur s'est dépêché de le faire sortir ce mois-ci. Ça a fait sensation. Le *New Yorker* a consacré un numéro entier à sa publication intégrale. Les critiques l'ont comparé favorablement à *Une journée dans la vie d'Ivan Denisovitch.* Alan m'a annoncé que, dans la version filmée, son personnage serait interprété par Anthony Hopkins. Je crois que la seule incertitude d'Alan, pour le moment, c'est de savoir s'il aura le prix Nobel de littérature ou celui de la paix. »

Claude sourit. Il secoua la cendre de sa cigarette, qui tomba par terre, à côté de son pied droit.

« Alors, vous vous êtes réconciliés ? demanda-t-il.

— Tout à fait. Alan m'a prise dans ses bras et m'a pardonnée. J'ai été très émue, bien que ça se soit passé sur un plateau de télévision et en direct.

— Qu'est devenu ton thérapeute ? »

Je haussai les épaules.

« Comment vont les garçons, Jane ?

— Paul va très bien aussi. Il a complètement refait son film, et il l'a vendu dans le monde entier. En ce moment, il est à Séoul, pour un festival de programmes télé.

— Très bien. Pour ma part, j'ai toujours trouvé la première version assez superficielle.

— Évidemment, pour toi, il ne pouvait guère en être autrement.

— Et ton centre d'accueil, Jane ? Il fonctionne ?

— Pas exactement, nous en sommes à notre troisième date d'inauguration, mais c'est la première fois qu'elle se rapproche autant sans avoir encore été annulée. J'ai bon espoir.

— Tant mieux. C'est bon signe. C'est un projet formidable. Je suis content pour toi. »

Je commençais à sentir une douleur lancinante dans les yeux.

« Et cette grande œuvre que tu as entreprise ? Il paraît que tu écris un roman. »

Claude se mit à rire.

« C'est Griff qui a vendu la mèche ? Je sais bien qu'on ne devrait jamais faire lire son travail avant de l'avoir terminé, mais il n'y avait pas moyen de lui refuser.

— De quoi s'agit-il ?

— J'écris un genre de roman policier, plutôt comme un exercice intellectuel. Je dois dire que j'y puise de grandes satisfactions.

— Ça raconte quoi ?

— C'est l'histoire du meurtre d'une adolescente.

— Et l'assassin ?

— C'est l'élément le plus intéressant. J'essaie de m'écarter de la vieille image éculée de ces jeunes filles toujours charmantes et passives. La victime du meurtre est une adolescente manipulatrice, consciente de ses pouvoirs sexuels naissants. Elle est belle et séduisante, mais elle emploie ces qualités comme des instruments pour nuire à ceux qui l'entourent. Elle débusque leurs secrets et les fait chanter.

— C'est le mobile du meurtre ?

— Pas vraiment. Elle ne peut pas résister à la tentation d'expérimenter sa séduction physique sur les hommes de sa propre famille. À l'insu de tous les autres, elle commence à aguicher son frère aîné.

— Comment s'y prend-elle ?

— Tu sais bien, un regard ici, un frôlement là, un air de complicité, des moments de badinage un peu poussé. L'une des choses que je m'efforce de capturer, c'est la transition dans une famille, entre l'époque où les relations sont innocentes et celle où le même comportement devient sexuellement trouble, parce que la jeune fille est devenue une femme et qu'elle a pris conscience du pouvoir qu'elle exerce.

— Et ensuite ?

— Le résultat de ses manœuvres dépasse largement ses prévisions. Puisqu'elle le fait marcher, il l'oblige à aller jusqu'au bout. Il lui fait constater l'issue logique de son propre comportement. Mais c'est là le hic, vois-tu. Même dans cette situation, elle utilise sa sexualité comme une forme de pouvoir sur son frère, pour le railler, l'humilier. Ce qui devait être son châtiment devient un plaisir pour elle.

— Et ensuite ?

— C'est un point qu'il va falloir développer un peu, mais elle tombe enceinte.

— Ne pouvait-elle pas avorter ?

— La question n'est pas abordée entre eux. Elle menace son frère. Il reçoit une lettre d'elle dans laquelle elle menace de le dénoncer à la famille.

— On dirait que tu prends le parti du meurtrier.

— Il faut toujours voir tous les angles d'une histoire. C'est ce qui nous rend humains, non, notre imagination ? C'est ce que tu disais, en tout cas.

— Penses-tu pouvoir convaincre tes lecteurs qu'une adolescente a bien mérité d'être tuée par le frère qui lui a fait un enfant ? »

Claude s'autorisa un petit sourire et un haussement d'épaules.

« C'est un défi artistique.

— Comment s'y prend-il ?

— Oui, c'est intéressant, n'est-ce pas ? » Claude avait une expression sereine, songeuse. « Il est facile de tuer, mais difficile d'échapper à la détection. Le frère envisage deux méthodes opposées. La première consisterait à la tuer ouvertement, comme par accident, au cours d'une dispute. Au pire, le meurtrier s'en tirerait avec une brève peine de prison ; s'il a de la chance, il ne serait peut-être même pas condamné. Mais c'est une solution peu attrayante. J'avais besoin de… »

Claude s'interrompit, soudain désemparé. Il écrasa sa cigarette contre la semelle de sa chaussure et en alluma une autre.

« Je veux créer un personnage qui tue sa sœur presque par souci esthétique. Visiblement, elle l'a provoqué, mais elle empoisonne aussi la famille entière. C'est une fille qui épie les secrets pour s'en servir ensuite. Les familles ont besoin de leurs secrets, des petits subterfuges qui les tiennent ensemble. Cette fille va détruire une famille saine, une famille heureuse. Bien des gens conviendraient qu'il vaut mieux perdre une fille qu'une famille entière.

— On n'entend pas beaucoup le point de vue de la fille, dans ton histoire.

— Son point de vue est parfaitement clair : suivre ses désirs immédiats, quels que soient les dégâts qui en résulteront pour tous les autres.

— Comment commet-il le crime, au bout du compte ?

— C'est très simple. Une grande garden-party va avoir lieu dans la maison de campagne où habite la famille. Il y aura des gens installés partout. Une disparition passera inaperçue. C'est le frère qui organise la fête, et il a une inspiration. Il décide de faire construire un barbecue à la dernière minute, et s'y prend de telle manière avec les ouvriers que la construction n'est pas terminée le soir précédant la fête. Il donne rendez-vous à sa sœur tard dans la soirée. Comme elle a un petit flirt avec un garçon des environs, il lui suggère de dire à la fille qui partage sa chambre qu'elle va rejoindre son nouvel amoureux. Il l'étrangle et l'enterre assez peu profondément, à l'endroit où on doit poser une dalle de ciment le lendemain matin pour construire le barbecue.

— Et ce n'est pas un risque, ce barbecue ? Est-ce qu'on n'ira pas forcément y fouiller ?

— La beauté du plan, c'est que de nombreux autres facteurs entrent en ligne de compte. Le roman se situe en 1969. À l'époque, si une adolescente agitée et difficile disparaît, on se dit qu'elle a dû fuguer. Avant que ne soient envisagées d'autres éventualités plus sinistres, le temps a passé et, dans le chaos de la fête, il est difficile d'établir précisément à quel moment elle a disparu.

« Mais les gens ont vaguement l'impression de l'avoir vue ce jour-là. Le frère a annoncé à des artisans locaux et à des amis que la jeune fille serait chargée de diverses tâches pendant la réception. Bien entendu, quand les réjouissances commencent, elle est déjà morte et enterrée.

« Mais la sœur a une amie intime du même âge. Une fille délicieuse. Elles se ressemblent, et s'habillent de manière identique. L'amie n'est pas très connue dans le village parce qu'elle vit à Londres. Il me suffisait – il suffisait pour l'histoire – qu'une ou deux personnes confondent les deux jeunes filles le jour de la réception, et la cachette devenait non seulement bonne, mais parfaite. »

Par-dessus l'épaule de Claude, je regardais Barry qui s'ennuyait. Pas fan de littérature, on dirait.

« Mais je n'ai jamais mis les pieds à la fête, Claude.

— Oui, je sais. Theo m'a tout raconté quand je suis rentré d'Inde. C'est un détail qui ne figure pas dans le roman : une trouvaille trop romanesque pour s'intégrer de façon crédible à la construction rigoureuse de mon roman. Comme tu le dis toi-même, tu n'étais pas à la fête pour fournir l'alibi crucial. Mais quand Gerald Docherty a traversé le pont sur la Col, le dimanche 27 juillet, afin d'aider à démonter la grande tente, tu te trouvais là, l'image parfaite de Natalie.

« Non seulement tu as fourni une diversion encore plus efficace par rapport à la cachette de Natalie, mais tu m'as offert un alibi tellement parfait que jamais je n'aurais pu le fabriquer moi-même. Inconsciemment, tu as été ma complice dans la création artistique d'une supercherie parfaite.

— Pourquoi m'as-tu épousée, Claude ? Pourquoi m'as-tu épousée et as-tu eu des enfants avec moi ? »

Pour la première fois, Claude parut surpris.

« Parce que je suis tombé amoureux de toi, ma chérie. Jamais je n'ai aimé personne d'autre. Je t'aimerai toujours. Et je voulais me faire aimer de toi. Le seul défaut dans mon plan, ç'a été mon incapacité à faire durer ton amour pour moi. Tout est venu de cet échec.

— Et tu étais prêt à sacrifier Alan à ta propre survie. La lettre que tu as glissée dans son carnet était-elle vraiment de Natalie, ou est-ce toi qui l'as fabriquée ?

— C'était une lettre que Natalie m'avait envoyée à moi. Je n'ai eu qu'à déchirer le haut pour supprimer le "Cher Claude" ou je ne sais quelle formule équivalente. Je ne sacrifiais pas Alan. Tu as toujours parlé de sa nature théâtrale. En voyant comment évoluaient les événements, je n'ai eu qu'à leur donner une petite chiquenaude. Il a aussitôt adopté le rôle en avouant. Et, d'après ce que tu me racontes, j'imagine qu'il n'a jamais été aussi heureux.

« Mais je n'en suis pas fier, si c'est ce que tu veux dire. Je crains d'avoir vu là un moyen de te récupérer, et ça a peut-être faussé ma capacité à raisonner. C'était le défaut, n'est-ce pas ? Tu t'es rendu compte que, si Alan était innocent, j'avais dû introduire la lettre de Natalie dans son journal. »

Claude se pencha en avant, et sa voix ne fut plus qu'un chuchotement.

« Veux-tu savoir quel est mon unique regret, Jane ? » Je ne répondis pas, ne fis aucun geste. « Si tu avais découvert cela quand nous étions encore mariés… »

Claude se rembrunit et hocha la tête.

« Je ne veux pas dire mariés, je veux dire quand nous étions ensemble, vraiment ensemble, là tu aurais compris. Non, ne dis rien. Je sais que tu aurais compris. Il y a encore une chose que je veux te dire, parce que je sais que tu ne reviendras plus jamais me voir. Ce n'est pas grave, Jane. Cela ne me trouble pas. Tout ce qui compte, c'est que je t'aime toujours. Tu ne m'as pas dit ce que tu penses de moi et, de ta part, c'est peut-être ce que je peux espérer de mieux. Mais souviens-toi, Jane : la famille et nos deux garçons, c'est le cadeau que je t'ai offert. Tu vivras toujours dans le monde que j'ai construit pour toi. »

Je touchai mon badge. Comme Barry m'escortait dehors, j'évitai de croiser le regard de Claude. Nous ne parlâmes plus ni l'un ni l'autre.

Griffith me reconduisit le long des corridors jusqu'à la porte principale. Il me tendit sa large main.

« Au revoir, Mrs. Martello. Si cela peut vous consoler, je…

— Au revoir. Merci. »

Je sortis, et la porte se referma derrière moi avec un bruit sourd. Pendant que j'étais à l'intérieur, le temps avait changé. Le soleil brillait dans un ciel presque turquoise, entre les effilochures de nuages. Les quelques feuilles mortes qui s'attardaient encore aux branches des petits arbres en bordure de l'allée étincelaient.

Je repoussai à deux mains mes cheveux en arrière et levai mon visage vers la lumière ; je restai ainsi, les yeux clos, dans l'air tiède. Au bout de quelques instants, le tumulte s'apaisa dans mon crâne.

« Et voilà, Natalie, déclarai-je à voix haute. C'est fini… Je regrette tellement que tu ne sois pas ici avec nous. Ma sœur. Mon amie. »

Lentement, je descendis les longues marches pavées qui s'étageaient entre les haies basses et les plates-bandes vides, puis je m'immobilisai encore. Dans le parking, une minuscule silhouette en gros duffle-coat, avec une capuche pointue comme celle d'un lutin, tourbillonnait dans un rai de lumière. Elle s'arrêta, tituba, puis s'assit brusquement tandis que le monde continuait à tournoyer autour d'elle.

Un jeune homme aux cheveux blonds hirsutes, avec un gros chandail qui pendait par-dessous son blouson en cuir défraîchi, courut vers elle, la souleva et la lança en l'air. Fanny hurla de rire, son capuchon renversé en arrière et la tête couronnée d'un nuage de cheveux lumineux. Robert la lança une nouvelle fois en l'air, puis la déposa doucement sur le macadam et resta près d'elle, une main sur son épaule.

Caspar et Jerome se dirigeaient vers eux ; ils parlaient avec animation et, à un moment, Caspar s'arrêta et posa la main sur le bras de Jerome. Ils rejoignirent les deux autres, et Fanny glissa sa main dans celle de son père, en levant solennellement son petit visage pâle et triangulaire vers lui pour dire quelque chose. Jerome lui remit sa capuche.

Puis ils me virent et se turent. Tournés vers moi, ils attendaient : trois hommes de haute taille et une petite fille. Je poussai un soupir et descendis les dernières marches pour aller les rejoindre.

Composé par Nord Compo Multimédia
7, rue de Fives, 59650 Villeneuve-d'Ascq

Cet ouvrage a été imprimé en France par

CPI
Bussière

à Saint-Amand-Montrond (Cher)
en octobre 2008

POCKET - 12, avenue d'Italie - 75627 Paris Cedex 13

— N° d'imp. : 81684. —
Dépôt légal : novembre 2008.